新编新译
世界文学
经典文库

新编新译
世界文学
经典文库

S A N G R E

新编新译
世界文学
经典文库

Y

# 血与沙

Vicente Blasco Ibáñez

A R E N A

[西班牙] 维森特·布拉斯科·伊巴涅斯 著

尹承东 译

作家出版社

新编新译
世界文学
经典文库

## 编委会

陈众议

路英勇

高　兴

张亚丽

苏　玲

王　松

叶丽贤

戴潍娜

袁艺方

# 代　　　　　　　序

经　典，作　为　文　明　互　鉴　的　心　弦

陈众议　　　　　　　　　2020 年 11 月 27 日于北京

"只有浪子才谈得上回头。"此话出自诗人帕斯。它至少包含两层意义：一是人需要了解别人（后现代主义所谓的"他者"），而后才能更好地了解自己，恰似《旧唐书》所云："夫以铜为镜，可以正衣冠；以古为镜，可以知兴替；以人为镜，可以明得失"；二是人不仅要读万卷书，还要行万里路。读万卷书难免产生"影响的焦虑"（布鲁姆语），但行万里路恰可稀释这种焦虑，使人更好地归去来兮，回归原点、回到现实。

由此推演，"民族的就是世界的"（据称典出周氏兄弟）同样可以包含两层意思：一是合乎逻辑，即民族本就是世界的组成部分；二是事实并不尽然，譬如白马非马。后者构成了一个悖论，即民族的并不一定是世界的。拿《红楼梦》为例，当"百日维新"之滥觞终于形成百余年滚滚之潮流，她却远未进入"世界文学"的经典谱系。除极少数汉学家外，《红楼梦》在西方可以说鲜为人知。反之，之前之后的法、英等西方国家文学，尤其是20世纪的美国文学早已在中国文坛开枝散叶，多少文人读者对其顶礼膜拜、如数家珍！究其原因，还不是它们背后的国家硬实力、话语权？福柯说"话语即权力"，我说权力即话语。如果没有"冷战"以及美苏双方为了争夺的推重，拉美文学难以"爆炸"；即或"爆炸"，也难以响彻世界。这非常历史，也非常现实。

同时，文学作为人类文明的重要组成部分，是人类进步不可或缺的标志性成果。孔子固然务实，却为我们编纂了吃不得、穿不了的"无用"《诗经》，可谓功莫大焉。同样，马克思主义的经典作家向来重视文学，尤其是经典作家在反映和揭示社会本质方面的作用。马克思在分析英国社会时就曾指出，英国现实主义作家

"向世界揭示的政治和社会真理，比一切职业政客、政论家和道学家加在一起所揭示的还要多"。恩格斯也说，他从巴尔扎克那里学到的东西，要比从"当时所有职业的历史学家、经济学家和统计学家那里学到的全部东西还要多"。列宁则干脆地称托尔斯泰是俄国革命的一面镜子。这并不是说只有文学才能揭示真理，而是说伟大作家所描绘的生活、所表现的情感、所刻画的人物往往不同于一般的抽象概括、冰冷的数据统计。文学更加具象、更加逼真，因而也更加感人、更加传神。其潜移默化、润物无声的载道与传道功能、审美与审丑功用非其他所能企及，这其中语言文字举足轻重。因之，文学不仅可以使我们自觉，而且还能让我们他觉。站在新世纪、新时代的高度和民族立场上重新审视外国文学，梳理其经典，将不仅有助于我们把握世界文明的律动和了解不同民族的个性，而且有利于深化中外文化交流、文明互鉴，进而为我们吸收世界优秀文明成果、为中国文学及文化的发展提供有益的"他山之石"。同样，立足现实、面向未来，需要全人类的伟大传统，需要"洋为中用""古为今用"，否则我们将没有中气、丧失底气，成为文化侏儒。

众所周知，洞识人心不能停留在切身体验和抽象理念上，何况时运交移，更何况人不能事事躬亲、处处躬亲。文学作为人文精神和狭义文化的重要基础，既是人类文明的重要见证，同时也是一时一地人心、民心的最深刻，也最具体、最有温度、最具色彩的呈现，而外国文学则是建立在各民族无数作家基础上的不同时代、不同民族的认识观、价值观和审美观的形象体现。因此，外国文学，尤其是外国文学经典为我们接近和了解世界提供了鲜活的历史画面与现实情境；走进这些经典永远是了解此时此地、彼时彼地人心民心的最佳途径。这就是说，文学指向各民族变化着的活的灵魂，而其中的经典（包括其经典化或非经典化过程）恰恰是这些变化着的活的灵魂。亲近她，也即沾溉了从远古走来、向未来奔去的人类心流。

此外，文学经典恰似"好雨知时节"，"润物细无声"，又毋庸置疑是各民族集体无意识和作家、读者个人无意识的重要来源。她悠悠地潜入人们的心灵和脑海，进而左右人们下意识的价值判断和审美取向。还是那个例子，我们五服之内的先人还不会喜欢金发碧眼，现如今却是不同。这是"西学东渐"以来我们的审美观，乃至价值观的一次重大改变。其中文学（当然还有广义的艺术）无疑是主要介质。这是因为文学艺术可以自立逻辑，营造相对独立的气韵，故而它们也是艺术化的生命哲学；其核心内容不仅有自觉，而且还有他觉。没有他觉，人就无法客观地了解自己。这也是我们有选择地拥抱外国文学艺术，尤其是外国文艺经典的理由。没有参照，人就没有自知之明，何谈情商智商？倘若还能潜入外国作家的内心，或者假借他们以感悟世界、反观自身，我们便有了第三只眼、第四只眼、第N只眼。何乐而不为？！

且说中华民族及其认同感曾牢固地建立在乡土乡情之上。这显然与几千年来中华民族的文化发展方式有关。从最基本的经济基础看，中华文明首先是农业文明，故而历来崇尚"男耕女织""自力更生"。由此，相对稳定、自足的"桃花源"式的小农经济和自足自给被绝大多数人当作理想境界。正因为如此，世界上没有其他民族像中华民族这么依恋故乡和土地（柏杨语）。同时，因为依恋乡土，我们的祖先也就相对追求安定、不尚冒险。由此形成的安稳、和平性格使中华民族大抵有别于西方民族。反观我们的文学，最撩人心弦、动人心魄的莫过于思乡之作。如是，从《诗经》开始，乡思乡愁连绵数千年而不绝，其精美程度无与伦比。"昔我往矣，杨柳依依；今我来思，雨雪霏霏"（《诗经》）；"露从今夜白，月是故乡明"（杜甫）；"举头望明月，低头思故乡"（李白）；"春风又绿江南岸，明月何时照我还？"（王安石）。如此等等，不一而足。当然，我们的传统不尽于此，重要的经史子集和儒释道，仁义礼智信和温良恭俭让，以及少数民族文化等皆是中华传统文化的组成部分。而且，这里既有六经注我，也有我注六经；既有入乎其内，也有出乎其外，三言两语断不能涵括。诚然，四十多年，改革开放、西风浩荡，这是出于了解的诉求、追赶的需要。其代价则是价值观和审美感悦令人绝望的全球趋同。与此同时，文化取向也从重道轻器转向了重器轻道。四海为家、全球一村正在逼近；城市一体化、乡村空心化不可逆转。传统定义上的民族意识正在淡出。作为文学表象，那便是山寨产品充斥、三俗作品泛滥。与此同时，或轻浮或狂躁，致使伪命题及去心化现象比比皆是；文学语言简单化（却美其名曰"生活化"）、卡通化（却美其名曰"图文化"）、杂交化（却美其名曰"国际化"）、低俗化（却美其名曰"大众化"）等等，以及工具化、娱乐化等去审美化、去传统化趋势在网络文化的裹挟下势不可挡。

正所谓"彼亦一是非，此亦一是非"，如何在全球化这把双刃剑中取利去弊，业已成为当务之急。"不忘本来，吸收外来，面向未来"无疑是全球化过程中守正、开放、创新的不二法门。因此，如何平衡三者的关系，使其浑然一致，在于怎样让读者走出去，并且回得来、思得远。这有赖于同仁努力；有赖于既兼收并包，又有魂有灵，从而在人类命运共同体的旗帜下复兴中华，并不遗余力地建构同心圆式经典谱系。毫无疑问，唯有经典才能在"熏、浸、刺、提""陶、熔、诱、掖"中将民族意识与博爱精神和谐统一。让《红楼梦》《三国演义》《水浒传》《西游记》等中国文学经典的真善美成为全世界共同的精神财富吧！让世界文学的所有美好与丰饶滋润心灵吧！这正是作家出版社与中国社会科学院外国文学研究所精心遴选，联袂推出这套世界文学经典丛书的初衷所在。我等翘首盼之，跂予望之。

作为结语，我不妨援引老朋友奥兹，即经典作家是好奇心十足的孩子，他用手指去触碰"请勿触碰"之处；同时，经典作家也可能带你善意地走进别人的卧室……作家卡尔维诺也曾列数经典的诸多好处；但是说一千、道一万，只有读了你才知道其中的奥妙。当然，前提是要读真正的经典。朋友，你懂的！

# 译　　　者　　　序

尹承东　　　　　　　　　　　　　　　　　2021 年 1 月 6 日于北京

维森特·布拉斯科·伊巴涅斯 (Vicente Blasco Ibáñez, 1867—1928) 是十九世纪蜚声世界文坛的最重要的西班牙作家之一，也为西班牙著名的"九八年代"代表作家，同时也是一位政治家，被称为革命作家和共和鼓动家。他出生于西班牙美丽的海滨城市巴伦西亚一个商人家庭，父母都是阿拉贡人。据他自己说，他最初的记忆是在六岁时看到第一共和国初期地方分裂主义者叛乱在巴伦西亚街道上筑起的街垒和战斗中的英雄人物。他读的第一本书是法国作家、诗人、政治家拉马丁的《古伦特派历史》，然后就开始读维克多·雨果的作品，特别是他的《悲惨世界》。据他的传记作家拉米罗·雷因说："从这时起，他就明确了自己的人生目标：做一个革命作家和从口头到行动的鼓动家。"在他的政治素养和文学成长中，十九世纪后半叶在政治和文化上倾向于语言和传统运动的加泰罗尼亚激进主义作家康斯坦蒂·利翁巴特给了他很大的影响。他常常会突然闯进这位作家组织的共和派人士的聚谈会，后者也就慢慢把他培养成了他的文学继承人。

布拉斯科·伊巴涅斯十六岁时就创办了一份《周报》，由于未成年，他只好用了一位鞋匠朋友的名义。他本想做海员，但由于数学不佳只好选学法律。他的出类拔萃的学习才能使他仅仅在考试前的十五天就完成了整整一年的应试准备，进入了巴伦西亚大学。他参加了大学生乐队，过着散漫不羁的生活，尽管实际上他并没有认真学习法律专业，1888年还是获得了硕士学位。

在大学时期布拉斯科·伊巴涅斯就参加了各种共和鼓动和反宗教活动，开始出席联邦共和党组织的会议，并开启了自己的政治生涯。在最初几次的公开演讲中，他发现自己具有强大的说服才干。他的笔锋犀利，口才也毫不逊色，能激发起听众的热情，鼓舞人们充满伟大的梦想。对布拉斯科·伊巴涅斯来说，当时的根本问题还不是所谓随着十九世纪期间活跃的革命社会主义萌芽提出的阶级斗争问题，而是他所面对的当时巴伦西亚的社会现实——大量的文盲存在，人民生活荡不安。这一切导致人们的信仰僵化，不相信社会形势会有好转。布拉斯科·伊巴涅斯的历史使命是要从道德上揭露官府的腐败和胡作非为，以及为人民的进步做出贡献。

布拉斯科·伊巴涅斯积极为政治报刊撰稿，并参加各种民众集会发表演说，反对当时的君主专制，很快成为一个激进的共和主义者。他是一位批判现实主义作家，对社会、对人民负有一种高度的责任感，成为当时左翼共和党的领袖之一以后，由于终生投入反封建帝制的运动，追求社会公平正义，一生坎坷，曾三十次被捕入狱或流放，中年游历拉丁美洲，足迹遍及阿根廷、乌拉圭、智利、墨西哥等国，晚年再次被迫流亡法国，并在那儿悲惨地结束了自己的一生。当然，在他游历世界的流亡生涯中，艰难地冒险进入艺术国度意大利的那段既心酸又有趣的人生经历更是令人难忘的。

布拉斯科·伊巴涅斯是一位多产作家，正是凭着丰富曲折的经历，为理想奋斗的顽强精神，他一生孜孜不倦地笔耕不辍，共创作了四十多部脍炙人口的小说，创作主题涉及社会的方方面面。权威的西班牙学者把其作品分为九类：巴伦西亚地域小说；反抗小说，或曰社会小说；心理小说；美洲小说；战争小说；西班牙历史颂扬小说；历险奇遇小说；短篇小说集和游记。

伊巴涅斯这位天才作家，作品不仅在西班牙国内深受读者欢迎，大量地被搬上银幕和舞台，而且被翻译成十多种语言，甚至有俄文版和日文版的《伊巴涅斯全集》问世。二十世纪五六十年代，国内就有了他的《启示录的四骑士》《茅屋》以及一些短篇小说的中文版。1978年改革开放以后，随着一股新翻译浪潮的兴起，他的《五月花》《不速之客》《酒坊》《芦苇和泥塘》《在柑橘园里》《大教堂》《女人的敌人》《游民》等一大批作品都被介绍到中国来，并且有不少一版再版。这些作品，无论是描写巴伦西亚省边远地区居民生活和风情的《茅屋》《五月花》《芦苇和泥塘》等地域小说，还是伊巴涅斯站在资产阶级立场上，尖锐地提出社会问题，无情揭露大资本家的权势，宣教师、神父的假仁假义，传统成见的压力，真实反映西班牙劳苦大众疾苦的《大教堂》《不速之客》《游民》等社会小说，又或是站在人道主义立场上，深刻揭露德国军国主义狰狞面目的反战小说，无一不让广大中国读者享受到西班牙文学的盛宴和乐趣，同时也为我们的创作界提供了宝贵的借鉴。

在19世纪，维森特·布拉斯科·伊巴涅斯和另一位最多产的杰出作家贝尼托·佩雷斯·加尔杜斯，被称为西班牙最富有激情的作家，他们把一生的爱全部献给了小说创作事业，因此也是在西班牙乃至世界文坛上最受关注和广泛评论的西班牙作家。当然，他们受到高度的赞扬和敬仰的同时，也招来了不少严厉的非议。伊巴涅斯本人是如何看待自己的小说创作呢？1918年，他在给伟大的西班牙牧师作家塞哈多尔的信中这样写道：

　　既然您要求谈谈小说，那咱们就谈谈吧。我认可
"小说是通过一种艺术才能对现实的观察"这一著名定
义。我也跟司汤达一样，认为"一部小说是照出漫漫长
途的镜子"。但是，当然了，创作的艺术才能要加工现
实，镜子也不可把那些粗糙具体的现实原样照搬地映
现出来，而是要赋予现实一种蓝色的、轻快而流畅的形
象，仿佛是在巴伦西亚的大海深处游泳。小说家要按照
自己的艺术才能去再现现实，选择现实中的精粹，不屑
于那些无意义的平庸单调的东西。画家也是如此，哪怕
贝拉斯科是最伟大的现实主义的画家，他的作品比任何
画家都更贴近生活，画的人物个个活灵活现，但是，如
果这些人物是用照相机直接拍摄出来，他们会更像本
人，"但却已不那么栩栩如生了"。在作品和现实中间产
生的那种现实，有一种发光的棱镜，它让事物变形，凝
聚起它们的本质、精华和灵魂，并将其发扬光大，这就
是作家的艺术才华所在。在我来看，一个小说家最重要
的是他的艺术才华、他的人格、他的特殊的行为举止及
其独特的对生活的观察。这是一个小说家真正的创作风
格，尽管实际写起来会有些疏忽纰漏……

　　这段话无论是从文学的社会意义，还是艺术特质，都清楚地
诠释了伊巴涅斯的创作观：文学创作源于生活，但要高于生活。
庄重先生翻译的他的如诗如画的菜园小说《茅屋》，我认为这部

作品很好地体现了这一点。或许这也是伊巴涅斯作品受到中国读者青睐的原因之一。

　　至此，我要来谈《血与沙》了。不消说这是作家最重要的作品之一。这部作品只有三个字：血与沙。"血"，斗牛与血的关系太紧密了，在西班牙这项被称为"国家娱乐"的活动中，斗牛士在流血，不管是徒步斗牛士、马上扎枪手、剑刺手，或屠牛手，没有一个不会流血；一头头公牛在流血，而且流血后是死亡；扎枪手的马在流血，同样流血后是死亡；而更悲痛的是斗牛士的家人，尤其是他们的母亲和妻子，她们的心无时无刻不在流血。"沙"，则是斗牛场上斗牛士和公牛生死搏斗的沙地。那片黄沙在斗牛开始之前是松软而洁净，甚至熠熠闪光的，但当经过一场"人与兽"的殊死搏斗，一头头公牛被短剑刺死，或斗牛士不幸惨死在公牛的大角和四蹄之下被脚朝前抬出斗牛场之后，那儿不仅到处是一摊摊的血迹，还有人和公牛、马匹的五脏六腑，以及后者的排泄物。一片狼藉，惨不忍睹。在这搏斗的整个过程中，如果是在马德里的大斗牛场，看台上的一万四千观众始终处于兴奋难抑的状态，他们欢呼，鼓掌，往斗牛场扔酒瓶、柑橘、坐垫、杂物，甚至要越过护栏冲进斗牛场去，那是一个山呼海啸、地动山摇的疯狂世界。

　　在《血与沙》中，布拉斯科·伊巴涅斯把这些场面描写得淋漓尽致，我在翻译这些场景时不忍卒读，甚至难以继续下去。好在，伊巴涅斯的更难能可贵之处是把整个斗牛行业像一幅幅图画似的展现在读者眼前：专业的公牛养殖场，从幼牛养到成牛后怎样成群地从养殖场引领到斗牛场（一个震撼人心的宏伟场面）；牧场中斗小公牛的娱乐场景；斗牛士在斗牛的那个下午出发前在饭店的准备过程及复杂的心情，尤其是那种能多拖一分钟就拖一分钟的恐惧心理；斗牛士的家庭生活……我敢说，即使那些在西班牙或拉丁美洲亲临现场看过斗牛的人，也还是对斗牛不甚了了。而《血与沙》恰恰是一部让读者真正了解西班牙斗牛这一既古老又现代、既是一种娱乐又是一种文化的独特活动。

《血与沙》描写了一个斗牛士的一生。加利亚多是一个醉鬼鞋匠的儿子，母亲安古斯蒂亚斯（痛苦烦恼之意）太太靠当仆人赚些零钱补贴家用。这是一个贫困的家庭。孩子的父亲早逝，为了生计，母亲给儿子找了一个最好的鞋匠让他去当学徒，但他生性顽固不化，一心要做斗牛士，对斗牛到了痴迷的地步，即使在母亲的毒打下也绝不服从。最后他历经种种艰难和冒死拼搏，终于成了一个驰名整个伊比利亚半岛的斗牛士，每个斗牛季合同都雪片似的向他飞来，财源滚滚，他置办了房产和庄园，进入上层社会，侯爵的侄女都甘愿做他的情人。斗牛场对他而言是一个喝彩和掌声的海洋，社会各阶层的人无不对他仰视，他也慷慨地对穷人施舍，似乎是他们的救世主。他的代理人甚至骄傲地称他为"天下第一斗牛士"或"天下斗牛第一人"。但是，物极必反、盛极必衰的规律对他也不例外，这种风光无限的时光并没有持续太久，突然有一天下午他斗牛失败了，从此一蹶不振，每况愈下，斗牛场上的"天下第一斗牛士"变成了不敢正视公牛的胆小鬼，喝彩和掌声变成了嘲笑和嘘声，贵妇人情人也无情地抛弃了他，经济上已欠债，精神萎靡不振，终于在一次重伤恢复之后力图重振雄风时凄凄惨惨地一命呜呼。

《血与沙》围绕斗牛这一主题还浓墨重彩地描述了西班牙的宗教礼仪。除了那些常规的教堂祈祷活动外，尤其完整而细腻地描写了复活节圣周宗教大游行。这种各派教友会虔诚的信徒排成浩浩荡荡的队伍，抬着圣母和耶稣雕像，走遍全城的大街小巷，从深夜一直折腾到第二天曙光初露的大游行，名义上是西班牙每年举办的一桩隆重的宗教盛事，而在伊巴涅斯的笔下却变成了一群乌合之众荒唐、愚昧、仇视的闹剧。读读这一游行，对我们中国读者了解西班牙的宗教是有益的。在这里伊巴涅斯对宗教极尽讽刺嘲弄，语言之犀利可谓登峰造极，自然也不乏幽默。而在另一个章节里，他通过一个热衷于革命的叫"国民"的斗牛士之口，更是毫不掩饰地道出了他对宗教的看法，明确地将其归结为"迷信，落后"，无情地批驳道："圣经？……一派胡言，骗人的鬼把戏！六天创造尘世？……一派胡言，骗人的鬼把戏！亚当夏娃的故事？……同样是一派胡言，骗人的鬼把戏！所有这一切都是骗人的鬼话和迷信。""我的名字就叫塞瓦斯蒂安·贝内加斯，就是这样；而你的名字叫胡安尼略·加利亚多；您哪，叫堂何塞，也有自己的姓；每个人都有自己的姓名，除了亲属们是同姓，别人的姓都是不一样的。那么，如果我们都是亚当的子孙，那么，假定亚当姓佩雷斯，我们大家也都应该姓佩雷斯呀！明白了吗？……一派胡言，骗人的鬼把戏！因此，既然我们每个人都有自己的姓，那就应该有许许多多的亚当，牧师们所说的什么大家都是……胡说八道！迷信，落后！我们没有文化，所以牧师欺侮我们……我觉得我把话说清楚了。"在这里，显然伊巴涅斯是借批判宗教批判社会。在西班牙，即使在中世纪宗教裁判所动辄动用火刑烧死所谓的异教徒之后的时期，宗教对人民的麻醉和迫害依旧是十分严重的。伊巴涅斯对此深恶痛绝。

在《血与沙》中，作者还用整个一章的篇幅成功地刻画了一个强盗"小羽毛"。这个悲楚动人的故事同样是对封建专制制度无情的批判。前面讲的斗牛士是穷人的孩子无路可走，要想过上幸福的日子唯有从事这项职业，用生命去换取钱财。而"小羽毛"本来也是一个善良的农民，而且是村子里唯一一个乐于为乡亲们办事的有点儿文化的善良人。但是富人和乡绅却对他进行诬陷，逼得他有家不能归，他为了活命只好做了"强盗"，以抢劫为生。照他的说法，"有些有钱人心肠非常歹毒，他们干的事害苦了穷人！……穷人需要的是公平正义，属于他的东西，就应该给他，他应该得到的东西得不到，那就要自己拿。要变成一只狼，让别人怕，这样别的狼都会尊重你；若是一头牛，自己直到让人家吃掉还会表示感谢呢。穷人，如果你让人看成胆小鬼，没有威慑力，就连绵羊都敢往你脸上撒尿"。这是一个正义而侠义的"强盗"，他只打劫富人，而对穷人不但不打扰，而且还帮助他们。为了避免宪兵的追杀，他每天都骑着一匹马，带着一支卡宾枪奔波于荒山野岭之中，过着野人般的日子，但终于还是被宪兵杀死了。这种对社会上层充满无限的鄙视和仇恨、对社会底层的人们充满了深切同情的文字，可以说贯穿在伊巴涅斯全部的作品之中。

布拉斯科·伊巴涅斯在《血与沙》中充分地展示了他描写人物的功力，围绕斗牛士加利亚多出现的人物，个个特点鲜明，栩

栩如生，如：富有而虚伪的莫赖玛侯爵；穷奢极欲、放浪形骸的
贵妇人索尔；老谋深算、狡黠奸猾的加利亚多的代理人堂何塞；
忠厚善良、医术高明的医生鲁伊斯。这些人物的衬托，把主人公
胡安·加利亚多的形象突出得更加鲜明，从而加强了其艺术感
染力。

　　最后我想再谈一谈伊巴涅斯的写作技巧或者说写作风格。
《血与沙》属于九类中的心理小说类。这部作品跟伊巴涅斯其他
作品一样，充分显示了他心理描写大师的大手笔，每一个人物的
心理活动都展示得那么生动逼真，让那些形象活现在读者的脑海
中。限于篇幅，我只选取其中的一段以飨读者。
　　加利亚多在衰败之中受过一次重伤之后，身体已明显大不如
前，胆量也失去往昔的光辉，观众也开始鄙视他，讨厌他了，家
人和亲朋好友都劝他放弃斗牛。那时，他陷入深深的痛苦，在踌
躇不决中，思想斗争激烈：

　　　　想到这种耕田种地的卑微生活不得不处处节俭，没
　　完没了地挣扎在贫困中间，加利亚多这个勇敢而爱体面
　　的男子汉不禁害怕起来，因为他已习惯了观众的鼓掌喝
　　彩和大量的金钱。金钱是一种具有弹性的东西，随着他
　　事业的增长而增加。但是从来也没有满足过他的全部需
　　要。以前的时候，如果他拥有现在财产的一小部分，也
　　就自认为是富人了……而现在，如果他放弃斗牛，那就
　　几乎变成个穷人，他就必须戒掉哈瓦那雪茄，以前他不

仅自己吸，还毫不吝啬地在朋友们中间分发。昂贵的安达卢西亚葡萄酒也不能喝了。他也不得不约束自己绅士风度的慷慨，不能再一进酒馆和咖啡馆就高喊"所有的账我全包了"。那是习惯了向死神挑战的男子汉慷慨的冲动，死神把他的生活变得发疯的挥霍。他必须遣散那支围在他身边的寄生虫和溜须拍马的队伍，他们只是哼哼唧唧地哭着向他提出请求逗他发笑。如果有某个平民阶层的漂亮女人看到他已放弃斗牛来找他的时候，他再也不能在她的耳朵上挂上耳环和珍珠让她激动得脸色苍白，也不能为了取乐故意用葡萄酒把她美丽的中式大

披巾弄脏，然后送她一条更好的让她惊喜不已了。他就
是这样生活过来的，因此他要继续斗牛。他是一个老式
斗牛士，就像人们心中想象出的那种屠牛手一样：慷慨、
豪迈，每逢不幸者能打动他那粗鲁的感情的时候，他会
马上像王子一样掏出钱来施舍救济他们。

译者尽管西班牙和拉美都去过，但斗牛却是跟绝大多数中国
同胞一样只是在电视上欣赏过，翻译过程中尽管时时查阅词典并
多次请教外国专家，相信疏漏之处仍在所难免，还请译界朋友、
老师和有关专家，多多批评指教。

# 目　录

第　　　　一　　　　章

一如所有斗牛的日子，这一天，胡安·加利亚多早早就吃罢了午饭。他唯一的食物是一片烤肉，葡萄酒摆在面前原封未动，沾都没沾。在这样的日子里，他必须保持头脑清醒，心态沉静。他喝了两杯浓黑咖啡，点起一支粗大的雪茄，随后便两个臂肘撑在餐桌上，双手托腮，目光蒙眬地注视着客人断断续续地走进来，坐到餐厅的位子上。

几年前，他被正式授予了马德里斗牛场的剑刺手称号，自此以后，他每次来马德里都下榻在阿尔卡拉大街这家饭店。店主像家人一般亲切地接待他，餐厅的侍者、看门人、厨房的女帮厨和老女仆们都对他毕恭毕敬，以他来这家饭店留宿为荣。有一次，他身上两处被牛抵伤，依旧包裹着绷带、忍受着浓烈的碘消毒剂和药草的气味，在这儿住了许多日子，但这种不悦的记忆并没有给他留下多少深刻的印象。他这种职业随时都会遇到危险，加之南方人的迷信，他认为这家饭店是他的"福星"，只有住在这儿才会万事平顺。斗牛这行当出意外是家常便饭，衣服撕破，肌肉撕裂屡见不鲜，但是他不会像别的伙伴那样一倒不起，永远销声匿迹，那些阴暗不祥的记忆不时困扰着他们最美好的时刻，难以从他们的脑海里抹去。

在斗牛的日子里，他早早地用过午餐之后，总喜欢留在餐厅里看旅客们走来走去，他们有的是外国人，有的是远方的外省人。这些人开始时是冷漠地从他身边走过，瞅都不瞅他一眼，但当从仆人嘴里得知那个胡子刮得光光的、眼睛乌黑锃亮、穿着如纨绔子弟般的美男子就是胡安·加利亚多的时候，就不禁好奇地背转身来，对那个大名鼎鼎的斗牛士亲切地喊上一声"大帅哥"。

就在这好奇的氛围中，他百无聊赖地消磨着时间，一直等到去斗牛场。

时间是多么漫长啊！在这些心神不宁的时刻，会有一种模糊不清的恐惧从他的心灵深处涌起，令他对自己产生怀疑，那是职业上最痛苦的时刻。他不想外出逛街，因为他想到斗牛的辛苦劳累，必须好好休息，精力充沛，保持身体矫捷。在餐桌上，他不可随心所欲，吃饱喝足，以免到斗牛场上受到消化的拖累。

他双手托着面颊继续坐在餐桌上首，一团散发着香气的烟雾飘过他的眼前，他不时怀着点儿妄自尊大的心情朝几位夫人望望，她们也在颇具兴味地欣赏着这位家喻户晓的斗牛士。

人们对他偶像式的崇拜，自然让他就有了一种自豪感，他揣测那些女士的眼神里，都流露出对他的夸赞和奉承。不消说，她们觉得他既英俊又潇洒。每每这时他便忘记了内心的忧虑，以所有男子面对公众惯于摆出高傲姿态的本能挺直了胸脯，用指甲弹掉落在袖子上的烟灰，调整好套在整个指关节上的大戒指的位置。戒指上镶嵌着一颗硕大的钻石，闪耀着五彩缤纷的光轮，仿佛是用它神奇的燃料燃烧着一滴水清澈的核心。

他得意地审视着自己的全身，欣赏着那剪裁考究的三件套，看着放在旁边椅子上的平时在饭店走动戴的帽子，打量着搭在坎肩上方两个口袋之间的精致的金链子，瞅着那颗宛若以乳白色光芒照耀着他棕色脸庞的领带上的珍珠，还有那双稍微挽起裤腿就会暴露出来的俄罗斯皮鞋，以及镂空刺绣的袜子，那袜子跟一个妖艳的风尘女子穿的袜子别无二致。

由于浑身上下喷满了柔和而富有挥发性的英国香水，胡安·加利亚多的衣服和闪光锃亮、烫成波浪形的黑发香气四溢，那又黑又密的头发一直压到两鬓。面对那些女人的好奇，他露出一副胜利者得意扬扬的神气。对于一个斗牛士来讲，这样做可谓得体。他对自己的仪表深感满意，心中不禁暗自思忖，还能再找到一个在女人眼里更高雅更迷人的斗牛士吗？

但是，转瞬间，他的忧虑又重上心头，眼睛里的熠熠闪光暗淡下来，又双手托腮，拼命地吸着雪茄，目光被团团烟雾模糊。他固执地思念着黄昏，巴望着那一时刻尽快到来，转而也想着他从斗牛场回来的模样，大汗淋漓，精疲力竭，但是，由于他战胜了危险，心中无比地喜悦，胃口也就大开。他渴望疯狂地享乐一下，肯定也会过几天平安的日子，好好休息一下。如果上帝像别的时候那样保佑他，他就会像饥肠辘辘的时候那样大吃大喝一番。他要喝到微醉，然后去找一个在音乐厅唱歌的姑娘。他在过去的一次旅行中见过她，但是以后就没有经常同她交往。他过的是不断从半岛的这一方漂泊到另一方的日子，没有时间顾及别的事情。

一些热情的朋友继续三三两两地走进餐厅，他们在回家吃午饭之前都想看一眼这位斗牛士。他们是老斗牛迷，渴望组织一个小团体，有一个崇拜的偶像，于是就把年轻的加利亚多视为"自己的斗牛士"，不断地给他提出些明智的劝告，让他时刻记住他们历来都是十九世纪最著名的两位西班牙斗牛士拉加尔蒂托和弗拉斯奎罗的崇拜者。他们对那位剑刺手斗牛士以"你"相称，说话的口气亲切得犹如保护他的一家人。而斗牛士在回答他们的话时都在他们的名字上加上尊称"先生"，因为在出身社会底层的斗牛士和他的崇拜者们中间还是存在着传统的阶级间隔。那些人除了他们火一样的热情之外，还不时地回忆那些遥远的往事，为的是让那位年轻的斗牛士感觉他们见多识广和年长的高明。他们谈到往昔的马德里斗牛场，那时候只有真正的公牛和斗牛士出现在这儿，他们可是了不起。说到离当今不太久远的斗牛场景时，他们便想起了那个"黑衣人"，激动得浑身发抖。那个"黑衣人"便是弗拉斯奎罗。

"如果你见到他斗牛的场景那该多好呀……不过那时你和你们这一代人大概还正在妈妈怀里吃奶，或者压根儿还没有出生呢。"

又一些狂热的斗牛爱好者接二连三地走进餐厅，他们衣衫褴褛，面黄肌瘦。只有斗牛士知道他们是一些报纸的低级评论员；他们要么对斗牛士赞扬一番，要么毫不留情地大加指责，总之，他们的职业让人摸不着头脑，只要一看到加利亚多到来的消息，他们就会出现，一边说一大堆奉承的话，一边讨要入场券。对斗牛共同的热爱把他们同显贵、富商以及官吏混在一起，这些人跟他们面红耳赤地争论斗牛的事，毫不介意他们那副可怜的寒酸相。

所有人一看到剑刺手都跟他拥抱或握手，一边还高声问这问那：

"胡安尼略……卡门好吗？"

"她很好，谢谢。"

"妈妈呢，安古斯蒂亚斯太太好吗？"

"一切都好，谢谢。她在拉林科纳达。"

"你姐姐和小外甥们好吗？"

"生活幸福，一切如常。"

"你那个滑稽可笑的姐夫呢？"

"也好，还是那么唠唠叨叨。"

"那么孩子呢？没有希望吗？"

"没有……一点儿动静都没有。"

他用牙把指甲咬得咯咯吱响，面部露出绝对否定的表情，然后，便转而朝那个刚进来的人提问题了。对那个人的生活，除了知道他对看斗牛着迷外，其他一无所知。

"怎么样？您家人也都好吗？……啊，我很高兴，请坐吧，喝点什么。"

随后他便问起几个小时之后就将出场的公牛的模样，因为这些朋友都是刚从斗牛场赶过来，他们目睹了挑选公牛和把它们关进畜栏的过程。出于职业的好奇心，他又问起众多斗牛迷们常聚的英格兰咖啡店那边有什么新闻。

这是春季斗牛加利亚多第一次出场，崇拜他的斗牛迷们热情似火，对他抱有极大的希望，因为他们想起了在报纸上读到的讲述他最近在西班牙其他斗牛场取得的场场成功。他是合同接二连三、最走红的斗牛士。从塞维利亚复活节斗牛——全年最重要的第一场斗牛——开始，加利亚多从这个斗牛场转到另一个斗牛场，持续不断地把一头头公牛杀死。然后，到了八九月，他就不得不在火车上过夜，天天下午都上斗牛场，忙得没有半点儿休息时间。他的塞维利亚的代理人，每日对着雪片般飞来的信函和电报应接不暇，忙得发疯，不知如何协调那些合同的时间要求是好。

前一天下午，他在拉曼查大区的里亚尔小城斗了一场，来不及换下华丽的装束就急急忙忙挤上了火车，为的是第二天一早赶到马德里。是夜他几乎未能入睡，只是偶尔蜷曲在旅客们善意挤一挤给他让出的一点儿地方打个盹儿，这样来得到一点儿休息，第二天又去冒生命的危险。

斗牛迷们钦佩他身体的耐力和无畏的胆量，他就是凭着这种体力和胆量在关键的一刻猛扑过去把公牛一剑毙命。

"喂，看您下午的表现吧。"崇拜者们以信徒般的热忱说道，"斗牛迷们可是对你抱有很大的希望，你可是要好好煞煞许多对手的威风呀……看看你能不能干得像在塞维利亚那样漂亮吧。"

崇拜者们接连地散去回家吃午饭了，他们下午要早早地赶到斗牛场。待只剩下加利亚多孤零零的一个人的时候，他不禁神经质地冲动起来，于是他打算回到自己的房间去。正在此时，有个男子领着两个孩子推开了餐厅的玻璃门，并不理睬仆人们的问话。看到斗牛士，他露出天使般的微笑，拖着两个孩子，径直向他走过去，两眼死死地盯着他，竟不知道站在哪儿是好。加利亚多立刻认出了他。

"您好吗，老兄？"

随后便是一连串惯常提出的那些问题，详细地打听他家中的情况。接着，那人朝孩子们转过身去，一本正经地对他们说道：

"看到了吗？就是他，你们不是整天都在问起他吗？……跟照片上一模一样。"

两个孩子目不转睛地凝望着那个在照片上看到过不知多少次的英雄。那些照片贴满了他们家可怜房舍的所有房间。自他们懂事起，他在他们眼里就是一个神人，他们最早羡慕的就是这位豪杰的英勇业绩和财富。

"胡安尼略，吻吻你教父的手。"

那个小一点儿的孩子翘起小红嘴巴碰了一下斗牛士的右手，那小嘴巴是妈妈为这次拜访刚刚特意抹红的。加利亚多好玩地摸了摸他的脑袋，这孩子是他在西班牙的许多教子之一。他的狂热的崇拜者们逼着他做他们孩子的教父，以为借此他们的孩子必有一个光辉的前程。连续不断地为孩子们洗礼也是令他名声大振、荣耀满身的原因之一。这个教子使他想起了他那倒霉的时代，对这位父亲充满感激。那是在他事业初始，人们普遍对他不看好，多持怀疑态度，唯有这位父亲对他充满信心，坚信不疑。

"生意怎么样，老兄？"加利亚多问他，"好了点儿吧？"

这位斗牛迷脸色立刻阴沉下来。他靠着在拉塞瓦达市场上做经纪人业务拿点儿佣金维持生活，勉强度日，如此而已。加利亚多怜悯地看了一眼他那身寒酸的假日服装，觉得实在有点儿可悲了。

"哎，老兄，您想看斗牛吗？……去我房间吧，让钩疤脸给您张入场券。再见，这孩子真俊气！你们拿去买点儿什么吧。"

在那个教子又去吻他的右手的同时，斗牛士用另一只手塞给了两个孩子两个杜罗。父亲拖着两个孩子感激不尽地说着些含混不清的话离开了，那感激不知是来自斗牛士送给两个孩子的礼物还是由于斗牛士的仆人将交给他的斗牛入场券。

为了不在房间里再遇到那位斗牛迷和他的两个儿子，加利亚多故意在外面待了一会儿。然后他看了看表。啊，已经一点啦！

离斗牛开始还有多少时间啊！……

当加利亚多离开餐厅走向楼梯的时候，一个裹着大旧披巾的女人从饭店门房里走出来，毫不理睬店员们的阻拦，带着一股亲热劲儿果断地拦住了他的去路。

"胡安尼略！胡安！你不认识我了吗？……我是蜗牛多洛雷斯太太，小可怜莴苣小贩的母亲。"

加利亚多朝那老太婆笑了笑。她身材矮小，一张黑不溜秋布满皱纹的脸，两只眼睛火炭般闪闪发光，酷似女巫的眼。她激情难抑，哇啦哇啦一连串的话讲个没完。加利亚多一边琢磨着她说那番话的目的，一边把手伸向了坎肩。

"日子不好过呀，亲爱的！没吃没穿，简直活不下去了！……正巧听说你今天要斗牛，我心里想：'我得去看看胡安尼略，他不会忘了他苦命的伙伴的母亲……'啊哟，你真是太英俊了，多讨人喜欢，流浪汉！肯定一大群美女都围着你打转，该死的……我日子太难过了，亲爱的，连件衬衫都没有。我今天除喝了一点儿茴香酒还粒米未沾牙哩。他们可怜我，让我待在佩波娜家里，她是我的老乡。房子很不错，每天五杜罗。你来吧，那儿的人都真心地崇拜你。我给姑娘们梳头，侍候先生们……唉，要是我可怜的儿子活着有多好呀！你还记得小佩佩吗？……你还记得他死去的那天下午吗？……"

加利亚多把一个杜罗塞到那个老女人干瘪的手里，竭力想逃走，不再听她那张乌鸦嘴唠叨，那女人此时已经哭咧咧地开始颤抖起来。该死的女巫！在斗牛的日子里让他记起他早年可怜的伙伴莴苣小贩。那是在莱博里哈的斗牛场，他们两个小斗牛士斗牛，他亲眼看到公牛的角正巧抵中了伙伴的心脏，苦命的莴苣小贩当场身亡！这个老丧门星！他把她推开，而她此时却像一只毫无意识的小鸟似的由伤心变得喜悦起来，开始滔滔不绝地夸赞起那些捞取观众钱财和令女人们着迷的勇敢的美男子和身手非凡的斗牛士了。

"你真配得上西班牙的王后呀，美男子！……卡门太太可得好好睁大眼睛盯着你呀，说不定哪天有个姑娘就会把你抢走不再还回来了哩……你不送我一张今天下午的斗牛票吗，胡安尼略？我可是很想看看你杀牛的威风劲儿呢！"

老太婆的咋咋呼呼和没边儿地逢迎斗牛士逗得店员们笑声不断，店门上贴着的严禁看热闹的人和乞丐进入的标识也不起作用了，为斗牛士的出现所吸引，一群乞丐、流浪汉和报贩和蔼地推开饭店佣人们的阻拦，一窝蜂地拥进了前厅。

熊孩子们胳膊下夹着正在叫卖的报纸，摘下帽子，热烈亲切地向斗牛士欢呼。

"大帅哥！好棒啊，大帅哥，加油！英雄好汉万岁！"

最大胆的孩子们抓住他的一只手，使劲地握着，拉起来朝各个方向甩动，渴望着尽量延长跟这位伟大的民族英雄接触的时间，这以前他们只是在广告和海报上见过他的照片。然后，为了让伙伴们分享这份光荣，便毫无顾忌地朝他们喊：

"快握握他的手呀！他不会生气的，他非常和蔼可亲，平易近人！……"

他们觉得这样做还不够，为了表示对他的崇敬，干脆跪到了斗牛士的面前。另外一些胡子拉碴、衣衫褴褛的看热闹的人，昔日曾经出身高贵，此时却穿着开裂的鞋子围在偶像的周围，戴着沾满油垢的礼帽朝他深过头去，轻声跟他说话，称他为"胡安先生"，以把自己跟那些大呼小叫不懂礼貌的野孩子区别开来。他们朝他倾诉生活的困苦，请求他给点儿施舍，或者更大胆一点儿，称自己是斗牛迷，向他讨张斗牛入场券，尽管他们会立刻转手就把它卖掉。

加利亚多只能笑吟吟地对付那雪崩似的推他挤他的人群，饭店的侍者们无法把他解救出来，他们被民众如此尊敬面前的斗牛士惊呆了。后者掏遍所有的口袋，直至全部掏空，胡乱地把一些银币分塞到那些贪婪的高高举起的手里。

"没有了，全送完了！别闹了，朋友们，让我走吧！"

他对那帮恭维他的人装作生气的样子，靠了自己健壮的肌肉猛地打开一条路，飞速登上楼梯，以他斗牛士的敏捷跳过一道道台阶上楼去了。与此同时，饭店的侍者们也不再客气，推推搡搡把那伙看热闹的人全部轰了出去。

加利亚多从他的仆人钩疤脸的房间前走过，从半开半掩的门缝里看到他正在大箱小箱之间翻腾着为他准备斗牛的服装。

当他独自一人走进自己房间的时候，瞬间感到那群雪崩似的崇拜者对他激起的愉悦和兴奋消失，而斗牛的日子里那种压抑的时刻又到来了。那是去斗牛场前最后几个小时的惶惶不安、心烦意乱。这是缪拉的公牛和马德里的观众呀！当危险就在眼前的时候，似乎会把他变成醉汉，勇气大增，无所畏惧，然而在此刻，他孤零零一个人待在房间里，感到的却是痛苦和忧虑，危险仿佛是件超自然的东西，由于它本身的不确定性而显得分外恐怖。

他心情沮丧起来，感到精神被压垮了，仿佛前一天那个糟糕之夜的辛苦和疲惫又重新附在了他的身上。他想在房间尽头的一张床上躺下来，然而那等待他的神秘莫测的东西再次让他感到焦虑和不安，于是他的困意即刻消失了。

他忐忑不安地在房间里来回踱步，用刚刚吸过的雪茄烟蒂又引燃起另一支雪茄。

即将开始的马德里斗牛季他的命运会如何呢？他的敌手们会说些什么呢？他的竞争对手会表现如何？……他有着杀死许多缪拉公牛的记录，归根结底它们跟别的公牛也没什么两样。但是他又想到他那些倒在了斗牛场上的伙伴，几乎都是这种牲畜的牺牲品。该死的缪拉公牛！怪不得他跟别的剑刺手每逢要斗这样的公牛时，都毫无例外地在签约时另外多收一千比索。

他迈着紧张的步子继续在房间里走来走去，时不时地停下来傻乎乎地审视着他行李中那些熟悉的物件，然后便倒在扶手椅里，仿佛突然感到浑身乏力。他看了几次手表，还不到两点钟。时间过得好慢啊！

为了平复紧张情绪，他盼望穿好衣装到斗牛场去的时间尽快到来。人群、喧嚣、观众的好奇，以及面对观众的赞赏露出镇定而愉快的神态的欲望，特别是近在眼前真实而有形的危险，那一切会把他置身孤独中的焦虑和苦恼一扫而光。在那种孤独中，剑刺手缺乏外部刺激的助力，他感到面对着一种类似恐惧的东西。

为了排解胸中的郁闷，他把手伸进上衣里面的口袋摸索着，掏出了贴钱包放着的一个香气四溢的小信封，那是他入住饭店人家交给他的。他站到窗前，借着从内院射进来的不太明亮的光线凝视着它，欣赏起信封上地址两个字那高雅而秀逸的笔迹。

接着他抽出信来，情不自禁地嗅着那妙不可言的芳香。啊！这些出身高贵、见多识广的人士呀！他们事无巨细都显示出自己无可比拟的名流气质！……

仿佛他身上仍旧残留着早年贫苦时期刺鼻的恶臭，加利亚多总喜欢把全身洒满大量香水，结果引起人们的厌恶。敌手们都嘲笑这位体魄健壮的年轻人，甚至拿他寻开心，说他不像真正的男人。崇拜者们也笑他这个弱点，面对他时往往不得不背过脸去，仿佛被这位斗牛士身上那浓烈的香气熏得头晕。旅途中，他向来身不离花样繁多的香水，下到斗牛场时，面对那些肝肠外流的死马，一坨坨染血的粪便，他全身浸润着女性味道十足的香水。在一次去法国南部旅行斗牛途中，他结识了几个妓女，她们是他的粉丝。这些女人告诉他一个配制奇特香水的秘方，这信封上的香水正是写信者本人用的香水。这香水的味道神秘莫测，美妙而幽雅，堪称绝无仅有，犹如是从那个贵族气质的躯体上散发出来的，他称那是"贵夫人的香气"！……

他怀着满心的喜悦和骄傲，满面春风地微笑着把那封信读了一遍又一遍。

信很简短，只有寥寥几行字，内容是从塞维利亚问候他，祝他在马德里好运气，并提前预祝他一切顺利，大获成功。

这样的信即便失落，也不会给写信的女人带来任何麻烦，因为信的开头是这样称呼："加利亚多朋友"，字迹甚是清秀，斗牛士的眼睛立即为之一亮；而信结尾的文字也属普通平常："您的朋友索尔"。所有的文字都表现出友好，但并没有多少热情。写信者对斗牛士以"您"相称，那客气的语调中显示着自己优越的身份，仿佛那些话不是出于平等相待，而是一位高贵者居高临下对身份卑微者出于怜悯的恩赐。

斗牛士怀着一种读书甚少的乡下人特有的敬慕心情凝望着这封信，不免感到一阵不悦，以为似乎被人小看了。

"这个女人！"他喃喃自语道，"这个女人！……没有人去招惹她，可她对我讲话称呼'您'！对我以'您'相称！这是对我呀！……"

但是那些美好的回忆又让他脸上泛起了笑意。此种冷淡的语调只是用在写信上，这是贵夫人们的习惯，智高识广的贵妇人们无一不行事谨慎。这样想来，他的不悦立刻转变为羡慕。

"这个女人太精明，对这样的人需要小心！……"

他微笑中隐含着对职业的满足，也隐含着驯兽者的骄傲，他在赏识战胜野兽的力量时，也是在颂扬自己的荣光。

在加利亚多欣赏那封信的当儿，他的仆人钩疤脸一直在进进出出地忙碌着，把衣服和箱子摆满一床。

那年轻人只是手脚麻利地做事，却是默默无语，好像并没注意到斗牛士的在场。几年来，他一直陪伴着斗牛士东奔西走，为他在斗牛时做递剑手。他的斗牛生涯跟加利亚多同时开始于塞维利亚，是舞披风斗牛手，但是，他的命运不佳，好像一切倒霉的事都在等待着他，而与此同时，他的伙伴却顺风顺水，成果累累，赢得了荣光满身。钩疤脸个子矮小，黑脸膛，瘦得可怜，脸上有一道弯弯曲曲呈灰白色钩子形、缝合粗糙的伤疤，又兼布满皱纹和肌肉松弛，整个人显出一副老相。那伤疤是在一个镇上斗牛时被牛角刺破了脸留下来的，而且他还险些丧命。除了这道破相的伤疤之外，还有几处伤痕隐藏在身上，使肌肤变了模样。

他痴迷地要做斗牛士，不想却出师不利，遭到如此的不幸，然而却奇迹般地活了下来，保住了性命。最残忍的是人们面对他的倒霉却幸灾乐祸，看到他被公牛踩踏和撕破肌肤高兴得雀跃。最后，由于自己不可救药的笨拙面对不幸退缩了，他认可陪伴他的老伙伴做随从，成为他忠诚的仆人。他是加利亚多最狂热的崇拜者，尽管他往往滥用这种亲密信任关系，竟会对他提出忠告和批评。他认为设若他处在他主人的位置上，在某些时候他会表现得更完美。加利亚多的朋友们都嘲笑递剑手破碎了的雄心壮志，但是他对这种嘲笑毫不在意。放弃斗牛？没那回事儿！为了他过去的记忆不致灰飞烟灭，他把自己粗硬的头发在两耳上方梳成油光锃亮的卷发，在颈后留着一绺神圣不可侵犯的长发，那是他青年时代的发辫，也是他区别于其他人的职业标记。

当加利亚多跟他发火的时候，他那股大叫大嚷、怒火中烧的冲动劲儿，总是威胁这个仆人蹩脚的发式。

"干吗留这么个小辫子？不要脸的东西！……我要把你这个老鼠尾巴剪掉，没皮没脸！大笨蛋！大草包！"

钩疤脸对这种威胁逆来顺受，并不反驳，但是，他也有自己报复这种威胁的妙招，那就是当斗牛士下午在斗牛场上获得成功，像一个孩童似的得意扬扬地返来问他："你觉得怎么样？这一场我斗得够棒的吧？"那时，这位仆人只是耸耸肩一言不发，显示出一种高人的气魄，似乎是对主人说："算了吧，如此而已！"

由于他们早年就是伙伴，所以他延续了对主人以"你"相称的特权。他只会这样称呼他的主人，但是，他在这样称呼自己的主人时，神色则是庄重严肃，满脸毕恭毕敬的样子，那股亲密劲儿犹如是古时持盾牌的侍从跟他的冒险骑士主人之间的关系。

这位仆人从脖颈到后脑勺的装饰都类似斗牛士，但身体其他部分的打扮却像个裁缝和侍从。他身穿主人赠送的英国呢料三件套，上衣的翻领上卡满了花样繁多的别针和针饰，袖口上别着几个穿好线的针，他那双干瘪的黑乎乎的手像女人一般轻松自如地张罗收拾各种东西。

当把主人所需要的全部衣饰放到床上时，他又把那些东西一一检查了一遍，直至确信一样不缺。然后他站到房间中央，并不去看加利亚多，仿佛是对自己讲话，用沙哑而浓重的乡音说道：

"两点啦！"

加利亚多紧张地抬起头，仿佛直到那时他一直没有察觉仆人的存在。他把信放进口袋，懒洋洋地走向房间的尽头，似乎是想待会儿再穿衣打扮。

"一切都准备好了？……"

然而，他那张苍白的脸瞬间变得通红，神情大变，眼睛睁得铜铃似的，仿佛突然遇到了意外恐怖之事。

"你准备了什么衣服呀？"

加利亚多往床上指了指。但是，钩疤脸还没来得及张口说话，主人就对他大声训斥，暴跳如雷了：

"你真该死！难道你一点儿也不知道我们干的这一行吗？难道你是来干庄稼活的吗？……这是在马德里的斗牛场，斗的是缪拉公牛，你却让我穿红衣服，跟那个寒碜的草编制品小贩曼努埃尔穿得一模一样……你可别变成我的仇人呀，不知羞耻的东西！你好像是盼着我死！居心不良的坏家伙！"

那个莫大的疏忽等于在向厄运挑衅，一念及此，加利亚多火气就越来越大。居然发生了这样的事情，还要穿着红衣服在马德里斗牛，岂有此理！他的眼睛里迸发着愤怒的火花，充满了敌意，仿佛刚刚受到了背信弃义的算计。他两眼变得通红，似乎马上要举着那双斗牛士粗壮的铁钳般的大手朝钩疤脸猛扑过去。

一种轻轻的敲门声，方将那场面中止。

"请进！"

进来的是一位身穿浅色衣服系着红领带的年轻人，他戴着几枚大钻石戒指的手里拿着一顶科尔多瓦毡帽。加利亚多凭着善于记忆面孔的本领立刻认出了他。这种本领是那些生活与崇拜者们息息相关、对大众平等相待的人都具有的。他的怒气立刻消失，转而是一张和蔼可亲的笑脸，仿佛对那位年轻人的意外来访感到特别欣喜。那是一位毕尔巴鄂的朋友，一个狂热的斗牛迷，他光荣事业的衷心支持者。这就是他所记忆的一切。他叫什么名字来着？……他认识那么多人……他到底叫什么名字？他唯一记得的是跟他以"你"相称，因为两个人已经是老朋友了。

"请坐吧。真没想到！你何时来的？家里人都好吗？"

那个崇拜者坐下来，心中感到犹如一个信徒走进他偶像的圣殿时刻的满足。他要留到最后一刻才离开，听到大师对他以"你"相称，他也口口声声叫着大师胡安，心中感到美滋滋的。那会让家具、墙壁以及旁边过道里所有经过的人都知道他跟那位了不起的人物亲密无间的关系。他是那天早晨从毕尔巴鄂赶来马德里的，第二天就要回去。他来这儿就是要见见加利亚多。他在报纸上看到了他的巨大成功，这个斗牛季旗开得胜，那天下午必定是好天气。上午他看了挑选公牛的过程，特别注意一头深栗色公牛，毫无疑问，如果它撞到加利亚多手上，肯定是一场十分精彩的搏斗……

但是，斗牛大师颇为仓促地打断了那位斗牛迷的预言。

"对不起，请原谅，我马上就回来。"

他离开房间，朝过道尽头一个没有编号的小门走去。

"我应该为他准备什么衣服呢？"钩疤脸问，似乎声音更为沙哑了，因为他想表现得百依百顺。

"绿色的，棕褐色的，蓝色的，你爱准备什么就准备什么吧，随你便好了。"

加利亚多走进那扇小门就消失了，这时候，得到解放一身轻松的仆人脸上立刻泛起诡秘的报复性微笑。他知道为什么正在要穿衣服的时候斗牛士却像逃跑似的匆匆离去。照同行的说法，那是"吓尿了"。他的微笑表现的是他内心的满足，因为他再次看到最伟大、最勇敢的斗牛大师，跟他在许多镇子上走向斗牛场时一样，由于情绪的激动，忍受着双重危机感的折磨。

过了好一会儿，当加利亚多摆脱了生理上的危机，也不再为他斗牛的着装发火而心平气和地回到房间的时候，他看到又多了一位来访者。那是鲁伊斯大夫，大众喜欢的名医。三十年间他一直签署所有斗牛中的伤情报告书，同时也治愈了所有在马德里斗牛场上受伤的斗牛士。

加利亚多对这位大夫十分敬仰，认为他是世界科学领域无可比拟的代表人物。与此同时，也亲热地嘲笑他的大善人性格以及对自己的轻忽。他对他的敬仰如同社会底层人，只认可一个不修边幅、性格古怪的人的才华，因为这使他与众不同。

此人身材矮小，腹部突出，宽脸膛，鼻子有点儿塌，颔下有一圈白中透黄的脏兮兮的胡须，这让他远远看来脑袋颇像苏格拉底。每逢他站起来，那突出而松弛的腹部就好像随着他的话语在宽大的坎肩里左右摇动。坐下来的时候，这部分机体就往上挤压到他那瘦窄的胸部。他刚刚上身的衣服就沾满污渍显得破旧，在他那不协调的身子上晃荡着犹如是外人的衣服。他身体的消化部位过度肥胖，而运动部位又消瘦得可悲。

"您是个大好人，"加利亚多说，"很有学问……对职业一片痴情，心地善良，手里一个比塞塔都不存。您把自己的所有都送人，而人家给您多少您就拿多少，从不计较。"

两大爱好充实了他的全部生活：革命和斗牛。一场影影绰绰规模宏大的革命必将到来，欧洲现存的一切将会一扫而空，荡然无存。这就是无政府主义的共和政体。他无意去阐释这个共和政体更多的内涵，只有它要摧毁现存的一切是清清楚楚的。斗牛士跟他讲话就像跟爸爸讲话似的，而他对所有的斗牛士都称呼"你"，不管一封电报来自半岛的任何角落，这位慈善的医生都会即刻登上火车赶去给那个被牛角抵伤的"孩子"治疗。他没有更大的奢望，任凭伤者给多少就收多少。

久别重逢，他把那肌肉松弛的大肚囊顶在加利亚多铜铸般的身体上紧紧拥抱了他。美男子们万岁！他发现这位剑刺手比任何时候都更加健美帅气了。

"你那共和国的事进展如何，大夫？什么时候能成功呀？"加利亚多以安达卢西亚式的讽刺口吻问道，"国民说它就要诞生了，就在这几天。"

"这跟你有什么关系，调皮鬼？你让那可怜的国民安静一下吧。他最好还是去把短扎枪刺牛的本领表演得更出色些！而你应该关心的是继续把每头公头都杀死，仿佛上帝自己在动手……今天下午能有好戏可看呀！有人对我说，那几头公牛……"

但是，当医生讲到这儿时，那个看到了挑选公牛过程、打算来通报一下消息的年轻人打断了他的话，他要说说他看好的那头棕栗色公牛的样子，期望它的表演精彩绝伦。两个客人刚才在互相打过招呼之后，面对面坐在那儿，默默无语地一起在房间里单独待了好一会儿了，加利亚多觉得有必要把他们互相介绍一下。但是，那位对他以"你"相称的朋友到底叫什么名字呢？……他搔了搔脑袋，皱起眉头露出思考的表情，但是他的踌躇是短暂的。

"哎，你叫什么名字来着？对不起……你看，认识我的人那么多！……"

那年轻人淡然一笑，掩饰了对大师忘记他名字的不悦，告诉了他自己的名字。加利亚多一听到这个名字，立刻把过去的事情记了起来，为了补救自己的健忘，他在那名字的后面加上了"毕尔巴鄂的富豪矿老板"，接着他便把他介绍给了鲁伊斯大夫。两个人由于都是斗牛迷，于是仿佛一见如故地聊起了那天下午出场公牛的情况。

"你们请那边坐吧,"加利亚多指了指房间尽头的一个沙发,"那儿不碍事,你们随便谈,不要操心我,我要穿衣服了,反正这儿都是男人,没什么……"

他脱掉衣服,只剩下贴身内衣,然后坐在一张把小客厅和卧室分开的拱门下的椅子上,一切听由钩疤脸安排,后者打开一个俄国皮包,取出一个近乎女用的化妆盒,为那位斗牛大师梳妆打扮。

尽管加利亚多已经仔细刮过胡子,钩疤脸还是又在他脸上涂满肥皂,用剃刀熟练地刮了一遍。这样的事情,他每天都要灵巧地操作一次,已经变成了习惯。加利亚多洗过脸,又回到他的座位上。仆人在他头发上涂了发蜡,洒满香水,又把他前额和两鬓的卷发梳好,然后开始打理他职业的标记:神圣不可侵犯的小辫子。

他先是细心地把主人脑后那绺长发梳理成小辫拖到头顶,用两个发夹固定好,待会儿再做最后的料理,接下来就去忙乎脚上的事情了。他脱下斗牛士的短袜,让他全身只留下针织汗衫和丝绸短裤。

加利亚多结实的肌肉在这些衣服下面刚劲地起伏有致,轮廓清晰。大腿上有一凹陷处,表明那是个深深的伤疤,肌肉已经被牛角顶掉了。黝黑的胳膊上有几处白色的斑块,那是从前受伤留下的痕迹。棕褐色光滑的胸部,可见两道相互交叉的不规则的紫色线条,那也是流血事件留下的印记。一个脚踝肌肉上有一个紫斑,形似圆圆的小窝,酷似铸币模子。那个搏斗生物体散发着纯洁而强烈的肌肉气息,同时还伴以女人身上那浓烈的香水气味。

钩疤脸胳膊上搭着一团白棉花和绷带，跪在了主人脚前。

"这完全跟古代角斗士一样，"鲁伊斯中断他跟毕尔巴鄂人的交谈这样说道，"你简直变成个罗马人了，胡安。"

"年龄不饶人了，大夫。"剑刺手不无伤感地说，"我们都变老了。以前我跟公牛和饥饿搏斗的时候，是不需要这样的。挥舞披风戏弄公牛，两只脚就像铁铸的。"

钩疤脸先把一些细棉条塞进斗牛士脚趾缝里，然后又把洁白的棉花抻成薄片，将脚掌和脚背严严实实地包好，接下来就抻开绷带将它以螺旋形紧紧缠好，就像古代包裹木乃伊似的。为了使绷带牢牢固定，他拿过别在袖子上已经纫上线的针，仔细地把绷带两端缝好。

加利亚多把紧裹绷带的脚在地板上跺了跺，这样它们似乎更坚实了。他觉得双脚紧紧裹住更为有力而轻捷。仆人给他把长筒袜穿上，一直提到大腿中部。那长筒袜厚实而富有弹性，仿佛是一副护腿。在斗牛服的下面，那是他双腿唯一的保护物。

"喂，注意皱褶……钩疤脸，好好看看，我不喜欢衣服上有褶子。"

斗牛士一边说着，一边自己站到旁边一个双面镜子前面把自己的衣着前前后后审视了一番，接着俯身下去手伸向双腿，把皱褶抻平。白袜子外面，钩疤脸又为他套了一双玫瑰色袜子，斗牛士身上的衣服唯有那是清晰可见的。这之前，钩疤脸已经把几双便鞋放在衣箱上。那些鞋都是崭新的，鞋底雪白，加利亚多选了一双穿上。

到这时才算正式开始穿衣服了。仆人提着裤腰递给他一条丝绸短裤，短裤为棕褐色，缝合处满满装饰着金色绣花。加利亚多穿上短裤，让末端缀着金流苏的宽带子顺着裤腿一直垂挂到脚面。这些叫作"男子汉"牌的宽带子在膝盖下方把裤腿紧紧扎起来，使腿部充血更为丰盈，人为地增添了它的活力。

加利亚多一边使劲挺起腿部的肌肉，一边吩咐仆人用力煞紧，无需担心。这是最重要的事情之一，一个斗牛士的"男子汉"牌带子必须扎得紧紧的。钩疤脸麻利地把带子扎好塞进裤腿里，只剩流苏作为垂饰露在外面。

斗牛大师接着穿上仆人递过来的上等细亚麻衬衫，衬衫的胸襟上绣着波浪皱花，犹如女人穿的衣衫那般透明柔软。仆人随即给他把扣子扣好，又把长领带打好结，那长领带似一条红线从胸部一直垂到腰部。此时，装束到了最复杂的关口：把一条长四米的丝带缠绕在腰间。那丝带虽然几乎跟房间一样长，但钩疤脸操作得十分娴熟，因为他已经习惯了。

剑刺手走到房间另一端的朋友们身旁站定，把丝带的一端牢牢地扎到腰上。

"喂，好好注意，"他对仆人说，"可要扎好了。"

说罢，他开始缓慢地旋转着身子一步步向仆人靠近。与此同时，仆人使劲地扯着丝带，一圈圈整齐地把丝带往他腰间裹缠，这使他的身子变得更为匀称苗条，洒脱矫健。钩疤脸双手干净利落地变换着丝带的位置，有些圈，腰带要折成双层缠绕，有些圈，则是把丝带抻平，这一切都是迎合斗牛士身材的需要而定。那丝带平平整整形成一个整体，没有皱褶，也没有高低不平。在整个缠绕过程中，对于装束要求苛刻、难以侍候的加利亚多，几次停下来又转回几圈纠正缠裹得不满意之处。

"这不行！"他不高兴地喊道，"该死的……你注意点儿呀，钩疤脸！"

多次停下来纠正之后，加利亚多最后一个转身，整条丝带就完美地缠绕在他腰间了。机灵的仆人把主人的全身衣服精致地缝合，又用针饰和别针卡好，使整个装束打扮形成一个和谐的整体。从斗牛场归来的时候，斗牛士脱衣服就不得不借用剪刀和外人帮忙。回到饭店之前，他无法脱掉一件衣服，除非在斗牛场上当着欢呼的观众，公牛帮他脱掉点儿衣服，然后再把他转到诊所全部脱光。

加利亚多又坐下来，钩疤脸抓着他的小辫子摘掉上面的发夹，又为它系上一个带绸花帽饰似的饰物，这样子不禁让人想起斗牛刚刚兴起时斗牛士头戴的发网。

加利亚多像是希望再拖延一会儿才把自己彻底包裹在衣服里，他伸了个懒腰，吩咐钩疤脸把他放在床头柜上的雪茄拿来。他问了一下时间，认为所有的钟表时间都提前了。

"时间还早……孩子们还没来哩……我不喜欢早早就到斗牛场，谁都讨厌在那儿等待。"

他的话刚一落音，有个饭店的仆人就来通报说，斗牛队的车子已经在下面等了。

时间到了，没有理由再拖延出发了。他在宽腰带外面穿上装饰着金穗子的背心，再加一件短上衣。那短上衣装饰格外华丽，让人眼花缭乱，重得如同盔甲，还像火炭一般光亮闪烁。棕褐色的丝绸衣衫只露出袖子的内侧部分和背部的两个三角形，几乎整件短上衣都被厚厚的一层挂着红布的斗牛棒和缀满彩色宝石的金色绣花严严实实地遮盖了。肩部是厚重的金色刺绣，垂下同样质料的饰物。金色刺绣一直延伸到衣边，末端组成密集的带状饰物，随着主人的步履飘动。口袋金边上露出两块丝手帕的角，跟领带一样是红色的。

"把斗牛帽给我！"

钩疤脸小心翼翼地从一个椭圆形盒子里取出斗牛帽。那帽子是黑色的，有着卷边，垂着犹如两个耳朵似的穗子。加利亚多把它戴上，注意将美丽的装饰物露在外边，并使之在背部位置对称。

"披风！"

钩疤脸从椅子上拿起称之为"威风凛凛"的披风。那披风甚是华丽，配得上给王子或贵公子披用。它跟衣服同样颜色，也和衣服同样缀满金色绣饰。加利亚多把披风披到肩膀上，照了照镜子，对仆人的准备工作感到满意。不错，一切就绪……去斗牛场！

两个来访的朋友匆匆跟他告别，好坐上出租车跟他一起走。钩疤脸胳膊下夹着一卷红布，两端露出几把剑的柄和金属包头。

加利亚多从楼上来到饭店前厅的时候，看到街上站满了吵吵嚷嚷的人群，好像刚刚发生了什么大事。另外，他还听到门口拐角处外面有许多看不见的人在高声喧哗。

他走向店老板，后者全家出动，并主动伸出手来，仿佛在为他的一次远行送别。

"祝您好运，好好的，一切顺利！"

仆役们由于热情和激动，顾不上地位的差距，也争相去跟斗牛士握手。

"祝您好运，胡安先生！"

加利亚多向各个方向的人群笑面相迎，完全不在乎饭店里夫人们的错愕神情。

"谢谢，谢谢，非常感谢，回头见。"

他变成了另一个人。自从那令人眼花缭乱的披风披上肩头，一种无拘无束的笑容便映现在了他的脸庞。他脸色苍白，苍白中泛着汗渍，看上去像个病人。但是他为自己活着并且正在走向公众而满意地微笑。他要在人群面前泰然地摆出新的姿态，那是他需要当众显示出的气魄。

他迈步时故意潇洒地扭动着身躯，吸着左手里的雪茄，漂亮披风下臀部左摇右摆，把一个美男子的自视清高的步子踏得坚定而自信。

"好啦，先生们……劳驾了，让我过去，非常感谢，非常感谢。"

那些破衣烂衫、情绪激动的人拥挤在门口，加利亚多竭力要在他们中间打开一条道路的时候，尽量不让自己的衣服碰到他们。那些人囊空如洗，无法走进斗牛场，但是他们要抓住这个机会跟名扬四海的加利亚多握握手，或者随便碰碰他衣服的某个部位。

人行道边有一辆四匹骡子拖拉的车子等待着，骡子的装饰非常醒目，脖子上挂着响铃，垂吊着艳丽的流苏。钩疤脸已经夹着那卷红布、拿着短剑坐在了车夫的位子上。车内坐着三位斗牛士，披风搭在膝盖上。他们跟加利亚多一样穿着鲜艳夺目的绣花衣服，只是绣花是银色的。

加利亚多被欢呼的民众紧紧簇拥着，不得不用臂肘挡开那些企图触碰他的贪婪的手，艰难地走到了车子踏脚板前。也正是那些狂热的斗牛迷推他登上了车子，同时趁机使劲地去抚摸他的脊背。

"下午好，先生们。"他向他斗牛队的同事们简短地打招呼。

他靠近踏脚板上方坐到了车子的后排，以便让众人都能看到他。他微笑着不停地点头来回答几个矮胖女人的尖叫和报贩们掀起的一阵欢呼。

车子由四匹健壮的骡子拖着猛然地启动开始前行，整条街道上顷刻响起了清脆悦耳的铃声。人群躲开来让骡子通过，但是，许多人却扑向车子，仿佛要倒在它的轮子下阻挡它前行。人们挥舞着帽子和手杖，激情的浪潮在整个人海中涌动。那是一股富有感染性的热潮，它使民众在某些时刻兴奋难抑，变得发疯，让所有人呼喊嚷叫，然而，连他们自己都不明白为什么有那种行动。

"好啊，勇士们，加油！……西班牙万岁！"

加利亚多一直脸色苍白，但是面带笑容，他为民众的热情所感染，心潮澎湃，同时也为自己的人生价值感到骄傲，他的名字居然跟祖国的名字联系在一起了。他频频向民众致意，一遍遍地重复着"非常感谢，非常感谢"。

一群蓬头垢面的男女野孩子拼命地追着车子奔跑，好像疯狂奔跑到最后会有什么特别美好的事情等待他们似的。

还在一个钟头之前，阿尔卡拉大街两边的人行道上，徒步赶往城外的人群就已摩肩接踵，而在他们的中间则形成了一条车辆的河流。那些车辆各式各样，有古老的，也有现代的，它们首尾相接行驶在一股杂乱无序、吵吵嚷嚷的临时移民之间。你可以看到如今已过时的古老公共马车，也可以看到现代的汽车，品牌繁多，一应俱全。所有的电车乘客都是挤满塞满，踏脚板上都挤满成串的人。公共汽车在塞维利亚大街拐角处揽客，驾驶员站在高处大声喊叫："去斗牛场，去斗牛场！"装饰着流苏的骡子伴着脖子上丁丁零零的小铃铛声拖着敞篷马车一溜小跑，坐在车子上的是披着白色大披肩、头插鲜艳花朵的女人们。随时都可以听到她们恐怖的尖叫，因为她们看到有的男孩子向飞速奔驰的车辆激流挑战，故意又蹦又跳地迎着滚滚的车轮安然脱险，从这边的人行道跑向对面的人行道。汽车不停地按着喇叭，车夫们高声喊叫，报贩们声嘶力竭地叫卖手中的报刊，那上面刊登着要上场的公牛的图片和历史，或者著名斗牛士的故事和传记，以及时不时地还会突发件奇事，使得人群中乱哄哄的嘈杂声直冲云霄。

服饰艳丽夺目的骑手们，在穿黑制服的警察护卫下，骑着瘦得可怜的小马走过。他们双腿裹着黄色的护甲，身穿金黄色的短上衣，头戴以粗大的流苏代替顶部花结的海狸宽檐帽。这些人是斗牛场上的马上扎枪手，粗野的骑士，相貌酷似凶悍的山民。他们在高高的摩尔式马鞍后面，携带着一种蜷缩在马臀上穿着红衫的怪物，这就是所谓的"智慧猴"，也就是把坐骑牵引到家中去的奴仆。

斗牛队乘坐敞篷马车通过，他们醒目的绣花服饰反射着下午的阳光，刺激得人们眼花缭乱，这更激发了他们的热情。"那是富恩特斯!""那是邦巴!"人们对自己能认出一些斗牛士感到高兴，继续用贪婪的目光盯着渐去渐远的车辆，仿佛马上要发生什么大事情，担心自己会迟到似的。

站到阿尔卡拉大街的高处，那条宽阔、笔直、被阳光照得白晃晃的大道便一览无余。时间已是初春，两旁的树木开始泛绿吐出新芽，阳台上站满了黑压压的人群，路面上车水马龙，人如蚁群，他们前拥后挤地争相奔赴西韦莱斯，把那条大道遮掩得只剩下前一段后一段零零星星的狭小空隙。

一到西韦莱斯，夹在树木和高楼大厦间的街道斜坡变得陡了起来，阿尔卡拉门如凯旋门似的遮住了远景，它那白色的轮廓在苍穹衬托下更为凸显，几朵白云犹如孤独的天鹅漂浮在蓝天。

加利亚多静静地坐着，面部挂着始终如一的微笑回答人们的欢呼，他在向马上扎枪手们打过招呼之后，一直默无一言。后者同样默默无语，脸色苍白，焦虑不安地等待着即将发生的未知事件。现在他们身处斗牛士之间，保持在观众面前的那种潇洒勇敢毫无意义，于是就干脆将它丢在一边。

犹如一种神秘的感知告诉众人，最后一支斗牛队就要过来了。追着车子奔跑的野孩子们朝加利亚多呼喊他们已经落后，然后就在其他车子之间跑散了。尽管如此，人们还是回过头来，仿佛猜测那位大名鼎鼎的斗牛士已到他们身后，离他们不远了。于是他们停下脚步，站在人行道边，想把他看得更清楚些。

好像一溜小跑的骡子那丁零丁零的铃声通知她们似的，坐在前面车上的女人们都回过头来。人行道上停下脚来的几群人中爆发出雷鸣般的呼喊声。那一定是激动万分的欢呼声。有的人在挥舞帽子，有的人高举着油橄榄枝，他们都在疯狂地挥舞，仿佛一起在向英雄打招呼致意。

加利亚多只是面带僵硬的微笑回应着众人，由于此时他心情烦乱，似乎无心去关注那些欢呼致意。在他身边坐着国民，一个忠诚的助手，比他年长十岁的短扎枪手。此人一双浓眉连在一起，神情严肃，显然是一个粗犷直率的汉子，他在同行中以善良忠厚和热心政治闻名。

"胡安，你不会抱怨马德里的，"国民说，"他们都敬仰你，爱你爱得入迷。"

但是，加利亚多似乎没听到这句话，而是在思考着别的心事，只是这样回答道：

"我感到今天下午要发生点儿什么事。"

到达西韦莱斯的时候，车子停住了，一支浩浩荡荡的送葬队伍从普拉多那边过来，走向卡斯特利亚纳方向，挡住了阿尔卡拉大街上的车流。

加利亚多用惶恐不安的眼睛看着十字架和一队牧师鱼贯而过，脸色变得更加苍白。牧师们一边神情严肃地唱着，一边望着所有那些被上帝遗忘、跑去寻开心快活的人，他们的目光里有的充满厌恶，有的充满嫉妒。

剑刺手立刻脱下斗牛士帽，除了国民以外，其他短扎枪手也都跟随他这样做了。

"可是，该死的！"加利亚多吼道，"你把帽子摘下来，该入地狱的家伙！"

他怒火冲天地瞪着国民，那架势像是要揍他，因为他凭着迷迷糊糊的直觉，确信这种叛逆会给他带来最大的不幸。

"好的，我摘掉，"看到十字架过去，国民像一个不驯服的孩子那样悻悻然道，"不过，我是为亡人脱帽。"

为了让长长的送葬队伍通过，他们在那儿等了很长时间。

"真倒霉！"加利亚多自言自语，声音因愤怒而颤抖，"谁想到送葬的队伍会在去斗牛场的路上通过？……真该死，怪不得我说今天要出点儿什么事呢！"

国民耸耸肩笑了。

"迷信，盲从……上帝和大自然才不关心这些事呢！"

这些话使加利亚多更加火冒三丈，却是把别的斗牛士的焦虑一扫而光。他们开始嘲笑他们的伙伴，就像每次国民搬出他那句最得意的话"上帝和大自然"的时候一样。

道路空出来了，车子重新启动，骡子飞速奔驰，从其他赶往斗牛场的车子中间冲过去。到了斗牛场，车子往左拐直奔马厩的门，那个门通向院子和牛栏及马厩，但是由于人挤得水泄不通，车子又得缓慢前行。当加利亚多带着短扎枪手们从车子上下来的时候，人们再一次向他欢呼，他则不停地用大手把那些脏手推开，以免弄脏了他的衣服。他只是用微笑向人们致意，一直藏着那只人人都想握一下的右手。

"请让一让，先生们，让我过去，非常感谢！"

斗牛场主体建筑物和附属建筑物围墙之间宽敞的院子里，人山人海，他们都想在正式入座之前，先就近一睹斗牛士们的尊容。那些斗牛扎枪手和穿着十七世纪服装的法警骑在高头大马上，人们需要对他们仰视。院子的一旁，是一片砖结构的平房，门上搭着葡萄架，窗户上摆满盆花，仿佛是一个小村庄。那儿是办公室、小作坊、牛马房，以及牛马房管理人、木匠和其他斗牛场服务杂役们的住所。

加利亚多在人群中一步一步艰难地往前走。人们从这张嘴到那张嘴、不停地疯狂呼喊他的名字。

"加利亚多！……大帅哥来啦，太棒啦！西班牙万岁！"

加利亚多完全沉浸在群众对他的欢呼之中，神气十足地晃动着身子往前走，镇定得像一尊天神，仿佛去出席一个专门为他举办的庆祝会似的扬扬得意和心满意足。

突然，两条胳膊圈住了他的脖颈，同时一股强烈的酒气扑向他的鼻子。

"男子汉！……大帅哥！勇敢的年轻人万岁！"

那是一位相貌庄重的先生，一个刚刚跟朋友们一起吃过午饭的资产者，他以为逃脱了朋友们面带微笑的监视，其实朋友们就在近旁观望着他的行为。此人把脑袋压在剑刺手的肩膀上一动不动，仿佛就要那样舒舒服服地入睡了。加利亚多自己推，朋友们拽，终于让他摆脱了那一顽固的背后拥抱。那醉汉从他的偶像身上被拉开，立即又兴奋地高喊起来：

"太棒啦，好汉们！让世界上所有人都来赞赏这样的斗牛士，并且嫉妒得要死吧！他们可能有船只……可能有钱财……但那都是假象和欺骗！他们既没有公牛，也没有这样的帅哥好汉，勇敢的好汉让所有人倾倒……好棒啊，我的勇士！万岁，我的祖国！"

加利亚多穿过一个墙壁石灰粉白、没有任何家具的宽敞大厅，他的同行们在这儿被一伙斗牛迷围绕着。接着他拨开堵在一个门口的人群，走进一个狭小而阴暗的房间，房间的尽头亮着灯光。那是一个小教堂。一幅名为《白鸽圣母》的旧画悬挂在祭坛的后上方。祭坛上燃着四支蜡烛，几束布满尘土和虫蛀的绢花插在普通的瓷花瓶里。

小教堂里挤满了人。社会底层的斗牛迷们拥挤在那儿近身看看那些了不起的好汉。有些人在黑暗中脱掉帽子蜷曲着身子站在前排，有的人站到椅子或长凳上，大都背对着圣母像，急不可耐地望着门口，等待着一看到亮丽的衣服出现就高声喊出名字来。

马上短刺枪手和长扎枪手，这些可怜鬼，也同样跟他们的大师们一样，马上要去冒生命的危险了。他们的出现仅仅引起一点儿轻微的低语声，只有那些狂热的斗牛迷才知道他们的外号。

突然爆发出一阵长时间的嗡嗡声，众人不约而同地大声重复着一个名字：

"富恩特斯！……这是富恩特斯！"

俊美的斗牛士身材匀称，举止优雅，肩上的披风敞开着，走到祭坛前以戏剧演员般的优美动作弯下一条腿，此时烛光便反射在他那吉卜赛人明亮的眼睛中，也在身后映照出他那轻捷优美的身姿。做过祷告并画过十字后，他站起身来，倒退着向门口走去，眼睛一直盯着圣母像，就像男高音歌唱家一边退场一边向观众致意的样子。

加利亚多敬神并没有太激动的情绪。他进门时手拿斗牛帽，身裹披风，走到圣母像前双膝跪地，只顾虔诚地祷告，并不去关注几百双眼睛盯在他身上。他淳朴的基督教徒灵魂由于恐惧和愧疚而颤抖。他诚挚地祈求圣母保佑，恰如那些生活在持续不断的危险中的忠厚人，他们相信任何不测之事的发生，同时也相信神灵的保护。在整整一天之中，他第一次想到他的妻子和母亲。可怜的卡门，他在塞维利亚巴望着电报的到来！安古斯蒂亚斯太太，在拉林科纳达庄园里跟她的那些母鸡过着平静的日子，并不确切地知道她的儿子正在什么地方斗牛！……而他自己正在思考着那天下午即将会对他发生点儿什么事儿！白鸽圣母啊！保佑保佑吧！他会成为一个善良的人，忘掉别的一切，去遵从上帝的旨意生活。

于是，他迷信的灵魂靠着这无意义的忏悔得到慰藉。走出小教堂，他激动的心情仍未平复，他眼睛模糊，没有看到挡住他去路的人群。

外边，斗牛士们在大厅里等待着，有位胡须刮得精光、穿着有点儿笨拙的黑衣衫的先生跟他打招呼。

"真倒霉，"斗牛士一边继续往前走，一边嘴里嘟哝道，"怪不得我说今天要出什么事儿呢！……"

那位先生是斗牛场神父，一个斗牛术的狂热爱好者。他来斗牛场时，短衫下面总是藏着给临终的人涂抹的圣油。他来自兴隆区，身边有一位给他做教堂执事的邻居保护，给那位保护者的报酬是为他提供一个看斗牛的位子。数年来这位神父一直跟马德里城内一个教区的神父争吵不休，因为后者争辩说他们有更正当的权利包办斗牛场的宗教事务。每逢斗牛的日子，他乘一辆由企业付钱的出租车，在上衣下藏一杯圣油，轮流从自己的朋友或被保护人之间选一个人做他的教堂执事，报酬就是为他安排一个看斗牛的位子，然后就到斗牛场来。斗牛场在靠近牛栏门的地方为他保留两个位子。

神父仿佛是这儿的主人似的走进小教堂，看到公众们的表现立刻怒气冲冲：尽管他们脱掉了帽子，但是在高声说话，甚至有人抽烟。

"先生们，这儿不是咖啡馆，请你们出去，斗牛马上就开始了。"

他这一喊，众人马上呼啦啦一阵风似的走光了。那时这位神父便掏出藏在衬衣下的圣油，放进一个木漆盒里。他赶紧把这个圣油盒藏好，也一溜烟地跑出小教堂去坐到斗牛场的位子上，等待着斗牛队的出场。

人群散去了，院子里只看到穿丝绸衣服和绣花衣服的人，头戴大海狸皮帽子穿着黄衣服的马上扎枪手，骑在马上的法警，以及身着金黄色衣服或深蓝色衣服的杂役们。

在通向斗牛场进口处一个叫作"马门"的拱门下，斗牛士们以惯有的迅捷排列好队形：最前面的是大师们，随后是相互之间保持宽大空间的短扎枪手，再后面就到了院子里，那儿是马蹄踏得嘚嘚响个不停的后卫队，一队身披铁甲脸露凶相的马上扎枪手，空气中弥漫着热烘烘的皮革和马粪的气味。这些人的坐骑都骨瘦如柴，一只眼睛被蒙了起来。作为这支队伍的辎重队，队伍的最后有几匹用作拖尸的小骡子，是些健壮的一刻也不安分的牲畜，它们的皮毛梳洗得油光锃亮，鞍具上装饰着流苏和小铃铛，脖颈处插着随风飘动的小国旗。

拱门洞的尽头，木栅栏遮挡了门口的下半部，从敞开的上半部望出去，可见一片明净的蓝天、斗牛场的屋顶，以及一部分挤满了如蚁群般的观众的梯形看台。那地方，扇子和报纸一起杂乱地摇动，仿佛五颜六色的蚊子的身影。

犹如巨大的肺叶呼气，一股强大的气流吹进了拱门洞，接着便有一片和谐悦耳的嗡嗡声随着空气的波浪飘然而至，让人感到那是一种从远方传来的乐曲，而与其说那乐曲是听到的，倒不如说是猜到的。

拱门边上探出许多许多的人头，那是紧靠拱门的几排观众，为好奇驱使，迫不及待地想尽先看到那些英雄。

加利亚多跟另外两个剑刺手站在一排，他们既不说话也无笑意，只是面无表情地互相点点头打个招呼。每个人都在想自己的心事，让他们的想象展开翅膀飞向远方，或者由于情绪过分激动，脑子里一片空白，没有了思维的能力。他们没完没了地整理着披风，忽而披在肩上，忽而扯着边儿裹在腰里，这样在艳丽的披风下面，就露出了丝绸和金灿灿的刺绣包裹着的敏捷而美观的小腿。这些动作显示出他们内心的忧虑不安。每个斗牛士的脸色都是苍白的，但不是无光泽的苍白，而是闪闪发光透点儿紫色的苍白，由于情绪激动，面部像是涂上了一层汗津津的釉质。他们此时在考虑尚未看到的斗牛场沙地，对发生在墙那边的事情感到一种难以抗拒的恐惧。那是一种隐秘的恐惧，一种尚未出现就嗅到的危险。那天下午的斗牛会是怎样的结局呢？

从斗牛队身后传来两匹马小跑的嘚嘚嘚的马蹄声，它们是从斗牛场外延的拱廊下跑来。那骑马人是法警，他们肩披黑色短披风，头戴插着红黄两色羽毛的瓦形帽，刚去斗牛场跑了一圈，把那些看热闹的人全部赶走，折回来要赶到斗牛队的前面，充当他们的先锋。

拱顶建筑的门和前面的栅栏完全打开了。宽阔的斗牛场地出现了，那是真正的斗牛场，一片广大的圆形沙地，下午的悲剧就要在那儿演出，为的是让一万四千人激动和开心。那模糊而和谐悦耳的嗡嗡声现在高亢起来，变成了欢快雄壮的乐曲，犹如铜管乐器在演奏嘹亮的胜利进行曲，激动得观众们豪放地挥舞着胳膊、扭动起屁股……前进啊，美男子们！

斗牛士们由于突然受到强光的刺激而眨巴着眼睛，他们从阴暗走向了光明，从寂静的拱顶门厅走向了高声喧哗的斗牛场，斗牛场的梯形看台上密密麻麻的观众由于好奇开始像波浪似的骚动，为了把斗牛士看得更清楚，所有人都站了起来。

斗牛士们向前行进，一踏进沙地，在宏伟远景的衬托下，他们顷刻变成了小人儿，犹如一些闪闪发光的小木偶。阳光在他们的绣花衣服上反射出虹一样的光辉，他们那优雅风趣的动作激发得人们像孩童看到一个奇妙的玩具一样兴奋开心。那就像一阵劲风冲击着人们的情感，震撼着他们的神经，刺激着他们的肌肤，但他们却懵懵懂懂不知其所以然。人们全都拍手叫好，最狂热和神经质的人声嘶力竭地高声呼喊，音乐声响震天。在这震耳欲聋的巨响声中，斗牛队沿两边逐渐分散开来，从拱门口一直走到主席台前。他们行进缓慢，神情庄严，用优美的挥臂和身体动作协调着小小的步子。这时在斗牛场上方圆形的蓝色天空中一群白鸽振翅高飞，它们是被从这砖砌的火山口迸发出的巨大喧嚣惊吓起来的。

斗牛士一走到沙地上，就感到自己变成了不同的人。他们是要为一点儿超越金钱的东西冒生命危险。面对不可预料之事的忐忑不安和恐惧，他们从栅栏门走过来，现在已经进入斗牛场，置身于观众们的面前。现实已经到来了。那既残暴又纯朴的灵魂对荣誉的渴望，一心要打败伙伴的意愿，以及为自己的力量和技巧感到的骄傲，这一切都让他们失去理智，忘记了心中的忧虑和恐惧，反而激发了他们野性和勇气。

加利亚多完全变成了另一副模样。他走路挺直身板，力图让自己显得更高大魁梧，动作中显示出一种征服者的高傲气魄。他以胜利者的神气环顾四周，仿佛身边另外的两个斗牛士并不存在。斗牛场和观众，一切都属于他。他觉得在那一时刻他能够把安达卢西亚和卡斯蒂利亚牧场上的任何公牛杀死，不管它们有多少。所有的掌声和欢呼都是为了他，这一点他敢肯定。披着白色大披肩坐在包厢和最前排座位上的女士们的几千双眼睛都只是盯着他，这毋庸置疑。观众们崇拜他，当他傲慢地笑着朝前走去的时候，好像全部的欢呼和喝彩声都是送给他的。他扫视着看台上一排排的座位，洞悉了哪些地方坐满了他最狂热的崇拜者，而对其他斗牛士的朋友聚集在一起坐着的位置，他就不屑一顾了。

斗牛士们把斗牛帽拿在手中，向主席致意。至此这支闪光发亮的队伍入场式结束，步行斗牛士和马上斗牛士散开来各就各位。随后，在法警把主席扔过来的钥匙接到帽子里的同时，加利亚多便走向他最疯狂的崇拜者的位子，把他华丽的披风交由他们保管。那漂亮的披风被几只手争相接了过去，在看台前面栅栏墙边沿上展开来，仿佛那是一面旗帜，一个团体的象征。

狂热的助威者们站起来，挥舞着手臂和手杖向加利亚多致意，表示着他们的希望。"好吧，我们就看看这个塞维利亚小伙子表现如何吧！……"

他倚靠在栅栏墙上，微笑着，对自己的力量充满信心，一遍又一遍地对大家表示：

"非常感谢，非常感谢，我会尽最大努力。"

不仅那些来助威捧场的人在他面前表示对他充满希望，所有人都对他高度关注，期待着那万分激动的时刻的到来。按照斗牛迷们的说法，他是一位说到做到的斗牛士，能够让人兴奋到发疯，而这种极度的兴奋导致一个人住进医院那也并非鲜为人知。

所有人都认为他注定要被公牛抵死在斗牛场上，也正因如此，大家都以杀人的兴奋劲儿为他鼓掌，向他欢呼，就像一个厌世者怀着野蛮人的兴趣时刻跟随在一个驯兽师身旁，等待着目睹他被野兽吞噬掉的那一刻的到来。

加利亚多嘲笑那些老斗牛迷，一些口口声声把斗牛术挂在嘴上的老学究。他们认为斗牛只要严格遵守规则，就绝对不会发生意外，造成悲剧。什么规则不规则呀！……他不知道什么叫规则，他也不想费劲儿去了解什么规则。杀死公牛取得成功，需要的是勇气和胆量。斗牛几乎没有什么指南可循，就是靠胆大，靠身体的能力，身体棒就取得胜利。他就是这样速战速决玩斗牛，以他狂人般的勇敢让观众兴奋得欣喜若狂，惊讶得目瞪口呆。

他不像别的斗牛士那样，在大师身旁做了多年的助手和短扎枪手，一步一步地升级。他不畏惧公牛的角，他认为"饥饿是比牛角更可怕的东西"。最要紧的是迅速升级，公众们看到他从做短扎枪手开始，短短几年就成了大红大紫的斗牛士了。

除此之外，公众们赞赏他，还因为他们确信他会遭遇不幸。他们无耻地兴奋得发疯是因为目睹他在盲目地向死神挑战，头脑懵懵懂懂。他们关注他，照料他，那恰如对待一个已置身教堂面临死刑的罪犯。这个斗牛士不属于那种一心惜命的斗牛士。他为斗牛可以献出一切，直至生命。为他花钱值得。观众席上的人怀着在安全地方期待危险发生的兽性心态赞美和激励这位英雄。那些明智的人对他的英勇行为却是并不满意。他们认为那是跟命运较劲的自杀行为，嘴里咕哝着："若是老这么干！……"

鼓声和喇叭声同时响起，第一头公牛出场了。加利亚多胳膊上搭着他那件没有任何装饰的斗牛披风，稳稳地站在靠近他粉丝座位的栅栏墙旁，面对公牛，露出鄙夷不屑的神气，他相信此时整个斗牛场的目光都集中到了他身上。那头公牛是给别人的。等他的那几头公牛出现的时候，他才会做出动作让它们发现他。但是，他的伙伴们舞动披风的表演引起的喝彩声让他不淡定了。于是他改变了原来的主意，也开始向公牛扑过去，表演了几招，那动作表现出的与其说是技巧倒不如说是胆量。整个斗牛场一起为他喝彩，他那种无畏的惊险动作，特别得到他们的青睐，让他们欣喜。

富恩特斯杀死了第一头公牛，走向主席台向那里的一伙人致意。这让加利亚多的脸色霎时变得更为苍白，仿佛那种欢愉的场面不是为了他，就等于忽视了他的存在，是对他的莫大羞辱。现在轮到他了，马上就要发生一些了不起的事情。他尚没确切地想好要怎样动作，但是绝对要让观众大吃一惊。

第二头公牛刚一上场，加利亚多靠了他灵巧的身体和自我炫耀的强烈欲望立刻奔跑在整个斗牛场上。他的披风时刻都飞掠在那公牛的口鼻边上。小队里一个外号叫杂烩菜的长扎枪手被公牛从坐骑上挑下来，倒在地上动弹不得，暴露在牛角前。加利亚多霎时紧紧抓住那畜生的尾巴，猛劲儿地往后拽，逼迫它调转头来，把扎枪手抛开，让他终于安全脱险。观众们对加利亚多报以雷鸣般热烈的掌声。

到了短扎枪刺公牛的时候，加利亚多停留在栅栏间，等待着杀牛的喇叭信号响起。国民手持短扎枪在斗牛场中央挑逗公牛来攻，那动作既不优美也无勇敢威风可言，"只是混点儿面包吃而已"。他在塞维利亚有四个小孩子，如果他死了，他们就再找不到另一个父亲了。他斗牛就是尽自己的责任和义务，别无他求，只求把短扎枪刺得像斗牛术里说的斗牛短工们做的那样，并无得到喝彩鼓掌的奢望，只要不吹口哨嘘他就心满意足了。

当他把两条短扎枪刺进公牛身上时，广阔的看台上有些人在为他鼓掌，而同时也有些人以取笑的口吻指责这位短扎枪手，说他做得不太像样：

"要少用些策略，再靠得近点儿呀！"

由于距离太远，国民误解了那些指责他的话，一听到那些喊叫，他也跟大师一样笑容满面地回答：

"非常感谢！非常感谢！"

当鼓声和喇叭声响起宣告最后要把公牛一剑毙命，加利亚多再度走进斗牛场的时候，人群激动得轰隆隆一下子骚动起来。这个斗牛士是他们的，现在就要有好戏可看了。

加利亚多接过钩疤脸从栅栏墙里面递过来的挂着红布的折叠斗牛棒，又抽出同样是仆人递过来的剑，然后便手托斗牛帽快步走到主席台前。所有人都贪婪地伸长脖颈望着这位偶像，但是没有一个人听到他的庄严许诺。他身躯匀称，姿态威武，为了把话说得更加铿锵有力，他身躯后仰，给众人留下恰如一位口若悬河发表鼓动性演说者的形象。当他的话一说完，转身把斗牛帽一掷落地的时候，人群中爆发出一阵兴高采烈的呼喊声。太棒了，塞维利亚的小伙子！现在要上演真正的搏斗了！……观众们你看看我，我看看你，他们全都心照不宣地认为，精彩的场面就要出现了。整个看台上的观众无一不激动得颤抖起来，仿佛眼前正在发生一桩无比崇高的事情。

突然，那一激动喧闹的场面死一般地寂静下来，仿佛斗牛场间空无一人。一万四千观众的生命全都凝固在他们的眼睛里，似乎没有一个人呼吸。

加利亚多慢慢地朝公牛走去，把挂着红布的斗牛棒拄在肚子上，宛若是一面旗帜，而另一只手里的剑则伴着脚步的节奏挥舞着，就像钟摆一样。

他回头望了一眼，看到国民和另一个斗牛队员跟在他身后，胳膊上搭着披风准备帮助他。

"你们都走开！"

他的声音响彻整个寂静的斗牛场，直传到看台座位的最后一排，回答他的是一阵赞扬的喊叫声……"你们全走开！"他说让他们全走开！……了不起的男子汉！

他单独一人走向公牛，霎时斗牛场又深深地寂静下来。他不慌不忙地把折叠斗牛棒打开，并且拉长，同时往前走了几步，直至几乎贴到公牛的口鼻上。那公牛被斗牛士的勇敢镇住了，昏头昏脑不知如何是好。

观众不敢说话，也不敢呼吸，但是他们的眼睛里闪耀出敬慕的光芒。多威风的男子汉！他直奔牛角而去！……急不可耐地一只脚跺着沙地刺激公牛向他进攻，那个硕大的肉体也真的挥舞着尖角怒吼着向他猛扑过来。红布斗牛棒贴着牛角一掠而过，牛角仅仅擦到了斗牛士衣服的穗子和边饰，他继续稳稳地站在那儿，只是躲闪时往后仰了一下身子。看到那斗牛棒掠过牛角的动作，观众们的吼叫声如雷贯耳："好棒啊，妙极了！……"

公牛转过身来，再次向斗牛士和斗牛棒上的红布进攻，观众间又同样响起刚才看到红布掠过牛角时的喊叫声。公牛因受骗越来越愤怒，连续地向斗牛士进攻，而斗牛士只是反复重复着他手中斗牛棒的动作，只在有限的空间里移动着脚步，近身的危险和观众的吼叫声刺激他的神经让他兴奋，他似乎陷入陶醉。

加利亚多感到那头凶恶的野兽在他的身旁喷着响鼻，它唾液的潮湿气息直冲到他的右手和脸庞。对那种接触他已是千锤百炼，因此他把那头野兽已视同一个好朋友，而这位朋友为了让他戴上桂冠，荣耀满身，甘愿让他杀掉。

公牛停下来一动不动待了一会儿，仿佛对这场游戏玩累了，只是用忧郁的眼睛望着斗牛士和斗牛棒上的红布在思考，模模糊糊地意识到似乎存在一种骗局，借它一次次的攻击将它推向死亡。

　　加利亚多预感到他最精彩的表演时刻就要来临了，他会一如既往，取得最辉煌的成功，于是心里一阵冲动。啊，现在！他挥动左手画了个圆，让红布缠到折叠棒上，将折叠棒收起，接着将右手举到齐眉高，让剑身下垂，剑锋对准那野性大发的公牛颈部。这一刻，人群忽然骚动起来，响起一片抗议的呼喊声。

　　"不要刺呀！……"数千个声音齐声喊道，"别刺……别刺！"

　　确实太早了点儿。公牛还没有稳住脚，下边它会向他冲过去，抵中他的身体。他这时下手完全不符合游戏规则。不过，对这种孤注一掷的人来说，他才不去顾及什么生命，管什么规则！

　　突然，在公牛向他猛扑过来的同时，加利亚多也手持利剑朝它迎面冲过去。那是一种野蛮残忍的撞击。刹那间，人和牲畜搅成了一团往前移动了几步，分辨不出谁为胜利者：是一只胳膊和上身卡在牛角间的人呢，还是低着头拼命想用它的尖角捕捉那个包裹在金光闪闪、五颜六色的衣服中的杀手的公牛。不过，看样子他是企图溜走了。

　　终于，那两个肉体总算分开来，斗牛棒丢在了沙地上，红布变成了破布，斗牛士两手空空，由于撞击力的冲击，摇摇晃晃地后退了几步方取得身体平衡站稳了。他的衣服已是乱七八糟，领带被牛角扯破，飘在了坎肩的外面。

　　公牛继续向前凶猛地冲击进攻。剑的利刃整个儿刺进了它宽厚的脖颈，几乎红色剑柄都不见了。冷不丁，公牛停止了进攻停在了那儿，身不由己地痛苦地摇晃了几下，便弯下前腿，一边吼叫着一边脑袋缓慢下垂，直至垂到沙地上。最后，垂死挣扎了几下，不停地颤抖着躺卧下来不动了……

整个斗牛场似乎崩塌了，砖块互相撞击，观众惊恐万状准备逃离，他们呼呼啦啦站起来，脸色煞白，浑身发抖，露出各种怪相并且挥舞胳膊，公牛死了！……什么样的剑法呀！原本在一刹那间所有人都以为斗牛士被公牛抵中了，断定马上就要看到他血淋淋地倒在沙地上。然而，不想却看到他还站在那儿，只是被牛撞晕了，一时尚未完全清醒过来。但是，他在微笑，这大出观众们的意料，错愕使他们更加兴奋得疯狂。

"多么残暴！"看台上的人高声喊道，他们只能这样来表示自己的惊异，"太野蛮了！"

帽子从四面八方飞向斗牛场沙地，雷鸣般的掌声随着斗牛士沿着栅栏墙绕场行进酷似夹杂冰雹的骤雨，从这个看台传到另一个看台，直至他走到主席台前方才停下来。

当加利亚多张开双臂向主席致敬的时候，爆发出了山呼海啸般的欢呼声。所有人都呼喊着要为这位斗牛士申请大师荣衔，认为应该把那头公牛的耳朵赏给他，这是实至名归，再正确不过。这样一剑毙命的精妙剑法实不多见。斗牛场的一个仆人把一个黑乎乎、毛茸茸、鲜血淋淋的三角形的东西交到他手上，那是倒下的猛兽的一个耳朵尖，这情景让人们的情绪更加激奋。

第三头公牛已经进场了，人们仍在情绪激昂地向加利亚多欢呼，仿佛观众还没有从惊异中回过来，也仿佛这以后斗牛场上发生的事情一切都稀松平常，没有什么值得一看的场面了。

别的斗牛士由于职业性的妒忌，脸色变得苍白，他们正在努力吸引观众的注意力。不过，在刚才那阵热火朝天的狂热欢呼之后，掌声顿时变得稀稀落落，软弱无力。刚才观众们精神过度兴奋，现在已松弛下来，陷入冷漠，失去了兴趣。他们只是心不在焉地观望着斗牛场上出现的情景，却是在各排座位之间展开了激烈的争论。其他斗牛士的崇拜者已经冷静下来，不再像刚才那样跟随所有人同样冲动。他们调整了一时自发的激情，也开始议论起加利亚多。非常勇敢！无所畏惧！一个不怕死的家伙！但是这称不上是艺术！然而，那些非常极端而带有野性的偶像狂热崇拜者，由于性格相同，他们的崇拜带上了排他性，对别的人来评论他们的偶像，犹如一个信徒听到有人怀疑他信仰的圣神灵验一般怒不可遏。

正在此时，看台晃动起来，不知发生了什么事情，引起了观众的注意。突然间看台一个地方的人开始骚动，观众都站起身，背对着斗牛场，脑袋上方手臂和手杖旋风似的乱舞。其余的人也都不再注意斗牛场，眼睛盯到了那个乱哄哄的地方。那儿的看台前面的墙上喷着硕大醒目的数字，标明看台座位的区域。

"三区那儿吵起来了！"一些人高兴地喊叫着，"现在五区也闹起来了！"

人们的冲动是有感染力的，接着，所有人都不平静了，他们呼啦啦都站起身来，从邻人的脑袋上方看过去，想知道发生了什么事，但是他们只看到警察打开道路逐级台阶往上爬，一直走到了吵架的地方。

"都坐下！"善于节制的人喊道，因为前面的人挡住了他们看斗牛的视线，斗牛绅士们继续忙碌。

骚动的人群渐渐地安静下来，在他们原来的座位上恢复了正常姿势，斗牛在继续。但是，观众们的神经似乎依旧处于兴奋状态，对于某些斗牛士，他们心态上带有不合情理的厌恶和敌意，或以沉默来表示他们的轻蔑鄙视。

由于刚才的过分激动，观众这会儿都感到了疲惫，他们对眼前看到的任何场景都觉得索然无味，只是吃呀，喝呀，讨回个好心情。斗牛场上的小贩们在过道上走来走去，以惊人的技巧把顾客们要的东西抛过去。柑橘像红球球一般飞到看台的最高处，从小贩的手里落到观众的手里，而且飞经的是一条直线，宛若那些柑橘是由一根线牵着似的。嘭嘭嘭，一瓶瓶的汽水打开了，金黄色的安达卢西亚葡萄酒倒在杯子里冒着气泡闪闪发光。

看台上掀起一阵好奇的热潮。富恩特斯就要用短扎枪刺他的公牛了，所有人都期待着灵巧美妙的奇迹出现。他独自一只手拿着短扎枪走到斗牛场地中央，神态镇定自若，不慌不忙地迈着步子往前走，仿佛是去参加一场游戏似的。公牛的眼睛好奇地盯着他的举动，发现它的面前只有一个人感到大惑不解，刚才还是展开的披风呼啦啦乱飞弄得它晕头转向，残忍的短扎枪刺进它的脖颈，几匹小劣马走到它的角前停下来，仿佛是自告奋勇要试试它的劲头儿，为什么现在只剩一个人了呢？

斗牛士在迷惑公牛，仿佛在给它施催眠术。他慢慢向公牛靠近，直至短扎枪尖触到它的后颈，随后以小碎步跑开，那公牛追赶在他的后面，好似确信斗牛士要把它带到斗牛场的对面。公牛像是受过斗牛士训练，配合着他的每一个动作，直至斗牛士认为游戏该结束了，他张开手执短扎枪的双臂，踮起脚尖，挺直细瘦矫健的身子，威严而平静地走向公牛，把那花棍儿似的五颜六色的短扎枪猛地刺进惊呆了的畜生脖子里。

在观众的一片欢呼声中，富恩特斯同一动作一连做了三次。自以为是行家的那些人，现在终于有机会报复由加利亚多激起的热烈的欢呼。这才叫斗牛士！这才是真正的艺术！……

加利亚多站在围墙边，用钩疤脸递给他的毛巾擦脸上的汗水。他喝了点儿水，然后转身背对着斗牛场，避开看他伙伴的果敢行为。在斗牛场外，他以面临同样危险建立起来的兄弟之情尊重他的竞争者，那是他的对手，但是一旦踏上斗牛场的沙地，他们就成了仇人。对手们的成功让他感到痛苦，宛若是对他的侮辱。此刻观众对富恩特斯爆发出的热情仿佛是一种抢劫，让他的成功大减光彩。

当他看到为他放出的第五头公牛出现时，他即刻向沙地猛扑过去，迫不及待地要表现出自己的英勇无畏，让观众感到大为惊异。

一旦有扎枪手从马上跌下来，他就迅速展开披风把公牛吸引到斗牛场地另一端去，唰唰唰一连串地舞动披风把它迷惑得惶惶不安，愣了神儿，直至站在那儿一动不动。这当儿，加利亚多就用一只脚去触碰它的口鼻，或者摘下帽子，放到它的两角之间。有些时候，他滥用那畜生的惊呆发愣，把肚子对着它大胆挑衅，或者对着它双膝跪地，距离近得几乎像是要躺在它口鼻下方。

老年斗牛迷们并不赞赏这样的动作，他们低声咕哝道："跟耍猴儿一样！""愚蠢无聊，这在过去是不可容忍的！……"但是观众们喜欢，他们高声喊叫着表示赞赏，那些老斗牛迷只好默然无语。

当短扎枪刺牛的信号响的时候，观众看到加利亚多从国民手中接过那玩意儿朝公牛走去，人群中开始嗡嗡地议论纷纷。有人喊叫着高声抗议："他拿短扎枪刺公牛！算了吧！……"谁都知道这一手是他的弱项。这事应该留给那些跟随大师当短扎枪手、经过多年艰苦磨炼一步步升为斗牛士的人来做，加利亚多的经历恰恰相反，他刚登上斗牛场就开始杀公牛了。

"别这么干！别这么干！"观众们喊起来。

鲁伊斯大夫一边喊着一边在看台的第一排那儿打着手势：

"算了吧，孩子！你只懂得干实在活儿……把牛杀死！短扎枪刺牛的活儿你差把火儿！"

但是，加利亚多压根儿不把观众放在眼里，无畏让他情绪冲动，哪还听得进他们的反对声。在一片山呼海啸的喊叫声中，他直奔公牛而去，公牛站在那儿一动不动，噗噗！两条短扎枪扎进了公牛的身体。两条短扎枪刺错了地方，歪斜着挂在公牛身上。这牲畜吃惊地猛然一抖，一条就落到了地上。但是，这算得了什么。观众们知道他们偶像的弱点，对于他的失手向来持以宽容，甚至为他的缺点辩护，而此时他们只是笑吟吟地为他的勇敢而高兴，对他表示赞扬。加利亚多越来越上劲儿，他又拿了另外的短扎枪，不理睬为他生命担忧的观众的反对，把它们刺进公牛的身体。随后，他又第三次重复这手活儿，总是那么笨拙。设若换了别人，观众们早就吹起了口哨，但是看到他那般的大胆无畏，人们却是一片啧啧称赞。一条了不起的汉子！命运帮助勇敢的人啊！

刺到公牛身上的六条短扎枪只剩下四支，这四支又是扎得松松垮垮，公牛并没有感到对它有多大伤害。

"它没事儿，没事儿。"斗牛迷们在看台上高喊着，那是在告诉斗牛士，公牛几乎完好无损。此时后者也正在手执短剑和红布斗牛棒、头戴帽子朝公牛走过去，他神态高傲而平静，确信等待他的是好运气。

"你们都走开！"他又一次喊道。

他感觉到有人没有听从他的命令还停留在他身边，于是回过头来，见富恩特斯就站在离他几步远的地方。他胳膊上搭着披风跟在加利亚多的身后，假装走了神儿没听到后者说什么。但是，突然间他像是预感到了要发生悲剧，于是决定过去助他一臂之力。

"别管我，安东尼奥。"加利亚多说，脸上的表情既愤怒又尊敬，犹如是对一个兄长讲话。

面对他那种态度，富恩特斯无奈地耸了耸肩，表示放弃了一切责任，转过身去慢慢地走开了，心中却暗自思忖着他很快就会需要他了。

加利亚多把斗牛棒顶端的红布紧贴公牛的脑袋展开来一晃，吸引得那畜生马上向它进攻，斗牛士机灵地来了个假动作闪开。"棒极了！"斗牛迷们吼叫起来。但是那畜生马上转过身重新向斗牛士扑过去猛地把头一扬，木棒便从斗牛士手中被扯走了。一看自己被解除了武装要遭遇凶险的攻击，他不得不向栅栏墙跑去。但是就在同一刻，富恩特斯挥舞披风把公牛引开了。加利亚多在他逃跑时感到那公牛突然停止追赶停下不动了，所以也就没有跳到墙外去。他在围墙的踏脚板上坐下来望着近在咫尺的公牛待了一会儿。这次挫败由于他那值得夸耀的冷静竟在热烈的掌声中结束。

加利亚多拿过斗牛棒和剑，把棒上的红布细心整理好，又一次走过去站在公牛前面。但这一次他不那么淡定了，杀戮的怒火在他心中燃起，他决意尽快地把那头野兽杀死，真丢人，就是这个家伙，刚才在数千个他的崇拜者眼前把他逼得狼狈逃窜！

他几乎只挥动红布做了一个躲闪动作，就觉得那决定性的时刻到来了，于是果断地摆好姿势站定，把红布放低，将剑举到齐眉高，剑锋朝下。

观众再次表示反对，他们为他的性命担忧。

"不要扑过去呀！别、别、别！……啊啊啊啊！"

这恐怖的呼喊声震动了整个斗牛场，让人发抖，观众们呼呼啦啦地都一起站了起来，眼睛瞪得老大；女人们双手捂住眼睛，抽搐着抓住身边最近的一只胳膊。

斗牛士向公牛猛扑过去的时候，剑只刺在了公牛的骨头上，这妨碍了他及时从公牛身边退开，结果一个牛角抵到了他，扎进了他身体中部。尽管那个好汉肌肉结实，身体健壮，体重可观，还是在一个牛角上被摇来晃去，酷似一个小木偶，直到那力大无比的公牛猛然把头一甩，将他抛出几米之外，他扑通一声重重地摔到沙地上，四肢摊开，仿佛一只穿了丝绸衣衫、饰以金绣的蛤蟆。

"他被杀死了！牛角刺进他肚子了！"看台上的观众叫喊起来。

但是加利亚多在一片披风和赶来遮住他进行搭救的人层中站了起来。他笑了笑，摸了摸身体，然后耸了耸肩向观众表明没有事儿，只不过摔了一下，腰带被撕碎而已。原来牛角只是刺进了他坚韧的绸腰带。

他重新又拿起杀牛的家伙什，但是观众已经没有人想坐下了，他们预测到下面出现的场景是短促而恐怖的。加利亚多靠了他那并非理智的冲动向那头野兽走去，像是由于刚才的安然无恙并不相信那家伙的两只角有多大的威力。他准备要么牛死，要么他死。但是，要马上动手，不容延迟，不容犹豫。就是如此，或者它死，或者他死！他视线中一片通红，似乎眼睛充血了。他听到了广大人群劝他冷静的高声叫嚷，然而仿佛那是来自另一个世界的遥远的声音。

他靠了残留在身侧的一片短披风帮助，只做了两次引诱公牛进攻的避闪动作，就突然以梦幻般的速度，如同弹簧打开了保险阀似的向公牛扑过去，用他的崇拜者们称之为的"闪电式一剑"，刺进了它的身子。由于用力过猛，他的胳膊深深陷在牛角之间，以致当他摆脱出来的时候，一个牛角还是撞到了他，将他抛出几步远，他打了几个趔趄方才站稳。那公牛疯狂地奔跑了一阵，便在斗牛场对面倒下来，双腿慢慢弯曲，牛背渐渐贴近沙地，直至被最后一刀结果了性命。

观众兴奋得似乎在梦呓。多美妙的斗牛啊！他们已心潮澎湃！那个加利亚多可不是在骗钱，买票看他斗牛可真是物有所值，一点儿不亏。这让斗牛迷们在他们咖啡店里的聚会上又有三天的谈资了。多勇敢！多野蛮！……那些最动情的崇拜者怀着好斗的狂热环顾四周，像是要寻找仇敌大打出手似的。

"世界第一斗牛士！……谁敢说个不字我在这儿等着他哪！来跟我说呀！"

后边的斗牛几乎再没引起人们的注意。在加利亚多的英勇表现之后，大家似乎觉得一切都已索然无味，平淡无奇了。

当最后一头公牛倒在沙地上时，小伙子们，平民百姓斗牛迷们，以及斗牛士的学徒们，一窝蜂似的拥进了斗牛场。他们把加利亚多围起来，跟随他一起从主席台走向出口。他们簇拥着他，人人都想握握他的手，碰碰他的衣服，最后，那些最狂热的崇拜者，不管国民和其他短扎枪手如何用手推挡，他们还是抓住了大师的双腿，把他架在了肩上，抬着他从斗牛场往外走，穿过拱形门廊，一直走到斗牛场外面。

加利亚多摘下斗牛帽，挥舞着向夹道欢迎他通过的人群致意。他裹着华丽的披风，身体挺得笔直，一动不动，犹如一尊神仙，身下则是一道科尔多瓦毡帽和马德里便帽的河流，从那条河流中爆发出热烈的欢呼声。

当他乘车沿阿尔卡拉大街下行的时候，两旁的人群同样向他欢呼致敬。这些人没有到现场看斗牛，但是他们已经知道了他大获成功。面对这样的崇敬，他脸上露出为自己的力量感到骄傲和开心的笑容。那笑容让他容光焕发，但由于激动那张汗津津的面孔依然苍白。

国民还对大师被公牛顶到和可怕的跌倒心有余悸，问他是否还疼，要不要把鲁伊斯大夫请来。

"没事儿，那只不过是抚摸了一下……能杀死我的公牛还没在世上出生。"

但是，他像是在这样大言不惭的当儿忽然记起了他过去的不足，察觉到国民眼中映现出一种讥讽的神情，于是赶忙又补充道：

"进斗牛场前我就对那些事情有预感……影影绰绰，就像女人们的幻梦。但是你的话有道理，塞瓦斯蒂安。你怎么说来着？……上帝或大自然，没错，是这样：上帝或大自然没必要来管这些斗牛的事。每个人要靠自己的本领或勇敢获得最大的成功，不能靠天，也不能靠地……你是有才华的，塞瓦斯蒂安，你早就应该学一门专业了。"

在加利亚多为自己的成功喜不自胜的时候，同时也把他的短扎枪手看成了哲人，忘记了平日总是以讥讽来对待他艰涩的哲理了。

回到饭店的时候，他看到前厅里有许多崇拜者在等待拥抱他。他们是那样兴高采烈地谈论着他的英勇事迹，仿佛它已变成了另外一回事儿。从斗牛场到饭店短短的路途中，那些评论已把事情夸张得面目全非。

上得楼来，他看到房间里挤满了朋友，那些对他以"你"相称的先生，模仿着庄稼汉、牧人那类乡下人的说话语调，拍拍他的肩膀，说出恭维的话：

"太棒了……真的，妙极了！"

加利亚多摆脱开这种热情迎接，拉着钩疤脸去了过道。

"你去给家里拍个电报。你知道怎么说：'平安无事。'"

钩疤脸推辞说他要帮大师换衣服，饭店的人可以负责去拍电报。

"不，我要你亲自去。我等你。你还要拍另一份电报。你知道拍给谁，就是那位索尔太太。同样是'平安无事'。"

第　　　　二　　　　章

当安古斯蒂亚斯太太的丈夫，一个在集市区门口旁长期摆摊、信誉良好的修鞋匠死去的时候，她悲恸地哭得死去活来。但与此同时。在她的内心之中，也感到一种在长途跋涉之后，终于摆脱了重压停下来歇息一下的快慰和轻松。

"我亲爱的，你真可怜！愿上帝让你进天堂！你是那样地善良！……那样地勤劳！"

在二十年的共同生活中，丈夫给她带来的烦恼并不比区里别的女人遭受的烦恼多。他大概每天修鞋挣三个比塞塔，交给安古斯蒂亚斯一个，让她支撑这个家和家人零用，另外两个就用于维持个人生活和看表演。当朋友们约他喝几杯的时候，他也应该礼尚往来。但是，安达卢西亚葡萄酒虽说味道极佳，价格却是不菲。此外，他不能不去看斗牛，因为一个男子汉既不喝酒又不去看斗牛……他干吗生到这个世界上来？……

安古斯蒂亚斯太太拉扯着两个孩子，女儿恩卡纳西翁和儿子胡安尼略，她不得不绞尽脑汁，施展出各种才能，才把这个家维持下来。她在区里的一个殷实人家做帮工，替邻居们缝制衣服，替一个做旧货商的女朋友跑服装和珠宝生意，重温她年轻时代的技术，为先生老爷们卷纸烟。在她青春少女时代，殷勤热情的未婚夫总是来卷烟厂门口等她。

她从不会抱怨过世的丈夫对她不忠或者虐待她。每逢周六，当那个鞋匠被朋友们搀扶着在深夜醉醺醺地回到家中的时候，喜悦和温情也便跟他一起到来了。安古斯蒂亚斯太太不得不用尽全身的力气把他推进屋，因为他固执地要待在门外拍着巴掌用那流着口水的声音为他大块头的情侣接连不断地唱情歌。当他终于被推进屋关上门、掐断了邻居们取乐的由头的时候，胡安先生在酩酊大醉之中感伤地坚持要去看看他已进梦乡的孩子。他亲吻他们，大颗的泪珠落在他们的脸上，一边还反复地为安古斯蒂亚斯太太唱着情歌："啊，世界上最美丽的女人！"最后终于逗得那个善良的女人眉开眼笑，为他脱光衣服让他上床就寝，仿佛服侍一个生病的孩子。

这是他唯一的恶习！可怜的人儿！……在女人和赌博方面，他从来不沾。他也自私，自己穿得周周正正，却让家人穿得破破烂烂，干活的收入分配也欠公平，但是他都用自己的高尚行为作了补偿。安古斯蒂亚斯太太骄傲地记得，每逢重大节日，他给她披上结婚时披的马尼拉大披肩，让她带着孩子在他身旁走在前面，而他头戴科尔多瓦白礼帽，手拿银柄手杖，一家人在拉斯德利西亚斯大道散步，气魄不输来自拉斯谢尔佩斯大街的一个商人之家。碰上廉价斗牛的日子他还在进斗牛场之前，请她在拉坎帕纳或新广场咖啡馆喝几杯安达卢西亚白酒。这些幸福的时光如今在这个可怜的女人脑海里也只是一些苍白而愉悦的记忆了。

胡安先生患上了肺结核，两年之间，妻子不得不细心照顾他，还要更加拼命地干那些杂活来补偿以前丈夫给她的那个比塞塔。最后，他只好听天由命死在了医院里，他相信，没有了安达卢西亚白酒，没有了斗牛，活着就没有了任何意义。他把最后的爱的目光、感激的目光，送给了他的妻子。那目光像是对她高喊："啊，世界上最美丽的女人！……"

当安古斯蒂亚斯太太只剩下独自一人的时候，她并没有让自己的处境每况愈下，相反，在最后的两年之间，那个男人压在他身上的重负超过整个家庭其他的负担，现在她得到了解脱，倒是感到一时轻松，做事情更方便了。她是一个意志刚强、当机立断的女人，马上为两个孩子选定了出路。恩卡纳西翁十七岁了，去了卷烟厂工作，她是靠了母亲青年时代几个已经熬到师傅岗位的朋友推荐进去的。胡安尼略呢，他从小就长在市场区门口整天看着父亲怎样干活，按照安古斯蒂亚斯太太的意愿，他要去做一个鞋匠。他还没认识几个字，母亲就让他辍学，十二岁便去跟着塞维利亚手艺最好的一个鞋匠当学徒。

从此，那个可怜女人遭罪的日子可就开始了。

唉，那个男孩子！他可是忠厚老实的父母所生呀！……他几乎每天都不到师傅的鞋铺去，而是跟一些小无赖去屠宰场那儿，他们约定埃库莱斯林荫道上的一条长凳为他们的集合点，为了让牧人和屠夫们乐呵，他们大胆地向牛挥舞披风，常常被牛掀翻踩踏。安古斯蒂亚斯太太为了让这个孩子穿得干干净净不失体面地到鞋铺去，往往许多夜晚一针一线地为他缝缝补补，以至深夜不眠。可是每逢这孩子回家，她却看到他站在门口不敢进来，但同时又没有勇气逃走，因为他饿着肚子要吃饭。那时他的裤子被撕破了，上衣肮脏不堪，脸上带着撞出的一个个大包和划破的一道道伤痕。

除了牛的反抗给他造成的撞伤之外，又加上了母亲的巴掌和扫帚把的痛打，但是那个屠宰场的英雄，只要施舍给口饭吃，他一切都不在乎。"打吧，只要不让我挨饿就行。"由于那些剧烈的活动，他已是饥肠辘辘，胃口大开，狼吞虎咽地啃着硬面包，把腐烂的四季豆、发臭的鳕鱼，一并塞进嘴里。那些被扔掉不要的食品，都是勤俭持家的安古斯蒂亚斯太太为了用她那点儿微薄的收入养活一家人，从商店里捡拾来的。

这位夫人整天都在忙着为别人家擦洗地板，只能偶尔关心自己的儿子一下，到师傅的鞋店里打听一下儿子学徒长进的情况。当她从鞋店里气呼呼地回来的时候，她就打算要用最严厉的惩罚来收拾那个小无赖。

在大多数的日子里胡安尼略都不到鞋铺去，上午他待在屠场里，到了下午，便和其他的一伙流浪汉在拉斯谢尔佩斯大街口上凑在一起，就近欣赏那些聚集在拉坎帕纳咖啡馆没签到合同的斗牛士。那些斗牛士穿着新衣服，戴着崭新的引人注目的帽子，但是没有一个人口袋里的银子会超过一个比塞塔，只是每个人都在滔滔不绝地炫耀着自己的英雄业绩。

胡安尼略入神地凝望着他们，仿佛他们是些非凡的尤物。他羡慕他们堂堂的仪表和毫无顾忌地向女人献媚。一想到这些人家中全有金绣的丝绸衣衫，他们穿上和着音乐的节奏神气十足地走在众人面前，艳羡之情便油然而生，以致激动得禁不住打个寒战。

安古斯蒂亚斯太太的儿子在他破衣烂衫的朋友之间被称为"小鞋匠"，他自己对这个外号感到满意，因为所有光顾斗牛场的大人物都是有一个外号的。什么事都有个头。他脖颈上围了块从姐姐那儿偷来的红围巾，便帽下露出压在耳际的浓密的长发，并用唾液把它梳理得平滑光鲜；宽大的斜纹布罩衫他要剪短到齐腰部，并在那儿打上许多皱褶。他要穿安古斯蒂亚斯太太保留下的父亲穿过的一条旧裤子，并要求为他改成高腰宽裤腿，臀部收得紧紧的。当母亲不想满足他这些要求时，他就号啕大哭好像受了多大委屈似的。

披风！必须有一件自己的斗牛披风，免得再去央求那些比他更幸运的人把他渴望的披风只借他披上几分钟！……在他家一个破陋的房间里平放着一个被遗忘的旧空心床垫，里面的羊毛被安古斯蒂亚斯太太在手头拮据的日子里卖掉了。一天上午，小鞋匠趁着母亲外出到神父家中帮着干活不在家，把自己关在了那个小屋里。正如一个船只失事的遇难者逃到一个荒岛上，一切都要靠自己的智慧去创造。他利用那些潮湿破旧的布面，巧妙地剪出来一件斗牛披风，然后他把在药店里买来的一包红染料放到陶锅煮开，再把那剪成披风的旧亚麻布料浸泡进去。胡安尼略非常欣赏自己的劳动成果，一件鲜艳夺目的大红披风出品了！他会用它在村镇的斗牛场上斗牛，让人们羡慕不已……再下来就只是把水拧净放到邻居们的白衣服中间让太阳晒干了。风吹得那湿漉漉的披风左右飘动，把靠着的邻居家的白衣服都染红了，结果引来一阵大骂，还有人挥舞拳头威胁要揍他，那些不饶人的嘴巴更是用最恶毒难听的话诅咒他。母亲逼着小鞋匠收起他那引以为荣的披风，弄得他满脸满手都是红色，仿佛刚刚行凶杀过人似的。

安古斯蒂亚斯太太是一个身强力壮、胖胖的、长满胡须的女人。她不畏惧任何男人，而且由于她做事果断干练而赢得女人们的尊敬，但是她对儿子却灰心丧气，无能为力。有什么办法呢！……她的拳头已经在那个孩子全身都尝试过了，扫帚把不知打断了多少，也没显示出积极的效果。按照她的说法，这个该死的孩子是长了一身狗皮。他在外面已习惯了小牛犊的凶猛顶撞，母牛的残忍踩踏，牧师和屠夫们毫不留情地对待那帮迷上斗牛的小无赖的棒打，母亲的打骂那似乎是天经地义，也只不过是外面的生活在家中的延伸罢了。他乐意接受，但并不想改正，就算是为吃饭付出的代价吧。所以他一边嘴里嚼着硬面包来填饱肚子，一边让母亲咒骂，外加雨点般的拳头落在背上。

一旦填饱肚子，他就趁安古斯蒂亚斯太太丢下他不管去忙自己活儿的机会，又逃出家门。

马约尔广场老字号的拉坎帕纳咖啡馆是斗牛迷们喜欢聚集的地方，斗牛的许多重要消息都会从那儿传出来，胡安尼略从他的伙伴们口中经常收到这类让他激动得发抖的消息。

"小鞋匠，明天有斗牛。"

省里的村镇经常用对斗过的老公牛舞披风，来庆祝守护神节，小斗牛士们都赶去参加，希望回来的时候能够说，他们在阿兹纳尔克里亚尔、博略利奥斯或麦莱纳那些著名的广场上舞过披风。这些孩子晚上启程，时节已是夏天，他们就把披风搭在肩上，要是冬天，就把披风裹在身上，尽管腹中空空，一路上却不断地谈论的都是公牛。

如果他们的行程要一连几天，夜晚就在旷野露宿，或者有人对他们产生恻隐之心，让他们睡在客栈的干草房里。啊呀，如果是遇上瓜果成熟季节，那路边的葡萄、香瓜和无花果可就要遭殃了。他们唯一担心的是，还有一伙人，也是一队小斗牛士，跟他们有同样的想法，如果比他们早一步赶到村镇里，这就不免要展开激烈的竞争了。

当他们终于到达目的地的时候，已是灰头土脸，脚也磨破了，浑身没有了一点劲儿，但是他们马上就去见村镇长，那个脸皮最厚的"担当领导职务"的小斗牛士，在他们面前大吹他们那些小斗牛士本领多么高强和成绩不凡，并说如果村镇上能慷慨让他们借宿在客栈的马厩里，另外再赐上一锅转瞬就被吃得精光的饭菜，他们将会感到非常荣幸。村镇的广场已经用车辆和木板围好，一些老公牛放出来了，它们满身都是伤口留下的硬痂和伤疤，又兼那锋利而巨大的两只角，真的称得上是一座座肉城堡。这些老公牛在省里所有的节日上被斗过多年了，它们经历丰富，"样样精通"，甚是狡猾，这套玩意儿对它们已习以为常，对斗牛士一招一式的秘诀它们都清楚。

村镇的年轻人站在安全处刺公牛，现场的人以此为乐趣，而且还是看来自塞维利亚的"斗牛士"斗牛得到的乐趣。这些斗牛士两腿颤颤巍巍地展开披风，吃饱了的肚子给了他们勇气。有的人被公牛掀翻了，众人便一阵欢呼喊叫。当有人吓破了胆，躲到木板后面去，那些粗野的农人就对他破口大骂，击打他紧紧抓住木板的手，用木棒敲他的小腿，逼他回到广场上去。"进去！不要脸的东西！到公牛前面去斗它，骗子！……"

从四个斗牛的伙伴中会抬出一个"斗牛士"，他脸色苍白如纸，目光呆滞无神，垂着脑袋，胸部起起伏伏地犹如呼嗒呼嗒拉着吹火做饭的破风箱。来了一位兽医，看到他没有流血，就让大家放下心来。这孩子只是被公牛顶出了几米之外，像一个装满衣服的长口袋一样重重地摔在地上，导致了脑震荡。也有的时候，小"斗牛士"遭到身躯硕大的公牛蹄子无情踩踏，痛苦得动弹不得，人们便朝他的头上浇一桶冷水，然后，等他清醒过来，就给他喝一大杯安达卢西亚省"亲子酒店"的安神烧酒，就连王子也难得受到如此的关照。

之后，他重新回到广场。当牧人再没有公牛放出来的时候，天已近黄昏了。队里的两个人挑选出他们最好的披风，抓着它的四角展开来，绕着圈儿讨赏钱。铜钱如雨点般地落到红色的披风上，那些外乡人的英雄业绩越大，越让村镇上人们喜欢，他们得到的赏钱也就越多。斗牛一结束，他们便立刻踏上回城的征途，因为知道饭店已经结账了。在路途中，他们经常为包在一个头巾中的那些小面额硬币的分配而争吵不休。

在这一周剩下的日子里，他们就面对自己那些没有参加远征的小朋友全神贯注的目光一件件、一桩桩地回忆自己的丰功伟绩。他们讲到在埃尔加罗沃如何舞披风斗牛，讲到在罗拉又换了个新样儿舞披风斗牛，也讲到在佩德罗索可怕地被牛顶伤。他们这样讲着的时候，还一边模仿着真正的职业斗牛士们的架势和技巧；这些人就在他们的近旁，只有几步之遥，他们正在大言不惭地利用各种谎言来安慰自己没有拿到合同。

有一次，整整一个星期安古斯蒂亚斯太太不知道儿子的下落。最后终于传来了一个模模糊糊的消息，说他在托西纳镇舞披风斗牛受了伤。上帝呀！这个镇子在哪儿？她怎样到那儿去？……她以为她的儿子已经死了，于是大哭一场。但是她还是要到那儿去，正准备动身的时候，却看到胡安尼略回来了。他面色苍白，浑身软弱无力，但是却以男子汉的气魄兴冲冲地讲述自己的倒霉遭遇。

没什么了不起！只是牛角刺进了他的屁股，伤口的深度有几厘米。由于成功，他已顾不得廉耻，愿意把那伤口展示给邻居们看，称那伤口的深度伸进一个手指都探不到底。他为自己走到哪儿身上都会散发出黄碘刺鼻的气味而感到骄傲，说那个镇子的人对他照顾得无微不至，在他看来，那是西班牙最好的镇子了。镇子上最富有的人，也就是有人说的贵族们，对他的遭遇十分关心，镇长来看他，并且亲自给他付了回程路费。他口袋里还有三个杜罗，全部像个了不起的大人物似的慷慨交给老母亲。他只有十四岁就获得了荣誉，多争气呀！当走进拉坎帕纳咖啡馆，几个斗牛士——真正的斗牛士——关注着那个小伙子，问他的伤情怎样了的时候，他就显得更加得意扬扬，觉得自己了不起了。

自从这次事件之后，他就再也不去他师傅的鞋铺了。现在他了解公牛是个什么玩意儿了。这次受伤更提高了他的胆量。斗牛士，他就是要做斗牛士！安古斯蒂亚斯太太不再打算要他改正，她知道那是徒劳无益了。算了吧，她就当没有这个儿子了。当晚上正当母亲和姐姐一起吃饭他回到家中的时候，她们就一声不响地给他端上一份饭，企图以鄙视让他感到压力。但这并不影响他吃饭的情绪。如果他回家晚了，她们连一小片面包都不给他留，他只好像从前进门那样，饥肠辘辘地回到街上去。

晚间，他跟那些满身恶习的孩子混在一起，成了埃库莱斯林荫道上的夜游神。那些孩子是罪犯和斗牛士学徒的杂乱混合体。女邻居们有时在街上会看到胡安尼略和一些纨绔子弟交谈，后者的模样让女人感到好笑。他在街上也跟那些令人讨厌的绅士交谈，这些绅士缺乏教养个个都换来了女性的绰号。有些季节他会在街上卖报纸，在圣周那些盛大庆祝活动，他向坐在圣弗朗西斯科广场上的女士们兜售糖果。当有展览会的时候，他就在宾馆附近游荡，等"英国人"，因为他认为所有的旅客都是英国人，希望捞个为他们做向导的差事。

"老爷！……我是斗牛士！"看到一个外国人模样的人，他这样说道，仿佛他的执业资质对外国人来说是无可争辩的，值得推荐。

为了证明他所言不假，他脱掉帽子，让盘在头顶上的一绺头发露出来。

他有一个命运悲惨的伙伴，跟他同龄。这孩子个子矮小，长着一双狡黠的小眼睛；由于父母早亡，他从记事起就在塞维利亚流浪。他的经历对胡安尼略产生了很大影响。那孩子面颊上留下一块牛角刺伤的疤痕，小鞋匠认为这块伤疤比他那块看不见的伤疤更有价值。

在一家饭店的门口，一个渴望了解地方风情的女旅行者跟小斗牛士们攀谈起来。她欣赏他们的小辫子，喜欢听他们讲斗牛受伤的故事，最后给他们点钱。这时候，胡安尼略的那个可怜的小朋友以感伤的语调说："您不要给他，他有母亲，我在这个世界上孤苦伶仃，没有一个亲人。有母亲的人是不懂得有母亲多么幸福的。"

小鞋匠听了这话感到十分内疚，一脸悲伤地表示同意把钱让他全部拿走，并且自言自语道：

"这是真的……他说得对。"

这种柔肠心软并不能阻止胡安尼略继续过他的非正常生活，他只是很偶然地在安古斯蒂亚斯家中露个面，依旧不断地离开塞维利亚跑到远方去。

那个苦命的孩子外号叫机灵鬼，他真的是个流浪汉生活的能手。在斗牛的日子里，他每次都坚定不移地跟他的朋友一起去看斗牛。为了能进斗牛场，他施展出各式各样的本事：从围墙上爬过去，夹杂在人群中间溜进去，低三下四地向斗牛场的管理人员哀求，直至将他们说得心软，把他们放进去。斗牛的热闹场面怎么能没有他们呢！他们可是这方面的行家里手呀！……当省里的村镇没有舞披风斗牛的活动时，他们就到塔布拉达牧场去舞披风斗小公牛。但是，所有这些在塞维利亚生活中的刺激，并不能满足他们的雄心壮志。

机灵鬼见多识广，他对他的伙伴们讲述他在遥远的外省看到的一些了不起的事情。他也是个善于免费旅行的机灵鬼，精于巧妙地偷偷溜到火车上去。小鞋匠对他描绘的马德里听得入迷：那是一个梦幻般的大城市，它的斗牛场就像个斗牛艺术的大教堂。

一位少爷拿他们寻开心，在拉斯谢尔佩斯大街咖啡馆门口告诉他们，如果他们去毕尔巴鄂，可以挣到很多钱，因为那儿不像在塞维利亚有那么多斗牛士。于是两个小伙子就真的启程到毕尔巴鄂去，口袋空空不名一文，除了披风之外没有任何装备。那披风可是货真价实的物件，是上过海报的斗牛士用过的，他们是从估衣店花了几个里亚尔买来的便宜旧货。

两位小朋友悄悄地溜上火车藏在了座位下面，但是饥饿和其他需要逼得他们不得不出现在旅客们的面前，后者最后还是对他们这样的旅行表示了同情。他们笑他们的怪模样，笑他们的小辫子和披风，但最后还是把吃剩下的点心救济了他们。每当火车到站列车员搜寻他们的时候，他们就从这节车厢跑到那节车厢，或者设法爬上车顶躲在那儿等待列车重新启动。他们多次被逮住，那时列车员便一边扯着他们的耳朵一边对他们扇耳光加拳打脚踢，然后把他们扔在冷冷清清的站台上。他们眼巴巴看着火车轰轰隆隆地渐去渐远，仿佛那就是一个破灭的希望。

他们待在露天里巴望着下一趟火车到来，如果发现附近有人警戒，就马上穿过荒凉的原野赶往下一个车站，确信在那儿会遇到好运气。就这样，他们在几天的旅途中，经历了一次次的挫折，一次次地被赶下车被拳打脚踢，一次次在站台上苦苦等待这样的风风雨雨之后，终于到达了马德里。在塞维利亚大街和太阳门，他们赞赏那些仨一群俩一伙等待合同的斗牛士，视他们为高人。他们鼓起勇气恳求他们给点儿施舍，以便继续下一步的旅程，但是一一被拒绝。斗牛场上有一个仆人也是塞维利亚人，对他们起了恻隐之心，让他们住在马厩里，还让他们乐呵一番，在著名的斗牛场里看一次斗小公牛，尽管他们觉着这斗牛场似乎赶不上塞维利亚城的斗牛场气魄。

看到自己的行程越来越远，他们不禁为自己的胆量恐慌起来，于是决定沿着原路回塞维利亚去。不过，从那时起，他们喜欢上了逃票躲躲藏藏的旅行模式。每当模模糊糊地听到在各省小村镇举办有舞披风斗牛的节日时，他们就赶到那儿去。就这样，他们一直到了拉曼查和埃斯特雷马杜拉。如果命运不济不得不徒步旅行，他们就借宿农家。农人是些轻信而心地善良的人，他们为他们小小的年纪就如此勇敢感到惊讶，也相信他们那些骗人的大话，把他们当成了真正的斗牛士。

这种流浪生活逼使他们利用原始人的狡黠来满足自己的各种需求。在乡下农家附近，他们爬着去偷青菜而不被人发现。他们耐着性子等待几个小时让一只孤零零的母鸡靠近他们，出其不意地伸手将它抓住，拧断脖子将它带在身上继续赶路，待到中午，才用木柴燃起火堆草草烧烤，像小野人那样半生不熟地狼吞虎咽把它吃掉。他们害怕乡下的大猎狗胜过害怕公牛。那些凶恶的野兽可是不好对付，它们张着大口露出牙齿朝他们猛扑过来，像是对他们异乡人的相貌感到愤怒，从他们身上嗅到了家中财产敌人的气息。

不止一次，他们露宿在车站附近的旷野里等待火车到来时，会有两个宪警走到他们身边。但是见他们是把红披风做枕头的流浪汉，这类担负社会治安的大兵就立刻放下心来。他们轻轻地摘下他们的帽子，一看到那个头发辫成的小尾巴，就笑嘻嘻地乐起来，不再进行盘查。他们不是小偷，是去村镇上舞披风的斗牛迷。这种宽容包含了对国家斗牛娱乐的赞赏，也包含了对难以确定的未来的尊敬。谁能断定这两个破衣烂衫、身上带着硬痂的孩子，将来不会有一个成为"斗牛艺术明星"，一个把公牛献给国王的大人物，生活得像个王子，丰功伟绩和豪言壮语登在报纸上呢！

一天下午，在埃斯特雷马杜拉的一个镇子上，终于悲惨地只剩下小鞋匠一个人了。

一些塞维利亚的著名斗牛士特意来这个镇子上表演，乡下观众热烈地鼓掌助威。让这些观众大为惊讶的是，两个孩子提出要对一头善斗的老公牛刺短扎枪。胡安尼略的短扎枪巧妙地刺中了那野兽，他站到了大板墙边，得意扬扬地接受观众们的欢呼赞扬。他们用手亲切地拍他的肩膀，还让他喝葡萄酒。但此时一声可怕的惨叫把他从荣光的沉醉中惊醒了。机灵鬼已经不在斗牛场沙地上，只剩下他的短扎枪在尘土中滚动，还有他的软帽和一只便鞋。再看那老公牛，它仿佛面对一个障碍物怒不可遏地晃动着脑袋，那是它的一只角上悬挂着一包像洋娃娃似的衣服。只见它猛烈地摇晃了几下，那个变形的衣物包裹便被甩了下来，同时喷射出一股红流。还没等包裹落地，它又被公牛的另一只角挑起，照样被摇来晃去地折腾开来。那个可悲的衣物包裹终于落在尘土中软绵绵的一动不动，只是涌流出大量鲜血，仿佛一个大皮囊被刺破喷射出一股股的葡萄酒似的。

牧人靠了他的一些领头公牛才把那头老公牛带到牛栏去，因为没有人敢靠近它。可怜的机灵鬼被放到一个草垫上抬到镇政府充当监狱的破房子去。他的伙伴看到他的脸白得跟石膏一样，眼睛昏暗无光，全身被鲜血染红，那鲜红的血不停地流淌，就是用浸泡过醋水的呢料都无法止住，因为没有别的招儿。

"永别了，小鞋匠！……"他叹了口气，"永别了，胡安尼略！"

他没有再说什么。死者的伙伴心惊胆战地踏上了回塞维利亚的征程，一路上他总是看到那双混浊不清的眼睛，听到那呻吟般的"永别了"。他充满了恐惧，失魂落魄。即使一头温和的母牛朝他走来他也会撒腿逃跑。他想起了他的母亲，想起了让他时时小心的精明劝告。做一个鞋匠平平安安地生活不是更好吗？……但是，这种想法只是在他一个人的时候才闪现在他的脑海里。

回到塞维利亚，他完全被那儿的气氛感染了。朋友们跑到他的身边，想了解可怜的机灵鬼死亡的详情。在拉坎帕纳咖啡馆，职业斗牛士们向他打听事情的原委，遗憾地回忆着那个脸上有伤疤的孩子，他过去常常受托为他们跑跑腿办些事情。一时受到如此的尊重，胡安异常兴奋，让他的想象力展开翅膀，绘声绘色地描述如何看到可怜的伙伴被牛角挑起时，他立刻朝公牛扑过去，紧紧地抓住那畜生的尾巴使劲地往后拽；他还讲了自己其他一些非凡的勇敢事迹，只可惜他的伙伴却离开这个世界去了天堂，再也看不到他的光辉业绩了。

恐惧的心理马上消失了。他要做斗牛士，就是要做斗牛士！既然别人能做斗牛士，为什么他不能？他想起了母亲给他吃的腐烂四季豆和让他啃的硬面包，想起每次换条新裤子时母亲对他的鄙视和责骂，想起他多次的远游途中总是忍受饥寒。此外，他强烈地渴望过上荣华富贵的日子，享受到一切欢乐，炫耀自己的存在。他羡慕地看着那些豪华的车辆和高头大马。他出神地停在大户人家门前，通过铁栅栏门观察那些东方风格的豪华院落，里面有彩色陶瓷砖贴就的拱廊，大理石铺就的地面，日日夜夜淙淙喷涌不息的泉水，笼罩在青枝绿叶间，喷泉扬起的水花宛若一串串珍珠。他的命运就这样注定了：要么他把一头头公牛杀死，要么他死在公牛角下。他要成为富翁，他的事迹不断地刊登在报纸上，人们都向他问候致敬，哪怕为此以生命为代价。他看不起下等的斗牛士。他看到短扎枪手跟斗牛大师同样冒生命危险，但是每场斗牛却只拿到三十个杜罗的报酬。在身体消耗得精疲力竭、满身牛角伤疤之后，人也老了，没有别的出路，只好用一生的积蓄做点儿可怜的小生意，或者在屠宰场找个差事。有些人死在了医院里，更多的人是在年轻伙伴那里讨点儿施舍勉强度日。他绝不做短扎枪手，也绝不加入一个斗牛队在大师吆五喝六的淫威下混日子。一开始他就要杀公牛，作为剑刺手走上斗牛场的沙地。

\*

可怜的机灵鬼的悲剧，反而让他的伙伴占据了一个有影响的地位。他组织了一个斗牛队，一个追随他到村镇上舞披风身穿破衣烂衫的孩子的斗牛队。他们尊重他，以为他最勇敢，衣裳最好。有几个放荡的姑娘被小鞋匠的男性美吸引住了，他已经十八岁，而且有一个著名的小辫子。姑娘们不断地为争宠而吵嘴，谁都想获得服侍那个风度翩翩的美男子的荣誉。另外，小鞋匠还认了一个"教父"，是一个年长的保护人，昔日曾任高级法官，此人的癖好即是酷爱年轻英俊的斗牛士。他跟小鞋匠的交往让安古斯蒂亚斯太太特别恼火，甚至用在卷烟厂做工时学到的最污秽不堪的淫荡话语抨击他。

小鞋匠总是穿着英国毛织三件套，而且那衣服对他匀称的身体长短、肥瘦都合适，穿着十分得体，而他的帽子则总是簇新的。女伴们对他悉心照料，把他衬衫的衣领和胸襟保持得洁白无瑕。有几天他的背心上还挂着双股的金链子，可跟贵夫人们戴的金链子媲美。那是他从一位可敬的朋友那儿借来的，这条金链子也曾戴在其他开始斗牛的孩子们脖子上。

他跟真正的斗牛士交往，请那些老斗牛士的助手喝酒，听他们回忆著名斗牛大师们的辉煌业绩。他断定某些保护者会帮助他这个"孩子"，一旦有适当的机会就会让他在塞维利亚斗牛场上斗小公牛初露锋芒。

小鞋匠已成为一个名副其实的斗牛士。一天，在莱博里哈，一头活蹦乱跳的小公牛跑进斗牛场，他的伙伴们鼓动他抓住这个绝好的机会，对他说：你敢把这只小公牛杀死吗？……他毫不犹豫地把它杀死了。此后，由于这一次的轻易得手，他受到了极大的鼓舞，感到异常地快活，凡听到杀死小公牛和在庄园里杀死牲畜的活动信息，他都赶去舞披风，从不缺席。

拉林科纳达是一个富有的庄园，那儿有一个小型斗牛场。庄园主是一个斗牛迷，凡是愿意斗他的牲畜取乐的忍饥挨饿的斗牛爱好者，他一概管饭，并提供干草房住宿。胡安尼略在贫困难熬的日子里跟他的伙伴们决定一起去那里领略这位乡绅的好意，哪怕要付出被牲畜顶翻的代价。他们走了两天才到达庄园，主人看到这帮灰头土脸、背着行李包的孩子，就一本正经地对他们说道：

"谁斗得最好，我就给他买火车票回塞维利亚。"

两天之间，庄园主在他斗牛场的小阳台上一边吸烟一边观赏孩子们斗小公牛，他看到那些来自塞维利亚的孩子多次被牛角掀翻在地用蹄子踩踏。

"这一钱不值，骗子！"他看到一个孩子披风舞得不好这样责骂道。

"从地上爬起来呀，胆小鬼！……喂，让他们给你喝杯葡萄酒压压惊！"他看到小公牛从一个孩子身上跨过去的时候，那孩子仍旧躺地不起，又这样干喊道。

小鞋匠干净利落地杀死了一头小公牛，庄园主感到十分满意。他安排小鞋匠跟化同桌用餐，而其他孩子则在厨房里跟牧人以及长工们一起吃饭，用牛角勺从锅里舀饭菜吃。

"你挣到了一张火车票，小伙子，如果你有胆量的话，将会前途无量。你很有才能。"

小鞋匠乘二等车回塞维利亚，而他的伙伴们则仍旧徒步赶路。火车在轰隆轰隆地往前飞驰，那时小鞋匠心中想：他的一种新生活开始了。他用一种向往的目光凝望着窗外辽阔的庄园，那儿有大片大片的橄榄园，有长满庄稼的田野，有磨坊，有一望无际的牧场，牧场上放牧着数以千计的山羊，公牛和母牛蜷曲着四肢趴卧在地上一动不动地反刍。多么地富有啊！如果某一天他拥有这样的庄园该有多好呀！……

他在镇子上斗小公牛的英勇事迹让他名声大振，这名声很快就传到了塞维利亚，那些永不安分永不满足的斗牛迷也马上盯上了他。这些人从来都是巴望着斗牛新星出现，使那些现今活跃在斗牛场的明星相形见绌，黯然失色。

"看来这孩子有前途，能行。"看到他迈着小碎步，得意扬扬地从拉斯谢尔佩斯大街上走过的时候，人们这样评论。"有一天会在真正的斗牛场上看到他。"

所谓真正的斗牛场，不管是对他们还是对小鞋匠而言，都是指塞维利亚斗牛场上那片真正与公牛搏斗的圆形沙地。很快这孩子就要在那儿抛头露面真刀真枪地大干一场了。他的保护人为此给他买了一套二手光鲜的斗牛装，是一个不知姓名的屠牛手用过不久的。当地为慈善事业组织了一场斗小公牛，一些有影响的喜欢猎奇的斗牛迷设法把他的名字作为屠牛手免费放到了海报上。

安古斯蒂亚斯太太的儿子反对让他以小鞋匠的外号出现在海报上，他希望人们把他这个外号忘掉。绝不能用什么外号，更不能用下等职业的名字。他要用他父亲的名字一举成名，他要叫胡安·加利亚多，不要用任何外号让那些社会名流想起他的出身，毫无疑问，那些人未来将成为他的朋友。

整个市场区的居民都怀着对家乡的热爱吵吵嚷嚷成群结队地赶往斗牛场。马卡雷纳区的居民同样兴致勃勃地赶去。其他居民区的人也为同样的热情所感染。塞维利亚要出现一个新的屠牛手了！……入场券早已销售一空，不能满足所有的观众，几千人被挡在了斗牛场之外，心急火燎地等待着场内传来斗牛的消息。

加利亚多斗了公牛，并且把它杀死了。他被一头公牛顶翻，但是没有受伤，看着他那些大胆的动作，观众们的心一直在紧张地抽缩着，满脸的焦虑。他多次的有惊无险激起了观众一片声嘶力竭的狂热喊叫声。那些做出正确决定的可敬的斗牛迷，此时脸上露出满意的笑容。他还要好好地学习，好好地锤炼。但是他有胆有识，壮志凌云，这是最重要的。

"特别是，他进了斗牛场真的杀死了公牛，那就跟这片场地结下了不解之缘。"

斗牛士那些漂亮的女友，兴奋得如醉如痴，歇斯底里地扭动着怪怪的身姿东奔西走，眼睛里含着热泪，嘴巴里流着口水，把只有夜间才说得出口的那些情意绵绵的话语在大白天就全部亮了出来。这一个把大披肩抛向斗牛场，那一个岂甘落后，又加上了罩衫和紧身胸衣，再有一个就干脆脱掉了裙子，逗得观众们笑着紧紧抓住她们，避免她们直接冲进斗牛场或者全身脱得精光。

在斗牛场地另一边，老法官蓄着白胡须的脸上洋溢着温情的微笑欣赏那孩子的勇敢和穿得如此得体的光鲜服装。但是，当他看到小伙子被牛掀翻的那一刻，他的身子猛地在座位上往后一仰，像是马上要晕过去了。那一幕实在对他刺激太大，几乎难以承受。

在最前边的看台上，斗牛士的姐姐恩卡纳西翁的丈夫傲气冲天大摇大摆地来回走动。他是一个自己开个小铺子的皮匠，头脑机灵，厌恶流浪汉，跟那个卷烟女工结婚，是为她的美貌折服，但是他有一个明确的条件，不跟她弟弟那个蹩脚的斗牛士交往。

加利亚多面对姐夫的冷脸感到一种侮辱，从未踏进过姐夫在马卡雷纳郊区的铺子一步，即使在安古斯蒂亚斯太太家中偶尔碰上面，也总是客客气气礼貌地对他以"您"称呼。

"我去看看观众怎样朝你那个不知羞耻的弟弟砸甜橙，让他难堪。"皮匠在离家去斗牛场的时候对妻子这样说。

可是现在，他在看台的座位上向斗牛士打招呼，叫他胡安尼略，对他以"你"相称了。小公牛斗牛士为那么多欢呼声所吸引，已是眼花缭乱，最后才终于看到了他，便挥动着剑回答他，那时他便摇头晃膀，露出一副扬扬得意的神气。

"他是我内弟。"皮匠说，想让身旁的人羡慕他，"我一直认为这孩子会在斗牛上有所作为，我和妻子都尽量帮助他……"

斗牛成功结束，人群立刻扑向胡安尼略，兴奋难抑得似乎要把他吃到嘴里吞下去。幸亏他的姐夫在那儿维持秩序，用身体护着他一直送到租用的马车上去，他自己也跟着上了车，坐在了斗小牛的英雄身边。

他们到达市场区的陋室时，马车后面跟随着一大片人群，那就像民众在游行示威。他们向加利亚多的车子欢呼，那山呼海啸般的欢呼声惊动得附近的居民都打开门走出来。斗牛士还未到来之前胜利的消息就传到了这儿，居民们都从家中跑来要就近看看他，跟他握握手。

安古斯蒂亚斯太太和女儿早已站在了家门口。皮匠几乎是把他的内弟从马车上抱下来，垄断了他，并以家人的名义一边喊叫一边打着手势不让任何人碰他，仿佛那是个患者。

"我把他给你接回来了。"皮匠一边说着，一边把他推向妻子恩卡纳西翁，"他完全称得上是罗杰·德弗洛尔〔十三世纪著名的加泰罗尼亚雇佣兵团首领，援助拜占庭皇帝纵横征战，战功显赫。——译者注〕！"

恩卡纳西翁无需再多问，她知道自己的丈夫胡乱地读过一些古书，认为这个历史人物是一切丰功伟业的总体，只有那些非凡的事件才敢跟他的名字联系在一起。

一些从斗牛场回来的邻居仍在兴头上，一边崇敬地欣赏着安古斯蒂亚斯太太的大肚皮，一边对她说些恭维的话。

"这位母亲真有福气，生了个这么勇敢的儿子！……"

安古斯蒂亚斯太太的女友们也赞叹不已，把她弄得昏头昏脑。

"您真走运！等着您的儿子挣大钱吧！……"

那个可怜的女人眼中流露出又惊愕又疑惑的神气。那么，真的是他的胡安尼略让人们如此兴奋地跑来跑去奔走相告吗？……他们是发疯了吗？

但是，突然间她向儿子扑过去，那情景仿佛过去的一切都烟消云散，她的焦虑和暴怒宛若一场梦，仿佛她是在羞愧地忏悔自己的错误。她的粗大松软的双臂搂住了斗牛士的脖子，热泪从她的面颊上簌簌地流下来。

"我的孩子！胡安尼略！……如果你那可怜的父亲看到你有多好啊！"

"别哭，母亲……今天是高兴的日子。您等着瞧吧。如果上帝保佑我让我走运，我会给您建一座房子，让您的女友们看到您坐上豪华的马车，披上马尼拉大绣花披巾，从此不再过苦日子……"

皮匠面对妻子惊讶的眼神不停地点头认可这些宏伟目标，而妻子还没有从这一步登天的根本变化中醒过神来。没错，恩卡纳西翁，只要这孩子坚持不懈，他一切都能做到。他是一个非凡的人，就连罗杰·德弗洛尔都没法跟他相比。

晚上，在居民区的酒馆和咖啡店里，没有别的话题，就只谈论加利亚多。

"未来的斗牛之星。他要鸿运高照一帆风顺了……这孩子会狠狠地煞一煞所有科尔多瓦斗牛王的威风了。"

这些断言充溢着塞维利亚人的自豪感，他们跟科尔多瓦人是长久的竞争对手，科尔多瓦同样有许多杰出的斗牛士。

从这一天起，加利亚多的生活彻底改变了。公子少爷们见面主动向他问候致意，请他跟他们一起坐在咖啡馆的门里边，以前供他吃喝、不让他饿肚子并且悉心照料他的打扮漂亮的姑娘们，渐渐地被他带着不屑的微笑疏远了。就连那个老保护人也因遇了几次冷待明智地从他身边走开，将他的深情厚谊转移到另外一些开始踏进斗牛这一行的孩子的身上。

马德里的斗牛公司追寻加利亚多，对他宠爱有加，犹如他已是一个风云人物。一旦海报上出现他的名字，成功便是必然，整个斗牛场会座无虚席。大众热情为安古斯蒂亚斯太太的儿子鼓掌，对他的胆量赞不绝口，加利亚多已经享誉整个安达卢西亚。没有人找那个皮匠帮忙，可他不请自来，凡事都要插一手，趾高气扬地自己扮演着内弟利益保护者的角色。

他是一个工于心计，经验丰富的人。照他看来，在经营上，生计的路径总是看得清清楚楚。

"你弟弟，"晚上躺到床上的时候他对妻子说，"他身边需要一个踏实老练的人帮他把控他的利益。你认为任命我做他的代理人不恰当吗？对他来说这可是件大事。就连罗杰·德弗洛尔也对他望尘莫及。而对我们来说……"

皮匠在脑海里想象着加利亚多将会挣来的巨大财富，同时他也想到了自己身边的五个孩子以及肯定还要继续往下生的孩子，因为他是一个对妻子忠贞不渝而且生殖力很强的人。谁能说那个剑刺手挣来的财富最后不会属于他的外甥们呢！……

在一年半的时间里，胡安都在西班牙最好的斗牛场上杀小公牛。他的名声一直传到了马德里。帝都的斗牛迷们充满了好奇心，很想认识一下这个"塞维利亚的孩子"。报纸上整天都在讲这个孩子，安达卢西亚斗牛行家都对他赞不绝口。

加利亚多由一群住在马德里的家乡朋友簇拥着，大摇大摆地走在靠近英国咖啡馆的塞维利亚大街上。美貌的姑娘们向他送来献媚的微笑，眼睛盯着斗牛士粗大的金链子和大颗的钻石。这是斗牛士用他头几次斗牛挣的钱和以后斗牛的定金买来的。一个斗牛士应该表现得买装饰品的钱花不完，还要慷慨地请大家喝酒吃饭。这跟他和可怜的机灵鬼在一起的日子真是天壤之别。那时他们同样游荡在这条人行道上，总是提心吊胆害怕遇到警察，羡慕地望着斗牛士，捡他们丢在地上的烟屁股！……

他在马德里的事业很幸运，转眼就交了不少朋友，周围聚集了一帮喜欢猎奇的斗牛迷。他们也宣布他为"未来斗牛之星"，对没有正式举行仪式授予他斗小牛短剑手称号表示抗议。

"他会赚到大钱的，恩卡纳西翁。"他的姐夫对妻子说，"只要不发生意外，他会成为百万富翁。"

整个家庭的生活彻底改变。加利亚多跟塞维利亚城的公子少爷们交往，他不想让母亲继续住在那间过苦日子时的陋室里。按照他的意思，他们家早已搬到塞维利亚最好的街道去，但是安古斯蒂亚斯太太坚持要住在市场区，简朴的人们上了年纪，对青年时代发展的地方怀有一种恋恋不舍的情结，不想离开那儿。

他们住在了一座条件改善许多的房子里。母亲不再外出工作，女邻居们在手头拮据的日子里，看到她会慷慨放债，都对她百般奉承。除了身上装饰的那些沉甸甸的醒目的珠宝外，胡安还拥有了所有斗牛士都拥有的最高级奢侈品。那是一匹非常矫健的枣红小马，配着牛仔式鞍具，马鞍架上垂着宽大的毛毯，毛毯边缘镶着花花绿绿的大流苏。他骑在马上沿街一溜小跑兜风，激起朋友们的一片敬意，后者用一阵高声欢呼迎接他那优美潇洒的身姿，这满足了他要迅速爆红，广受民众欢迎的心愿。有时候，在场面宏大的斗牛前夕，他跟公子少爷们组成一支浩浩荡荡的骑马队伍，到塔布拉达牧场去看别的斗牛士怎样果断地杀死公牛。

"等我拿到正式的斗小牛短剑手头衔的时候……"他时时都在这样说，因为他未来的全部计划都要靠这件事了。

他对未来还有一系列的计划，那些计划肯定会让母亲吃惊。这个可怜的女人已经被突然从天而降的好日子惊呆了，她家里不可能再有更好的运气了。

这一天终于到来了，举行了正式仪式为加利亚多颁发证书，认可了他是斗小公牛的短剑手。

一位著名的斗牛大师，在塞维利亚斗牛场中心圆形斗牛沙地上，当场交给了他一把剑和一根挂着红布的斗牛棒，众人看到他一剑就放倒了走到他面前的第一头完全合乎标准的大公牛，兴奋得到了发疯的份儿。到了下一个月，这个斗牛士的头衔将在马德里的斗牛场被确认批准了。在那儿，另一位同样驰名的斗牛大师借着斗缪拉公牛的场合又给他颁发了斗牛士证书。

他已经不是斗小公牛的斗牛士，而是一个名副其实的斗牛士了。在海报上，他的名字出现在那些老资格的剑刺手的名字旁边。想当年，他在走乡串镇去参加舞披风斗小公牛的时候，曾经把那些人羡慕得仿佛是高不可攀的神人。他记得，有一次他在科尔多瓦附近的一个车站上等过一个这样的剑刺手，希望他帮帮忙，在火车通过的时候让他混在他的斗牛队里。那天下午，加利亚多正是靠了留着小辫子的人们的慷慨友爱才吃上一口饭，也正是那种亲如手足的兄弟之情，让一个富贵得如同王子一般的剑刺手，伸手给了那个穿着破衣烂衫开始舞披风斗小公牛的小调皮鬼一个杜罗和一支香烟。

合同如雨点雪片似的开始朝这位新剑刺手飞来。在半岛的所有斗牛场，出于好奇心驱使，人人都渴望见到他。专业报纸上广泛刊登他的照片，介绍他的生平，而且像写小说那样，把他的生平添枝加叶，杜撰出一些故事，大大地走了样儿。没有一个剑刺手会订到那么多的合同，他真的要发大财，成为大富翁了。

他的姐夫安东尼奥在妻子和岳母面前紧锁眉头，以无声的抗议对小舅子的成功发牢骚。

他觉得剑刺手是个忘恩负义之人，这也是迅速飞黄腾达者的通病。他为胡安出了多少力，流了多少汗呀！当他跟承包商商定斗小公牛的合同时，他软磨硬泡，寸利必争，让他多赚了多少钱呀！……可如今，他成了斗牛大师，把他的代理人职位委托给了一位刚刚认识不久的先生，一个叫什么何塞的人。他并不是自家人呀！可加利亚多只是由于他老斗牛迷的名气对他那么敬重。

"有一天他会后悔的。"皮匠最后这样说，"家只有一个。他还能从哪儿找到像我们这样从小就那么爱他的人呢？他这件事办得实在不地道。如果跟我在一起，他肯定会发展得像罗杰……"

话没说完他就停住了，把那个著名斗牛士的名字吞掉了一半，因为他害怕遭到短扎枪手和斗牛迷们的嘲笑，那些人是这个家的常客，他们已注意到皮匠对历史上那位斗牛士崇拜得五体投地了。

加利亚多由于事业的成功，出于善意，也便让自己的姐夫得到一点儿满足。他正在建造一座房子，于是就把这项工程的监督事务全部交给了他，一切开销由他全权处理。剑刺手被日进斗金如流水般的金钱冲昏了头脑，他情愿姐夫偷他的钱，也权作是对没答应他做代理人的一种补偿吧。

剑刺手马上就要实现为母亲建造一座大房舍的愿望了。可怜的母亲一生都在受苦受累为富人干活拖地板呀。未来的那座房子有一个美丽的院子，大理石铺就的地面，花瓷砖贴就的护壁，她的房间里摆设着跟老爷先生们家中同样的家具，一大群佣人细心侍候她。他自己在当地度过了他贫穷痛苦的童年，始终对它感到一种因袭的眷恋。他喜欢向那些曾经雇用他母亲做仆人的人炫耀自己的富有让他们羡慕，而对那些让他爸爸修鞋的人或者在他苦难的日子里给过他一片面包的人，则在他们困难的时刻送上一些比塞塔。他买下了几座旧房子，其中一座就靠近修鞋匠干活的门口。他把这些旧房子全部推倒铲平，开始起一座楼房。这座楼房的墙壁要涂成白色，铁栅栏涂成绿色，前厅墙壁要贴上花瓷砖，还有做工精细的铁栅栏门，透过栅栏门可以看到院子中央的喷泉和它的大理石柱廊，柱廊上挂着镀金的鸟笼，时时传出小鸟儿清脆悦耳的啁啾鸣叫。

加利亚多的姐夫本来对全部掌握了工程的监管权可以大捞一把感到满心喜悦，但是一个可怕的消息却让他扬扬得意的心一下子凉了半截。

加利亚多有恋人了。眼下正值盛夏，他在全西班牙从一个斗牛场赶到另一个斗牛场，逢公牛必杀，受到了观众们的热烈欢迎。但是，他还是忙中偷闲，每天都给他区里的一个漂亮姑娘寄一封信。在斗牛转场短暂的间隙里，他便抛下同伴，自己乘上火车回到塞维利亚，整整一夜都隔着铁栅栏跟他的恋人谈情说爱。

"你们看到了吗？"皮匠在他所谓的家庭核心人物，或者说他妻子和岳母面前气呼呼地叫嚷，"有了一个情人，跟家里一句话都不说，可家是世界上存在的唯一实实在在的东西呀！那位先生要结婚了，明摆着，他对我们厌倦了……多么无耻的东西！"

恩卡纳西翁赞同丈夫说的那些话，那张本来就不漂亮而凶巴巴的脸上露出恶狠狠的神情。她原本平时就有点儿妒忌那个弟弟的好运气，现在有人批评他，她感到高兴。说得对，他从来就是个不知羞耻的东西。

但是母亲不高兴了。

"不对，话不能这么说。我了解那个姑娘，她可怜的母亲是我在卷烟工厂的同事。她像黄金一样地纯洁，为人和善，心地善良，很像……我已经告诉过胡安，按我的意见，就定下来吧……而且结婚越早越好。"

姑娘是个孤儿，跟她的几个叔叔住在一起，叔叔们在区里开了个小饰品店。她父亲是个烧酒生意人，在马卡雷纳郊区给她留下了两座房子。

"不算什么大财产，"安古斯蒂亚斯太太说，"但是姑娘也不是空着双手到我们家门上来，她会把自己的东西带来……说到衣服？耶稣啊！看她那双巧手，看看她刺绣的衣服，看看她准备的嫁妆！"

加利亚多模模糊糊地记得，小时候，两个人的妈妈站在鞋匠干活的市场门旁聊天，他们就在一起玩耍。当时小姑娘像一条干瘦黝黑的小蜥蜴，长着一双吉卜赛人的眼睛，黑色的瞳孔非常靠近，酷似两滴墨汁。眼角膜蓝中透白，眼内角呈淡玫瑰色。跑起来灵敏得像小男孩，露出两条像芦竹一样的细腿。头发不听话地一绺一绺地耷散开，弯弯曲曲如一条条小黑蛇。以后他再也没见到她，直到许多年之后，当他成了斗小公牛手，出了名时才重新相遇。

那一天是圣体节，这是一个少有的女人们可以出门的节日。平时她们像东方人一样懒洋洋地被关在家里，这一天，她们像摩尔女人得到解放一样，披着丝织花边大披巾，胸前别着石竹花，眉飞色舞地出门去。加利亚多看到一个高个儿姑娘，身材既苗条又结实，杨柳细腰，臀部丰满，全身散发出青春的活力。一眼看到斗牛士的时候，她那白皙的面庞立刻泛起了红晕，两只明亮的大眼睛隐藏在长长的眉毛间。

"这个姑娘认识我。"加利亚多自视清高地暗想，"肯定在斗牛场看到过我。"

然后，他跟在她和她的婶婶后面走了一阵，知道那姑娘就是卡门，他童年的小朋友。昔日的小黑蜥蜴竟然出落成如此令人敬慕的美女，他既感到惊讶又惶惑不解。

他们很快成了恋人，街坊邻里都在谈论他们的这种关系，认为这是区里一件令人高兴的新事。

"我就是这样的人，"加利亚多对他的热心观众说，摆出一副神气十足的王子神气，"我不想跟别的斗牛士那样找一个小姐结婚，总是想着她们的帽子、羽毛和衣服上华丽的装饰。我要跟我同阶级的姑娘结婚，漂亮的大披肩，曼妙的身姿，优雅的风度……妙极了，这就够了！……"

他的朋友们都为他高兴，个个赞美那个姑娘，夸她颇有皇家女子的风度，婀娜多姿的身材会让任何一个男子发疯。多迷人的姑娘啊！但是，斗牛士听了这些话生气了。别瞎扯了好吗？唉，这些恭维卡门的话说得越少越好。

天天晚上，每当他站在铁窗栏前，凝望着她那张鲜花映衬中的摩尔女人似的面庞开始跟她谈情说爱的时候，总有一个附近酒馆里的侍者双手端着托盘送来两杯安达卢西亚白酒。那是被派来收"占地费"的。这是塞维利亚的老风俗，凡是恋人隔着铁窗栏谈情说爱，都要付这份费用。

斗牛士喝了一杯安达卢西亚白酒，把另一杯献给他的恋人，然后对那个侍者说：

"请你告诉那些先生，非常感谢，等我谈完了，我会到店里来……告诉你们那个山里人老板，客人的费用别收，我会全部付清。"

就这样，他跟姑娘的谈情说爱一结束，马上就去了酒馆，那些向他献殷勤的人正在那儿等他。有时候是些热心肠的朋友，有时候是些陌生人，他们都想跟斗牛士一起喝几杯。

他作为上了海报的屠牛手，第一次巡回斗牛回到塞维利亚之后，冬天的夜晚都是裹着短披风在卡门的铁窗栏前度过的。那是一个绿呢料披风，宽松优雅，上面绣着黑丝葡萄枝和阿拉伯图案。

"人家告诉我，你经常喝酒。"卡门把脸贴着铁窗栏爱怜地说。

"无稽之谈！……都是朋友请客，我必须回请一下，如此而已。你看，一个斗牛士就是斗牛士……他不能像修道士那样生活。"

"有人告诉我，你跟一些妓女在一起。"

"胡说八道……这是在我认识你以前的事儿……这些混蛋！真该死！我真想知道是哪个鬼东西把这些流言蜚语告诉了你……"

"那么，我们什么时候结婚？"她接着说，用这个问题打消了未婚夫的怒气。

"等房子建完吧。我真想明天就结婚！我那个滑稽可笑的姐夫永远完不了工。谁都知道这件事他有利可图，他会舒舒服服地过着日子拖延工期。"

"胡安尼略，等我们结了婚，我会把一切管理好让你满意。你会看到一切都井井有条，也会看到你母亲是多么地爱我。"

他们的交谈就这样继续着，热切地等待着那个结婚的时刻，而全塞维利亚的人也都在谈论他们的婚礼。卡门的叔叔们和安古斯蒂亚斯太太每逢见面也都提及这件事。但是，尽管如此，斗牛士还一次也没有进过未婚妻的家门，仿佛有一条可怕的禁忌堵上了那条路，他无论如何也无法进去。于是两个人宁可遵照当地的老风俗，隔着铁窗栏互表表情。

\*

转眼冬天就过去了。加利亚多骑上马到几位显贵的私人猎区狩猎。这些先生老爷摆出一副保护人的神气，亲切地跟他以"你"相称。斗牛士必须不断地锻炼身体，保持身体的矫健，等待斗牛季到来。他不能让身体失去力量和灵敏性。

最如饥似渴、迫不及待地要传扬他的名声的人叫堂何塞，是位以做代理人为职业的先生，此人口口声声称加利亚多是"他的斗牛士"。加利亚多的事务他无不插手，甚至不承认斗牛士自己的家人有他那么大的权利。他只靠年金生活，没有别的收入，唯一的职业就是谈论斗牛和斗牛士。在他看来，斗牛士是世界上最有趣的事情。他把人民分为两类，一类是精选出来的，他们有斗牛场；另一类是悲惨民族的芸芸众生，那儿没有太阳，没有欢乐，也没有安达卢西亚白酒，可尽管如此，即便他们连最低级斗小公牛都没见过，还自认为很富强，很幸福。

他以战将的英勇和宗教裁判官的信仰投入他对斗牛的痴迷，年纪轻轻就身体发福，掉光了头发，蓄上了金黄的胡须。这个在日常生活中性格开朗、爱说爱笑的家庭中的父亲，一旦坐到斗牛场的看台上，听到旁边有人表示跟他不同的看法时，他立刻就会凶巴巴地变成另一个人。为了捍卫他喜欢的斗牛士，他觉得自己有能力跟全体观众吵架。当观众在为不值得他喜欢的斗牛士欢呼时，他会以不合时宜的抗议来跟那些欢呼唱反调。

他曾任骑兵军官，那更多的是因为他爱马而不是热爱战争。可由于他身体发胖和爱上了斗牛便退了役。他夏天看斗牛，冬天谈斗牛。他要做剑刺手的指导者、顾问、业务代理人！……可当他有了这样的想法时，所有的斗牛大师都已经有了自己的代理人。不过走运的是这时加利亚多出现了。任何人对这位斗牛士的功绩有半点儿怀疑都会让他暴跳如雷，最后把关于斗牛的争论变成了个人的纠纷。他曾在咖啡馆里用手杖暴打两个居心叵测的斗牛迷，因为他们诋毁"他的斗牛士"，说他过于莽撞无知。他讲起这一行为扬扬得意，感到那是自己的光荣事迹。

他觉得单靠报纸宣传加利亚多的光荣业绩还远远不够，于是就在冬天的上午去站到太阳照射的拉斯谢尔佩斯大街口上，他的朋友都会在那儿经过。

"没的说，英雄好汉只有一个……"他高声说道，仿佛是自言自语，对走近的人视而不见。"他是世界上最勇敢的人！谁不同意那你就说出来！……他就是独一无二的英雄好汉！"

"你说的是谁？"朋友们装作听不懂他的话，嘲弄地问。

"还能是谁呢？……胡安呀！"

"哪个胡安呀？"

一听这话，他立刻又愤怒又惊讶地变了脸色。

"你说还能是哪个胡安？……好像还有好多个胡安似的！……就是胡安·加利亚多呀！"

那些朋友跟他开起了玩笑："喂，好家伙，你们可没在一起睡过觉呀！……难道要跟他结婚的就是你吗？"

"是他不愿意。"堂何塞带着崇拜偶像的热情毫不含糊地回答。

看到别的朋友走来了，他就不再理睬那些嘲弄他的人，又去重复那句话：

"没的说，英雄好汉只有一个！……他是世界上最勇敢的人！谁不同意就张开嘴说吧……我在这等着哪！"

加利亚多举办婚礼是一件大事，新房子这时也建成了，对此皮匠感到很自豪，他得意地给人看那院落、柱廊和花瓷砖地，仿佛那些工程都是他亲自动手的。

他们站在圣希尔教堂的圣母面前宣誓结婚了。马卡雷纳区这座教堂的圣母叫埃斯佩兰萨。在教堂门口，几百条绣着奇花异草和五彩缤纷的小鸟儿的中国大披巾在阳光下光芒闪烁，那些披巾是新娘的女朋友们披着的。一位众议员做证婚人。在大多数来宾戴着的白色或黑色的毡帽上方，最显眼的是加利亚多的代理人和其他热情捧场的绅士们戴的熠熠生辉的高顶礼帽。这些先生个个脸上洋溢着满意的笑容，因为他们感到走在斗牛士的身旁受到了大众的特殊爱戴和崇敬。

在加利亚多的家门口，整整一天都在分发施舍，许多穷人听闻这次规模宏大的豪华婚礼，从偏远的村镇都赶来了。

院子里摆了盛宴。几个摄影师为马德里的各家报纸拍了快照，加利亚多的婚礼成了国家的大事。一直到深夜，吉他还在弹奏着幽怨的曲调，同时伴以节拍轻快的击掌和响板。姑娘们高举着双臂用她们的双脚踢踏大理石地板发出清脆悦耳的声响，美丽的裙子曼妙地旋转，大披巾伴着塞维利亚舞曲的节奏围绕着那优美的身段飘曳。一瓶瓶美味爽口的安达卢西亚葡萄酒打开来，一杯杯热乎乎喝下肚的雪利酒、浓烈的蒙蒂利亚葡萄酒，以及香气四溢的圣卢卡尔白葡萄酒，从这个人的手里传到那个人的手里。所有人都喝醉了，但是他们的醉态是温和的、安静的、悲哀的，只是以叹息和歌声表现出来；有些人会同时哼起忧伤的歌曲，歌词的内容涉及监禁、死亡和可怜的母亲，那都是安达卢西亚民歌永恒的主旋律。

半夜时分。最后的宾客也走了，只剩下新婚夫妇和他们的母亲安古斯蒂亚斯太太。反匠和他的妻子离开的时候，一脸绝望的表情。他喝醉了，怒气冲冲，因为整整一天没有人注意到他，好像他谁也不是似的！好像他不是这个家庭的成员似的……

"他们要把我们赶走，恩卡纳西翁。这个面孔像埃斯佩兰萨圣母的女孩要做这个家的主人把一切抓在手里，什么都没有我们的份儿。你会看到的，他们会生一大堆孩子。"

这个生殖力旺盛的男人一想到剑刺手将会生一群孩子，而这群孩子来到这个世界上的唯一目标就是伤害他的子女，就怒不可遏了。

可时光荏苒，一年的时间过去了，安东尼奥先生的预言并没有实现。加利亚多和他的妻子出席一切聚会，并且显示出一种慷慨而潇洒的风度，不愧为一对富有而受民众喜爱的夫妇。卡门披着马尼拉大披巾，让穷苦的女人们羡慕得惊叫；加利亚多身着一身闪光发亮的衣衫，随时准备掏出钱包请客吃饭和救济那些成群赶来的乞丐。像女巫一样的古铜色皮肤喋喋不休的吉卜赛女人，紧紧围在卡门身旁说出一大堆吉利的预言：愿上帝赐福给您！你们将有一个小男孩，一个比太阳还漂亮的小宝贝。这从您的眼白里可以看得出来。他几乎发育得半成形了……

可这预言并不灵验。虽然卡门听了这吉祥的话语又高兴又害羞地垂下眼睛，剑刺手站起来为他的成果感到自豪，以为他跟妻子企盼的结晶就要到来了，但是儿子并没有到来。

就这样又一年过去了，夫妻俩依旧没有看到他们的希望实现。当别人跟安古斯蒂亚斯太太提起这些沮丧的事情时，她不禁有些伤心了。她有别的孙子孙女，但那是恩卡纳西翁的孩子，是她的外孙和外孙女。这些孩子受皮匠支使，他们经常待在外婆家里，千方百计地让舅父满意。但是安古斯蒂亚斯太太是想用对胡安的热烈爱抚来补上过去对他的冷待。她希望他有一个儿子，按照她的模式尽心尽意地教育他，把在他爸爸悲惨的童年没有给他的爱，全部倾注到这个孙子身上。

"我明白是怎么回事。"老太太伤心地说，"可怜的卡门心平静不下来。看看吧，在胡安东奔西走去斗牛的时候，这孩子精神压力会有多大呀！"

在冬天没有斗牛休息期间，当斗牛士待在家中或去乡下考察小公牛和打猎的时候，一切都很正常美好。卡门知道丈夫没有危险，总是很高兴，随便什么事都可以让她笑起来。她吃饭的胃口很好，神采奕奕，满面红光。然而转眼春天来到了，胡安又要离家辗转西班牙的各个斗牛场斗牛了。可怜的姑娘立刻变得脸色苍白，浑身软弱无力，仿佛一下子惊得目瞪口呆，眼睛恐怖地瞪得又大又圆，稍微一提丈夫斗牛的事，眼泪马上就会哗哗地流下来。

"今年他有七十二场斗牛。"家里的朋友们在谈论剑刺手的合同时这样说，"谁也没有他那么红，老板们都争先恐后地找他。"

可听了这话卡门并不高兴，反而一脸的愁容露出苦笑。这七十二个下午她都要在痛苦和焦虑中度过，酷似正在教堂里忏悔等待第二天被执行死刑的罪犯。她眼巴巴盼望在黄昏时接到电报，但又害怕接到电报。在这七十二个受困于飘忽不定的迷信的日子里，她想到即使在祈祷中忘掉一个词都会影响到远方丈夫的命运。这七十二天是既痛苦而又令人惊奇的日子。她住在家中生活是平静的，看到的是同样一些人，一天天过去，一切如常，温暖甜蜜，无需操心，尤其听到院子里丈夫的小外甥和外甥女们的玩耍嬉闹，街上卖花人的叫卖声，好像世界上什么意外的事情也没有发生似的。然而，这期间，在远方，在一些陌生的城市里，她的胡安，在成千上万双眼睛注视下，却正在跟凶猛的野兽搏斗，随着他手中斗牛棒上红布的每一次闪动，他都看到死神从他的胸前擦身而过。

唉，这些斗牛的日子都是些节日，在这些日子里，天空好像特别明净而美丽，平日冷清的大街上回响起节日里行人的脚步声，街角的酒馆里叮咚叮咚弹奏的吉他伴以歌声和节奏明快的击掌声！……卡门一身素装，头巾遮挡着眼睛，走出家门，好像是要摆脱那些噩梦，到教堂去躲个清静。惶惶不安使她充满了迷信，她的信仰很单纯，只是从一个祭坛走到另一个祭坛，心中琢磨着每尊圣神的灵异和奇迹。她走进了圣希尔教堂，这是她在自己一生中最幸福的日子里看到的民众青睐的教堂。她在马卡雷纳区的圣母前跪下来，吩咐点燃许多大蜡烛，借着红色的烛光凝望圣母像棕色的面庞。圣母的眼睛乌黑闪亮，眉毛很长，听有的人说，整个圣母的面庞跟她的面庞很相像。她信赖圣母，埃斯佩兰萨圣母的灵验可是非同寻常。毫无疑问，在这一刻她正在施展神威保佑胡安平安无事。

但是，转瞬间她又对自己的信仰产生了迟疑和恐惧，一时乱了方寸。圣母是一个女人呀，而女人是微不足道、成不了大气候的呀！她们命里注定就是要受苦受难，痛哭流泪，就像她为丈夫伤心地哭泣，就像另一个女人为她的儿子伤心地哭泣一样呀！应该去依赖更强大的神明，去祈求更威严的保护神帮助。她怀着痛苦的利己主义心绪，就像忘记一个无益的朋友那样，毫不犹豫地离开马卡雷纳区圣希尔教堂，走进了圣洛伦索教堂去求助我们万灵的救世主耶稣。这位神人头戴荆冠，身背十字架，是出自雕刻家蒙塔涅斯之手的一尊大汗淋漓、流着眼泪、令人敬畏的圣像。

那位背着沉重十字架磕磕绊绊地走在石子路上的巴勒斯坦拿撒勒人，一脸震撼人心的愁容，似乎让那个可怜的妻子得到了安慰。万能的上帝呀！……这个模糊而伟大的称号使她安静下来。但愿这位穿着金光闪闪的紫色天鹅绒衣服的天神愿意听她的叹息和祈祷，她的祈祷会用最快的语速，要在有限的时间尽量多一些倾诉，这样就定会让胡安在那一时刻安然无恙走出斗牛场。她又一次给了圣器管理人一些钱，让他点起几支大蜡烛，整整几个小时，她都静静地凝望着红色火舌反照在圣像身上的摇曳不定光亮，感觉在那张忽明忽暗的瓷釉脸上看到了预示她幸福的安慰的微笑和慈祥的表情。

万能的上帝没有欺骗她。回到家中，那张蓝色的纸来了，她的手颤抖着慢慢将它打开："平安无事。"她可以呼吸了，她可以睡觉了，那就像一个马上要被执行死刑的囚犯一时间得到了解脱，但是两三天以后又要去遭受那不可预料的折磨、不可预料的可怕的酷刑了。

卡门尽管爱她的丈夫，但不免也会产生叛逆心理。如果结婚之前就知道过这样的日子，那就不会同意嫁给他！有时候惺惺相惜，为共同的痛苦所驱使，她就去找丈夫斗牛队里斗牛士的妻子，好像那些女人会给她通点儿什么消息似的。

国民的妻子在本区开一家酒馆，她平静地接待了斗牛大师的妻子，对她的恐惧感到莫名其妙。她已经对这样的生活习以为常。她的丈夫应该是平安无事，因为没有报来什么不好的消息。电报费很贵，短扎枪手挣的钱是很少的。在报贩们没有叫喊有什么悲剧发生时，那就什么事也没有发生。说罢又继续做她的生意，好像她迟钝的大脑里永远不会产生恐慌不安的情绪。

也有的时候，卡门过桥到特里亚纳区去找长扎枪手杂烩菜的妻子。那女人像个吉卜赛人，住在一间像鸡窝似的陋室里，家里一大群古铜色皮肤的脏兮兮的孩子，她大呼小叫地支使和吓唬他们。斗牛大师夫人来访，她感到十分骄傲，但是大师夫人的惶恐不安几乎让她笑出声来。什么都不要怕。步行斗牛士总会摆脱公牛从牛角下逃出来。何况胡安·加利亚多又是对付公牛本领高超的人。公牛抵死的人屈指可数，可怕的是斗牛士从马上掉下来。谁都知道所有的马上扎枪手多次从马上可怕地跌下来最后会有怎样的结局：不是暴死于一场始料未及的突发事故，就是最后变成疯子。可怜的杂烩菜将来很可能就是这样死去。他累死累活付出那么大的气力却只赚到那么一点儿杜罗，可人家别人……

她没有把话说完，但是她的眼神表明她在抗议命运的不公，抗议那些大帅哥，他们就因为手里握着一把剑，便博得欢呼和掌声，赢得了荣誉和金钱，其实他们并不比卑微的斗牛士冒的风险更大。

卡门渐渐地便习惯了新的生活。斗牛日子里的残酷等待，参拜圣神，迷信中的踌躇不决，这一切她都像生活中的必然事件接受了。此外，丈夫的好运气和家中不断地谈论斗牛的一些有趣的插曲，最终让她熟悉了这个行业的危险是怎么回事。凶猛的公牛在她的心目中成了一种善良而高尚的动物，来到这个世界上的唯一目的就是让斗牛士把它杀死大发横财和名扬四海。

她从来不去看斗牛。自从她看了必将成为她的丈夫的人第一次斗小公牛的那个下午之后，她再没去过斗牛场。她感到她没有勇气看斗牛的场面，即便场上的斗牛士不是她的丈夫加利亚多。设若看到别的男人穿着跟她的胡安同样的衣服面对危险，她也会吓得晕厥过去。

结婚的第三年，剑刺手在巴伦西亚受了一次伤，卡门没能马上知道。电报按时到来，信息是同样的："平安无事。"这是胡安的代理人堂何塞做了一件善事。他天天去看望卡门，变着法儿巧妙地不让她看到报纸，整整拖了一个礼拜卡门才得悉了那件不幸之事。

由于几个女邻居粗心大意说漏了嘴，卡门终于知道了实情。她想马上乘火车去照顾她的丈夫，她对丈夫一个人被抛在那儿没人照管感到气愤。但是没有必要了，在她动身之前，剑刺手回来了。由于失血过多，他的脸色苍白，一条腿长长地拖着不能动弹。但是他乐呵呵的，精神抖擞，为的是让他的家人放下心来。从那一刻开始，他的家就几乎变成一座圣殿，成百上千的人络绎不绝地走进院子，都想当面问候一下这位号称"世界第一斗牛士"的加利亚多本人。他坐在一张灯芯草大扶手椅上，伤腿搭在长凳上，悠然地吸着烟，仿佛他的身体并没有受到重伤。

鲁伊斯大夫跟他一起回到了塞维利亚，他对那个机体在不到一个月的时间就被治好感到十分惊奇，觉得他脚部器官的活力实在有点儿不可思议。对他来说，尽管已从事外科医生多年，但所有的斗牛士都能轻而易举就能从伤势中恢复仍旧是一种奥秘。牛角上沾满了血和动物粪便，还常常被撞击成小碎片，能把肌肉撕裂、划破、扎透，同时会造成深深的伤口和破裂模糊的伤口。可尽管如此，严重的创伤却比日常生活中的伤情更容易治愈。

"我弄不懂是怎么回事，太神秘。"老外科大夫疑惑地说，"会不会这些小伙子肌肉跟狗一样，也或者尽管牛角很脏，却有一种我们不明了的治疗功能？"

不久以后，加利亚多又去斗牛了，这次受伤并没有像他的对手们预言的那样，使他的斗牛狂热变冷。

到了结婚的第四年，剑刺手做了一件让他的妻子和母亲大吃一惊之事。他们要做庄园主了，而且还是个大庄园，那儿的土地一望无际，里面有橄榄树林、磨坊、大群大群的牛羊，总之，比塞维利亚富豪们的庄园毫不逊色。

加利亚多跟所有的斗牛士想法一样，渴望成为庄园主，拥有土地、骑手和牲畜饲养人。城里的财富，有价证券股票之类，对他没有诱惑力，并且他也不懂行；而公牛却使他想到绿色的庄园，马匹让他记起了田野；他需要不停地活动和锻炼，这样，冬天几个月中的外出打猎就促使他想到了拥有土地。

在加利亚多眼里，只有拥有大群大群牲畜的庄园主才能称得上是富人。在他儿时受苦受穷的日子里，当他徒步走在田野里的时候，穿过橄榄树林和牧场，就热烈地渴望着拥有大片属于自己的土地。他把这些土地用带刺的铁丝网封闭起来，不让外人进去。

他的代理人堂何塞明白他的这些心愿，千方百计地增加他的财产。从契约老板那儿收来钱，他想把账目让斗牛士过目，给他解释清楚，可是后者根本不理。

"我不懂这些琐碎事儿，"加利亚多说，他乐得个清闲，不管不问财务管理，"我只知道杀死公牛。堂何塞，一切照您的想法办理，我信得过您，知道你处处都为我考虑。"

堂何塞几乎完全不关心自己家中的财产，只是把它交给并不善持家的妻子管理，而日日夜夜都在操心斗牛士的财富。他把加利亚多的钱以高利贷放出，赢得了丰厚的收益。

一天，他兴高采烈地来见他的被保护人了。

"我让你的愿望实现了，买到了一个大庄园，跟世界那么大，而且花钱不多，是块真正的便宜货。下一周我们就可以签约。"

加利亚多想了解一下庄园的具体情况和它的名字。

"它叫拉林科纳达。"

斗牛士的愿望真的实现了。

当胡安·加利亚多带着他的妻子和母亲去接管庄园的时候，他让她们看了他和他一起流浪的穷伙伴们睡过的干草房，也就是在那间房子里，他跟主人一起吃了饭；他也让她们看了那个小斗牛场，也就是在那儿，他用剑杀死了小公牛，挣得了第一次持票乘火车的权利，而不必再藏到座位底下去。

第　　　　　　三　　　　　　章

在冬日的夜晚，当加利亚多不在拉林科纳达庄园的时候，吃过晚饭，他就跟朋友们一起聚在家中餐厅里聊天。

到得最早的是皮匠和他的妻子，他们总是有两个孩子住在剑刺手家里。卡门像是要忘掉她的不生育，也感到住在一座冷冷清清的大房子里颇有不适，便把她大姑子最小的孩子留在了自己身边。这两个孩子由于爱的本性，也由于父母的叮嘱，时刻都亲昵地缠着漂亮的舅妈和慷慨而讨人喜欢的舅舅，有时用小嘴巴亲吻他们，又或者像小猫一样轻声地打着呼噜睡在他们身边。

恩卡纳西翁已肥胖得跟她妈妈一样了，由于不断地生孩子，她的肚皮变得松弛下来，上了岁数，又长了些胡子。每次见面她总是讨好地向她的弟媳微笑着，对孩子们给她带来的麻烦表示歉意。

但是，还没等卡门说话，皮匠就插嘴了：

"让他们留在这儿吧，恩卡纳西翁，他们太喜欢舅舅和舅妈了，看看那小女儿，没有她舅妈卡门简直活不了……"

于是小外甥和外甥女就继续留在那个家里，跟住在自己家中一样。凭着他们孩童的机灵劲儿，他们猜透了父母希望他们怎样表现，于是小兄妹俩就尽量对那些富有的亲戚表示出亲昵和懂事，恭恭敬敬地听他们的话。晚饭一结束，就去吻安古斯蒂亚斯太太和父母的手，然后就扑到加利亚多和他夫人的怀里去，一番亲昵之后，随即离开餐厅去上床睡觉。

平常外婆都坐在餐桌上首主位的大扶手椅上。但是当斗牛士有客人来的时候，那几乎都是些有点儿社会地位的人，这位善良的太太就坚持不再坐到那个位子上了。

"这不行，"加利亚多不同意她的做法，"妈妈得坐首席，你坐在那儿吧，妈妈，否则我们没法吃饭了。"

说罢，他架着她的一只胳膊，并且无比亲切地抚摸着她，把她扶到首席上去，仿佛那是要补偿他在童年时到处游荡给她造成的苦恼。

每天晚上，国民都来大师家里坐一会儿，仿佛那拜访是下属的义务一般。每当这时，聊天似乎就更热闹起来。加利亚多穿着考究的羊皮坎肩，看上去像个乡下的地主老财。他不戴帽子，小辫子梳得平平贴贴一直盘到接近额头，风趣地开着玩笑亲切地迎接他的短扎枪手。斗牛迷们在说些什么？又在传播些什么谎言？……共和国的事进展如何？

"钩疤脸，给塞瓦斯蒂安来杯葡萄酒。"

但是国民塞瓦斯蒂安拒绝了主人的好意。可不要给他喝酒，他不喝酒，酒是造成他们这种打工阶层没有上进心的罪魁祸首。他这话一出口，所有在场聊天的人都不禁大笑起来，仿佛那正是他们等待要他说出的再滑稽可笑不过的话。接着，短扎枪手就开始他的高谈阔论了。

唯一待在那儿默无一言、目光敌视的是皮匠。他恨国民，视他为仇人。后者是个忠厚老实的男人，对妻子很忠诚，也生了一大堆孩子，他们在酒馆里整天围着母亲的裙子打转转。最小的两个孩子认了加利亚多和他的妻子为教父教母，于是剑刺手和短扎枪手就结成了干亲戚。伪君子！国民每个周日都让两个教子穿上最漂亮的衣服带他们到这个家中来，叫他们去吻教父教母的手，他们会得到教父教母的礼物。每每这时，皮匠都气得脸色煞白。

皮匠想，他们那是来抢他儿女的东西呀，或许就连短扎枪手本人都在梦想着剑刺手的部分财富会落到教子教女的手里。贼！他可不是这个家里的人呀！……

当皮匠不用敌视的沉默和仇恨的目光对待国民的讲话的时候，就企图说一些责难的话挖苦他，他主张对所有那些在人民中间宣传歪门邪道的人，一概立即枪毙，因为他们是忠厚老实民众的祸害。

国民比他的大师长十岁。当这位大师当年刚刚开始舞披风逗引公牛的时候，他已经是上了海报斗牛队的短扎枪手了。那时他在秘鲁利马斗牛场杀死过了一些公牛，从拉丁美洲回到了西班牙。他在开始斗牛的时候，由于年轻和身姿敏捷，颇受观众欢迎。有些日子，他也曾如未来斗牛之星似的出现在斗牛场上，塞维利亚斗牛迷们的眼睛都紧盯着他，希望他把外地的斗牛士全部打败。但是，好景不长。他去美洲回来的时候，由于来自远方的一些模模糊糊的传闻说他在斗牛场身手颇为了不起，所以人们蜂拥而至，都到塞维利亚的斗牛场上想一睹他杀公牛的英姿。几千人都没抢到入场券。但是，在这决定性的考验时刻，就像斗牛迷们说的那样，"他却没有足够的胆量和勇气"。他对公牛扎短枪时动作四平八稳，就像一个工人严肃认真地做好自己的活儿。当他准备动手杀公牛的时候，他自我保护的本能超过了他的决心。他跟公牛保持相当的距离，没有利用他魁梧的身材和强健的胳臂的优势。

因此，国民放弃了斗牛艺术的那些最高荣誉，只能去做一个短扎枪手，无可奈何地在斗牛场上打短工，为其他更年轻的斗牛士做帮手，这样来挣一份微薄的工资维持全家人的生活并积攒些零钱做点儿小生意。在扎小辫子的斗牛士中间，人人都知道他心地善良和忠厚老实。斗牛大师的妻子非常喜欢他，把他看成丈夫的忠诚守护天使。夏天，当加利亚多顺利地斗过几场公牛，带上他的所有人马去某个省都咖啡厅唱歌跳舞好好享乐一番的时候，国民待在那些身着轻飘飘长衫、涂着口红的歌舞美女中间一本正经得像个哑巴，也或者说跟埃及从大漠来的神父置身于亚力山大港的一群妓女中间别无二致。

对这样的场合他并不反感，但也不会做出出格的事，但是他感到悲伤，因为他想到了在塞维利亚等待他的妻子和儿女。在他看来，世界上一切的缺陷和腐败堕落都是起因于缺乏教育。毫无疑问，那些女人是没有文化的。他同样不会读书识字，所以也就愚昧无知受人轻视。他把世界上所有的贫困不幸和卑鄙龌龊的行为也归咎于同样的道理。

他年轻时曾做过铸造工，是劳动国际的积极分子，同行业工人伙伴们的热心听众。那些人比他幸福，能够高声读出那些为人民谋利益的报纸上说了些什么。他在国家民兵时代当过兵，属于以红帽子为标志的联邦不妥协步兵营。他天天站在广场上高高的讲台前，在那儿，各种社会团体宣布他们要长期开会，演讲者们一个接一个登上讲台，用安达卢西亚人的雄辩口才发表演说，谈耶稣的神力，也谈生活必需品涨价，直至回忆过去的一次罢工起来反抗，工人们全部被作坊辞退陷入困境。

国民喜欢斗牛，本来他择业的路子很广，但却在二十四岁时选择做了斗牛士。此外，他懂得很多，谈到当时社会上的种种荒唐行为，他都是一脸鄙夷不屑的神气。多年间他都在听人家宣读报纸上的事情，那可不是白费时间，而是长了许多知识，懂得了许多道理。尽管他在斗牛场上混得并不好，但还是比一个熟练工人挣得多，生活优越。人们想到他曾在国家民兵扛过枪杆，就给他起了个外号，叫国民。

谈到斗牛这个职业，尽管已经历了许多年，他心中还是不免感到愧疚，也只能为入了这一行做点儿解释。他所属的那个区委员会，宣布将所有参加斗牛这个野蛮落后行业的党员全部开除出党，但是却作为一个例外保留了他，维持了他委员会成员的资格。

"我知道，"他在加利亚多的餐厅里说，"斗牛这个行业是反动的……就像中世纪宗教裁判所干的事情一样，我不知这样说是否清楚。人需要懂得读书写字就像需要面包一样，缺少那么多的学校，却把钱花在我们这些斗牛士身上，这是荒谬的。马德里的报纸就是这么说的……但是党里的同志都很尊重我，在堂何塞里托一番慷慨激昂的讲话之后，委员会就同意我继续留在党内了。"

他既严肃又平静，剑刺手和他的朋友们听了他的表白都嘲笑他，同时还表示出一种滑稽的愤怒，但是他面不改色，从容应对，他为党内同志将他做个案处理表示出的对他的尊敬感到骄傲。

堂何塞里托是一位热情的说活滔滔不绝的小学教师，担任区委员会主席，一个年轻的以色列人，他以极大的热情投入政治斗争。此人有着一张满脸麻子的棕色丑陋面孔，但他对此却十分得意，因为这样的面貌跟十八世纪法国大革命领袖之一丹东相似。

国民总是目瞪口呆地听他讲话。

吃饭后点心的时候，加利亚多的代理人堂何塞和他的其他朋友七嘴八舌地讥笑国民，并用荒唐古怪的看法反对他的学说，闹得他一副窘态无以对答，只是搔了搔脑门说：

"你们都是些高贵人士，读过书，受过教育，我可是没有文化的粗人。所以我们下层人都是些愚昧无知的傻瓜。不过，要是堂何塞里托在这儿，哼！我实话实说……如果你们听到他像天使一样的讲话！你们就……"

那些嘲弄者的攻击伤害了他的信仰，他岂能甘心？为了巩固自己的信念，第二天他便去见堂何塞里托。堂何塞里托作为大批受迫害伟人的后代，他把自己称之为私人恐怖博物馆的物件展示给国民看，那一刻他似乎感到既痛苦又舒心。这个犹太人回到他祖先的故土，利用学校的一个房间，不断地搜集着宗教裁判所的纪念物，那就像一个越狱的逃犯怀着强烈的复仇心理，细心地把监狱看守的骨骼一块块骨头重新拼装起来。在一个橱柜里，整整齐齐地排列着羊皮书，那都是宗教裁判所对异教徒处以火刑的判决书和拷打犯人时的审问档案材料。墙上可见一面白旗，上面有一个恐怖的绿十字架。屋角里堆满了铁制刑具，还有可怕的皮鞭。所有这一切用来分尸、扒皮和抽筋的家伙都是堂何塞里托从廉价物品交换摊上搜罗来，并且立即编目造册作为宗教裁判所的古物保存下来的。

国民是一个善良的人，心灵纯真，眼看着那些锈迹斑斑的铁玩意儿和绿十字架，不禁立刻火冒三丈，更加增强了自己的反抗精神。

"天哪！居然还有人说那样的话！……岂有此理，我真想他们有些人到这儿来看看。"

他强烈地希望别人认可他的主张，于是不错过任何场合宣扬他的信仰，不怕伙伴们对他嘲笑。然而，即使遭到别人嘲笑，他也表现得和蔼可亲，不急不躁，绝不反唇相讥。在他看来，那些面对国家的命运无动于衷、不肯入党的人，都是些"民族愚昧无知的可悲牺牲品"。挽救民族的关键就在于人人都要学文化，受教育。至于他自己，再重新学文化已是自不量力，只好放弃，因为对他来说实在太艰难了。但是，他把他的愚昧归咎于整个世界。

有许多次，在夏天斗牛队从一个省转战到另一个省的旅行中，加利亚多常常会到"孩子们"乘坐的二等车厢来。在这种车厢里，也会看到某个乡村神父或一两个修士。

那时，短扎枪手们看着国民面对仇人似乎显得更严肃和庄重，就互相碰碰臂肘和挤挤眼睛使个眼色。长扎枪手杂烩菜和一些吃货是些粗野的年轻人，他们好斗成性，喜欢吵嘴和打架，又对身边教士们的服装感到一种莫名其妙的厌恶，就低声怂恿国民说：

"他来了！直接干化呀……厉害点儿，用你的话好好刺刺他。"

大师这位斗牛队队长有着绝对的权威，没有人可以跟他争论和反驳他。他眼睛滴溜溜地望着国民，后者则表示绝对的驯服而不发一言。不过，比他的顺从更强烈的是他内心中那股要别人追随他入党的冲动。只需一句无所谓就足以立即引起他跟旅客们的争论，他要力图说服他们相信真理，而真理在他心中就是从堂何塞里托那儿听来的一大堆东拼西凑、模糊不清、混乱无序的理论。

同伴们互相观望着，对国民的学问感到惊讶，同时也为自己的同伴中有一位这样的人感到高兴。他居然能对付专业人士，并且弄得他们狼狈不堪，因为那些教士向来学识浅薄。

那几个宗教人士被国民激烈的言辞和他伙伴们的讥讽弄得昏头昏脑，惊讶得目瞪口呆，终于使出了最后一招。难道经常三天两头冒生命危险的人不相信上帝而相信这些事情吗？当他们在斗牛场上冒死跟公牛搏斗时，他们的妻子和母亲可是都在虔诚地为他们祈祷呀！……

听了这话斗牛士们严肃起来，而且严肃得可怕。他们想起了在离开塞维利亚之前，女人们亲手一针一线地把圣像牌和宗教圣符缝在他们的斗牛服上，保佑他们平安无事。被迷信弄得昏头昏脑的剑刺手觉得国民的言论直接伤害了他，仿佛那些亵渎神灵的话威胁到他的生命，不禁勃然大怒。

"闭嘴！不要再说这些莽撞荒谬的话！请你们原谅。他是一个好人，只是被那么多谎言弄昏了头脑……闭嘴！不要反驳我的话！真该死！我要堵住你这张胡言乱语的大嘴，要用……"

加利亚多认为那些宗教人士是他未来的主宰，为了安抚那几位先生，他用一些威胁的话语和咒骂把国民镇住。

国民以轻蔑的沉默来保护自己，心中想，完全是愚昧无知和迷信，没有文化。他对自己的信仰坚定不移。他是一个朴实的人，思想单纯，只有一两个想法，但是这些想法即使受到莫大的抨击他也不会放弃。于是仅仅过了几个小时他又再次跟教士们争论起来，根本不理睬屠牛手的怒气。

国民一直把他对神明的不敬带进斗牛场的斗牛士助手和马上扎枪手们中间，后者可是在斗牛场的小教堂做过祈祷之后走进斗牛场沙地、期望缝在他们衣服上的圣物保佑他们免遭危险的。

一头脖颈粗大、身躯肥硕沉重的深黑色公牛轮到刺短扎枪的时候了。国民张开双臂手举着短扎枪跟它保持着近距离，同时用侮辱性的语言咒骂它：

"来吧，牧师！"

这位牧师怒气冲冲地向他扑过来，而当它贴着国民的身体冲过时，后者就借势用尽全身之力将短扎枪刺进它的脖颈，同时像取得了一次胜利似的高声喊着：

"这是为教士准备的！"

加利亚多听到那些怪诞荒唐的话语终于忍不住笑了起来。

"你把我置于滑稽可笑的境地。人们会盯上我们斗牛队，并且会说我们全体斗牛士是一伙异教徒。你知道有些观众是不喜我们这种表现的，他们觉得斗牛士就应该只管斗牛，不可节外生枝。"

但是加利亚多想到了国民对他的支持，他非常喜欢这个短扎枪手。有时候，为了他，国民甚至不惜做出自我牺牲。当他不管用什么方式往险恶的公牛身上刺短扎枪，要马上结果它的性命时，观众们朝他吹口哨嘘他，他半点儿也不在意。他不贪图荣誉，斗牛就是为挣一天的工资。但是每当加利亚多手执利剑小心谨慎地朝公牛走过去的时候，他总是紧贴在他的身边，随时准备用他沉重的披风和强健的手臂助他成功。在关键时刻，正是他用这披风和手臂让公牛的脖颈压低，给屠牛手制造时机。有两次，加利亚多跌在了沙地上打滚，眼看就要被公牛顶到了，那一刻，国民忘掉了孩子，忘掉了老婆，忘掉了小酒馆，忘掉了一切，旋即向凶暴的公牛扑过去，宁死也要把大师救下来。

每天晚上他走进加利亚多的餐厅都受到欢迎，仿佛他就是这个家庭的一员。安古斯蒂亚斯太太对出身寒微的人感到特别亲切，所以她很爱国民先生。每逢遇到高级人士相聚的场合，出身卑微的人们就会自然地单独聚在一起。

"坐到我这儿来吧，塞瓦斯蒂安。你真的不吃点儿东西吗？告诉我生意做得怎么样。特雷莎和孩子们都好吗？"

国民把前几日小酒馆的销售情况详细地做了一番汇报：柜台上卖了多少杯，送货上门多少瓶，老太太一直耐心地听着，因为她是吃过苦受过穷的女人，知道每一分钱的价值。

随后塞瓦斯蒂安谈到要把生意扩大的想法，说如果酒馆里也卖香烟，就会大大增加收入，并说剑刺手通过他的朋友关系跟上层人士可以帮忙做到这件事，但是要真的去落实这个计划他还是顾虑重重。

"您知道，安古斯蒂亚斯太太，烟草是属政府专营的，而我是有做事原则的人，我属于联邦党，而且是正式在册的区委员会委员，如果这样做同志们会怎样说呢？"

老太太听到他犹豫不决，火了。他应该做的就是要尽量往家里多带面包，干吗想那么多！特雷莎多可怜啊！……要抚养那么多孩子！……

"塞瓦斯蒂安，你不要犯傻！别让你的脑袋里一盆糨糊啦！……你不要反驳我，别又像前些晚上那样开始说一些荒唐不着边际的话。你看，明天我就去马卡雷纳区的教堂里望弥撒……"

　　但是，餐桌的另一边，加利亚多和堂何塞却在一边吸烟一边喝酒。他们很想让塞瓦斯蒂安张嘴说话，好来嘲笑他的想法。于是他们就开始辱骂堂何塞里托来刺激他：一个骗子，就是要把他那样愚昧无知的人弄得晕头转向，神魂颠倒。

　　短扎枪手坦然地应对了剑刺手和堂何塞的玩笑，对他们的话毫不介意。怀疑堂何塞里托！……这种胡说八道才不会让他生气哩。这就跟抨击他的另一个偶像加利亚多，对他说这位大师不会杀公牛一样。

　　但是，一看到皮匠也加入进来嘲笑他，他立刻感到一阵难以克制的厌恶，失去了平静。那个无赖算什么人？一个依靠他的大师混日子的人，居然来跟他争论？……他彻底不再克制，顾不上屠牛手的母亲和妻子，以及模仿着丈夫撅着带胡子的嘴轻蔑地注视着他的恩卡纳西翁的在场，淋漓尽致地阐明了他的思想。他讲起来是那般的慷慨激昂，就跟在区委员会辩论时完全一样。他找不到更好的理由，就用刺伤那些嘲弄者的话来贬责他们的信仰。

　　"圣经？……一派胡言，骗人的鬼把戏！六天创造尘世？……一派胡言，骗人的鬼把戏！亚当夏娃的故事？……同样是一派胡言，骗人的鬼把戏！所有这一切都是骗人的鬼话和迷信。"

　　"一派胡言，骗人的鬼把戏"这句话是在他想指明一件缺乏根据且毫无意义的事情、又找不到更不礼貌的话语时采用的，而且这样说时，语调完全是鄙夷不屑的。

　　亚当夏娃的故事在他看来是一种辛辣的讽刺。他在跟斗牛队一块旅行的时候，路途中在半睡半醒间，脑子里若明若暗地反复思考过这件事，终于找到了无可辩驳的论据，这可是他仔细琢磨出来的完美无缺的成果。所有人类的后代怎么能够都来自唯一的一对夫妻？

"我的名字就叫塞瓦斯蒂安·贝内加斯，就是这样；而你的名字叫胡安尼略·加利亚多；您哪，叫堂何塞，也有自己的姓；每个人都有自己的姓名，除了亲属们是同姓，别人的姓都是不一样的。如果我们都是亚当的子孙，那么，假定亚当姓佩雷斯，我们大家也都应该姓佩雷斯呀！明白了吗？……一派胡言，骗人的鬼把戏！因此，既然我们每个人都有自己的姓，那就应该有许许多多的亚当，牧师们所说的什么大家都是……胡说八道！迷信，落后！我们没有文化，所以牧师欺侮我们……我觉得我把话说清楚了。"

听了这番慷慨激昂的陈词，加利亚多不禁笑得往后仰起了身子，并且模仿着哞哞哞的公牛叫声向他的短扎枪手致意。他的代理人则以安达卢西亚人的庄重神气向短扎枪手伸过手去表示祝贺。

"握握手吧！你讲得非常好，就是政治家卡斯特拉尔也望尘莫及。"

安古斯蒂亚斯太太自觉已是来日不多，这老女人听到在她家中讲这样的事情万分地恐惧，不禁怒色满面。

"别说啦，塞瓦斯蒂安，闭上你那张该判你下地狱的臭嘴，要不你就滚出去。别在这儿讲那些事情，魔鬼……如果不是我了解你，哼……如果不是我知道你是个好人，有你好看的！"

可是，一想到他那么爱胡安，记起在儿子危险的时刻他帮了他那么多，最后她还是跟这位短扎枪手和好了。再说，这是个正经人，没有不良习惯，只要他在斗牛队，在其他孩子和剑刺手本人身边，她和卡门就可以放心了。如果没有他，剑刺手单独活动，就会特别放纵自己很容易去想女人，被那些敬慕他的女人缠上。

这位教士和亚当夏娃共同的死对头对他的大师保守着一个秘密，正是因为这个秘密，当他在大师的母亲和卡门太太的家中见到他时，显得尤为谨慎和严肃。如果这两个女人知道了他知道的那个秘密，情况会闹成什么样子呀！

尽管短扎枪手对他的大师都要毕恭毕敬，但是有一天"国民先生"还是凭着自己年长和跟大师日久天长的友谊，鼓起勇气毫无保留地跟他把事情揭开了。

"你要注意了，胡安尼略，纸包不住火，在塞维利亚没有人不知道这件事！到处都在议论纷纷，闹得满城风雨，消息终会传到你家里去的，那时就会引起家庭不睦、大闹一场的！……想想看，安古斯蒂亚斯太太会有多么痛苦，可怜的卡门会跟你发火吵架……要记住那个歌女干的事呀！那算不了什么。可这个女人是个祸害，能量很大，你要多加小心呀！"

加利亚多装作不懂他的话，他一方面感到厌烦，一方面也为全城人都知道了他的爱情秘密而感到得意。

"可是，你说的这个祸害是指什么呀？你说的吵架是什么意思呀？"

"还能是谁！……堂娜索尔呗！这个阔太太，让人到处都在说闲话，她可是牧场主莫赖玛侯爵的侄女呀。"

加利亚多对国民提供的精确信息感到高兴，他只是微笑并不说话。这使国民看透了世界上形形色色的虚荣心，失望之余，他又摆出一副说教者的神气继续说道：

"一个结婚的男人首先应该寻求家庭的和睦安宁……女人各有品味……胡说八道！所有的女人都是一样的，她们的价值就在于同为人妻；男人吃着碗里看着锅里，丢这个，换那个，这是自讨苦吃，是干蠢事。你的仆人，我跟特雷莎夫妻患难二十四年，从来对她忠贞不渝，想都没想过背叛的事。我是一个斗牛士，也曾有过美好的日子，看上我的美女也不止一个。她们对我情意绵绵，频送秋波，我理都不理。"

加利亚多终于笑起了他的短扎枪手。他那番说教真像一个修道院院长。而要把所有的教士都生生吃掉的不也正是他吗？

"你甭做傻瓜啦，国民，每个人有每个人的活法。既然女人不请自来，那就让她们来吧。一个人就是要及时享乐呀！……说不定哪天我就被脚朝前从斗牛场抬出来了。另外，你并不知道，她是一位贵夫人。如果你见到她是一个怎样的女人！……"

接着，像是为了抹掉国民面部那既伤心而又愤愤不平的神色，他又补充道：

"我非常爱卡门，你知道吗？我一直在爱着她。但是，我也爱另一个女人。这是另一回事……我不知该对你怎么说。就是另一回事，就是这样！"

这次见面，短扎枪手没有从加利亚多那儿取得更多的成果。

几个月之前，秋天过去了，斗牛季也结束了，剑刺手在圣洛伦索教堂曾有一次奇遇。

在跟全家人一起去拉林科纳达庄园之前，他要在塞维利亚休息几天。在那段平静日子到来时，剑刺手最高兴的就是住在自己家中，不再乘火车连续不断地旅行。他一年要杀一百多头公牛，三天两头地冒着危险拼命搏斗在斗牛场上，但是，更加劳累的还是在几个月之间马不停蹄地从西班牙的一个斗牛场到另一个斗牛场的奔波。

那是些在盛夏顶着炎炎的烈日在如同火烧似的广袤平原上旅行。火车的车厢已老旧，车顶被太阳晒得滚烫滚烫、炽热如火。斗牛队的大肚陶水罐每到一个车站都灌得满满的，但还是不够他们喝。火车上挤满了旅客，全都是去城市里的节日上看斗牛的。许多次，加利亚多怕误了火车，刚杀死斗牛场上的最后一头公牛，还未来得及换下斗牛装，就急急忙忙跑去赶火车，在旅客和他们的行李车中间一闪而过，就像一个五颜六色的发光体。他常常在头等车厢里的众目睽睽之下换衣服，那些旅客无不为跟一个风云人物一起乘车感到十分得意。剑刺手在火车上蜷曲在软垫上过夜，而他的旅伴们则是紧紧挤在一起尽量为他让出最大的空间。大家想到第二天他将给他们带来悲壮动人的快乐，而自己却没有任何危险，心中便油然而生了敬意。

当他拖着疲惫的身躯到达一个街上装饰着旗子和彩色拱门、充满节日气氛的城市时，他还不得不遭受那些热情崇拜者的折磨。慕名而来的斗牛迷们在车站上等候他，一直陪他到达旅馆里。那些人睡足了觉，神采奕奕，他们伸手触摸他，希望他同样兴高采烈，热情地跟他们交谈，仿佛一看到他们，他必然会感到莫大的愉快似的。

有许多次，在一个城市里斗牛不止一场，往往要连续斗三四天，每到晚上，剑刺手已是精疲力竭，再加刚下场过度兴奋难以入眠，就不顾社会的老规矩，只穿衬衫坐在旅馆的门口乘凉。斗牛队的孩子们在同一个旅馆下榻，那时就像被幽禁的学生一样依偎在大师的身边。某个胆子最大的孩子，提出请他准许他们到灯火辉煌的大街和市场上转一转。

"明天我们要斗缪拉公牛呀！"剑刺手说，"我知道你们的转一转是什么意思。到黎明的时候，你们就会喝多了带着醉意回来，并且勾搭过女人，已是浑身瘫软……不行！不能出去！等我们斗完牛，我会让你们吃饱喝足，玩个痛快。"

在一个城市的斗牛任务完成之后，如果离到下一个城市斗牛还有几天空闲时间，斗牛队就推迟旅行。那时，他们远离家庭，就会完全放纵自己，过上尽情享乐的日子，热情的斗牛迷们陪着他们酗酒，玩女人，在斗牛迷们的想象中，他们崇拜的偶像们的生活就是这样的。

各种日期五花八门的节日，往往逼迫剑刺手做一些荒唐的旅行。他从一个城市出发，到西班牙另一端去斗牛，而四天之后，他又要返回来去离那个城市近在咫尺的镇上去斗牛。夏天几个月斗牛的场次是最密集的，几乎不间断地在西班牙各条铁路上摇来晃去地拼命奔波，进了斗牛场杀公牛，上了火车睡觉。

"如果把我夏天旅行过的铁路衔接在一起，"加利亚多说，"至少我可以到达北极了。"

斗牛季一开始，他又兴致勃勃地开始了征程。他想到了观众整日都在议论他，焦急难耐地期待着他的到来，想到了无意间会结识一些新朋友，想到了女人的好奇心往往会给他带来风月奇遇，想到从一家饭店转到另一家饭店的生活，那些地方有喧闹，有烦扰，也有各种风味的饭菜，这跟塞维利亚的恬静生活和拉林科纳达山野的寂寥氛围形成鲜明的对照。

但是，这种每天下午斗一场牛可以挣到五千比塞塔的日子转眼就过去了，短短几个星期之后，加利亚多便像个孩子似的开始抱怨远离家庭的日子了。

"唉，我在塞维利亚的家多温馨呀！可怜的卡门把它收拾得干干净净，清清爽爽！啊，妈妈那一手厨艺！她炒的菜多可口呀！……"

他只有在第二天没有斗牛、休息时的夜晚才会忘记塞维利亚。每每这时，斗牛迷们希望让斗牛队对这个城市留下一个美好的印象，就陪着他们一起去弗拉门戈民歌咖啡厅，在那儿，女人和歌曲都是献给加利亚多的哟。

在一年其余的时间里回到家中休息，加利亚多便感到一种富豪的满足，暂时忘掉一切金钱和荣誉，踏实地过着平常的日子。

他每天都睡得很晚，不再跟着列车时间表度日。想到公牛，也没有半点儿激动的情绪。那一天他无事可做，第二天、第三天同样如此。他的外出就是到拉斯谢尔佩斯大街或圣费尔南多广场。他的家庭似乎完全变了样，由于几个月中间他的安全有保障，家里人也就更快乐，身体更健康。出门的时候，他毡帽推到后脑勺上，挥动着金柄手杖，还不时地瞅一瞅手指上那闪光耀眼的大钻戒。

门厅前有些人站在铁栅栏门前在等他，他们透过栅栏门可以看到里面的大院子，那院子收拾得干干净净，既宽敞又明亮。那些人皮肤被太阳晒得黝黑，汗渍渍的身上散发出一股酸臭气，衬衫脏兮兮的，帽檐已残破开线。有几个是乡下的工人，顺路经过塞维利亚，称加利亚多为胡安先生，认为向这位名声在外的屠牛手讨点儿施舍是很自然的事。另外几个住在城里，他们对这位斗牛士称呼"你"，叫他的名字为胡安尼略。

加利亚多凭着平时接触人群善于记住人的面貌的本领，一下子就从面孔上认出了他们，并且接受了他们对他以"你"相称。那些人是他小学的同学，或者是儿时一块流浪的小伙伴。

"生意不好吧，哎？这个时代，谁的日子都不好过。"

借这种相识还没来得及让他们进一步跟他套近乎，加利亚多就转身对正在准备打开铁栅栏门的钩疤脸吩咐道：

"去告诉夫人，给他们每个人两个比塞塔。"

说罢，他便吹着口哨出门去了，对自己的慷慨和生活的美好心中感到乐滋滋的。

蒙塔涅斯附近的酒馆里，侍者和顾客们都跑到门口来一睹他的尊容。他们脸上挂着微笑，眼睛睁得老大，仿佛从来没有见过他似的。

"你们好，先生们！……感谢你们的好意，但是我不喝酒。"

一个兴奋的侍者端着一杯葡萄酒向他迎过来，他并不理睬，而是继续往前走去，但是，接着他又被母亲的两个老朋友拦住了。她们请求他做她们中间一个人外孙的教父。她可怜的女儿马上就要生了，女婿是加利亚多狂热的崇拜者，为了保护他的偶像，散场时，他曾在斗牛场门口几次动棍子跟人家打架，但是他没有勇气向加利亚多提出这种请求。

"可是，真该死！难道你们把我当成孩子的奶妈了吗？……要我做教父的孩子比孤儿院里的孩子都多。"

为了摆脱那两个老女人，他劝她们去找他的母亲聊聊。"看她怎么说吧！"他又接着往前走，一边向一些人打招呼，一边让一些人得意扬扬地走在他身旁，在行人的注视下，那些人表现得跟他很亲密，感到是一种荣誉，就这样他一直走到拉斯谢尔佩斯大街才停下来。

他进了一下四十五人俱乐部，看看他的代理人是否在那儿。那是一家贵族俱乐部，正如它的名字所标明的，是限定人数的。这个俱乐部里唯一的话题就是公牛和马匹。它的成员都是富翁斗牛迷和牧场主，位子永远占据，就像神谕者莫赖玛侯爵似的。

有一次这样的外出，是一个周五的下午，加利亚多走到拉斯谢尔佩斯大街的时候，他想到圣洛伦索教区看看。

教区的小广场上，豪华马车络绎不绝。那是这一天城里最高贵的人士都去万灵的我主耶稣面前祈祷。夫人们一个个穿着黑色的衣服，披着华丽的马尼拉大披巾从马车上下来，男人们为那些夫人所吸引，也一个个跟随着她们进入教堂。

加利亚多也走进了教堂。一个斗牛士应该利用一切机会跟社会上层人士一起祈祷。当那些富豪和高雅的贵妇人眼睛注视着他悄悄念叨着他的名字的时候，安古斯蒂亚斯太太的儿子感到了一种成功者的骄傲。

再说，他对万能的主是虔诚的。他之所以容忍国民关于"神灵和大自然"的奇谈怪论，是因为神灵是一种模糊不清、飘忽不定的现象，那就像一位显贵的存在，对他的各种背后议论都可以平心静气地听之，因为你并不跟他相识，只是听别人提起。但是埃斯佩兰萨圣母和万能的耶稣却另当别论，他们是他从孩提时就亲眼所见，绝不允许有人冒犯他们。

基督身背沉重的十字架，一张汗淋淋的痛苦的面孔，那面孔呈青黑色，酷似他看到过的躺在斗牛场诊所的一些伙伴的面容。基督颇具戏剧色彩的痛苦神情让这位粗鲁的汉子心头霎时感到一阵激动。他要对神力无边的主诚信敬奉，于是恭恭敬敬地站在圣像面前，按照《天主经》热情地做了祈祷，烛光在他的眼中摇曳不定，反照得宛如红色的星星。

他正在祈求神灵对他危险的生活恩赐保佑，忽然一群女人在他的面前跪下来，分散了他的注意力。

一位夫人从跪在圣像前的信女们中间走过，立刻引起了她们的注意。那女人高挑个儿，身材苗条，面容惊人地美丽，身着浅色衣衫，头戴一顶插着羽毛的大礼帽，礼帽下边披散着一头光亮的金发。

加利亚多立刻认出了她。那是堂娜索尔，莫赖玛侯爵的侄女，塞维利亚都称她为"大使夫人"。她从那些女人中穿过，并不注意她们好奇的举动，只对那些射来的目光和传来的窃窃私语感到心满意足，仿佛那一切，不管她出现在哪儿，都是自然而然应该向她表示的尊敬。

这夫人一身异样高雅服饰和那顶大礼帽让她光彩照人，在那帮一身黑装打扮的女人中间鹤立鸡群。她跪下来，低下头，好像祈祷了一会儿，然后，那双明澈的、略泛绿色的蓝眼睛闪着金光平静地环顾整个教堂，犹如在剧院里审视全体观众寻找自己的熟人一样。当看到一个女朋友的面孔的时候，就似乎微微一笑，接着又继续寻找，终于遇上了正盯着她看的加利亚多的眼睛。

剑刺手并非一个谦恭的人，他已经习惯了在斗牛的下午有千万双眼睛盯在他身上，这让他充满了自信，以为不管他到哪儿，所有的目光必然地都集中在他身上。许多女人都向他敞开心扉，曾告诉他第一次在斗牛场上看到他时心情是多么激动，多么好奇，多么爱他。堂娜索尔的目光跟斗牛士的目光相遇时并没有垂下来，反而以一种贵夫人特有的冷漠死死地盯着他，逼使那个敬重富人的斗牛士终于移开了自己的眼睛。

"这是怎样的女人啊！"加利亚多自命不凡地想，他可是人人崇拜的偶像啊。"这个女人大概看上我了吧！……"

走出教堂，他感到不能离开，还要再看她一次，于是就在门旁停下来。他的心告诉他，就跟斗牛场上那些走运的下午一样，有点儿非同寻常的事要发生了。那是一种神秘的预感，就是凭这样的预感，他在斗牛场上无视观众的一致反对，勇敢地冒着最大的危险朝公牛扑去，结果每次都大获成功。

当堂娜索尔从教堂里走出来的时候，又惊奇地看了看他，仿佛已经猜到他会在门口等她。她上了一辆敞篷豪华马车，身边有两个女朋友陪她。当车夫吆喝马匹车子开始启动的时候，那位高雅的夫人又回首看了看剑刺手，嘴上泛出淡淡的微笑。

整个下午加利亚多都感到心神不宁，百无聊赖。他想到他过去的艳遇，想到由于他斗牛的潇洒勇敢博得的人们对他的赞美和好奇，想到那些让他充满自豪的成功，让他感到自己的勇敢和魅力无可抗拒。而现在，那一切却让他委实感到羞愧。一个那样的夫人，一个了不起的夫人，她周游了世界，现在住在塞维利亚，宛若一个无冠女王。他要去征服她！……他除了对她美貌的艳羡之外，还有那种昔日小混混时期对富人的敬重，这可是一个极为看重身世和财富的国度呀。如果他能获得那个女人的青睐！……那会是多大的成功呀！……

他的代理人是莫赖玛侯爵的良友，在塞维利亚人脉很广，曾经几次跟他谈起过堂娜索尔。

在离开多年之后，几个月前她回到塞维利亚，立刻在青年人中间激起一阵狂喜。久居国外，对故土的种种事情都产生强烈的渴望，她痴迷于民俗，对一切都感到那么有趣，那样地……艺术。她模仿戈雅画中高雅女子的姿态和装饰，穿着老式平民女子服装去看斗牛。她是个身体强健的女性，爱好体育运动，骑术高超，人们经常看到她在塞维利亚郊区催马奔驰，身穿男士短上衣配以女骑士黑裙，系着红领带，一顶白海狸皮帽压在她金黄色的长发上。有时候会看到她把一柄刺牛的长扎枪插在马鞍下，带着一帮变成马上扎枪手的朋友去牧场围追公牛将其打翻，这种充满危险的娱乐，让他们享受到无穷的快乐。

她已经不是小姑娘了。加利亚多模模糊糊地记得童年时曾在拉斯德利西亚斯林荫道上见过她。她坐在母亲身边，一头洁白的卷发，活像商店橱窗里摆的那些华丽的洋娃娃。当时他还是个可怜的小混混，在行进的马车之间躲来躲去地捡烟蒂。毫无疑问，他们应该是同龄人，她现在应该是二十岁。可是，她竟然出落得如此光彩照人，俨然长成了一个出类拔萃、别有风味的女人！……她像是一只来自天堂的奇丽鸟，落在了一群养得肥肥胖胖羽毛光亮的母鸡栏里。

代理人堂何塞熟知她的经历……这个堂娜索尔可是个放荡不羁的女人呀！她像个喜剧演员似的罗曼蒂克的名字跟她最初的性格和特立独行的习惯非常符合。

母亲去世后，她继承了一大笔遗产，在马德里跟一个头面人物结了婚，此人比她年长许多，但是他向她做出许诺，他会任西班牙驻各主要国家京域的大使，带她走遍全世界，这对一个渴望光鲜和新奇的女人自然具有莫大的诱惑力。

"这个女人可是享乐够了，胡安！"代理人说，"十年中间，她从西班牙的这一端到那一端，把多少人玩疯了呀！你想想看，她变得像本地理书，而书的每一页下方都有私密的注释。毫无疑问，她对欧洲的各大首都，都保留下许许多多难以忘怀的记忆。而可怜的大使呢！他必定是烦恼至极，因为他已经没有地方可去了。然而，堂娜索尔依然想入非非，心气很高。结果善良的大使又被委任为我们在一国宫廷的代表。但是，不到一年，那个国家的皇后或者说女王就写信给西班牙要求解职那位带着他可怕的配偶的大使，报纸上称这位大使夫人为'不可抗拒的西班牙女人'。这个女人把国王们都迷得心神不安，神魂颠倒！王后们一看到她到来，就像见到霍乱病。最后，可怜的大使，除了美洲的那些共和国外，再没看到可以施展他才华的国家。但是，作为一个原则性很强的人，他非常喜欢国王，宁可以死了却自己的一生……你不要以为她只是跟那些在皇宫里吃吃喝喝、跳跳舞的人厮混就满足了。如果人们讲的她的事情都是实情的话，那可就……这个女人做事特别极端：要么一切，要么什么都不要；忽而引诱最高层的人士，忽而引诱最卑微的平民。有人告诉我，她在俄国追求一个蓄着长发的扔炸弹的人，那个脸长得像女人似的年轻人并不理睬她，以为她会干扰他的计划。可堂娜索尔不顾一切，他越是这样就越缠着他，直到那个男孩最后被绞死。也有人告诉我她跟巴黎一个画家的那些事情，他们甚至断定画家画了她的裸体像，只是用一只胳膊遮住脸，让人认不出来，而这样的照片印在了火柴盒上。这事或许不是真的，有点儿过分夸张。最确实的似乎是她跟一个德国人交了好朋友。德国人是个创作歌剧的音乐家，如果你听到她弹钢琴，你就知道……当她一展歌喉的时候，那就更甭说啦！同样，复活节期间那在圣费尔南多剧院演出的随便一首三重唱，嗬，真棒！而且，你不要以为她只会用意大利语演唱，她很全面，还会用德语、法语、英语演唱。她的叔叔莫赖玛侯爵，在这儿我们两个说说没关系，你知道他有点儿愚蠢，他在四十五人俱乐部提到这个侄女，说他怀疑她也懂拉丁文……这是怎样的女人呀！哎，胡安尼略？多有趣的女人呀！"

代理人是以羡慕的口吻谈论堂娜索尔的，他觉得她一生的所作所为，不管是确实的还是不确定的，都充满传奇色彩。她的身世和财富都值得让她得到他跟加利亚多一样的尊敬和善意。他们带着赞许的微笑谈论她。假若她做的那些事情换到别的女人身上，那就会污言秽语的议论满天飞，把她说成放浪成性的狐狸精，编造出许多没影儿的故事来。

"在塞维利亚，"代理人继续说下去，"她过着非常规矩的日子，因此我觉得传说的她在国外的那些事情会不会是假的，是某些吃不到葡萄就说葡萄酸的人的流言蜚语。"

于是，代理人笑起了这个女人跟男人一样的胆识，说她有时候像男人一样勇敢和好斗，又重述了在拉斯谢尔佩斯大街一些俱乐部里流传的那些对她的背后议论，说这位大使夫人一住到塞维利亚来，所有的年轻人都呼啦啦围在了她的身边，组成了她的随从护卫队。

"你想想看，胡安尼略，一个这样高雅的女人在这儿可是难得见到的。她的衣服和帽子从巴黎买来，香水从伦敦购买，而且她还跟一些国王交了朋友……这就像是我们所说的在欧洲头等牲畜身上烙上了鲜明的铁印……那些跟班随从像疯了似的跟在她身后寸步不离，她也允许他们有些放肆，希望自己生活在他们中间也像个男子。但是，有些男孩子过分地胡来不守规矩，误认为她的亲密另有含义，于是悄悄地把手伸出去……结果被扇了耳光。胡安尼略，扇耳光算是轻的，她还有更厉害的东西。对这个女人你可要小心。她好像还会使用白刃武器，也像英国水手那样懂拳击，另外，她还会用日本人的一种方式打架，叫'柔术'……总之，如果有人胆敢过火地碰她一下，她几乎不声不响，便用她那双毫不留情的小手死死地抓住你，把你揍得体无完肤。现在追随她的人少了，有些人变成了她的仇敌，背后说她的坏话，胡吹那些子虚乌有的事情，还有的人甚至说她并不美丽。"

照代理人的说法，堂娜索尔对在塞维利亚的生活特别满意，心情特别愉快。她长年待在那些大雾弥漫、冷风刺骨的国家里，回到塞维利亚，非常喜欢那湛蓝湛蓝的天空，冬日暖洋洋的金色阳光，对这儿恬静安适的生活赞不绝口，这是一个那么、那么……美景如画的国家呀！

"她喜欢我们淳朴的风俗习惯，对一切都感到新鲜，就仿佛是一个英国女子在圣周来到这儿，好像她不是出生在塞维利亚，而是第一次看到这座城市！她说以后她要夏天待在外国，冬天住在塞维利亚。她已经厌倦了宫殿和朝廷的生活，如果你看到她现在跟什么人在交往！……她要参加最平民化的宗教团体，特里亚纳区基督教会，圣兽教会，还花了一大笔钱请教友们喝安达卢西亚白葡萄酒。有些晚上，她会把许多吉他手和舞女叫到家中来，也把塞维利亚全部学习唱歌和跳舞的姑娘叫来，还有她们的师傅和家人，甚至连她们的远方亲戚都一块来。大家一起吃橄榄和大香肠，喝葡萄酒，一直吃喝得肚子都胀起来。堂娜索尔像女王似的坐在一张大扶手椅上，一连几个小时，要求来宾一曲接一曲不停地跳舞。当地的舞蹈她要全部看一遍。据说这也是一种不知哪个国王的乐趣，那国王要人只为他一个人演唱歌剧。堂娜索尔的仆人，一些跟她一起回到塞维利亚的小伙子，像英国贵族似的姿势笔挺，摆出一本正经的神气，身穿燕尾服，端着托盘把一杯杯葡萄酒送给舞女。那些喝得酩酊大醉的舞女，伸手扯他们的胡子，把橄榄核投向他们的眼睛。这是让人人玩得多么尽兴的狂欢呀！……现在，堂娜索尔每天上午都请来一个名叫猫头鹰的老吉卜赛人教她弹吉他，那是一位最正宗的吉他大师。如果来访者看到堂娜索尔没有吉他放在腿上，那肯定她手上拿着橘子。自从她来到塞维利亚，已经吃了多少橘子呀！可是到现在还没有吃够哩！……

就这样，代理人继续给他的斗牛士讲述堂娜索尔的奇闻轶事。在加利亚多于圣洛伦索教区教堂里见到她四天之后，他有点儿神秘兮兮地在拉斯谢尔佩斯大街咖啡馆里向他走过去。

"大帅哥，你这孩子可真有运气，你知道谁跟我谈起你吗？"

他随即把嘴巴贴到斗牛士的耳际，悄悄对他说：

"堂娜索尔！"

她向他问起他的斗牛士的情况，并表示希望他给她介绍一下。在她眼里，他是多么地超凡脱俗、与众不同，多么地有西班牙人的气质风度呀！

"她说她好几次看过你杀死公牛，一次在马德里，一次我不知道她说的那个地方在哪儿……她经常去为你鼓掌欢呼，认为你勇敢过人……如果她爱上你的话，这该是多大的荣誉呀！你就跟全欧洲的国王结成了姻亲或者什么类似的亲戚了。"

加利亚多垂下眼睛，谦逊地露出了微笑，但与此同时，却得意地晃了晃自己健美的身躯，仿佛在说，他认为代理人的假设成真并非困难之事，也没有什么稀奇。

"不过，你可不要抱什么幻想，胡安尼略。"代理人接着说，"堂娜索尔想近前看看斗牛士，只不过是跟要我们的吉他大师猫头鹰给她上吉他课一样，只是对地方色彩的一种兴趣，如此而已。'后天您把他带到塔布拉达去。'她对我说。你已经知道这是怎么回事了：到莫赖玛牧场里去用长扎枪刺翻公牛。这是侯爵专门组织的一场娱乐活动，为的是让他的侄女玩得高兴。我们一起去参加，她也邀请了我。"

过了两天，斗牛大师和他的代理人下午从市场区出发了。他们打扮成英姿飒爽的长扎枪手的模样，人们都走出家门，聚在大街人行道上等他们。

"他们是去塔布拉达，"人们纷纷议论，"今天那儿有刺公牛活动。"

代理人骑着一匹瘦骨嶙峋的白母马，穿着乡下人的衣装：宽大的夹克衫，黄护腿呢料裤，裤子外又加了叫套裤的皮裤腿。剑刺手为这次活动选择了古代斗牛士习惯穿的既奇特又大方的衣服，当代的风俗习惯尚没有将这种服装跟其他人的衣服混同起来。他戴着一顶加泰罗尼亚圆点天鹅绒帽，帽带系在颔下。衬衫领上没系领带，只别了两颗钻石，更大的两颗钻石则别在起伏不定的胸襟上。短上衣和坎肩为紫色天鹅绒缝制，饰以黑色缎带和流苏，一条肉色丝绸带子配得更是巧妙。黑色的针织短裤不大不小正好可体，完美地衬托出斗牛士那肌肉丰腴而秀气的双腿，小腿还用带黑花结的带子绑扎。护腿是琥珀色的，开缝的一侧由皮带子穿紧。同样颜色的高筒皮靴半隐在宽大的阿拉伯马镫里，让粗大的银马刺露在外边。马鞍架上披着一方鲜艳夺目的赫雷斯毛毯，硕大的流苏从马背的两侧垂下来。毛毯上放了一件灰色短大衣，上面缝上护肘，衬里是红色的。

加利亚多和他的代理人两位骑士肩上扛着精致坚实的长扎枪催马飞驰，长扎枪顶端有一个保护性的铁包头。他们在居民区穿过，激起一片欢呼声。"帅哥们，太棒啦！"女人们全都挥手向他们致意。

"上帝保佑你，美男子！好好玩，玩尽兴呀，胡安先生！"

为了把追着跑的孩子们抛在后面，他们踢马刺催马跑得更快，街巷里的蓝色石铜路和两侧雪白的墙壁随着铁马掌咔嗒咔嗒响起的节奏颤抖着。

堂娜索尔住在一条安静的大街上，那儿的宅邸都是贵族老爷们居住的，房子都装着中间前凸的铁栅栏，镶嵌着宽敞的大阳台。加利亚多和他的代理人在这儿遇见了另外一些去参加刺牛的人，他们正在这儿骑在马上拈着长矛、静静地停在门口等他们。那些人都是富人子弟，或者是堂娜索尔的亲戚和朋友。他们客客气气亲切地跟飞驰而来的两位骑士打招呼，对他们的到来深感满意，因为马上就可以出发了。

莫赖玛侯爵从家中走出来，立刻翻身上马。

"索尔马上就下来了。你们知道，女人们……梳妆打扮总要拖一阵子。"

他说这句话像说格言似的那般严肃，仿佛他说的每一句话都是神谕。此人已上了年纪，身体瘦削，高高的个儿，蓄着浓密的大白胡子，胡子中间的嘴巴和眼睛还保留着孩童的稚气。他说话既有礼貌又很节制，举止潇洒，不苟言笑。这位侯爵昔日曾是一位了不起的人物，几乎总是穿着骑士装，他讨厌城市生活，当家庭的社交使他不得不留在塞维利亚的时候，他感觉特别地不舒服。他渴望跑到乡下工头和放牛人中间去，对他们亲切地平等相待。由于长久不用，他几乎忘记了写字，但是只要一跟他提起凶猛的公牛和饲养这种公牛和马匹，提起种庄稼的事，他眼睛立刻就会亮起来，那种泰然以对的表情显然说明这些事情他都是行家里手。

太阳被云彩遮住了。街道一侧白墙上面的金色阳光渐渐消失。有几个人仰望天空，只见两侧屋檐间的蓝天上，一片黑沉沉的乌云弥漫过来。

"不必担心。"侯爵郑重其事地说，"我刚才出来的时候，看到了风把一片纸吹飞的方向，这我清楚，不会下雨。"

大家都相信了侯爵的判断立刻放下心来。不会下雨，因为侯爵说得是那样肯定，他熟悉天气不亚于一个老牧人，不要担心他没有说准。

接着侯爵面对加利亚多说：

"今年我给你准备几场精彩的刺牛。全是很棒的公牛！看看你能不能像高手们那样把它们撂倒。你已经知道，今年还没有一场刺牛让我满意，应该让那些可怜的畜生更充分地展示它们的价值。"

堂娜索尔走来了。她两手往上提着黑骑马裙，让高筒灰皮靴从下面露出来，身着男士衬衫，系着红领带，短上衣和马甲均是紫色天鹅绒呢料缝制，加泰罗尼亚式的天鹅绒帽雅致地斜压在她那美丽的一头卷发上。

尽管她是一位姿容如此娇美的女子，但却一跃敏捷地跨上了马背，并从一个仆人手里接过了长扎枪。她向朋友们打招呼，并为自己的迟到表示歉意。与此同时，则把目光转向了加利亚多。代理人踢刺了一下他的母马靠近去，准备给他们做介绍，然而堂娜索尔已经先他一步走到了斗牛士的面前。

夫人的出现让加利亚多一时茫然失措。多么了不起的女人呀！她要对他说什么呢？……

他看到她向他伸过手去，一只纤巧而散发出香气的手。慌乱之中，他只是懵懵懂懂地用他那打翻野兽的大手握了它一下……但是，那只淡红色细嫩的小手并没有被那只勉为其难伸过来的粗野的大手握得不可忍受，设若换了别的女人，仅那一握，定会疼得喊叫起来。堂娜索尔只是面露愠色，迅速轻而易举地把她的小手抽了回来。

"非常感谢您能来，很高兴认识您。"

加利亚多在昏头昏脑中感到还是应该回答点儿什么，于是结结巴巴地像问候一个斗牛迷一般说道：

"谢谢……家里人都好吗？"

此时马已开始跑起来，堂娜索尔那有节制的笑声立刻淹没在石板路上嗒嗒嗒的马掌声中。她让自己的坐骑轻快地一溜小跑，其他一队人马紧随其后，形成了她身边的护卫队。加利亚多还没有从懵懂中醒过神来，害羞地走在队伍的最后，模模糊糊地猜想他刚才可能说了蠢话。

出城到了塞维利亚郊外，大家都快马加鞭沿着河流飞奔起来，把金塔远远地抛在了后边。他们继续沿着一条林荫大道往前飞驰，两边黄沙地上花园的草木郁郁葱葱，构成一道美丽的风景线。而后便踏上了一条公路，两边布满了一家家乡下的小客栈和小饭馆。

一到塔布拉达，他们就看到碧绿的原野上一片黑压压的人山人海和车辆，旁边就是一道木栅栏把牧场和一圈围栏隔开，围栏里就是牲口了。

瓜达尔基维尔河贴着牧场的边缘流过。河流对岸倾斜耸立着圣胡安·德阿斯纳尔法拉切山，山顶上有一座废弃的城堡。白色的村舍掩映在灰白色的橄榄树林间。在漫长的地平线后面，蔚蓝的天空中飘动着朵朵棉花似的白云。在这一背景上，可以遥望到塞维利亚。在它错落有致的片片房舍中间，高高耸立着威严的大教堂，壮丽的希拉尔达塔映照在午后的阳光中，泛起柔和的淡红色，宛若一抹红霞。

骑士们在混乱的人群中艰难地前进。堂娜索尔此番标新立异的生活插曲激起了人们的好奇心，塞维利亚几乎所有的夫人小姐都被吸引到这儿来。女友们看到她身着男装英姿飒爽，都从自己的马车上向她打招呼致意。她的亲属，侯爵的女儿们，其中有几个尚未结婚，有几个是由丈夫陪着来的，她们都劝她要小心谨慎。

"索尔，看在上帝的分上，你可不要鲁莽，不要发疯啊！"

骑士们进入围栏准备刺牛了，他们穿过木栅栏的时候，赶来看刺牛的民众全都向他们热烈地鼓掌欢呼。

马匹远远地看到敌人，立即进入试探。它们跃起前腿不停地蹦跳，同时奋力地挣脱着骑士们的控制长声嘶鸣。

公牛成群地聚集在围栏的中央，有的公牛在安静地吃草，有的蜷曲着腿一动不动地趴卧在冬日微红的绿草地上休息，也有些不安分的公牛朝河边跑去。那些"年高望重"的领头公牛似乎对跑向河边的公牛不放心，立刻向它们追过去。它们跑起来脖子上挂着的小铃铛摇来晃去，发出的响声在旷野里尤为清脆悦耳。与此同时，牧人们也赶来帮它们，用弹弓准确地把石子射在逃跑的牛角上，命令它们老老实实归队。

骑士们长久地停在那儿不动，好像面对大众那等待点儿奇迹出现的目光在进行商议。

　　侯爵由一个朋友伴随着第一个走出来，两个人催马朝公牛疾驰而去。他们在公牛群前勒住坐骑，从马镫上站起来挥舞着长扎枪高声吆喝吓唬它们。一头四腿健壮的黑公牛脱离牛群向围栏的尽头跑去。

　　侯爵为他的牲畜骄傲不无道理，那些公牛都是精选良种杂交生成的，可不是毛皮粗糙腌臜不堪的肉牛。肉牛蹄子宽大，灰溜溜地低垂着脑袋，两只大角长的地方不合规律。侯爵牧场的公牛机灵活泼，强壮有力，肌肉结实，甚至奔跑时可把地面踏得颤抖，扬起一团团尘雾。它们的毛皮像骏马一样细软光亮，目光似火，脖颈宽厚健美，四腿较短，尾巴细长雅致，精巧的两只角又尖又干净，宛如工匠加工打磨出来的，圆形的蹄子不大，但却如此坚硬，切割青草如钢刀一般锋利。

　　两位骑士当即策马去追赶那头公牛，分别从两侧对它包抄堵截，公牛见势企图调转方向跑向河边，他们也见机行事挡住了它的去路，直至侯爵踢刺一下他的坐骑加速奔驰，举着长扎枪从前方接近公牛，顺势将它一挺，正好刺中了公牛的尾巴。公牛正欲逃走，侯爵却借着胳膊和马的配合猛然往前一捅，那公牛便失去了平衡，肚皮朝上翻滚在地，牛角扎进了泥土，四腿在空中高高举起。

　　侯爵那般神速而干净利落地将公牛刺倒，激起了围栏外一片爆炸般的叫好声。老先生真威风啊！真了不起！没有人比侯爵更了解公牛。他管理公牛就仿佛它们是他的儿子，从它们生到牛群里开始，他就一直与它们相伴，直到它们走进斗牛场被杀死，像英雄一样得到的最高荣誉。

其他的骑士准备接着出场博得观众们的赞誉，但是侯爵没有同意，他要把优先权给他的侄女。如果她决意显一下身手，那就趁大群公牛还没被继续围追暴怒起来之前，赶快出击。

堂娜索尔踢刺了一下她的马，那畜生看到公牛竟吓得不停地跃起前蹄。侯爵想骑马陪侄女一起动作，后者却没有同意。不！我愿意加利亚多陪我，他是斗牛士。加利亚多在哪儿？那位斗牛士还在为他的愚钝感到不好意思，听到呼唤，一声不响地站到了索尔夫人身边。

两个人催马冲向牛群中央。堂娜索尔的马几次后腿支撑把整个身躯高高跃起得几近垂直，暴露着腹部，似乎是拒绝前去。但是坚强的女骑手迫使它继续前进。加利亚多则一边挥舞长扎枪一边咆哮似的喊叫，就像在斗牛场上刺激野性的公牛向他进攻。

他没费太大的力气就使一头公牛离开了牛群。那是一头白底肉桂色斑大花牛，粗大的脖颈昂立，角非常地尖利。一离群，它便向围栏尽头跑去，仿佛那儿是它的眷恋之地，对它的诱惑难以抵御。堂娜索尔催马朝它冲过去，加利亚多紧随其后不敢迟疑。

"小心，夫人！"加利亚多喊道，"这是头狡猾的老公牛，它在带着您跑，您好好防备，不要让它对您突然转过头来。"

事情果然如此。当堂娜索尔准备使用跟她叔叔同样的策略，调转马头把马侧过身体，她顺势以迅雷不及掩耳之势刺中牛尾巴将它挑翻的时候，不想那野兽似乎意识到危险的到来突然转过身，露出一副威胁的神态面对着两位追击者停下来。堂娜索尔的马由于跑得太快，她没来得及勒住让它停下来，一阵风似的从那家伙前面冲过去。公牛见势竟立刻朝马追过去，当即由被围追变成了追击者。

堂娜索尔夫人不想逃跑。几千个人都在远处看着她，她也怕女友们嘲笑她，男人们怜悯她，于是她猛然把马勒住，调转马头来对付那头野兽。她把长扎枪夹在腋下，像个斗牛场上马上扎枪手似的低下头把它猛劲儿扎进了咆哮着扑来的公牛脖颈上，粗大的牛脖颈立刻被喷涌的鲜血染红了。但是，那头野兽继续凶猛地往前冲，并没感到伤口扩大，直至把它的角扎进马腹左摇右晃，拼命甩动，最后把马顶在空中。

随着远处几千张嘴巴的一齐惊叫，女骑手从马鞍上跌了下来。她的马一经摆脱了公牛角，便撒腿开始疯狂地逃跑，腹部染红了大片的鲜血，马肚带已经扯断，跟马鞍一起在马腹下剧烈地摇荡。

公牛要去追它，但就在这一刻，有一点儿更近的东西引起了它的注意。那是堂娜索尔，她从马上跌下来并没有躺在地上不动，而是刚刚站起身来拿过她的长扎枪勇敢地夹在腋下再次挑战那头野兽。那是一种疯狂的勇敢，因为她在想那么多双眼睛在盯着她，她宁可进行一次殊死的挑战，也不想恐惧和滑稽可笑地投降。

围墙外面已没有喊叫声了。人们都木然地站在那儿一动不动，周围寂静得可怕。马在疾驰，尘土飞扬，救援的队伍来了，而且赶来追击那头公牛的骑手队伍越来越大，然而救援已来不及了。那公牛用它的前蹄噗噗噗地刨着地，低下头来准备向那个还在用长扎枪威胁它的大胆小女子进攻。只要它用角将她一挑，她就一命呜呼了。但是，正在这时，一声狂烈的大吼吸引了公牛的注意力，同时一种如同烈火似的红色的东西从它的眼前一闪而过。

那是加利亚多来了。他从马上跳下来，放下长扎枪，拿过了马鞍垫上的短上衣。

"嗨嗨嗨……来呀，到这儿来！"

公牛追着那件短上衣红衬里被真正的对手吸引开，抛下那个穿黑骑马裙、紫上衣的女人不再理睬。眼前的危险吓得堂娜索尔晕了过去，这会儿她尚未清醒过来，长扎枪仍旧紧紧地夹在腋下。

"别怕，堂娜索尔，这家伙我来收拾。"斗牛士由于情绪冲动而脸色苍白，但是他微笑着，相信自己的本领能把那头野兽结果了。

可利用的武器就只有那件短上衣，他一边用它把公牛从堂娜索尔身边引向自己，一边机敏地躲闪它一次次怒气冲冲的攻击。

围栏外的人们已经忘记了刚才的恐惧，开始热烈地鼓掌叫好起来。太幸运了！原本是来看一场简单追刺公牛的热闹，没想到免费看到了加利亚多斗牛，这几乎和正式的斗牛没有区分。

公牛一次次进攻的凶猛劲儿让斗牛士的情绪激奋起来，他忘记了堂娜索尔，也忘记了看热闹的众人，只是全神贯注地躲闪公牛的进攻。看到斗牛士屡屡轻巧地从它的两角之间溜掉毫发无损，公牛再次怒不可遏了。于是又向他扑了过去，可每次都只擦到那短上衣的红衬里。

最后，公牛终于体力不支，愣愣地停在了那儿，垂下头，口里流着黏沫，全身颤抖起来。那时，加利亚多趁着公牛愣神的机会，摘下他的加泰罗尼亚式帽，用它去敲击它的脖颈。顿时，围墙外爆发出一阵山呼海啸般的吼叫声，那是人们在欢呼斗牛士的勇敢行动。

忽然在加利亚多的背后响起了呼喊声和牛铃声，接着一些牧人和领头公牛便出现在了那无精打采的公牛周围，最后把它包围起来，慢慢地把它引向了牛群。

加利亚多回头去找他的马，它依旧站在那儿没动，对这种跟公牛的接触它已经习以为常了。加利亚多捡起长扎枪，翻身上马，让它轻快地跑向围栏。由于马跑得不快，人群那山呼海啸般的吼叫声也就延续了更长的时间。

骑士们已经救起了堂娜索尔，他们一起热烈地向加利亚多致意。代理人朝他挤挤眼睛，颇为神秘地对他说道：

"大帅哥，你干得不错，非常好，真的，好极了！你把她征服了。"

围栏外面，堂娜索尔已经坐在了侯爵女儿们的一辆豪华四轮马车上。堂姊妹们焦急地围在她身旁用手抚摸着她，想知道她从马上摔下来身上有什么不舒服。她们给她喝安达卢西亚白葡萄酒让她压惊，她却对那些女人的大惊小怪感到可怜，只是满不在意地微笑着。

加利亚多骑马从人群中间穿过，人们都发疯地挥动着帽子向他伸过手去。看到这种情景，堂娜索尔笑成了一朵花儿。

"英雄熙德！到这儿来，请让我握握您的手！"

他们又再次握了手，而且紧紧地握了很长时间。

这件事很快传遍了整个塞维利亚城。晚上，屠牛手家中也在谈论这件事。安古斯蒂亚斯太太像每次盛大的斗牛成功之后那样喜形于色。他的儿子救了一位那种身份的太太！那样的太太是她多年当佣人时以羡慕和尊敬的目光看惯了的！……卡门却一直沉默不语，她真的不知道这件事应该怎样去考虑。

几天过去了，加利亚多没有得到堂娜索尔的任何消息。代理人跟几个四十五人俱乐部的朋友出城打猎去了。一天下午，接近黄昏时刻，堂何塞到拉斯谢尔佩斯大街的一家咖啡馆里找到了他，那是斗牛迷们聚会的地方。两个小时前他打猎回来了，在家里看到一封信，内容是堂娜索尔在等他，他只好马上去了她家。

"我说，你呀，你呀，你的心比狼还狠！"代理人把斗牛士从咖啡馆里拉出来，对他说。"那位夫人一直等着你去她家，她不知多少个下午都没出门，以为说不定哪会儿你就去找她。可是你没有去。我把你介绍给她以后，又发生了那样的事情，你应该去拜访她，关心一下她的健康呀。"

斗牛士停住脚步，搔了搔帽檐下方的头发。

"这是因为……"他犹豫不决地咕哝道，"因为……我不好意思，啊，真的，我怕难为情。您知道，我不是一个傻瓜，我跟许多女人有过交好，我会跟一个女人聊聊天，说说话，就和别的男人一样。但是，跟这个女人就不同了。她是一位贵夫人，见多识广，学问高深。我见到她的时候，觉得自己是个傻瓜，什么话也不会说。我不是说你不该管这件事，不是的，堂何塞……我不去！我不能去呀，啊！"

但是，代理人对说服加利亚多胸有成竹，就死拉硬拽地拖着他去堂娜索尔家，他告诉他自己刚刚见过那位夫人，说她对他忘了她感到有些不悦，甚至生气啦。还说塞维利亚最高贵的人士都因为她在塔布拉达庄园出事去看过她，唯独他斗牛士怠慢她。

"你知道，一个斗牛士应该跟高贵人士处好关系。要有教养，表现出他不是一个在庄园里给牲口打烙印的粗汉雇工。一位如此尊贵的夫人赏识你，在等你！……没什么好说的，我陪你一起去。"

"啊！如果您陪我去！……"

加利亚多这样说时长长地舒了一口气，仿佛解脱了非常恐惧的压力。

两个人一起走进了堂娜索尔的家。院子是阿拉伯式的，那一道道做工精妙的拱门不禁让人想起阿尔汗布拉宫[这座宫殿位于西班牙格拉纳达城，十三至十四世纪为摩尔人所建，十五世纪末被西班牙人攻陷。——译者注]的马蹄形拱门。喷泉的水柱降落在水面上拍击池中水下游动的金鱼，在黄昏的寂静中发出柔和悦耳的单调声响。院子里镶板式平顶结构的四道回廊由拱门大理石柱廊分开来，斗牛士在那儿看到了古老的雕花立橱，暗色的图画，紫面孔的圣像，还有锈迹斑斑的铁制和严重被虫蛀了的木制贵重家具，这些家具仿佛都被散弹打得千疮百孔，体无完肤。

一个仆人带他们上了一道宽阔的大理石楼梯，在那儿斗牛士看到了一些装饰屏，屏面金底上的神像已经模糊不清，形体圣母似乎是由斧头加工，颜色已褪得很淡，金箔也所存无几，显得毫无生气，估计是从旧祭坛上撤换下来的。还有一些壁毯，上面装饰着柔色干树叶，配以花朵和苹果。这些壁毯上有的显示耶稣受难的场景，有的上面几位衣服单薄的小姐正在逗弄一群头上长角、脚上有爪、浑身多毛的丑八怪。这些景物，不禁又让加利亚多十分诧异。

"真是太无知了！"他以赞赏的口气对他的代理人说，"我原以为这一切只适合出现在修道院里呀！……原来贵人们似乎也很珍视这类东西呀！……"

楼上，他们经过的地方已亮起了电灯，而窗户的玻璃上还闪耀着夕阳最后的余晖。

加利亚多又感到一阵新奇。他一直为自己从马德里购来的家具感到骄傲，每一件都沉重、大气、雕工复杂精细，丝绸饰物豪华艳丽，这一切似乎都在高声宣布着它们昂贵的价值。可在这里，他看到的是白色或绿色轻便易折的椅子、结构简单的桌子和柜子，墙壁只有一种颜色，除了稀稀拉拉用粗绳子挂着的小幅图画之外，没有别的装饰。一切都是油漆或上釉的精细活儿，这是另类的豪华，似乎是出自木匠的手艺。目睹这一切，他不禁迷惑起来，深深为自己的缺乏见识把自己家中的家具视为最为豪华而扬扬得意羞愧不已。"多么地愚昧无知！"他坐到一把椅子上心怀恐惧，担心他沉重的身体压得它咯咯吱吱好像要散架似的。

堂娜索尔的出现让他抛开了这些思虑。他看到她完全变成了没见过的样儿，身上没有披马尼拉大披肩，也没有戴帽子，那头亮丽的长发恰好吻合了她那罗曼蒂克的名字。她身穿一件日式对襟丝绸长衫，凝脂般的双臂从漏斗似的短袖口露出来，长衫低领深V处胸部袒露，可见令人艳羡的脖颈呈淡淡的琥珀色，而那脖颈上的两道线条则让人联想起维纳斯的项链。每逢她手一摆动，那满手指镶嵌在各种奇特样式戒指上的五颜六色的宝石便闪耀出魔幻般的奇光异彩。丰润的前臂上的那些金手镯丁丁零零发出清脆悦耳的细微声响，它们一些是东方金银丝细工饰品，上面还刻有神秘的题词；另一些则是实心的，上面挂着护身符和异国情调滑稽可笑的小人儿，那全是她去远方旅行的纪念物。

当三人一起落座说话的时候，那夫人像男人一样很随便地把一条腿跷到另一腿上。一只小得像玩具一样、满是绣饰的镀金高跟红拖鞋便开始了在她的脚尖上不停地摇动。

加利亚多的耳朵在嗡嗡作响，眼睛也模糊不清，他只是看清一双明亮的眼睛在盯着他，神情既含有爱抚，也含有讥讽。为了掩饰他内心的激动，他只是露着牙齿微笑，就像一个人强颜欢笑希望给人以和蔼可亲的印象。

"不，夫人，非常感谢，那件事不足挂齿。"

堂娜索尔对他那天的勇敢行为表示感谢时，他这样谦虚地回答。

加利亚多渐渐地平静下来。夫人和代理人谈起了斗牛，这突然给了剑刺手信心。她见过他几次杀死公牛，也清楚地记得他发生的重大事故。加利亚多听到夫人说不仅看过他斗牛，还对事情记忆犹新，心头不禁油然产生了莫大的自豪感。

堂娜索尔打开一个装饰着奇特花朵的漆盒，递给两个男人每人一支金烟蒂香烟。那香烟散发出一种沁人肺腑的奇特香味儿。

"有鸦片，抽起来很舒服。"

说着，她点燃了一支，随即用她绿色的眼睛盯着去看那螺旋状缓缓上升的烟雾，烟雾透过灯光的照射，变得宛如液态金子一般轻轻颤抖。

斗牛士习惯了吸味道很凶的哈瓦那雪茄，对吸这种香烟很好奇：这纯粹是麦秸秆呀，是女人们吸着玩儿的。但是烟雾散发出的那种奇特味道却慢慢消除了他的怯懦心理。

堂娜索尔一直目不转睛地看着他，向他提出一些他人生的问题。她想知道他爱上斗牛的背景，成功之路的经历，在获得观众的喝彩之前他悲惨的流浪生活是怎样的。加利亚多此时突然充满了信心，他讲呀，讲呀，从他的童年时代讲起，停下来时，已经显得对自己的出身和人生经历感到骄傲和兴奋不已，尽管隐去了他认为羞于启齿的那些青少年时代的恶作剧。

"太有趣了……非常独特！"美丽的夫人赞美道。

她把目光从斗牛士身上移开，陷入了迷茫的沉思，好像在盯着一种无形的东西。

"世界上最了不起的男子汉！"堂何塞兴奋得粗鲁地喊道，"请相信我，索尔，他是独一无二的男人，斗牛场上受了伤都从不在乎！……"

代理人非常满意加利亚多的坚强，仿佛这个斗牛士就是他的长子。他把他身上的伤情全部列数了一遍，描述得那般细致入微，好像他隔着衣服看得清清楚楚似的。堂娜索尔的眼睛紧盯着这一解剖的路径，脸上溢出真诚敬慕的神情。一位真正的英雄，腼腆，羞怯，憨直，就像所有的强者一样。

代理人要告辞了，已过了晚上七点，家里人在等他。但是堂娜索尔站起来笑盈盈地强力挽留他，不让他离开。他跟斗牛士要留下来，跟她一起用晚餐，她是真心实意请他们。那天晚上家中没有别人，侯爵跟他家人都到乡下去了。

"家里就我孤单单一个人……什么也别说啦，听我的。你们留下来跟我一起做忏悔。"

像是她的命令不容反驳，说罢她就离开了房间。

代理人坚决不同意，不行，他不能留下来，那天下午他刚从外地回来，家里人几乎还没见到他哩。再说，他还约了两位朋友。至于他的斗牛士，他觉得当然应该留下来，不应该离开。实际上，夫人就是请他的。

"可是，无论如何你得留下来呀！"剑刺手焦急地对他说，"真该死！……你不能把我一个人丢在这儿，我不知道该怎样做，也不知道说什么。"

过了一刻钟，堂娜索尔重新出现了，但已是容貌大变。下午迎接他们时的那种随随便便的异国风味装束完全不见了，全身代之以从巴黎订购来的最新款的服饰，这种衣饰让她的亲戚朋友们既感到不快又感到新奇。

堂何塞还是坚持要走，无论如何也不肯留下来。只说他的屠牛手可以留下来，他可以负责去通知他的家人不要等他。

加利亚多又露出焦急的神色，但是，代理人的颜色使他安静下来。

"放心吧！"代理人一边向门口走去一边低声说道，"你以为我是个孩子吗？……我就说你在跟马德里的几个斗牛迷一起吃饭。"

刚开始跟堂娜索尔一起吃饭时，可真叫剑刺手遭罪呀！……庄严而富丽堂皇的餐厅把他惊呆了。他跟堂娜索尔面对面坐在一张大桌子中央，旁边是几个巨大的银烛台，上面插了带着粉红色灯罩的电光大蜡烛。在这个大厅里，他和堂娜索尔几乎消失不见了。侍奉他们的仆人彬彬有礼，神态庄重，好像这样的场合他们已习以为常，女主人的安排一点儿也不会让他们大惊小怪。这让加利亚多立刻对他们肃然起敬。想到所处氛围和他外貌的强烈对比，他不禁为自己的衣着和举止感到羞愧起来。

但是，起初的胆怯和拘束心态渐渐消失了。堂娜索尔笑他吃饭竟是那么小心翼翼，夹菜喝酒都是一副拘谨的样子。加利亚多终于对她起了敬慕之心。啊，这个女人的胃口真够厉害呀！他认识不少小姐，吃饭时她们惯于装腔作势地节制，也不喝酒，认为吃得太多有失女子风雅。堂娜索尔食欲居然如此旺盛，消化功能这么强大，他不禁感到惊讶。一口一口的饭菜送进她的红唇小嘴立刻消失，不留任何痕迹；颌骨在咀嚼中不停地上下活动，但这并不影响她美丽的尊贵容颜；葡萄酒举到嘴边一饮而尽，进口时宛如颗颗彩色珍珠。女神们肯定就是这样用餐的。

在她的鼓舞下加利亚多吃饭逐渐放开，尤其是喝酒很多，力图在几种美酒中寻求消除恐惧的力量。恐惧的心理一直让他在夫人面前感到羞怯，夫人说什么他都只是报以微笑，同时反复就会说一句话："非常感谢！非常感谢！"

交谈开始活跃起来。剑刺手讲起他一个个斗牛生涯中滑稽可笑的事故，觉得满肚子有说不完的话。最后，他讲起了国民宣传的新奇理论，以及他的长扎枪手杂烩菜的勇敢事迹，说这个长扎枪手是个野蛮人，他可以把一个个煮熟的鸡蛋整个儿地吞下去；还说他缺了半个耳朵，那是被一个伙伴一口咬掉的。当他被迷迷糊糊地送到斗牛场诊所时，他那铁铸一般肌肉坚实的身体扑通一声倒在床上，脚上的大踢马刺把床垫都戳穿了，然后不得不把它拔出来，就跟对待耶稣基督那样。

"太离奇了！……非常有意思！"

堂娜索尔笑吟吟地耐心听加利亚多细数那些粗人壮汉的生活，他们总是死里逃生，在这之前，她就一直从远方崇敬他们。

香槟酒终于让加利亚多晕头转向了。当他从餐桌上站起身来的时候，他把一只胳膊伸给了堂娜索尔夫人，连他自己都对这一大胆举止感到惊讶。难道大千世界上不都是这样做的吗？……他也不是像人们第一眼看到他时那样，觉得他是个愚昧无知的大傻瓜。

在仆人送来咖啡的大厅里，剑刺手看到一把吉他，他想肯定就是猫头鹰老师给她上课的那一把，堂娜索尔把它递给他，请他弹奏点儿什么。

"我真的不会！……我是世界上最无趣的人，除了杀公牛，什么都不会！……"

可惜他斗牛队的短剑手不在，那小伙会弹奏一手好吉他，他的演奏会让女人发疯。

两个人陷入长时间的沉默之中。加利亚多坐在大扶手椅上，吸着仆人送上的高级哈瓦那雪茄。堂娜索尔吸着的那种香烟的芳香已让她沉浸在如梦如幻的境界。斗牛士因吃得太多需要消化，只是一个劲儿傻笑说不出一句话。

显然，长时间的沉默无语，堂娜索尔感觉厌烦了，她走到三角钢琴前坐下来，刚劲地按动琴键，弹奏了几支马拉加民歌小曲。

"太棒了！……真不错，好极了。"斗牛士说，已经不那么笨拙了。

弹过马拉加小曲之后，堂娜索尔接着又弹奏了几支塞维利亚小曲，再后来她把所有的安达卢西亚歌曲都弹奏了一遍，这些歌曲情调忧郁，并带有东方的梦幻色彩。由于她对故土的热爱，她把这些曲调搜集起来牢牢地记在脑子里。

加利亚多不断地用叫好声打断堂娜索尔的弹奏，就像在咖啡厅里听唱歌时那样。

"哎呀，弹得太妙啦！哎哎，再来一个呀！……"

"您喜欢音乐吗？"堂娜索尔问他。

"哦，非常喜欢！……"

在这之前，加利亚多从来没想过这个问题，但是，毫无疑问，对音乐他是喜欢的。

堂娜索尔渐渐把轻快活泼的民歌节奏变成了更舒缓、更庄重的乐曲，剑刺手凭着他爱好音乐的一点儿知识，听出了那是"教堂乐曲"。

他已不再热烈地欢呼叫好，完全沉浸在了一种愉悦的静止状态。他闭上了眼睛，心想，如果这音乐再持续一会儿，他马上就会入睡了。

为了避免入睡，加利亚多便一直凝望背对着他的美丽的夫人。圣母呀，多么娇娆的体态呀！他那双非洲人的眼睛盯住了她迷人的圆实洁白的脖颈，金发从上方围绕它任性地飘洒下来，宛如美丽的光环。这时，一个荒唐的念头在他迟钝的大脑中开始飘忽浮动，诱惑的不安令他清醒过来。"如果我悄悄地走过去，在她漂亮的后颈上吻一下，她会有怎样的反应呢？……"

但是，那种念头只不过是一时萌发的胡思乱想。他对这个女人的尊敬是不可抵御的。此外，他记得他的代理人的话：这女人气质既勇敢又潇洒，可以把任何讨厌的男人吓得逃之夭夭；她从国外学到的那种玩意儿，让她能把任何大男人玩弄于股掌之上，就像耍一片破布似的。想到这儿，他又继续凝望堂娜索尔白皙如玉的脖颈，犹如那是透过云雾包围在金色光轮中的月亮，在他的眼前铺设开梦乡。他要进入梦乡了！他担心自己马上会鼾声如雷打断那他并不领会的乐曲，也正因他不领会，那乐曲一定是美妙的。他伸手去掐自己的腿以便保持清醒，伸展开胳膊，用一只手捂住嘴压住哈欠发出的声音。

过了许久，加利亚多也弄不清自己是否睡着了。突然响起了堂娜索尔的声音，把他从艰难的昏昏欲睡中惊醒来。堂娜索尔已经把青烟缭绕的香烟放在了一边，随着钢琴的旋律轻声哼唱起了歌曲，她咬字清清楚楚，语调充满激情的颤音。

斗牛士竖起耳朵想听出点儿什么……但是一个字也没有听懂。那都是外国歌曲。"真该死！干吗不来跳一曲探戈或安达卢西亚索雷阿舞？……就这样还想让一个基督徒不入睡呀！"

堂娜索尔的手指放在琴键上，同时目光在高处茫然游荡，她把头往后仰，坚实的胸部随着音乐如泣如诉的旋律起伏颤抖。

那是金发圣女艾尔莎的祈祷词，祈祷中她想到一个健壮的男子，他是能战胜一切男人的英俊武士，而这样的男子面对女人却是那般温柔和怯懦，于是她便抱怨起来。

　　她一边唱歌一边想入非非，让她的歌词里充溢着颤音，眼睛里饱含激动的泪水。那个淳朴健壮的男人，那个英俊的武士，或许现在就在她身后……为什么不是呢？

　　他没有传奇式男子的英姿，而是既粗鲁又笨拙，但是她还是清清楚楚地记得，几天前他是那样果断而勇敢地跑去救了她，跟一头野兽似的咆哮的公牛搏斗，面带微笑，满满的自信，比瓦格纳的歌剧《尼伯龙根的指环》中杀死巨龙的英雄毫不逊色。

　　她从脚后跟到发根被一种淫荡的恐惧摇撼，已认为自己提前被征服了。她猜测甜蜜的危险正在身后向她靠近，看到那位英雄，那位武士慢慢地从沙发上站起来，用他阿拉伯人的眼睛盯着她。他感到了他小心翼翼的脚步声，感到了他的双手已经轻轻地放到了她的肩膀上。随后是在她的后颈上印上一个火热的吻，这标志着她永远成为了他的奴仆……然而，浪漫曲结束了，什么也没有发生。她的后背上没有任何别的感觉，感到的只是她自己的胆怯与欲望引起的颤抖。

　　斗牛士的无动于衷让她大失所望。她把钢琴凳子转过来，停止了弹奏。那位武士坐在她对面的沙发里，手里拿着一根火柴，已经是第四次点燃起雪茄，他把眼睛睁得大大的来掩饰他感官的迟钝和麻痹。

发现夫人眼睛一眨不眨地看着他，加利亚多立刻站起来……啊！最关键的时刻就要到来了！那位英雄要朝她走过来，以那种男子汉的激情紧紧地把她拥抱在怀里，他要征服她，把她变成他的人，永远地占有她。

"晚安，堂娜索尔……我得走了，天不早了，您该休息了。"

她感到惊讶和怨恨，也站了起来，不知道如何是好，只是向他伸过手去……一个愚笨淳朴的英雄！

她的脑海里杂乱地闪过了女人应该遵循的所有常规，没有任何女人，即使在最放荡的时刻，会忘记对这些传统习俗有所顾忌。她的欲望不可能实现了……她向他走过去！但是，当她握到斗牛士的手的那一瞬间，她看到了他的眼睛。那是一双只是迸发着火一样的激情死死盯着她的眼睛，而所有怯生生的希望，所有无声的欲望，都蕴含在那韧性的静默不言之中。

"你不要走……来，来吧！……"

而他，没有再说什么。

# 第　　四　　章

在许多让加利亚多感到骄傲的理由上，又增加了这个满足他虚荣心的重大事件。

加利亚多在跟莫赖玛侯爵讲话的时候，感到自己就跟他的后代那样亲切。这位侯爵先生的穿衣打扮活像个乡下人，腿上穿着猎手们狩猎常穿的套裤，手中拿着坚实的长扎枪，看上去像是一个粗野的半人半鬼的怪物。他可是个著名的大人物，单是绶带和十字勋章就可以挂满前胸，穿着两边下摆各挂一把金钥匙的绣花制服就可以进入王宫。他的远祖们跟随国王赶走了摩尔人来到塞维利亚，国王作为对他们赫赫战功的奖励，给了他们大片从敌人手中夺来的土地，至今还留下了广阔的大平原，在那儿放牧侯爵的公牛。他最后几代的祖辈们都是国王的朋友和顾问，把一大部分祖产都花在了宫廷奢华的生活上。而这位伟大的侯爵先生，既仁慈又豪爽，在他乡村生活的淳朴中依旧保留着他名人祖先的显赫声誉，跟加利亚多似乎有点儿近亲关系。

这个鞋匠的儿子感到趾高气扬，仿佛他已经成了那个贵族家庭的成员了。莫赖玛侯爵是他的叔叔，尽管不能公开承认这件事，也不能把这种亲属关系合法化，但是想到他已经征服了那个家族的一个女人，就凭这件似乎嘲笑所有法律和种族偏见的风流事儿，他也便感到是一种自我安慰了。那女人的堂兄弟们也同样差不多跟他成了近亲关系，在以前，这些公子少爷对他的亲昵跟那些斗牛迷在谈论斗牛士时对他的亲昵是同样的，是一种轻蔑的亲昵，而现在，他把他们看成是跟自己同等地位的人了。

听惯了堂娜索尔像对待亲戚那样谈论他们，加利亚多觉得自己如果不同样对他们以诚相待就有点儿失礼了。

他的生活和习惯都改变了。很少再去斗牛迷们聚会的拉斯谢尔佩斯大街的那些咖啡馆。去那儿的都是些淳朴热情的好人，但没有重要的社会地位，什么小商人啊，变成了老板的工人呀，普通职员呀，没有职业而靠神秘的手段奇迹般生活的流浪汉呀，这些人除了议论斗牛士没别的事好干。

加利亚多从咖啡馆的大窗户前走过，跟他的热情支持者们打招呼，那些人一个劲儿地打手势让他进去。"我就来。"但是他没有来，而是进了同一条街上的贵族社会圈子，一家高级俱乐部。那儿的仆人穿着短裤，哥特式的装潢宏伟壮观，桌子上的餐具是银质的。

安古斯蒂亚斯太太的儿子每次从身穿燕尾服像军人一样笔挺地站在那儿的仆人中间穿过，他们中间一个脖子上挂着金链子的头儿走过来接他的帽子和手杖，那时，他感到特别地神气。接触那么多高贵的人士，自然是分外地得意。

年轻人坐在罗曼蒂克剧情中那种贵宾专座上，谈论马匹和女人，计算着在西班牙发生过多少次决斗，因为他们都是追求荣誉和崇尚勇敢的人。他们在一个大厅里练习击剑，在另一个大厅里赌博，从下午开始一直赌到大天亮。他们作为俱乐部的一个特例接受加利亚多，因为他是一个体面的斗牛士，穿着讲究，舍得花钱，并且有良好的人脉关系。

"他很有教养。"会员们平静地说，承认他的知识跟他们一样多。

代理人堂何塞为人热情，又跟名门望族结亲，这为斗牛士的新生活提供了保证。此外，加利亚多凭着当年游荡在大街上的野孩子的机灵劲儿，懂得怎样让那些杰出的年轻人喜欢他，他在这些人中觅得了许多好友。

他经常赌博。这是与他的新家庭和朋友们密切关系的最佳场所。这个在别的事情上走红运的人在赌场却是运气不佳，几乎逢赌必输。人们把赌场那个房子称为"罪恶大厅"，他整夜整夜地在那儿赌，很少赢过。他的晦气倒是提高了俱乐部的名气。

"昨天晚上加利亚多输惨了，"俱乐部会员们说，"至少输了一万一千比塞塔。"

大把大把地输钱和输钱毫不在乎的名声让他的新朋友们对他肃然起敬。他们把他看作是俱乐部赌场的坚定支持者。

新的爱好很快让剑刺手入迷了，他已完全陷入赌博难以自拔，有时甚至把那位贵妇人都忘掉了，对他而言，她那可是世界上最最可宝贵的小心肝哟。那是塞维利亚最好的赌场，他在那儿玩得最开心！纨绔子弟们对他同等相待，由于借钱和共同的情感他们建立起了兄弟情义！……一天晚上，一个大厅照明的枝形大吊灯突然掉下来落在了绿色赌桌上，赌场立刻变得一片漆黑混乱起来。就在这众人茫然失措时刻，响起了加利亚多威严的声音：

"安静，先生们！这儿什么也没发生！继续赌，拿蜡烛来！"

赌博继续。一起赌博的人都敬慕他杀死公牛的勇敢，更敬慕他在赌场里这种关键时刻的果断发声。

代理人的朋友们问他加利亚多输钱的事情，说他这样赌下去会破产的，估计他斗牛挣的钱会全被赌场掏空。但是堂何塞对这样的问题只是不屑地微微一笑，反而认为这样会给他的屠牛手带来更高的声誉。

"今年我们斗牛的场次比任何斗牛士都多。我们将杀牛杀到厌烦，挣的钱……你们让这孩子玩吧，工作就是为了享受快活。他是谁呀……世界上第一斗牛士！"

人们对斗牛士在赌场输钱满不在乎的态度十分敬佩，堂何塞认为这让他的偶像更为光彩照人。一个斗牛士不能跟别的人一样，一分一厘的钱都在那儿算计。他挣来钱就是为了做点儿什么呀。

再说，他进入的那个俱乐部可不是随便什么人都可以进的呀。让人看到他能进到那儿是他的成功，也是他的事业，对此他本人甚感满意。

"这才是当今的汉子。"堂何塞对那些气势汹汹地批评加利亚多的新习惯的人说，"他不像别的斗牛士那样跟流氓无赖混在一起，也不进酒馆酗酒，这有什么不对？他是贵族斗牛士，想做什么都可以……其他一切都是嫉妒。"

在他的新生活中，加利亚多不仅经常光顾这家赌场俱乐部，而且有些下午也去四十五人俱乐部。那儿仿佛是斗牛士元老院，斗牛士可不是轻而易举就能进入的，只有元老们没有会议的时候，那地方空闲，爱好斗牛的可敬的名人们才能去那儿高谈阔论。

在春夏两个季节，四十五人俱乐部全体成员就聚在门厅里，还要占据一部分街面。他们坐在草编扶手椅里等待着斗牛的电报传来。他们不太相信报纸的见解，再说，他们需要在报纸出版之前就知道那些消息。一到下午，电报就从半岛举办斗牛的四面八方发来了。会员们郑重其事地听过宣读之后，就开始讨论起来，对那些简短的电文做出各种推测。

这种活动让他们充满骄傲，让他们高人一等。他们安安静静地坐在俱乐部的门洞口，一边纳凉一边就准确无误而毫不夸张地知道了那天下午在毕尔巴鄂、科鲁尼亚、巴塞罗那或者巴伦西亚各个斗牛场上发生的事情：一个屠牛手被奖励了牛耳朵，另一个屠牛手遭观众口哨嘘了。而在这个时候，同一城市的人还什么也不知道，仍在街上散步，他们必须等到晚上报纸出来才能知道消息。当发生了伤亡事故、电报通知本地一个斗牛士可怕地被牛抵到的时候，同乡们激动的情绪和同情把那些可敬的元老的心都打动了，他们甚至把这一秘密告诉给随便过路的一个朋友。消息立刻传遍拉斯谢尔佩斯大街的各家咖啡馆，没有任何人怀疑。那是四十五人俱乐部收到的电报说的呀。

加利亚多的代理人热衷于大叫大嚷凶巴巴地跟人家争论，这打破了俱乐部的平静，也有损于争论的严肃性。但是由于他是老朋友，大家都容忍他，最后取笑一下他说的那些事儿了事。那些有头脑的人不可能心平气和地跟堂何塞讨论斗牛士们的功绩。许多时候，他们一谈到加利亚多那个"有勇无谋的小伙子"，心中不踏实，于是就不停地往门口扫视。

"哦，何塞来了。"有人这么一说，谈话立即中断。

他高高挥舞着一份电报进来了。

"你们有圣坦德的消息吗？这儿来了……加利亚多，两剑刺死了两头公牛，刺死第二头公牛得到了牛耳朵。怎么样啊？我没说错吧：世界上第一斗牛士！"

四十五人俱乐部收到的电报往往与这种消息不同，但是加利亚多的代理人对它鄙夷不屑，几乎看都不看一眼，并且还高声抗议。

"骗人！完全是妒忌！我的消息才是真的。气急败坏的妒忌，因为我的孩子煞了许多人的威风，让他们无地自容。"

俱乐部的会员们最后嘲笑起了堂何塞，他们把一个手指举到面前，拿世界第一斗牛士和他滑稽可笑的代理人寻开心，意指后者说的全是疯话。

渐渐地，作为从未有过的特例，终于让加利亚多成了俱乐部的正式会员。开头斗牛士到这儿来，借口是找他的代理人，而最后他终于坐在了那些显贵中间。那些人有很多都对他并不友好，他们已经在与加利亚多竞争的剑刺手们中间选好了自己的屠牛手。

正像堂何塞所言，俱乐部的装潢颇具特色。高高的阿拉伯花瓷砖基座，洁白的墙壁上挂着鲜艳夺目的昔日斗牛的海报，制成标本的著名的公牛头，它们的顺序按抵死的马匹或者抵伤顶级斗牛士的数目排列，还挂着豪华披风和斗牛剑，都是剪掉辫子退出斗牛职业的剑刺手赠送的。

在炎热夏天的午后，身穿燕尾服的仆人们侍奉着身穿乡下服装或袒胸装的先生老爷们。在圣周或塞维利亚举行其他盛大节日期间，当全西班牙高贵的斗牛迷们齐聚四十五人俱乐部向它致意的时候，仆人们都穿着短裤，头戴白色假发，统一着装红黄色制服。这身装扮，让他们变得跟王宫里的仆人一样，端着托盘给那些富豪老爷送上安达卢西亚白葡萄酒，这些贵人中间，有的没有打领带。

每天下午，俱乐部的元老、尊贵的莫赖玛侯爵一到，会员们便坐在深深的扶手椅里围成一圈，这位著名的牧场主登上宛若王位似的最高位，从那儿主持交谈。每次都是先从天气谈起。出席者大部分是牧场主和富有的地主，他们的生活要依赖田地的状况和天气的变化。侯爵阐释他对这方面的见解，那些知识是在安达卢西亚平原上不知多少次的骑马巡逻获得的。那平原辽阔无边，荒无人烟，漫长的地平线，整个景象如一片土地的海洋。在那儿，公牛像昏昏欲睡的鲨鱼，穿越在野草的波浪中缓慢前行。他每次去俱乐部的时候，在街上都看到一个纸片在风中飘荡，这足以让他做出各种预言。安达卢西亚平原上的大旱灾，他们谈论整个下午。在眼巴巴地等待了漫长的几个星期之后，乌云密布的天空终于落下了几个热乎乎的大雨点。乡下的地主老爷们高兴得不停地搓着手，脸上绽出了笑容。侯爵看着人行道已被又大又圆的雨滴打湿，郑重地说道：

"这是上帝的恩赐！……每一滴雨都是一枚五杜罗的硬币。"

当天气不再让他们担心的时候，牲畜就变成了他们谈话的主题，特别是公爵。谈论起公牛他们是如此地亲切温柔，仿佛两者之间存在一种种族亲属关系似的。牧场主们恭恭敬敬聆听侯爵的高谈阔论，因为他们对他的财富望尘莫及，这无人不晓，无人不知。那些从未出过塞维利亚城的头脑简单的斗牛迷，十分钦佩他饲养凶猛公牛的技艺。那个人知识多么渊博呀！……谈到公牛需要的照料，他坚信他的管理无与伦比。

每十头小牛犊经过考察，对它们的残忍凶猛做出评估之后，八九头都只能养成肉牛。只有一两头面对扎枪的铁包头表现得勇敢凶猛，气势汹汹具有攻击性，那就被选为斗牛的公牛另外饲养，给予各种特别的照料。照料它们可是要格外操心哟！

"办一个饲养凶猛公牛牧场不是为了做生意，"侯爵说道，"它是一种奢华营生。养一头斗牛场的公牛要比养一头肉牛多花四五倍的金钱……算算看，那该是多少钱啊！"

时时刻刻都要照顾它，操心它的饲料和饮水，还要随着温度的变化不断地为它转移地方。

饲养一头公牛的代价比维持一个家庭的开销还要大。而当它完全成熟的时候，更要细心照顾它到最后一刻，以保证它在斗牛场上不发生意外，并以它套在脖子上的标记为饲养场争光。

侯爵曾在几个斗牛场跟经理和地方当局发生争吵，拒绝把公牛交给他们，因为他们把乐队安排在了牛栏上方，乐器的嘈杂弄得公牛晕头转向，进入斗牛场失去了凶猛和镇定。

"公牛和我们人是一样的。"侯爵深情地说，"它们只是不会说话。我为什么说它们跟我们一样呢！因为有些公牛比一个人更有价值。"

于是他提到"小狼"，那是一头老领头牛，他保证说，即使把整个塞维利亚连同它的希拉尔达塔都给他，他也不会卖它。他刚刚骑马奔驰在广袤的牧场上，眼前就是公牛群，他那个心肝宝贝就在里面。只要他喊上一声就会引起那头公牛的注意。"小狼！……"听到喊声，"小狼"马上就会丢下它的同伴向侯爵跑去，用它的嘴巴亲切地把骑士的靴子吻湿。这就是一头有威势的领头牛，牛群里的其他公牛都怕它。

大牧场主翻身下马，从马褡裢里掏出一块巧克力，塞进"小狼"的嘴里，"小狼"则不停地摇晃起它那夆着两只硕大无比的锋利尖角脑袋，表示对主人的谢意。侯爵一只胳膊压在领头牛的脖子上往前走，不慌不忙地进入牛群里。他一出现，那些凶猛的公牛立刻不安地骚动起来。没关系，不必担心。

"小狼"像一条狗那般用身体护着主人往前走，同时不停地用它那火焰般的眼睛环顾四周，要它的伙伴们保持对它的敬畏。如果哪头胆大点儿的公牛走近去嗅闻侯爵，它马上用它的巨角摆出威胁的架势。如果几头公牛靠在一起讨厌地挡住去路，它就马上冲进去用它的脑袋做武器逼迫它们让开。

每当侯爵回忆起他的牧场养出的一些公牛的伟大业绩时，他的修得光光的双唇和下巴上的白胡子就会激动得发抖。

"公牛！……它是世界上最高贵的动物！如果所有人都跟它一样，世界上的一切就会变得更美好。你们往那儿看，那是可怜的'少校'。你们还记得那件宝贝吗？"

说罢，他指向一张在豪华相框里的大照片，照片上的他穿一身猎装，比现在年轻多了，几个穿白衣衫的小女孩围在他身旁。他们一起坐在草原中央一个黑乎乎的庞然大物上，庞然大物的一端突现几个牛角。这被当作凳子坐的黑乎乎的、背部突起、形状丑陋的庞然大物就是"少校"。与同群的伙伴们相比，它身躯硕大无朋，凶猛可怖，但是它对主人和他的家人却既温顺又亲切。这就像那些猎狗，它们对外人很凶暴，但是家里的孩子们拽它们的尾巴，揪它们的耳朵，它们对那些五花八门的恶作剧也都是亲昵地哼哼唧唧忍受。侯爵带在身边的女儿们年龄都很小，"少校"嗅

闻她们的小白裙子，她们感到害怕，都紧紧地抓住父亲的腿，直
到孩童突然勇敢起来去挠它的鼻子。"趴下，少校！"一声命令，
那大公牛就乖乖地弯起腿趴卧下来，让一家人坐在它的脊背上，
接着它便如风箱一般呼哧呼哧地喘起了粗气。

一天，犹豫再三之后，侯爵终于把"少校"卖给了潘普洛纳
的斗牛场，而且他还出席观看了斗牛。回想起这件事莫赖玛侯爵
的心情久久不能平复，眼睛被泪水模糊。他平生从未见过那样的
公牛。它勇敢地走向斗牛场搏斗沙地，在它的中央停下来。虽然
一开始刚从黑暗而寂静的牛栏走出来，强光的刺激加上数千个观
众震耳欲聋的呼喊声让它有点儿发愣，但是，当一位长扎枪手趁
机把一支扎枪刺进它身体时，它立即跑遍整个斗牛场显示出它势
不可挡的凶暴气势。

"刹那间，'少校'发威，不论是人，不论是马，无敌手，秋风
扫落叶，全被收拾，无一幸免。所有的马匹被掀翻，马上长扎枪
手一个个被抛向空中，步行斗牛士吓得魂飞魄散，四散逃窜，斗
牛场一片混乱，似乎变成了一个要用烧红的烙铁给牲口打烙印、
吓得它们疯狂奔跑躲闪的空间。观众要求再放进一些马来，而
'少校'在斗牛场中央等待着有人向它靠近，它要冲过去把他迎
面顶个皮开肉绽。啊，再也不会见到这样的公牛了，它既高贵
又凶残。只要一召唤，它就会毫不畏惧地走进搏斗场，那威武
凶猛的气势立刻让观众兴奋得疯狂。要杀死它的号角吹响了，那
时它身上已受了十四处重伤，还有一整套扎枪带在身上，但是，
它是那样地安然，那样地勇敢，仿佛没从牧场里出来一样。那
时……"

讲到这儿，像每次一样，牧场主禁不住停了下来，他需要平复一下自己已在发抖的声音。

那时……坐在包厢里的莫赖玛侯爵不知怎么已站在围栏后面斗牛场仆人们中间。那些仆人看到斗牛场上的惨状急得乱跑乱窜，旁边的斗牛大师则慢条斯理地准备着他的斗牛棒，似乎是盘算着拖延一些时间再走到那头威严可怖的疯牛前面。"少校！"侯爵从护栏上方探出身去，用手拍打着护栏墙板高喊。

"少校"站立不动，但是听到那喊声它抬起了头，那是它对再也看不到的一个地域的记忆。"少校"终于回过头，看到了一个人从围栏那儿叫它，便直接猛扑过去，但是，半途上它突然停了下来，然后缓缓地向前走，直到它的角触到了向它伸过来的胳膊。侯爵看到，刺进脖子的长扎枪处和皮肤上的大伤口血流如注，把它的整个脖颈都染红了，伤口暴露着鲜嫩的蓝色肌肉。"'少校'！我的孩子！……"公牛似乎听懂了这情深意浓的话语，仰起头来用嘴巴里的唾液舔湿了牧场主的胡须。"你为什么把我带到这儿来？"它那两只充血的可怕的眼睛似乎这样问。侯爵手足无措，只是几次亲吻它由于怒吼弄潮湿了的鼻子。

"不要杀它！"看台前几排有个好心人高喊起来，似乎他的话反映了全体观众的想法，随即一阵爆炸式的呼喊声震撼了整个斗牛场，与此同时，看台上挥舞起成百上千的手帕，宛如一群群鸽子在振翅飞翔。"不要杀它！"在那一时刻，人们被一种莫名的柔情所打动，他们对自己的娱乐感到不屑，对身穿艳丽夺目服装的斗牛士和他们无益的英雄行为感到厌恶，反而敬佩那头公牛的勇敢，感到自己比它卑劣，认为在这数千个有理智的人中间，唯有那个可怜的动物体现出高尚和情义。

"我把它带走了,"侯爵动情地说,"把两千三百比塞塔还给了买主,哪怕当时他要我的整个庄园我也在所不惜。在牧场里放牧了一个月,它脖子的伤口彻底痊愈了,没有留下任何痕迹……我要让那头勇敢的公牛老死。是的,我本想让'上校'老死,但是在这个世界上,总是好牛没好命,不想一头连正面都不敢看它一眼的狡诈公牛却背叛了它,阴险地用它的角把它杀死了。"

侯爵和跟他一起饲养公牛的同事们,很快以温情对待公牛变成了以公牛让他们感到的凶残而骄傲。有些人以动物保护的名义大叫大嚷反对斗牛艺术,侯爵他们谈到这些斗牛的敌人完全嗤之以鼻。外国人的胡说八道!无知的错误!这种人只是从角上来辨别动物,把供应屠场的肉牛跟斗牛场上的公牛混为一谈!西班牙的公牛是一种野兽,而且是世界上最勇猛的野兽。他们经常回忆起那些公牛和猫科动物之间的殊死搏斗,当然每次都是"国兽"取得令人称道的胜利!

侯爵回想起他的另一头公牛,不禁笑了起来。有人在斗牛场安排了一场公牛跟某个著名驯兽师的狮子和老虎搏斗。侯爵派去了他的公牛"坏蛋",那是一头邪恶的家伙。它是被单独饲养在牧场的一个地方,因为这"坏蛋"总是用角欺负它的伙伴,许多公牛都被它挑死了。

"我也亲眼目睹这场搏斗。"莫赖玛侯爵说,"一个大铁笼子放在斗牛场的中央,'坏蛋'就关在里面。首先放进去一头狮子,这个该死的家伙,趁公牛没有警觉,跳到它的后臀时就用爪子和牙齿疯狂地撕扯。'坏蛋'开始狂怒地蹦跳,竭力要把它从身上甩掉，并且调转头来用角对付它，那是它自卫的武器。终于，它转过身来，把狮子抛在了它的前面，用两角把它挑了起来，那时，先生们！……狮子可就变成了一个球！'坏蛋'把它像个不倒翁似的从这只角甩到另一只角，这样甩来甩去甩了好一阵子，直到最后'坏蛋'好像对它不屑一顾了，就把它摔在了一旁，那个人们称之为'兽中之王'的家伙就这样缩成一团躺在了那儿，犹如一只被打了一闷棍的小猫……"随后又把老虎放进了笼子，结果搏斗的过程持续得更短。老虎刚把嘴巴伸过去，"坏蛋"就把它用角钩住高高地挑起来，疯狂地摇荡了一阵之后，跟狮子一样，狠狠地把它摔到一个角落里，老虎就在那儿蜷缩成一团，变成一个小小的肉体……那个"坏蛋"还是个心肠恶毒善于恶作剧的家伙，它在大铁笼里走了走，随即将粪便排泄在了两只野兽身上。当驯兽师们把狮子和老虎从笼子里弄出来以后，整整一筐锯末都不足以把里面的卫生打扫干净，因为恐惧使得两只被打趴下的野兽把身上所有的东西都排泄出来了。

在四十五人俱乐部，每次侯爵回忆起这些故事，总是逗得大家哄堂大笑。西班牙的公牛啊！……它们是最凶猛的动物呀！……在那些兴奋的感叹声中，表现出一种民族的自豪感，仿佛公牛那种目空一切的勇敢同样意味着西班牙这个国家及其种族比世界其他国家优越似的。

当加利亚多开始经常光顾俱乐部的时候，一个新的话题就冲击了关于公牛和农田耕作的没完没了的争论。

在四十五人俱乐部跟在全塞维利亚一样，人们都在谈论一个外号"小羽毛"的强盗。此人以胆大无比而著名，追捕者的努力非但无果，反而使他的名声与日俱增。报纸不断地刊登他的离奇事迹，仿佛他是个国家要人。政府在国会遭到咨询时许诺很快就抓到他，但诺言总是落空。宪兵队集合起来像一支正规军似的出动对他进行追捕，依然一次次扑空。小羽毛总是单独行动，除了他的卡宾枪和善跑的马以外，没有任何助手。每次追捕的队伍眼看就要把他抓到了，他总会像一个幽灵似的从他们中间溜走。追捕者人数不太多的时候，他就单打独斗一人对付他们，把他们的人杀死。他受到乡下穷人的尊敬和支持，那些穷人都是大财主家可悲的奴仆，他们把这个强盗看成忍饥挨饿的穷人复仇者，一个决心严厉主持正义的人，就像跟游侠骑士一样全身武装的古代法官。小羽毛向富人要钱，然后如同被无数观众赞赏的演员似的不时地救济个可怜的老太婆，或者家贫如洗的打短工的人。乡下人把小羽毛的名字时时挂到嘴边，将他的慷慨义举不断夸大。但是每当宪兵问起他的行踪，他们就变成了瞎子和哑巴。

由于对地域非常了解，小羽毛很容易就从一个省跑到另一个省。塞维利亚和科尔多瓦的财主们都同样出钱维持他的生活。有时一连几个礼拜都没有人再提这个强盗了，可是，他突然又在一个农庄现身，或者走进了一个镇子，对危险毫不在乎。

在四十五人俱乐部，可以直接得到他的消息，就跟他是一个屠牛手一样。

"前天小羽毛到我的庄园来了。"一个富有的农夫说，"领班给了他三十个杜罗，他吃过午饭就走了。"

他们容忍他，耐心地把钱给他，而且除了朋友之外不会告诉任何人。如果告发就等于提供证词，会惹来各种麻烦。何必去那样做呢？宪兵追捕这个强盗徒劳无益，而一旦他对告发他的人动怒，他们的财富就会由他摆布，失去了任何保护。

侯爵谈起"小羽毛"和他的英雄事迹并不发火，反而笑呵呵的，犹如那是一场自然灾害，是不可避免的。

"他们是一些可怜的孩子，由于遭到不幸，只好去了农村。我父亲（愿他老人家在地下安息）就认识著名的何塞·玛利亚[十九世纪西班牙的著名强盗。——译者注]，并且跟他一起吃过两次中饭。我碰到不少名声不大的强盗，但是他们也不断在这一带干坏事。他们跟公牛一样，是些既高尚又单纯的人。只有在你触怒他们的时候，他们才攻击你，这些人是在被惩罚中成长。"

侯爵吩咐，在他广阔领地的所有庄园和所有牧人的茅舍里，"小羽毛"来了要什么就给什么，有求必应。据领班和牧人们说，那个强盗对乐善好施的庄园主们怀有一种乡下人自古以来的敬重，对侯爵更是赞不绝口，声称如果谁敢伤害侯爵先生一根毫毛，他就会挺身而出结果他的性命。可怜的孩子！由于贫穷，他才疲惫不堪、饥肠辘辘地出现要一点儿东西呀，干吗去惹怒他，遭到他报复呢。

侯爵经常一个人骑马在大平原上奔驰，他的公牛在那儿吃草。他猜测有几次跟"小羽毛"擦肩而过，但是没有认出他来。他大概就是那些面相可怜的骑马人之一，在那广阔无际没有一个村庄的寂寥的旷野里遇到他，他把手举到油渍遍布的帽檐边，淳朴恭敬地说：

"愿上帝保佑您，侯爵先生。"

莫赖玛侯爵在谈论"小羽毛"的时候，几次把目光瞄向加利亚多。加利亚多是俱乐部的新成员，有些事知之甚少，听了侯爵讲的"小羽毛"的故事，他激愤地抨击政府当局不善保护私人财产。

"说不定哪天你就会在拉林科纳达庄园遇上他，年轻人。"侯爵以安达卢西亚沉重而缓慢的语调说。

"该死的！……我才不高兴遇到他呢，侯爵先生。为这样的人我们把那么多钱拿出去？"

没错，他才不喜欢去拉林科纳达庄园远足时碰上那个强盗。他是一个勇敢的屠牛手，上了斗牛场连命都不顾，但是这些职业杀人者却让他产生一种莫名的忧虑。

他的家人在拉林科纳达庄园。在过了一段城市贫民窟的艰难日子之后，安古斯蒂亚斯太太爱上了乡间生活。卡门也喜欢田园生活。她勤俭持家的女人性格促使她去就近看看庄园里的劳作，欣赏一下那辽阔的田产，享受一下拥有的甜蜜。此外，皮匠的孩子，就是那些外甥和外甥女，在她身边可以填补她不生育的空虚，孩子们本身的健康也需要呼吸田野的新鲜空气。

加利亚多安排家人住到庄园去有一段时间了。他许诺去跟她们团聚，但总是以各种理由推迟。他住在城里的家中，只有钩疤脸陪伴他。他过着一种单身生活，这样他跟堂娜索尔的交往就完全自由了。

他认为那是他一生中最美好的时期，有时候甚至忘记了拉林科纳达庄园和住在那儿的家人的存在。

加利亚多和堂娜索尔经常骑着生龙活虎的马匹、穿着跟他们相识那天同样的衣服一起外出，有时他们两人单独活动，有时由堂何塞陪同，好像堂何塞出面作陪多少会遮人耳目，减少一些人们对那种不轨行为的议论。他们到塞维利亚附近的牧场去看公牛，或者去侯爵的牛群里去逗弄小牛犊。堂娜索尔特别喜欢冒险，当一头年轻的公牛被长扎枪刺倒并不逃跑，而是调转头向她扑来进攻，加利亚多不得不来救她的时候，她就特别地兴奋。

有时候见到通告火车站有公牛装箱，准备运往斗牛场供给冬末特加的斗牛场次表演时，他们就到恩巴尔麦火车站去。

堂娜索尔好奇地审视那个地方，那是斗牛行业最重要的出口中心，靠近铁路的牛栏都非常宽大，几十个安装在轮子上带有双升降门的巨大灰色木箱整齐地排列着等待发货旺季的到来，或者说夏天斗牛季的来临。

这些大木箱装着凶猛的公牛走遍整个伊比利亚半岛，直至到达西班牙一个最遥远的斗牛场，然后空空地回来，重新把一头头公牛装进去。

人类凭着自己的机灵和狡诈设计出骗局，轻而易举地就把这些习惯了在田野上自由生活的牲畜操作成商品。那些必将被火车运走的公牛来到这儿，它们奔跑在两边安装着尖刺铁丝网、宽敞而尘土飞扬的公路上。它们来自遥远的牧场，一到达恩巴尔麦火车站，引领人就让它们开始疯跑，借着它们飞速奔跑的冲劲儿，顺便就把它们骗进了牛栏。

牧人领班和牧人肩上扛着长扎枪在前面骑马疾驰，紧随其后的是那些奔跑的精明头牛，它们用自己老牛的大角保护着引领人，接下来才是那些注定去送死、小跑前进的凶猛不逊野兽的公牛。它们的行进被温顺的公牛紧紧包围，以防它们离开道路。跑在它们身边的还有那些健壮的牧牛人，这些人手持弹弓，一旦有公牛要脱离牛群，他们就百发百中地用手中的武器把石头射向它的双角。

一到达牛栏，跑在最前面的骑马人就躲开来停在牛栏门外，而整个牛群就扬着雪崩似的尘埃，淹没在山响的蹄声和一片呼哧呼哧的喘息声中，带着杂乱的丁丁零零的铃声如一股势不可挡的洪流似的冲进了牛栏。牛栏的围墙随着最后一头公牛的尾巴进入马上就关闭了。一些人骑在围墙上或者从过道里探出身去高声喊叫或挥舞着帽子刺激那些畜生发怒。穿过第一道围栏时，公牛并没有发觉自己被关了起来，还以为仍在田野里自由奔跑呢。头牛们已经有了经验，并且温顺地听从牧牛人指挥，一进入牛栏的门它们就停在了一边，镇静地让喘着粗气跑在它们后面的公牛旋风般地冲进牛栏。而这些公牛当穿过第二道牛栏，看到前面是一堵墙，才惊讶而迷惑地停了下来，再扭头往后一看，门已经关上了。

此时装箱就开始了。公牛一头接一头地被挥动的破布、高声的喊叫和棒打赶进一条小巷，小巷的中央放着运输木箱，两扇门已经高高吊起。那就像是一条小小的隧道，隧道的尽头可以看到其他牛栏，那儿是地上长满青草的自由空间，还有安详吃草的头牛，宛如一个虚构的牧场，对牲畜充满诱惑。

公牛沿着那条小巷慢腾腾地前行，似乎已经察觉到了危险，恐惧地踏上那段逐渐升高的木质斜坡，斜坡安在轮子上，随时变换着关闭的高度。公牛猜到了在这条小隧道面临的危险，但是这儿是它的必经之路。它感到过道里不断地有人刺扎它后半身，逼迫它往前走。它已经看到前方两边楼舍的阳台上人们探出身来，拍着手掌或吹着口哨刺激它。那时，藏在木箱顶部的木匠马上把门关闭，唯见一块红布在木箱出口一块光亮的长方形空间晃动着。刺疼、喊叫以及舞动在它眼前的那种奇形怪状、模糊不清的东西似乎在向它挑战。此外，它也看到了它在过道尽头平静吃草的伙伴们，这终于让它下定了最后的决心，顺着小隧道冲出去，踩踏得那木质斜坡颤颤悠悠。但是，它刚进入大木箱，前面的门就突然关上了，还没来得及后退，后面的滑门也关上了。

关门的吱呀呀铁皮声响过，公牛便笼罩在一片黑暗和寂静之中了。它只有一个十分狭小的空间，除了趴卧在四蹄之上，没有任何活动范围。从箱顶的一个机关落下饲料砸在它的身上，仆人们把这轮子上的流动牢笼推到铁路旁，然后立刻又转回来，把另一个木箱放到过道上，骗局再次重演，直至把所有公牛装完，等待火车启程把它们运往各地的斗牛场。

堂娜索尔出于渴望了解家乡独特事物的激情，对这些经办国家大产业的程序十分赞赏，由此也便萌发了模仿那些牧人领班和牧人的念头。她喜欢骑马奔驰在广袤的平原上，体验旷野的生活，在这种时刻，紧随其后的是一些长着尖角的瘦削的头颅，只需这种头颅的一个动作，就可以送她一命归阴。在她的心灵深处，翻腾着我们大家共有的对放牧的喜好，这是从遥远的祖先那儿继承下来的。在那个时代，人们还不懂得开垦土地，只是靠抢劫掠夺、狩猎野兽来维持生活。堂娜索尔觉得，要当牧人，唯有当公牛的牧人才是最有趣最英勇的职业。

从来自桃花运的第一次沉醉状态中清醒来之后，加利亚多在他们最亲昵的时刻，惊奇地凝望着堂娜索尔，不禁在心中暗自思忖，是不是世上的贵妇人都是这样的呢！

她的任性和多变的性格令他惶惑不安。他不敢对她以"你"相称。不敢，绝对不敢。她从来没有让他感到过对她如此亲密。有一次他想试探一下，马上便感到了舌头不听使唤，声音颤抖，看到她那闪着金光的眼睛露出十分惊讶的神色，于是只好羞愧地退却，重新回到原有的称呼。

相反，她却是以"你"称呼加利亚多，像斗牛士的那些高贵的朋友一样。不过，这只是在他们亲昵的时候，而在她不得不给他写一封短信，告诉他她要跟亲属外出，别让他到家里来的时候，就称呼他为"您"了，同时，信中除了那些用于对一个下层朋友的冷冰冰的礼貌词语外，亲切的话语再也不见了。

"这个女人，"加利亚多自言自语道，"好像跟她相处过的那些流氓无赖都是把她的信拿给所有人看似的，所以心怀恐惧。随便哪个人都会说她不相信我是个绅士，因为我是个屠牛手。"

这位贵妇人还有一些怪癖让斗牛士不悦和伤心。有时候，当他走进她家时，一位神气得像高贵先生似的仆人迎上来挡住他冷冷地对他说："夫人不在家，她出门去了。"他猜想那是骗人，感到夫人只跟他相距咫尺，就在几道门和帘子的后面。毫无疑问，她是对他失去了兴趣，忽然对他产生了厌恶，觉得他马上就要到了，便吩咐仆人拒绝他的来访。

"啊，就这样结束了。"剑刺手离开贵妇人的家时心中想道，"我不会再来了。这个女人不想跟我玩了。"

可是，当他再次回来时，他为自己曾经想过可能再也见不到堂娜索尔感到羞愧了。她伸开双臂迎接他，把他紧紧地拥抱在那白皙而坚实的酥胸之中，她的嘴唇由于强烈的欲望而有些抽搐，睁大的眼睛变得模糊，放射出的奇怪光芒似乎表明她的思维已经混乱。

"你干吗喷香水呀？"她抱怨道，仿佛闻到了最恶心的臭味。"这种事与你不相称……我希望你身上散发的是公牛的味道、马的味道……那是多么迷人的味道呀！你不喜欢吗？……告诉我你喜欢，小胡安，那是上帝的牲畜，是我的动物！"

一天晚上，在堂娜索尔卧室里半明半暗的柔光中，他听到她讲的话，看到她的那种眼神，不禁有点儿恐惧。

"我想用四个蹄子跑，真想成为一头公牛，你手里握着一把剑站在我的前面。我要好好让你尝尝牛角的厉害！就在这儿……在这儿！"

她紧紧地握起拳头，神经质的作用给她增添了新的力量，狠命地对着斗牛士只穿了一件丝绸衬衫的胸部打了几拳。加利亚多往后退了退，不想表明一个女人能够打疼他。

"不，不做公牛，不。我想做一条狗，牧人的狗，长着一些长长的锋利犬牙，拦住你的去路向你狂吠。你们看到过那个自命不凡的杀公牛的家伙吗？公众称赞他十分勇敢，可我要咬他！我要这样吃他！啊啊啊，啊！"

说着，她歇斯底里地兴奋起来，伸嘴咬住了斗牛士一只胳膊，牙齿恰好咬住了他的二头肌。剑刺手疼痛难忍，口里骂着侮辱性的话顺手把这个美丽的半裸体女人推开，那女人此时金蛇般的脑袋高高扬起，酷似酒神节上一个醉酒的女人。

堂娜索尔似乎突然清醒过来。

"小可怜的！咬疼你了吧。我……我有时会发疯。让我来吻吻咬的伤口给你治疗一下吧。让我来吻吻你所有的那些美丽的伤疤吧。我可怜的小笨蛋，你吃了多少苦头呀。"

于是这个暴怒的美丽女人忽然又变得谦卑温柔起来，像只小猫似的哄着斗牛士息怒消气。

加利亚多是按传统的方式来理解爱情的，只是夫妻生活中的那种正常亲密。他从来没有在堂娜索尔家中度过整个晚上。当他以为以高尚的爱情力量征服了这个女人的时候，她却突然蛮横地下达了命令，对肉体产生厌恶，毫无兴趣了。

"你走吧。我需要一个人待着。你已经知道我忍受不了你。忍受不了你，也忍受不了任何人。男人……多恶心！"

由于这个匪夷所思的女人的怪癖和任性，加利亚多只好忍受着屈辱伤心地离开。

一天下午，加利亚多看到她要跟他说些知心话了。他对她的过去很好奇，想了解一下国王和那些大人物的情况，按照人们的说法，那些人都是跟堂娜索尔有过亲密过往的。

堂娜索尔只是用那双明亮的大眼睛中冷冷的目光回答了他的好奇。

"这跟你有什么关系？难道你妒忌吗？……即便是真的，那又怎么样？……"

她久久沉默不语，目光模糊不清：那是一种总是伴随着一些荒唐念头的疯狂的目光。

"你应该打过女人的吧。"她眼睛盯着他好奇地问道。"你不要否认，我对此可是很感兴趣！……你不会打你妻子，我知道她是个很好的女人。我指的是那些跟你们斗牛士鬼混的女人，那些女人你越是打她，她就越是对你爱得疯狂。不是吗？你真的从来没打过女人吗？"

加利亚多以一个勇敢男人的尊严表示抗议，他不会去打一个弱者，堂娜索尔听了他的解释不禁有些失望。

"有一天你一定要打我，我想尝尝这是什么滋味。"她坚定地说。

但是她的神情暗淡下来，眉头拧在了一起，一道蓝色的闪光掠过了她金色的瞳孔。

"不，我的大傻瓜，你不要理睬我，不要尝试这样做，否则你就倒霉了。"

她的劝告是对的，加利亚多有一次记起来了。有一天，他们在亲热的时候，斗牛士的手仅仅在抚摸她时稍微粗鲁了点儿，便惹得那个既诱惑男人同时又憎恨男人的女人勃然大怒。"啊呀！"一声喊叫之后，她握紧右手，那铁锤般的拳头直对着剑刺手的下巴由下而上打了过去，而且打得不偏不倚正中要害，似乎是按照挥拳自卫的某些法则出手的。

这一拳把加利亚多打得又疼痛又羞耻，一时愣在那儿不知如何是好。与此同时，那夫人像是明白了自己做得有点儿过火了，于是便带着冷冷的敌意企图为自己辩解一下。

"这是为了让你长点儿记性。我知道你们这些斗牛士是些怎样的家伙。如果我让你欺负一次，你就会天天打我，就像在特里亚纳区打一个吉卜赛女人那样……我做得很对，还是要立些规矩，保持些距离。"

初春的一个下午，两个人从侯爵一个牧场里试斗小公牛回来，侯爵和一伙朋友骑马走在公路上。

堂娜索尔身后跟着剑刺手，骑马拐进大草原，马蹄踏在草地上犹如踏着厚厚的地毯，那种柔软的感觉传送到她的身上，她觉得十分惬意。

即将落山的太阳为碧绿的草原染上了一层胭脂红色，更有盛开的黄色和白色的野花点缀其间。在这广阔的平原上，所有的色彩都呈现出一种微红的色调，仿佛远方正在烈火燃烧。马匹和骑马人细长的影子清晰地映在草地上，骑马人肩上的长扎枪在黑影中变得那样地巨大，其昏暗的线条一直延伸到眼界所及的地方。旁边有一条河流静静地流过，在草丛中若隐若现，水面光芒闪烁，宛若淡红色的金属薄片在放射光芒。

堂娜索尔以蛮横的眼神瞅了加利亚多一眼。

"搂住我的腰。"

短剑手听从了。这样，两匹马并排前进，一对情人的上半身紧紧地偎依在一起。索尔夫人凝望着他们的影子融混在一起，在草原魔幻般的光亮中往前移动，不慌不忙的行进中，上体和脑袋有节奏地前后晃动。

"我们好像生活在另一个世界。"她低声嘟哝道，"一个神话的世界，有点儿像壁毯上看到的大草原；又像一个游侠骑士书中描绘的场景：骑士和女骑手肩上扛着长矛一起出游，他们是一对恋人，共同去寻求奇遇和历险。但是，你不懂这类事，我心爱的畜生。你真的不了解我吗？"

斗牛士微微一笑，露出了他那洁白光亮、坚固完好的牙齿。她似乎为他的粗鲁无知所吸引，把身子跟他贴得更紧，把头倚在了他的肩膀上，加利亚多呼吸中颈部肌肉对她带来的瘙痒不禁使她颤抖起来。

两个人就这样默默前行。堂娜索尔似是在加利亚多的肩膀上入睡了。突然她睁开了眼睛，眼睛里闪烁出一种奇怪的光芒，那是她要提出最稀奇问题的先兆。

"告诉我，你从来没杀过一个人吗？"

加利亚多吃了一惊，以致惊慌地跟堂娜索尔分开来。谁？……他吗？他可从来没杀人。他是正派的年轻人，一直干自己的事业，没伤害过任何人。他仅仅是跟一块儿舞披风的小伙伴们吵过架，因为他们比他力大，想把钱独吞，不想把他应得的一份分给他。争论中也就是动手打几个耳光，或者在咖啡店里动动酒瓶子，他的英雄业绩也就是如此而已。他对人的生命万分敬重，而公牛的生命就是另一回事了。

"那么说，你从来没有起过杀人的念头了？可我一直认为……斗牛士……！"

太阳落山了，草原失去了它魔幻般的光彩，河流也淹没在一片黑暗之中。堂娜索尔再看她刚才如此欣赏的壁毯上风景画似的草原美景，此时已是黑沉沉一片粗俗平凡。另一伙骑马人已经走远了，她踢了一下马刺去追赶他们，没有对剑刺手说一句话，仿佛压根儿就不知道他跟在后面似的。

在圣周举办庆祝活动的日子里，加利亚多全家回到了塞维利亚城。剑刺手要在复活节斗牛，这是他在认识堂娜索尔后第一次当着她的面杀牛，不禁使他有些担心，以致怀疑起自己的力量来。

再说，每次在塞维利亚斗牛，他的情绪总是难以完全平静。他可以接受在西班牙任何斗牛场上的失败，因为他想到要许久以后才会再回到那儿。但是在自己的家乡，那儿可是有许多他自己的对手在盯着哪！……

"看看你能不能大显身手炫耀一下自己吧。"代理人说，"想想看，人家在瞪大眼睛等着看你哪。我可是希望你成为世界斗牛第一人哪。"

在复活节前一日的那个圣周六，深夜要把那些选定第二天参加斗牛的公牛关进畜栏。堂娜索尔想作为一名骑马持枪手参加这项活动。活动在黑夜间进行，很有魅力，公牛要从塔布拉达牧场引领到斗牛场的畜栏来。

尽管加利亚多很想陪着堂娜索尔参加这项活动，但是他还是没有参加，因为代理人反对，理由是他需要好好休息，养精蓄锐，以便第二天斗牛时头脑清醒，精力充沛。半夜时分，从牧场通往斗牛场的道路上热闹得如同集市。乡间别墅的窗户都亮起了灯光，一堆堆人影贴着窗户扭动着身躯闪过，那是在和着钢琴的节奏跳舞。客栈里，红色大门中射出光亮，在黑乎乎的地面上形成一个正方形，而客栈里面，则传出喊叫声、欢笑声、吉他声，以及杯盘的碰击声，可想而知那是人们兴奋地聚在一起开怀畅饮葡萄酒。

凌晨一点钟左右，只见有个人从公路上骑马奔驰而来。那是一个粗野的牧人，他是来下通告的。他在那些客栈和窗户亮着灯光的乡间别墅门前停下来，宣布公牛群一刻钟之后就要在这儿通过，灯光要全部熄灭，并且保持绝对的安静。

这一以国家节日的名义下达的命令，人们服从起来比服从政府当局的命令还迅速。刹那间，所有的房舍都笼罩在黑暗之中，它们那雪白的墙壁跟黑沉沉的树林混在了一起。人影都不见了，他们也不再出声，只是聚在一起躲在铁栅栏和铁丝网后面静静地等待那一奇观的出现。在靠近河边的林荫道上，随着牧人一边前进一边高声喊着通知公牛马上就要通过了，那儿的煤气灯也一盏一盏地熄灭了。

万籁俱寂。上方，在一片黑黝黝的森林上空，星星在浓黑静寂的空间里闪烁着光芒；下方，在地面上，可以看到人影缓慢地移动和压抑着的低语声，仿佛黑暗中成群的昆虫在活动。等待的时间似乎是那样地漫长，直至在清爽的寂静中从远方传来牛群隐隐约约的脖铃声。"公牛来了！马上就到了！"

公牛的铜铃声越来越响了，同时混杂着嗒嗒作响、震撼了大地的马蹄声。首先是几个骑马人催马飞驰而过，他们手持长扎枪，暗夜里看上去犹如巨人。他们是牧人，然后是一伙长扎枪手爱好者，堂娜索尔骑马位列其中，暗夜中的这种骑马疯狂奔驰令她异常兴奋。在这一活动中，坐骑一步踩空，一失前蹄跌倒，骑士就会跌下马来，被后面盲目疯狂奔跑的畜群的蹄子无情踩踏，葬送掉自己的性命。

畜群的铜铃声震耳欲聋。隐藏在黑暗中看热闹的人张着的大嘴巴吞下一阵阵大量的尘埃，凶残的公牛群像一场噩梦似的在他们面前冲过去了。那些公牛在暗夜里像一些不定形的怪物，它们跑得既笨重又灵活，巨大身躯的肌肉不停地颤动，喷出的响鼻令人恐怖，粗大的双角在黑暗中舞动。徒步跟在它们身后的牧人不停地喊叫，骑马人则用长扎枪从两侧封锁住它们前进的道路，不让它们走偏，使它们又惊恐又愤怒。

这支肥胖喧嚣队伍的通过仅仅持续了瞬间。下边再也没有什么可看的了……在长久的等待之后，人们对这一转瞬即逝的场景感到心满意足，他们从隐身处走出来，很多狂热者拔腿紧紧地跟在公牛群后面奔跑，他们想目睹一下那些凶猛的牲畜怎样被关进畜栏。

到了斗牛场的附近，最前头的骑手们就躲在一旁让开路，让公牛通过。这些牲畜带着那股奔跑的冲劲儿，习惯性地跟着头牛跑进了"袖筒"，也就是那条由木栅栏建成的小巷子，这样它们就被引进了畜栏。

那些长扎枪爱好者在欢庆公牛关进畜栏的顺利成功。畜群紧密地奔跑在一起，没有一头公牛怠慢，也没有一头公牛跑出路边，逼迫骑马的长扎枪手或步行的牧人去对付它们。它们都是良种公牛，是侯爵牧场饲养的精品。第二天，如果斗牛大师们要保护他们的职业荣誉，不失面子，那可就大有看头了……期望着一场精彩斗牛的出现，骑马的长扎枪手和步行的牧人都先后退场了，一个小时以后，斗牛场四周已变得空空荡荡，没有了一个人。夜幕笼罩下的斗牛场，畜栏里牢牢地关着那些凶残的牲畜，此时它们已经完全安静下来，重启它们生命中的最后一场梦。

第二天早晨，胡安·加利亚多早早便起床了。他夜间睡得不好，一直心神不安，忧虑重重，还做了噩梦。

干吗要让他在塞维利亚城斗牛呢！要是在别的城镇斗牛，他会活得像个单身汉，暂时把家人忘在一边，在一个完全陌生的饭店房间里，没有任何东西引起他的怀念，因为没有任何东西是属于他的。但是，穿着斗牛服待在自己家的卧室里，看到桌子上和椅子上的东西，都会使他想起卡门；他要从自己建筑的、住着他生命中最亲近的人的那幢房子里走出去面对危险，这让他感到如同第一次杀公牛时的那种惶恐不安。此外，他还担心那些要永远跟他住在一起的塞维利亚市民，他们的意见在他心目中要比西班牙其他地方观众的鼓掌欢呼更为要紧，唉，当钩疤脸侍奉他穿好彩装，下楼到寂静无声的院子里去的时候，那是多么恐怖的走出家门的时刻呀！小外甥们看到他穿了那身装饰得闪光发亮的衣服出现，怯生生地走到他的身边，羡慕地摸摸那些装饰品，却不敢说话。他的长着胡子的姐姐带着恐怖的神色亲吻了他一下，仿佛他就要去见死神了。母亲躲进了最阴暗的房间，不，她不想看见他，她感到自己已经病倒了。卡门表现得很有勇气，脸色极度苍白，紧咬的双唇由于激动而泛起青色，为了保持镇静，眼睫紧张得不停地忽闪着。当他看到加利亚多的时候，他已经来到了前厅，于是她马上用手帕蒙上了眼睛，同时由于急促地呼吸和强忍不哭出声来而浑身发抖，她的姐姐和其他女人不得不一起扶住了她，她才没有昏倒在地上。

在塞维利亚斗牛，即便是他姐夫常常挂在口头上的那个罗杰·德弗洛尔也会胆战心惊。

"真该死……！哎，活见鬼！"加利亚多说，"如果不是为了让塞维利亚的乡亲们高兴，避免那些无耻的家伙说我害怕当地观众，即使把全世界的金子都给我，我也不会在这座城市斗牛。"

剑刺手起床之后，嘴里叼着一支烟在家中走来走去，同时一遍遍地伸着懒腰看看他那强健的双臂是否依旧灵活。他走进厨房喝了一杯茴芹烧酒，看到他一生勤苦操劳的母亲尽管已年迈发福，依旧在炉灶上忙活，像个母亲似的支使女仆们干活，让她们把家中的一切操持得井井有条。

加利亚多走进又凉爽又敞亮的庭院里。在清晨的寂静中，小鸟儿在金色的笼子里欢快地跳来跳去，不停地啁啾欢唱。一束阳光照射在大理石石板路上，反射出一个金色的三角形，将被花木围绕的喷水池笼罩其间。喷水池里，一些红鱼游来游去，它们那圆圆的小嘴巴里喷出的水泡一直浮上水面。

剑刺手看到一个穿黑衣衫的女人几乎跪在地上，身边有一只木桶，她正在用一块湿布擦洗大理石地面，力图通过她的擦洗让那地面干干净净地恢复原色。

"早上好，胡安先生。"她非常亲切而随意地说，这是因为这位大众普遍欢迎的英雄一直给人留下平易近人的印象。

她用唯一的一只眼睛敬慕地盯着他，另一只眼睛则完全消失在一堆深深的皱纹里，那些皱纹似乎汇聚在黑乎乎塌陷的眼窝里。

胡安先生没有回答她，却感到一阵紧张，冲动地跑回厨房，对安古斯蒂亚斯太太喊道：

"我说，妈妈呀，那个女人是谁？就是那个在擦洗院子的讨厌女人。"

"还能是谁，孩子？……一个可怜的穷女人。咱家的女佣病了，我就叫来了这个不幸的女人，她拉扯着一大堆孩子的，日子过得苦呀。"

斗牛士显得惶惑不安，眼神里流露出忧虑和恐惧。"真倒霉！在塞维利亚斗牛，第一个看到的人……竟是一个独眼婆子！晦气透顶！唉，这种事谁也不会遇到，偏偏轮到我身上，没有比这更不吉利的预兆。大家都盼望他丧命吗？"

可怜的妈妈听了斗牛士凄怆的预言，看到他大发雷霆，顿时吓得脸色苍白，赶忙想着解释一番。"她怎么会想到这样的事呀？她不过是个穷女人，需要挣点儿比塞塔养活她的孩子。人应该有善心，要感谢上帝，因为上帝还记得他们，让他们同样不再受穷。"

听了母亲这些话，加利亚多终于平静下来。对过去贫困生活的记忆使他容下了那个可怜的女人。好吧，让那个独眼女人留下来吧，至于要发生什么事，那就遵从上帝的意愿吧。

于是，为了不再看到那个女人可怕的独眼，避开那个不祥之兆，他几乎是背着身子穿过院子躲进前厅旁边的工作室的。

工作室的白墙上镶嵌着一人高的阿拉伯瓷砖，装饰着丝绸印制的五颜六色的斗牛场景招贴画，那些慈善机构颁发的称号醒目的证书告诉人们加利亚多曾多次为穷人做免费斗牛表演。斗牛士各种姿势的照片：站的、坐的、舞披风的、进入杀牛状态的，都证明了各家报纸是多么地精心才拍出了这位伟大斗牛士多姿多彩的神态。门上挂着一张卡门的照片，她身后披着一块洁白的大披肩，这更衬托出她那双乌溜溜的大眼睛之美，而黑亮的头发上则插着麝香石竹花。房间的对面墙上，写字台旁扶手椅上方，仿佛这个房间井然有序的场面的主宰，挂着一个硕大的黑公牛头，牛头装着玻璃眼睛，鼻子上的瓷釉闪闪发光，额角上有一片白毛，一双巨大的牛角尖削锋利，根部跟象牙一样洁白，由根部往上颜色逐步变暗，及至尖顶部，就呈现出了墨黑色。长扎枪手杂烩菜在观赏这个黑公牛头硕大无朋的角时，往往会突然独特地胡诌出几句颇为形象的诗句来：

> 两只公牛角
> 　　是如此地巨大，
> 分开的距离
> 　　是那么地宽远，
> 如果一只小鸟
> 　　站在这只牛角上歌唱，
> 另一只牛角上的小鸟
> 　　都不会听见。

　　加利亚多在一张桌子前坐下来，那桌子非常雅致，上面摆了几尊铜像，除了积攒下的尘土外，桌面上的一切均无可挑剔。大型的文具盒上装饰着两匹金属马，摆一个洁白的墨水瓶，几支艳丽夺目的笔杆顶端装饰着狗头，却没有羽毛。这位伟大的斗牛士不需要亲自动笔写什么，他的代理人堂何塞负责他全部契约签署事宜以及其他职业上的文书处理，他只需坐在拉斯谢尔佩斯大街俱乐部的一张小桌前慢条斯理地把那些繁琐的文件签字就可以了。

桌子的旁边是一个橡木大书柜，书柜的玻璃门总是关着，透过玻璃门可以看到里面整整齐齐摆满了装帧豪华的大部头书籍。

当堂何塞开始给他的屠牛手冠以贵族斗牛士称号时，加利亚多就觉得应该学些知识与这一荣誉相称，以便不被他那些有权势的朋友嘲笑愚昧无知，就跟他的一些同行那样。于是，有一天他便毫不犹豫地走进了书店。

"请给我送三千比塞塔的书。"

书店老板颇显踌躇不决，像是没听明白他的话，于是斗牛士又加重语气说道：

"我买书，懂了吗？……部头最大的书。如果您觉得没什么不妥，请给我送封面烫金的。"

加利亚多对他书柜的气派很满意。每当在俱乐部里大家谈到有什么不懂的东西时，他便面部泛起一副聪明的神气微微一笑暗自想道：

"这应该在我工作室的某本书里能找到。"

一个落雨的下午，他身体欠佳，在家中百无聊赖地晃来晃去，不知道做什么好。最后他带着牧师般激动的心情打开书柜，从中抽出了最厚的一本弓，仿佛那是从圣殿里请出一位神秘仙人似的。他只开始读了前几行，接着便一页一页地翻过去，怀着孩童般的喜悦心情欣赏起了书中的插图：狮子，大象，鬃毛粗糙眼睛火红的马，身带彩色条纹的驴子，宛如那是依照格子纸画出来的……斗牛士漫不经心地随意翻阅着，直至他的眼睛看到了一条胡涂乱抹的彩环蛇上。哎哟！这个最不吉利的动物，多么不祥的兆头！于是他痉挛地将一只手中间的指头并起来，食指和小指往前弯成两只角的样子，把那种厄运去除掉。他本想继续翻阅下去，但是所有的插图都是可怖的爬行动物，于是他终于用颤抖的手把书合上放回了书柜，嘴里不停地嘟哝着："四脚蛇！四脚蛇！"以此来消除那不吉利的遭遇对他心理造成的影响。

从此书柜的钥匙便睡在了桌子的抽屉里，压在了印刷品和旧书信中间，没有人再记起它。剑刺手感到自己没有必要读书。当他的狂热崇拜者带着刊载爆炸性新闻的斗牛报来见他的时候，那就意味着文章内容总是激烈攻击他同行的对手。那时加利亚多就让他姐夫或卡门读那些报纸，他自己则嘴里叼着一支雪茄，面带笑容扬扬自得地听着。

"太好了，这些孩子的文笔真不错呀！"

但是，当报纸上的文章激烈抨击加利亚多的时候，就没有人给他读报纸了，而剑刺手提到那些写斗牛文章的人，口气也就变得鄙夷不屑，说他们连在斗牛场上蹩脚地舞一下披风逗逗公牛的本领都没有。

这天早上关在工作室里，只是增加了他的烦躁和不安。不知怎的，他观望着那个公牛头，职业生涯最痛苦的记忆闪现在了他的脑海里。那个恶魔动物的脑袋挂在自己的工作室里，时时可见，对于一个胜利者来说，这是很愉悦的一件事。在萨拉戈萨的斗牛场上这畜生让他流了多少汗呀！那一天，加利亚多觉得这头公牛像人一样聪明。它站在那儿一动不动，瞪着两只恶魔般狡诈的眼睛，并不莽撞地往前冲，而只是等着剑刺手向他靠近，红布一直甩到身上它也不被欺骗。几把短剑在空中挥来挥去总不能刺伤它，一次次都被它甩头撞飞了。观众们等得不耐烦了，他们开始吹口哨或者咒骂屠牛手。屠牛手跑到公牛后面，紧紧地跟随它从斗牛场的这一边转到那一边，他知道如果想从正面杀死它，他将必死无疑；直至最后他已是大汗淋漓，筋疲力尽，便寻了个机会卑劣地一剑从公牛的颈背刺入肺部结果了它的性命。这样丢丑的招儿激起了观众的愤怒，他们朝他扔酒瓶和柑橘。这是多么见不得人的记忆呀！……最后加利亚多想道：在这一时刻待在工作室里凝视那该死的公牛的头颅，不正跟在院子里遇到那个独眼女人的凶兆一样吗？

"你这个十恶不赦的家伙，但愿你和饲养你的主人一起遭人诅咒，但愿你的族群吃的都是毒草！……"

钩疤脸来通报他说院子里有几位朋友在等他。他们都是狂热的斗牛迷，是他的铁杆支持者，在斗牛的日子里来拜访他。剑刺手暂时忘掉了所有的焦虑，笑呵呵地走出来，仿佛那些在斗牛场上等待他的公牛全是他私人的敌人，他渴望着尽早站到它们前面，以精准的剑法逐个儿将它们刺翻在地。

跟所有斗牛的日子一样，他吃东西很少，而且是独自一人用餐。当他开始穿衣服的时候，所有的女人都走开了。唉，她们是多么憎恶这些精心放在布套子里的光闪闪的衣服呀！不过，这些艳丽的服装可是让一家人丰衣足食的工具哟！

要跟家人告别了。对加利亚多来说，每次告别的心情都是一样的：心烦意乱，惶惶不安。为了不看他出门，女人们都躲开了。卡门虽然痛苦，但是她性格坚强，竭力保持镇静，一直把他送到门口。小外甥们则是既感到惊异又感到好奇。看看那拼命冒险的时刻马上就要到了，眼前的一切都让那个狂妄自大而色厉内荏的斗牛士大为光火。

"别以为我是被拉去上断头台呀！好啦，再见！放心吧，不会有事的。"

他从聚集在家门前的邻居和看热闹的人中间打开一条路，坐上了马车，门前的那些人都是来祝胡安先生走好运的。

当剑刺手在塞维利亚斗牛的时候，那天下午对家人来说是最难熬的。他们不像其他时候那样只是无可奈何地耐心等待傍晚发来电报，而在这儿，危险距他们只有咫尺之远，他们焦急难耐地渴望听到消息传来，每一刻钟都想了解一下斗牛场上情况的进展。

皮匠穿着细毛料的浅色三件套，戴一顶柔软丝的白毡帽，神气得像个绅士。尽管他那位著名的内弟对他粗野无礼，没有邀他坐上斗牛队的马车一起去斗牛场，他感到十分窝火，但他还是自告奋勇为家里的女人们通报消息。每当胡安在斗牛场上杀死一头公牛，他就马上差遣一个挤在斗牛场周围的小孩把斗牛场上的情况报告给他的家人。

这次斗牛对加利亚多堪称巨大的成功。他走进斗牛场，听到掌声和欢呼声，顿时觉得自己的形象更加高大了。

他熟悉踏在脚下的这片地面，这地面对他是亲切的，他觉得这是他的地面。各地斗牛场地沙地在他迷信的心目中有着不同的影响。他记得瓦伦西亚和巴塞罗那的广大的斗牛场，那儿的沙地是灰白色的；北方的斗牛场沙地是暗黑色的；马德里的大斗牛场沙地是微红色的。塞维利亚斗牛场的沙地跟其他斗牛场都不同，它的沙子是从瓜达尔基维尔河里挖来的，呈深黄色，如同被粉碎了的染料。当马被公牛顶破肚皮内脏外露出来的时候，它们的血就如注般地喷洒在沙地上，就像水罐被突然打破。那时加利亚多便想到了国旗的颜色，也就是飘扬在斗牛场顶盖上的国旗红黄两色。

各种不同建筑风格的斗牛场，也会对斗牛士的想象产生影响，这是由于他情绪的惶恐不安在他的脑海中引起了幻想效应。那些斗牛场差不多都是刚刚建成不久，一些是古罗马风格，一些是阿拉伯式的，跟新建的教堂一样平庸无奇，里面到处空空荡荡，也没有什么特色。塞维利亚的斗牛场就是充满记忆的大教堂，几代人在那儿摩肩接踵，让它充满生气，热闹非凡。它的正门是另一个世界的——属于那个男人戴白假发的时代，它的黄褐色的斗牛场，最了不起的英雄人物都曾光顾。这其中包括斗牛尖端动作光荣的创造者，斗牛艺术完善者；龙达人派健壮魁梧的斗牛冠军，他们在斗牛场上不慌不忙，动作沉稳，从无差错；再就是塞维利亚派机敏轻快的斗牛大师，他们用各种花招和多变的动作征服观众，使他们兴奋得如痴如狂……而现在是他来到这儿了。那个下午，他为掌声、阳光、喧哗以及从包厢护栏上探出来的洁白的披巾和天蓝色的胸脯所陶醉，感到他会有各种最勇敢大胆的表现。

加利亚多似乎以他勇敢的气势和变化莫测的动作占据了整个斗牛场，他渴望盖过他所有的伙伴，让全部的观众只为他一人鼓掌喝彩。他的崇拜者们从未见过他的形象如此高大。他的代理人每逢他做出一个勇敢动作都会站起身来，对着观众台上隐而不见的敌对观众高声喊叫，并且进行侮辱："喂，看看谁敢站出来说点儿什么吧！……这就是世界斗牛第一人！"

遵照加利亚多的吩咐，国民把他要杀的第二头公牛用熟练的披风动作吸引到包厢下面，包厢里坐着的正是那个披着洁白大披巾和天蓝色胸脯的女人。在堂娜索尔身旁，坐着的是侯爵和他的两个女儿。

加利亚多手持短剑和红布斗牛棒顺着围栏往前走，观众的眼睛一直盯着他。他走到包厢前面停下来向包厢里的人致意，双腿并拢站在那儿摘掉了他的斗牛帽。

作为一种承诺和礼物，他就要为侯爵的侄女杀死那头公牛了。很多人都不怀好意地笑了："太好啦，我们的孩子交上好运啦！"加利亚多转过身，先是施了个礼，随即把斗牛帽掷在地上，等待着徒步斗牛士用披风把公牛骗过来。在一个很狭小的空间，剑刺手竭力缠住公牛不让它离开这个范围，以便他完成他的光荣使命。他要在堂娜索尔的眼前把那头公牛杀死，而后者就在面前看着他向危险挑战。斗牛棒的每一个动作，都引起一阵惊叹和不安的尖叫。牛角屡屡紧贴剑刺手的胸脯擦过去，他却没被公牛的猛烈攻击刺破流血，这似乎匪夷所思。突然，他两腿并拢笔直地站在了那儿，同时把短剑平直伸向前方，观众还没有来得及喊叫和提出劝告，他就朝公牛猛扑过去，人和牛顷刻间扭作一团。

剑刺手和公牛分开之后，便纹丝不动地站在了那儿，而公牛却是摇摇晃晃地从鼻孔里喷着怒吼声，舌头耷拉在双唇之间跑开了。这时人们看到，它的脖子已被鲜血染红，刺进那儿的短剑只露出红柄。公牛没跑几步便扑通一声倒在地上，观众呼啦啦一下子全都站起来，仿佛形成了一个整体，有一个强力弹簧把他们弹动似的。接着便爆发出一阵冰雹似的鼓掌声和山呼海啸的喝彩声。加利亚多的勇敢世界无双！……在他的词典里能找到"害怕"两个字吗？

剑刺手张开双臂举起手中的短剑和斗牛棒对着包厢表示履行了许诺，与此同时，堂娜索尔戴着白手套的双手也热烈地鼓起掌来。

接着，有一样东西从包厢那边的观众手中传过来，最后落到了围栏下。那正是堂娜索尔手里拿着的香气四溢的精美方形手帕，质料为柔软的细亚麻布，里面包了一枚光闪闪的钻戒，那是回报斗牛士履行许诺的礼物。

看到这件礼物看台上再次爆发出一阵雷鸣般的掌声。一直集中在剑刺手身上的观众注意力此刻分散了，许多人背转身来去看堂娜索尔，用安达卢西亚式的殷勤亲切地高声赞美她的美貌。一个毛茸茸还在发热的三角形小东西联手相传，一直从围栏那儿传到了包厢。那是一只牛耳朵，是屠牛手作为履行许诺的证明送给索尔夫人的。

斗牛一结束，加利亚多大获成功的消息就传遍了全城。当剑刺手回到家中时，邻居们都已聚集在门口等他，向他热烈地鼓掌，仿佛他们在现场看过了他的表演似的。

皮匠已忘记了跟屠牛手赌气，现在他表示对他十分地敬佩，这更多的不是由于他在斗牛场取得的成功，而是由于他宝贵的人脉关系。他很久就看上了一个职位，现在他毫不怀疑他的内弟会帮他弄到手，因为他已属于塞维利亚的社会精英。

"把戒指给她们瞧瞧吧。你瞧，恩卡纳西翁，多么珍贵的礼物，就是罗杰·德弗洛尔也配不上。"

那枚钻戒在女人们的手中传来传去，她们都羡慕得惊叫起来，唯有卡门看到它脸色十分难看。"不错，很漂亮。"她马上气鼓鼓地把它递给了她的大姑子，犹如那钻戒烫手似的。

这场斗牛之后，加利亚多的旅行季节便开始了。这一年的签约比以往任何一年都多。结束了马德里的斗牛场次之后，他就要到西班牙的其他各个斗牛场去斗牛了。他的代理人翻来覆去地研究列车时刻表，绞尽脑汁、没完没了地算计着怎样把他的屠牛手的旅行安排妥当。

加利亚多连续不断地取得成功，感到精神异常兴奋，像是全身增添了新的力量。每当上场斗牛之前，他总是遭受着类似于恐惧的残酷怀疑和踌躇不安的折磨，这种感觉是他在开始成名之前的潦倒时代从未有过的。但是，一旦踏上斗牛场沙地，他的这种恐惧就立刻消失得无影无踪，而表现得如同野蛮人般勇敢，随之而来的就是大获成功了。

在外省的每场斗牛结束之后，他总是带着他的斗牛队一起回到饭店去，因为他们都住在一起。他全身汗淋淋的，带着一种成功后愉悦的疲惫坐下来，并不脱去斗牛彩装。当地的头面人物前来祝贺他，他真了不起，不愧是世界第一斗牛士……他是用怎样的一剑杀死了第四头公牛呀，无与伦比！……

"真的是这样吗？"加利亚多带着孩子般的骄傲问道，"说实话，那一剑真的很棒。"

时间就这样在没完没了地谈论斗牛中过去，剑刺手和他的崇拜者们不厌其烦地谈论着那天下午的斗牛和往昔其他一些年月的斗牛。夜幕已经降临，万家灯火已经亮起来，可斗牛迷们还是不走。斗牛队有自己的行规，他们在房间的一端静静地忍受着这种唠唠叨叨没个完的交谈，只要大师没发话，孩子们就不能去换衣服吃饭。长扎枪手们腿上裹着铁护腿、坐在马臀上摇来晃去受尽折磨，回到饭店已是筋疲力尽，他们把硬邦邦的海狸帽子夹在两腿中间不停地摇动，神情烦躁。短扎枪手身上的丝绸衣服被汗水湿透，紧紧地粘在身上，整个下午的剧烈活动已让他们肚子里咕咕叫起来。大家的想法都是相同的，不停地向那些赖着不走的狂热斗牛迷投去恶狠狠的目光。"可是，所有这些讨厌的家伙何时才滚蛋呀？一些该死的没心没肺的东西。"

加利亚多终于注意到他们："你们可以走了。"于是斗牛队的成员们蜂拥而起，像小学生放学那样拥出了房间。而那位斗牛大师则继续听来访者们对他大肆颂扬，把钩疤脸忘到了一边，后者一直在一声不吭地等待着给他换衣服。

在休息的日子里，听不到对他面临危险的惊呼，也听不到对他成功的喝彩惊叹，那时他便又想起了塞维利亚。从这座城市偶尔会寄来封短短几行字、散发着香水味的信，祝贺他斗牛取得成功。唉，如果堂娜索尔就在他身边有多好呀！

在一场接一场的斗牛中，观众也换了一拨又一拨，那些对他崇拜得五体投地的斗牛迷，希望他在离开家乡的城镇里生活过得开心。于是他结识一些女人，出席一些为他举办的狂欢聚会。在这些玩乐活动中，他的头脑总是被酒灌得昏昏沉沉，陷入极度的悲哀，变得不可理喻。他产生了一种强烈的虐待女人的欲望，那是一种不可抵御的要在别的女人身上报复另一个女人的挑衅、狂野和怪癖的心理。

　　有时候他需要向国民倾诉他的伤心事，那是一种难以抗拒的要把过分沉重的思想压力摆脱的冲动。

　　另外，这位短扎枪手，在远离塞维利亚的地方，让他感到一种最大的关爱和温情。塞瓦斯蒂安知道他跟堂娜索尔的风流韵事，尽管离得很远，他还是看到过她。那位夫人听加利亚多跟她讲起他这位短扎枪手的奇思妙想，觉得十分好笑。

　　塞瓦斯蒂安是以非常严厉的态度回答加利亚多这位斗牛大师的知心话的。

　　"胡安，你应该忘掉这位夫人。你看，对于我们这些闯荡世界混生活的人来说，家庭的和睦胜过一切，我们可是冒着终身成为废人的危险归家的人呀。你要注意，卡门知道的比你以为的要多，她对一切都清清楚楚，曾经委婉地对我提起了你跟侯爵侄女的事……可怜的卡门！你让她受折磨是一种罪过。她可是个有性格的女人，你不要低估了她的智商，真的闹起来，你可就要吃苦头了。"

　　但是，加利亚多远离家人，却只对堂娜索尔魂牵梦萦，似乎完全不理解国民对他讲的危险，还对他耸耸肩表示满不在乎，继续沉浸在自己的情意缠绵之中。他需要把自己的心音表露一下，让他的朋友知道他经历的幸福。他对自己做了情人心满意足而不知廉耻，希望朋友对他遇上的桃花运表示赞许。

　　"你这么说，是因为你不了解她是怎样的一个女人！你，塞瓦斯蒂安，不懂得什么是美好事物，太不幸了。你见过所有的塞维利亚的女人吗？她们全都姿色平平。你见过我们所到城镇的所有女人吗？她们同样没有迷人之处。所有这些女人都没法跟堂娜索尔相比。当一个男子结识了像堂娜索尔这样的女人，就不会再去想别的女人了……如果你像我一样了解她，那该多好呀！我们这个阶层的女人，身上只是穿着白衣服，散发出净洁的肉体味。可是，这个女人，塞瓦斯蒂安，这个女人！……想想看，阿尔卡萨尔花园里的全部玫瑰都放在一起……不，还有更美丽芳香的花朵：茉莉和忍冬，再加上天堂花园里一切迷人的花朵，所有这些花朵醉人的芳香似乎都是属于她的，而且，这些芳香并非人为地洒在她身上，而是宛若从她血液里散发出来的。再说，她不是那种见上一面就全都看透的女人，她身上总留着点儿什么你渴望得到的东西，这种东西你一直期待，却总是不见它到来……总之，塞瓦斯蒂安，我无法给你解释清楚……但是，你不了解一位贵妇人是怎样的人，所以你不必对我说教，就闭上你的嘴吧。"

加利亚多已经收不到来自塞维利亚的信，堂娜索尔到国外去了。他在圣塞瓦斯蒂安斗牛的时候见到过她一次，当时美丽的夫人正在比亚里兹，她是陪几位法国夫人来看斗牛的，因为那些夫人想认识斗牛士。那是在一个下午见到她的，从此她走了以后，整个夏天他只收到她几封信，再加上代理人转达给他的从莫赖玛侯爵那儿听来的信息，加利亚多也只是模模糊糊地知道她的一些情况。

听说她在风光如画的海滨休息，那些海滩的名字加利亚多还是第一次听到，他都叫不出来。后来他得悉她去英国旅行了。再后来就听说她去了德国一家极豪华的剧院听歌剧，那个剧院一年之间只开放几个星期。加利亚多对于再见到她已失去信心，她只不过是一只过路鸟、一个冒险的女人，永远不会安静下来。当冬天到来的时节，她不一定再在塞维利亚等待他寻找她的小巢了。

可能再也见不到美丽的索尔夫人令斗牛士十分伤感，这表明那女人完全把持了他的肉体和意志。再也见不到她了！那么，他冒着生命危险奔波在斗牛场上，成为名人，是为了什么呢？那些观众的欢呼和掌声又有什么意义呢？

代理人一次次地安慰他，让他宽心。她会回来的，这他敢肯定；哪怕只是回来一年，她总是要回来的。尽管她有那些发疯的怪癖任性，她还是讲究实际的，懂得照料自己的事情。她需要侯爵帮助她处理她自己跟丈夫共有财产的诸多麻烦事。丈夫舍弃了她，夫妻俩由于她远在国外停留生活奢靡关系破裂。

夏季结束，剑刺手回到了塞维利亚。秋季里他还有许多场斗牛，但是，他想利用这一个月左右的时间好好休整一下。剑刺手的家里人，由于两个小外甥的健康问题都到圣卢卡尔海滨去了，孩子的淋巴结核病需要海水浴治疗。

忽然有一天，代理人来告诉加利亚多，堂娜索尔出人意料地刚刚回到了塞维利亚，这一从天而降的消息让斗牛士激动得浑身都颤抖起来。

剑刺手立刻去看她，但是，没说几句话，他就被她那冷冰冰的客气和眼神吓呆了。

堂娜索尔凝视着他，仿佛在看着一个陌生人。从她的眼神里可以看出，斗牛士粗野的外表以及她跟那个健壮青年屠牛手的差异令她感到有些诧异。

他也感到了似乎在他们中间出现了一道鸿沟。他看着她，宛若她是另外的一个女人：另外的国家、另外种族的一个贵妇人。

　　他们平静地交谈了一阵。她似乎把以前的事情都忘光了，加利亚多也不敢提起往事，不敢有任何亲昵的话语和动作，害怕她的暴怒发作。

　　"塞维利亚！"堂娜索尔说道，"这座城市很美丽，也很舒服。可是，世界上还有别的城市呀。我提醒你，加利亚多，说不定哪一天我就永远地飞走了。我想我将对塞维利亚感到非常厌倦，觉得似乎我的这座城市被改变了。

　　她已经不对他以"你"相称。几天的时间过去了，这期间斗牛士去看她时，都不敢向她提起过去的事情，只是静静地眼里含着泪水，敬慕地注视着她。

　　"我已经厌倦了……说不定哪一天我就离开了。"每次见面时索尔夫人都发出这样的感叹。

　　又一次家里的仆人站在栅栏门前接待斗牛士时露出了威严的面孔，告诉他夫人出门去了，其实他知道她明明就在家里。

　　一天下午，加利亚多向她提到他需要到他的拉林科纳达庄园去几天，他不在期间代理人为他买了几片橄榄林，他要去看看把它们跟庄园连成一片，同时也了解一下那儿的农活干得怎么样。

　　堂娜索尔突然产生了陪同剑刺手一起去旅行的念头，于是顿时脸上露出了微笑，因为她觉得这既荒唐又大胆。啊，到那个加利亚多的家人每年都在那儿住一个时期的庄园里去！带着闹得满城风雨的出格绯闻和罪过走进那个气氛平静的庭院里，跟那个可怜的年轻人的一家人住在一起！……

　　也恰恰是因为这个想法的荒唐，她就这样决定了。她也去庄园旅行，她对参观一下这个拉林科纳达庄园感兴趣。

加利亚多害怕了。他想到庄园里的那些人，想到那些多嘴多舌的人可能会把这次旅行告诉他的家人。但是，堂娜索尔的目光把他所有的顾虑都粉碎了。谁知道呢！……说不定这一次的旅行又让他们回到往日甜蜜的日子。

尽管如此，他还是搬出了这次旅行的最后一道障碍。

"可是，小羽毛怎么办？……您看，现在他好像就在拉林科纳达庄园附近活动哩。"

啊，小羽毛！堂娜索尔的脸由于厌烦一直阴沉着，这会儿似乎由于内心燃起的火焰明亮起来。

"多稀奇呀！如果您能把他介绍给我，我将非常高兴。"

加利亚多的旅行本来已经安排好了。原想是一个人去的，但是这会儿堂娜索尔要跟他一起去，他就只好找援军了，因为担心在路上会遇到麻烦。

他找了长扎枪手杂烩菜，因为这个人非常傻，在这个世界上，除了怕他的吉卜赛老婆，什么都不怕。那个女人在挨够了他的棍打之后就要去咬他。这种伤害对他用不着什么解释，只要给他喝足葡萄酒就行。酒精和在斗牛场上经常狠狠地跌下马来，让他的头脑整天昏昏沉沉，仿佛他的脑袋时刻都在嗡嗡作响，导致他说起话来吭吭哧哧，对一切事物都一盆糨糊。

加利亚多也吩咐了国民跟他们一块去。多一个人总是有益，而且此人行事谨慎经过考验。

短扎枪手答应他是因为是他的下属，但是一知道堂娜索尔跟他们一起去，可就大为扫兴，发起了牢骚。

"凭良心说话，我们可是老实忠厚人呀！……干吗要我去掺和这种肮脏的私人事情呀！假若我的卡门和安古斯蒂亚斯太太知道了，她们会怎样看我呀？……"

但是一到了旷野里，他在汽车里坐在杂烩菜旁边的小凳子上，面对着剑刺手和那位贵妇人，怒气就慢慢地烟消云散了。

那位妇人他看不太清楚，因为她戴着的旅行帽上垂着蓝色大面纱，那面纱一直垂落到她的黄色丝绸外套上。但是，看得出，她非常漂亮……那是怎样的交谈呀！……可真是见多识广啊！……

路程走了还不到一半，国民就以他对这个家庭二十五年的忠心耿耿，原谅了屠牛手的弱点，理解了他的钟情。不管谁有这样的艳遇，都会像屠牛手一样来之不拒的！……

要有教养！有教养是件大事，他甚至把不可饶恕的罪过变得体面而得到尊重。

# 第　　五　　章

"叫他告诉你他是谁，否则就让他见鬼去吧。真晦气！……难道不让人睡觉了吗？……"

国民从斗牛大师的房间传达出来这样的回答，那是他回答等在楼梯旁的一个庄园雇工。

"他让你告诉您是谁，否则主人不起床。"雇工怕忘记了回答的话，嘴里低声嘟哝着。

已是早上八点钟了，短扎枪手从窗户里探身出去，眼睛盯着那个雇工，后者沿着庄园对面的一条道路跑去，一直跑到很远的庄园周围的铁丝网尽头方停下来。在铁丝网围墙的入口处，他看到一个人骑在马上，由于相距很远，那个人显得很小，人和马都像是从玩具盒里拿出来的玩偶。

不一会儿，那雇工和骑马人交谈几句，马上又折返回来。

国民对雇工的行动很感兴趣，就在楼梯下迎着他。

"他说他要见主人。"雇工慌慌张张地咕哝道，"看来不是什么好东西，他要让主人马上下来，他对他有话要说。"

短扎枪手回去敲了剑刺手的门，不理睬他的抱怨。他本来就该起床了，在乡下这个时候起床已经是很晚了，那个人也可能会有他感兴趣的事情告诉他。

"我就来。"加利亚多不高兴地回答，在床上没有动。

国民又从窗户探身出去，看到骑马人已经从路上朝庄园走来。

雇工带着主人的回答向他走过去。这个可怜的人好像很紧张，两次跟国民说话都吞吞吐吐，面有惧色和迟疑不决，不敢把他的真实想法说出来。

他迎上骑马人，听他说了一会儿，然后就转身跑回庄园，这一次他跑得更是急急忙忙。

国民听到他依旧是咚咚咚急火燎毛地跑上楼来，出现在他的面前时，浑身颤抖，脸色苍白。

"是小羽毛，塞瓦斯蒂安先生！他说他是小羽毛，有话要跟主人说……我一看到他就吓得心怦怦直跳。"

小羽毛！尽管雇工在说出这个名字时由于跑得上气不接下气结结巴巴，似乎各个房间还是都听到了。国民惊讶得一时说不出话来。剑刺手的房间里传出了一些咒骂声，伴以窸窸窣窣的穿衣服和慌忙的起床声。堂娜索尔的房间里同样有了动静，似乎同样是对那一惊人消息的反应。

"可是，该死的！这个家伙找我干什么？他跑到拉林科纳达庄园来搞什么勾当？恰恰又是在这个时候！……"

加利亚多急如星火地走出房间，只匆匆忙忙地穿了一条裤子，在内衣外面加了一件外套。他从国民面前跑过去，火速地顺着楼梯往下冲，还是那种遇事不理智的火暴性子。国民哪里能放心，紧紧地跟在了他的后面。

到了庄园入口，那骑马人下了马。一个庄园的雇工牵了马，其他的工人则在一起站在旁边好奇而尊敬地注视着来者。

那人中等身材，更确切点儿说是个头不高，胖乎乎的脸，一头金发，四肢短粗健壮。他上穿一件饰以黑辫绳的灰罩衫，下穿一条已经残破的深色短裤，裆部打了厚厚的呢料补丁，皮裹腿久经日晒、雨淋和泥土的侵蚀已出现道道裂缝。他腰间扎了一条宽厚的皮带和一条子弹带，上面挎了一把勃朗宁手枪和一把刀，这使他罩衫下的腹部高高鼓胀起来。他右手握一支连发卡宾枪,头上戴一顶原本是白色的帽子,经旷野里多日酷烈的风吹雨打,帽檐已经变得残破松弛。他脖颈上系了一条艳红的围巾,那是他本人最华丽醒目的装饰。

他那张宽大而胖乎乎的脸宛如满月的光亮。面颊由于日晒似乎带点儿灰色,上面金黄色的胡须已经长出了不少,阳光下闪着金子一般的光芒,显然已经几天没有刮过了。在那张乡村教堂执事似的慈善的脸上,唯有他的眼睛是令人不安的:一双三角形的小眼睛深陷在凸起的脂肪里。那双目空一切的小眼睛围栏里的人都记得,它们的瞳孔呈玥郁的蓝色,是存心不良者的恶意瞳孔。

胡安到了庄园门口时,小羽毛立刻认出了他,马上就把他的帽子高高举在了圆脑袋上方。

"早上好,上帝保佑我们,胡安先生。"他以安达卢西亚农民郑重的礼节向他问候。

"早上好。"

"家里人都好吗?胡安先生。"

"都好,谢谢。您家里人也都好吗?"剑刺手如惯常一样下意识地问道。

"我想他们也很好,我已经很久没见到他们了。"

两个人已经离得很近,非常自然地互相打量着,仿佛是在田野间相遇的路人。斗牛士脸色苍白,紧闭嘴唇掩饰他的不安。国民会不会认为他是被吓住了!……倘若是在别的场合,也许这位来访者会把他吓住,但是,这会儿,他有楼上的后盾,只要讲明了小羽毛来此存心不良,他觉得马上就可以毫无畏惧地跟他干一仗，仿佛自己是一头公牛。

他们沉默了一会儿。庄园里所有十多个尚未下地干活的工人都带着点儿孩童般的惊异看着那个可怕的人物，他们对他凄惨的名声感到着迷。

"可以把我的马牵到马厩里休息一会儿吗？"强盗问道。

加利亚多打了个手势，一个年轻工人拉着马缰把马牵走了。

"好好照料一下。"小羽毛说，"您看，这是我在这个世界上最珍贵的宝贝，我爱它胜过爱我的妻子和孩子。"

这时候又一个人加入到剑刺手和强盗的一伙人之中，他的出现引起了人们的惊愕。

那是长扎枪手杂烩菜。他袒露着胸脯走出来，不停地伸着懒腰，那酷似力大无比的运动员似的身体，显示出一种野性。他擦了擦由于酗酒总是布满血丝的发炎的眼睛，走到强盗的身边，以做作亲昵的表情把一只大手放到他的肩膀上。看到这动作使那强盗颤抖了一下，他像是很开心，接着又粗野地向他表示出热情。

"你好吗，小羽毛？"

他是第一次看到小羽毛。那强盗在他大手粗鲁不敬的抚摸下弓起身子像是要跳起来，右手则慌忙地举起了卡宾枪。但是他那蓝色的小眼睛盯着这位斗牛士看了一下，似乎认出了他。

"如果我没认错的话，你是杂烩菜吧。上个集市我看到过你在塞维利亚斗牛场用长扎枪刺公牛，好家伙，从马上跌下来摔得多惨呀！真够笨的！……你可不是铁打的呀！"

像是回答杂烩菜的问候，小羽毛一只长满茧子的手抓住他的一只胳膊，笑盈盈地捏着二头肌，露出羡慕的表情，两个人用亲切的眼神对视着，杂烩菜禁不住爽朗地哈哈大笑起来。

"呵！呵！我以为你是个彪形大汉呢，小羽毛……原来不是这样。可不管怎么说，你是个好小伙子。"

强盗转向剑刺手：

"我可以在这儿吃午饭吗？"

加利亚多露出一种非常绅士的表情：

"来拉林科纳达庄园的客人，没有一个不吃午饭就离开的。"

大家一起进了庄园的厨房，那房间很宽敞，有一个钟形的大烟囱，通常来人聚会都在这儿。

剑刺手在一把扶手椅上坐下来，庄园监工的女儿赶忙过来给他把鞋穿上，刚才由于吃惊急火燎毛地跑下楼去，脚上只穿了拖鞋。

国民想显示一下他的存在，此时见到来访者已是彬彬有礼，他也就放下心来，手里拿着一瓶当地的葡萄酒和一些酒杯出现在了大家面前。

"我也认识你。"强盗说，像对杂烩菜一样平易直率，"我看到过你用短扎枪刺公牛。你干得得心应手，但是应该再靠近些……"

杂烩菜和加利亚多听了这建议都笑起来。去伸手拿酒杯的时候，小羽毛发觉他夹在两腿间的卡宾枪妨碍了他。

"啊哈，放下来吧，别担心。"杂烩菜说，"就连去拜访客人你也带着这玩意儿吗？"

强盗顿时严肃起来。他这样做可放心，这已形成习惯。他的卡宾枪从不离身，就是睡觉的时候也放在身边。一谈起仿佛他身体组成部分的武器，他马上又认真起来。他惶恐地环顾四周，脸上露出怀疑的神色。他习惯了在生活中时刻保持警惕，不信任任何人，只相信自己的勇敢和心计，因为他预感到自己周围凶险无时不在。

一个工人穿过厨房走向门口。

"这个人去哪儿？"

他一边说着，一边就欠起身来，把斜插在两腿间的卡宾枪推向胸部。

工人是到旁边的大田去，短工们都在那儿干活，听了解释，小羽毛才放下心来。

"听我说，胡安先生，我来这儿是想见见您，因为我知道您是个正人君子，不会去告密……再说，您也听说过小羽毛，他可是不容易被逮住的，谁要想逮他，那是要付出代价的。"

斗牛大师还没有讲话，杂烩菜就先插嘴了。

"小羽毛，你别说傻话，你在这儿是在伙伴们中间，只要你不闹事，就什么也不会发生，一切平安无事。"

那强盗立刻平静下来，他跟杂烩菜谈起了他的马，对它的功绩赞不绝口。两个人接着谈起了撒野骑马的乐趣，都兴奋得眉飞色舞，看得出，他们对马的爱，胜过了爱人。

加利亚多依旧有点儿忐忑不安，他在厨房里走来走去，旁边几个皮肤黝黑、像男人似的女佣一边把灶里的火拨旺做饭，一边还时不时地斜视一下那个名声在外的小羽毛。

有一会儿剑刺手走到国民近前，吩咐他上楼去请求堂娜索尔不要下来。那强盗吃过午饭肯定会走的，何必让这个臭名远扬的人看到她呢？

国民走掉了。小羽毛看到斗牛大师没有跟他们一起交谈，就朝他走过去颇有兴趣地问他当年还剩多少场斗牛没有完成。

"我是您的崇拜者，知道吗？我为您鼓掌的次数要比您想象的多得多。我在塞维利亚，在哈恩，在科尔多瓦……在很多地方都看过您斗牛。"

加利亚多听了他的话大为惊诧，一支真正的追捕大军对他紧追不舍，他怎么还能泰然自若地去斗牛场？……小羽毛神气十足地笑了。

"算了吧！有什么了不起，我爱去哪儿就去哪儿，没有我不能去的地方！"

然后他又说到他曾在庄园的路上几次看到过剑刺手，有时他有人陪着，有时是单独行动，他跟他在路上擦肩而过，后者却是没注意到他，仿佛他是一个可怜的农夫，骑马到附近的茅舍里去说点儿什么事儿。

"在您从塞维利亚来这儿买下面的两座磨坊的时候，我在路上碰到了您，您身上带着五千杜罗，不是吗？您说实话。您瞧，我知道得一清二楚……再一次是我看到您坐着一个叫什么汽车的野兽来这儿，同来的还有一位塞维利亚的先生，我想是您的代理人，您是来签买下牧师的橄榄林契约的，带的钱更多。"

加利亚多慢慢地想起了这两件事情，小羽毛说得半点儿不错，看着那个无所不知的家伙不禁一脸的惊讶。那强盗为了向加利亚多表示他的高强豪放，口称一切的障碍在他都是小菜一碟，他压根儿什么都不放在眼里。

"您看，就说汽车吧！它算什么？有什么值得大惊小怪的！对这种怪兽，我只需用这玩意儿就可以把它拦下来——他指了指他的卡宾枪。有一次我去科尔多瓦跟一个富翁结账，他是我的仇人。我把马停在公路旁边，当那个怪兽扬起阵阵尘埃、喷射着石油臭气到来的时候，我大喝一声：停住！他不肯停，我马上就开枪打中了一个车轮。长话短说吧：汽车又往前开了一点儿就缓缓停了下来，我骑马赶过去，那位先生就跟我把账结清了。一个男子汉的子弹爱打哪儿就打哪儿，在路上叫什么停下来就得停下来。"

加利亚多听小羽毛带着职业性的天然神气大谈他在公路上的英雄业绩，惊讶得一句话也说不出来。

"我不想在路上对您打劫，胡安先生，您不是富豪。您跟我一样是穷人，但是比我运气好，因为您干了斗牛这一行。虽说您挣了些钱，但也挣得不容易。我很喜欢您，胡安先生。我爱您是因为您是一个有尊严的屠牛手，我敬佩勇敢的男子汉。我们两个人几乎是同行，都是靠卖命求生活。因此，尽管您一直不认识我，我在那儿看着您走过，香烟都没向您要过一支，只是为了不让任何人敢动您一小指头，防备某个无耻之徒在路上假借我的名义，说他是小羽毛对您进行抢劫，您看，最稀奇古怪的事情都发生过呢。"

一个人的突然出现打断了小羽毛滔滔不绝的讲话，加利亚多的脸色立刻变得十分难看。真该死！是堂娜索尔。可是，难道国民没告诉她吗？……国民就跟在她身后，他从门口向加利亚多打了几个手势，一副无奈的神气，意思是他已经恳求和劝告过夫人，但是没起作用。

堂娜索尔穿一件旅行外套，一头金色长发急急忙忙地梳了一下扎起来。小羽毛到庄园来了！太幸运了！昨夜好长时间都在想着他，感到既恐怖又甜蜜，不禁激动得发抖。她打算第二天早上骑马到拉林科纳达周围寂寥的原野去兜风，希望有幸让她碰上那个有趣的强盗。仿佛她的想法产生了远程吸引效应似的，那强盗竟然迎合她的愿望一大早就出现在了庄园里。

小羽毛！单凭这名字她就可以想象出那个强盗的整个面貌。几乎不需要见到他，即使马上要看到他她也不会感到惊讶。此时她仿佛已经看到他高高的个子，身材修长，浅黑色的皮肤，红头巾上压着卷檐帽，下方露出乌黑的卷发，矫健的身躯穿着黑天鹅绒的衣衫，柔软的细腰上缠着一条紫色的绸带，两腿裹着枣红色皮裹腿，活脱脱一个漂泊在安达卢西亚大草原上的游侠骑士呀！几乎就是她在歌剧《卡门》里看到的那些年轻英俊的男高音歌手呀！他们脱下军装，成为爱情的牺牲品，变成了走私犯。

由于激动，她的眼睛睁得老大，但是，她把厨房内扫视了一遍，既没有发现卷檐帽也没有发现火枪，却只见一个陌生人站了起来，像是一个拿卡宾枪的田间守护人，就跟她在自家田庄多次看到的守护人没有什么两样。

"早上好，侯爵夫人……您侯爵叔叔还是很好吧？"

所有人的目光都聚集在了那个人身上，这使她猜到事情是真的了。啊，这就是小羽毛？

这位夫人的出现让小羽毛大吃一惊，他笨拙地摘掉帽子表示礼貌，而且依然站在那儿，一手拿着卡宾枪，另一只手拿着旧毡帽。

　　加利亚多对这个强盗说的话感到惊讶，这个家伙所有的人都认识呀。他知道堂娜索尔的身份，由于过度的尊重，居然以她家族的地位称她为侯爵夫人，这可是有点儿过分了。

　　索尔夫人见他一脸的惊讶之色，便打了个手势示意他坐下和戴上帽子。但是尽管他听从夫人的意思坐了下来，但是帽子还是放到了旁边的椅子上。

　　小羽毛好像从堂娜索尔一直盯着他看的眼睛里猜出了她要问什么，于是又补充说道：

　　"侯爵夫人，您不要为我认识您感到惊奇，你们去演习斗小公牛的时候，我看到过许多次您跟侯爵和其他先生在一起。我也在远处看到您用长扎枪围堵小公牛。夫人表现得非常勇敢，是上帝救赎的这个世界上最美丽的女人。看到您骑在马上，戴一顶毡帽，系着领带，扎着腰带，那是一种莫大的荣幸，是上天赐福。为了您那双天使般迷人的眼睛，男人们之间应该是会动刀子的。"

　　南方人的天性已使这个强盗激情难抑，他还要再寻找新词来赞美眼前的夫人。

　　夫人听着那些赞美的话心中既生恐惧又感到快活，一时脸色变得煞白，眼睛睁得老大，开始觉得土匪很是有趣。他是否就是为她到庄园来的？……他是否要把她抢走带到他山上的隐身处，就像一只饥饿贪食的大鹰从平原上捕获到猎物带回高山的巢穴中去？……

斗牛士听着那些粗鲁的溢美之词，也感到惊惶不安。该死的家伙！这可是在他的庄园呀……而且是当着他的面呀！假如他继续这样说下去，他可要上楼去拿猎枪了。尽管他是那个强盗小羽毛，那也要较量一番看看那个女人到底是谁的。

强盗似乎突然意识到他的话让斗牛士不悦，立刻把态度放尊重了。

"对不起，侯爵夫人，刚才的话只是随便说说而已。我有妻子和四个孩子，那可怜的女人，由于我干的行当比安古斯蒂亚斯圣母还伤心。我本是一个安分守己的人，但是非常地不幸，好像倒霉的事情总是追随着我，我才变成今天的样子。"

他像是为了要让堂娜索尔高兴，于是就热情地赞扬起她的家人来，口称莫赖玛侯爵是这个世界上最受人尊敬的人之一。

"倘若世界上所有的富人都跟他那样该多好呀，我父亲为他做过长工，他常常跟我提起他的慈悲心肠。我生病发烧，就住在他庄园里一个牧人的茅屋里，他知道了这件事，一句话都没说。他吩咐庄园里我要什么就给什么，让我安静地休息……这些事我永远不会忘记的。要知道世界上可是有那么多黑心的富人哪！……有时我看到他一个人骑在马上，就跟个年轻人似的，仿佛岁月对他并没有流逝。'上帝保佑您，侯爵先生！''你好，小伙子！'他不认识我，也猜不出我是什么人，因为我带着我的伙伴——他指了指卡宾枪——我把它放在马背垫底下。我想让他停下来，请他把手伸给我，不是为了要碰它，不是（一位那么善良的先生的手怎么能让我去碰呢？我带的枪上可是有那么多人命和劣迹呢！），我只想吻吻它，就好像他是我的父亲，我要跪到他的面前，感谢他为我做的一切。"

这些情真意切的感恩话语打动了堂娜索尔。这就是那个尽人皆知的小羽毛吗？……他是一个穷人，一只田野里善良的兔子，可是人们被他的名声欺骗，都把他当狼看待了。

"有些有钱人心肠非常歹毒，"强盗继续说道，"他们干的事害苦了穷人！……我们村子附近有个人放高利贷，心肠比犹大还狠。我给他带了个话劝他不要坑骗穷人，这个坏蛋不但不理睬我，还派了宪兵来抓我。好吧，我就一把火烧了他的草料房，还干了几件别的跟他过不去的事，吓得他半年多都没敢到塞维利亚来，由于怕碰上小羽毛，他连村子都没敢出。还有一个有钱人，由于一个贫穷老婆婆交不起房租，他要把她赶走腾出房子，可是这位老婆婆从许久以前她父母那辈起就住在这间破旧的房子里。一天黄昏，在这个房主正要坐下来跟一家人吃晚饭的时候，我去见了他。我说：'我的东家，我是小羽毛，我需要一百个杜罗。'他二话没说就给了我。我拿着这些钱就去了老婆婆那儿，'老人家，拿去吧，把那个犹太人的房租付了，剩下的您留着用，多保重'。"

堂娜索尔怀着更浓厚的兴趣凝望着那个强盗。

"那么，您杀过人吗？"她问，"杀过多少？"

"夫人，我们不提这事。"强盗神情犹豫地说，"说起这些事，您会厌恶我的。其实，我只是一个不幸的人，一个被到处围追而只好拼命自卫的倒霉鬼……"

好一会儿大家都沉默不语。

"侯爵夫人，您想不到我的生活是怎样的。"小羽毛接着说下去，"我的日子还不如野兽。哪儿可以睡，我就在哪儿睡，或者根本不睡。早晨在这个省一边醒来，晚上在另一个省一边躺下，我每时每刻都要睁大眼睛，手要狠，为的是得到别人的尊重，不出卖我。穷人是善良的，但是贫困是丑恶的，它可以把最善良的人变成坏人。如果不是坏人怕我，我不知多少次都被交给宪兵队了。我除了我的马和这个家伙——他指了指卡宾枪，没有真正的朋友。有时候我想去看看我的老婆和孩子们，就在夜里走溜村子，所有的乡亲都很尊重我，都装作没看见。但是总有一天会出事的……我常常感到太孤独了，就想见个人聊聊。好久我就想到拉林科纳达庄园来了，'干吗我不能到胡安·加利亚多先生近前看看他呢？我可是对他非常赞赏，在斗牛场上为他热烈欢呼鼓掌的人呀'。可是我总是看到您跟很多朋友在一起，您的夫人和母亲，还有孩子们也都在庄园里。我知道如果我那时来了会有怎样的结果：他们只要一看到小羽毛，准会吓死的……但是现在情况不一样了。现在您是跟侯爵夫人一起来了，我就想：'我去那儿问候一下先生和夫人，跟他们聊会儿天。'"

小羽毛在说这些话时，一直很有礼貌地脸上挂着微笑，正是那种微妙的微笑，让他把斗牛士的家人和那位夫人区别开来，让人们知道，加利亚多和堂娜索尔的关系，对他并不是秘密。在他这个乡下男人的心目中，依然对夫妻的合法性保持尊重，因此他以为跟斗牛士的这位贵族女朋友，比起跟他家中那些可怜的女人接触起来，可以随意得多。

堂娜索尔并不太在意他说的那些话，她还是死追着向那个强盗提出一连串的问题，希望弄清他到底为什么到了今天这步田地。

"没什么，侯爵夫人，就是一件不公平的事情引起的呀，一桩落在我们穷人头上的不幸的事！当时我是村上办事麻利的人之一，需要向富人提出点儿什么要求的时候，大家伙总是选我先出头。我有文化，年轻时就任教堂执事，人们给我取了个外号叫小羽毛，因为我经常追着老母鸡拔它们尾巴上的毛当笔写字。"

杂烩菜猛地拍了他一巴掌打断了他的话。

"伙计，我一见到你就看出了你曾干过教堂这一行，或者类似的什么差事，是个忠厚人。"

国民一言不发，他不敢相信小羽毛说的那些话，但是脸上还是挂着淡淡的笑意。一个教堂执事变成强盗！如果他把这事讲给堂何塞听，他会说什么呢！……

"我结了婚，我们有了第一个孩子。一天晚上，两个宪兵叫开我们家的门，把我带出村外的打谷场上。他们在一家富户的门口放了几枪，那些善良的老爷一口咬定是我干的……我不承认，他们就用步枪打我，我仍旧不承认，他们就继续打我。简单点儿说吧：他们一直把我打到天亮，有时是用通条，有时是用枪托，全身都打遍了，直到他们打累了，我晕倒在地上失去知觉。他们把我的手脚绑起来打，就像打一个大包，一边打一边还说：'你不是村里最有胆量的人吗？来呀，起来自卫呀，看看你的拳头到底硬不硬。'这是最让我难以忍受的：嘲弄。我可怜的妻子千方百计给我治好了伤，我无法平静下来，我活着就不能忘记那顿毒打和被嘲笑。还是长话短说吧：一天，两个宪兵中的一个死在了打谷场上，我为了避免麻烦，只好上山去了……一直到现在。"

"一条汉子，你干得对！"杂烩菜敬佩地说道，"可是，另一个宪兵怎样了？"

"不清楚，应该还混在世上。他离开了村庄，虽说他胆量很大，但还是要求调到其他地方。但是我没有忘记他。我总得找到他算这笔账。偶尔有一次有人告诉我他在西班牙的另一边，我就去了那儿，即使他在地狱里，我也会去找他的。我把马和卡宾枪托付给一个朋友照管，就像有钱人似的坐上火车走了。我去了巴塞罗那，去了巴亚多利德，去了很多城市。我走到兵营旁边，看到宪兵进进出出，一个一个都不是我要找的人。我得到的情报是弄错了，但是这没关系。我找了他几年了，一直没有找到他。除非他死了，否则我一定要找到他，不留遗憾。"

堂娜索尔继续兴致勃勃地听他讲述。这个小羽毛可是个很独特的人物呀！她一直误以为他是一只野兔子哩。

强盗沉默下来，皱起了眉头，像是担心自己说过了头，决定就此打住，不再继续讲他的经历。

"对不起，"他对剑刺手说，"我想到马厩里看看把马照料得怎样……伙计，你跟我一块来吗？……你会看到一匹好马呢。"

杂烩菜接受了邀请，跟他一块走出了厨房。

当斗牛士和堂娜索尔单独留下来的时候，前者脸上露出了不悦之色。她干吗要下楼呢？在这种人面前露面可是太莽撞了。他是个强盗呀，只要一听他的名字，人们都会担惊受怕呀。但是，堂娜索尔对她跟小羽毛巧遇竟有那么良好的结果感到满心欢喜，认为剑刺手的恐惧很滑稽。在她看来，那个强盗是个好人，是个不幸者，他那些经常被夸大了的恶行是人们想象和杜撰出来的，这个人几乎跟她家的奴仆相似。

"我原来以为他可完全是另一个样子。但是不管怎么说，见到他我还是很开心。走的时候，就接济他一下吧。这是一个多么奇特的国度呀！多么独特的人呀！……他决意不惜跑遍整个西班牙去寻找宪兵报仇，这太有趣了！……用这个题材任何人都可以写出一部趣味无穷的文艺作品。"

庄园的女人们从灶火上端下两个大平底锅，厨房里立刻充满了香喷喷的腊肠味。

"吃饭了，先生们！"国民招呼大家，他在他斗牛大师的庄园里主动承担起管家的差事。

厨房中央铺着桌布的大餐桌上摆满了圆面包和无数瓶葡萄酒。

听到国民招呼，小羽毛和杂烩菜以及庄园里的一些员工，其中有牧工头、监工、所有担当重要工作的最受信任者，都上桌入席，挨个儿在长条餐桌两侧的板凳上坐下来。这时，加利亚多却犹豫不定地看着堂娜索尔。她应该在家里楼上的房间里用餐，但是她觉得这个想法很可笑，就直接坐在了餐桌的上端。她喜欢乡村生活，跟那些人坐在一起用餐非常有趣。她天生就有一种军人气质……她以男性的举止也请剑刺手入座，同时用她那秀雅的鼻子异常享受地嗅着腊肠迷人的美味。一桌值得她称赞的丰盛午餐。她可真的是食欲大振了！……

"这样很好，"小羽毛扫视了一下餐桌上的人员，以读警句似的语调说，"主人和仆人坐在一起吃饭，据说古代就是这样的。我还是第一次看到哩。"

他坐在杂烩菜旁边，没有放下卡宾枪，继续把它夹在两腿之间。

"你坐过去点儿好吗，没正经的家伙。"他说着用身体拱了杂烩菜一下。

杂烩菜对待他同样既粗鲁又亲密，也回敬地撞了他一下。两个大块头的男人一面哈哈大笑，一面你撞我，我撞你，粗鲁地闹着玩儿，逗得全餐桌上的人都十分地惬意。

"可是，该死的！"杂烩菜说，"你把腿上夹着的玩意儿拿掉吧！没看到它正对着我会闯祸的吗？"

强盗的卡宾枪斜插在他两腿之间，黑乎乎的枪口果真正对着杂烩菜。

"把它挂起来吧，别犯傻。"杂烩菜坚持说，"难道你用它吃饭吗？"

"这样就好，没事的，别担心。"强盗简短地回答，脸色立刻阴沉下来，仿佛在小心提防上，他要做到滴水不漏，不会听任何劝告。

他拿了一把勺子，又拿了一大片面包，然后照着他们农村的礼节看了看别人，确信可以开始用餐了。

"祝你们健康，先生夫人们！"

一大盘菜放在桌子的中央，那是给他和两位斗牛士的，他不客气地开始了进攻。同样一盘热气腾腾的菜放得稍远一点儿，那是给庄园员工的。

那样的贪食似乎突然让他感到难为情起来，吃了几勺菜之后，他便停了下来，觉得应该做点儿解释。

"从昨天早晨开始，我只吃了一个牧人茅屋里给我的一片硬面包，喝了一点儿牛奶。祝大家好胃口！……"

说罢，他重新开始向大盘子里的菜进攻，只是用不断地挤眉弄眼和起劲地大吃大嚼对待杂烩菜就他的不雅吃相开的玩笑。

长扎枪手想让他喝点儿酒。可是当着斗牛大师的面小羽毛有点儿拘束，担心自己会喝醉，所以只是贪馋地不断望着伸手可及的葡萄酒，并没有去拿。

"喝点儿酒吧，小羽毛，干吃很不舒服，要喝点儿酒润一润。"

强盗还没有来得及喝，杂烩菜自己就迫不及待地一杯接一杯地喝了起来，小羽毛只是在犹豫良久以后，才偶尔喝上一杯。他不敢喝酒，已经戒掉了喝酒的习惯。在乡下不是总会有酒喝的。再说，对于他那样的人，酒是最要命的敌人，因为他时刻都要保持清醒，高度提防。

"但是，在这儿你是在朋友之间。"杂烩菜说，"你想想，小羽毛，你是在塞维利亚，有马卡雷纳区的圣母保护，谁也不敢碰你一下……如果凑巧宪兵来了，我就站到你旁边，摸起根粗棒子跟他们干，咱们不会让那些没用的家伙有一个活着回去。我正想做一个山间的骑士，好好地闯荡一番呢。"

"杂烩菜！"剑刺手在桌顶端的位子上喊了一声，他担心他的长扎枪手唠唠叨叨没完，喝酒也失去节制。

强盗虽说喝酒很少，但脸还是涨红起来，那双蓝色的小眼睛闪耀出喜悦的光芒。

他选了个面朝厨房门口的位子，从那儿不仅可以一直看到庄园的进口，并且还能看到一段没有行人的道路。在这段路上偶尔会走过一头奶牛、一头猪、一只山羊，就连它们角的影子被太阳投射在黄色的地面上都足以惊得小羽毛突然颤抖起来，马上放下勺子抓起卡宾枪。

他一边同餐桌上的人交谈，一边高度警惕地注意着外面的动静，他已经习惯了随时进行抵抗或者撒腿逃跑，认为永远不被突然生擒是自己的荣誉。

吃完饭之后，杂烩菜又劝他喝了一杯酒，最后一杯。然后就手托下巴一言不发，静静地等待食物消化。那真是一种蟒蛇式的消化，美美地狼吞虎咽大吃一顿几乎胀破肚皮，之后就长时间禁食。

加利亚多递给他一支哈瓦那雪茄。

"谢谢，胡安先生，我不吸烟，但是我把它留下来送给我山上的一个小伙伴，可怜的小家伙把吸烟看得比吃饭还重要。他也是遭到不幸的年轻人，两个人一起做事的时候，他总是帮助我。"

他把雪茄放在外套里面，想到那个小伙伴此时肯定正在遥远的地方游荡，脸上露出了一种极度愉悦的微笑。小羽毛的酒劲发作了，面色大变，眼睛里闪耀出一种金属般的坚定不移的光芒。胖乎乎的脸上开始咧着嘴苦笑，并且不停地抽搐，似乎把他平时善良仁慈的面容一扫而光。显然，他想说话，把自己的英雄业绩夸耀一番，以此来回报恩人对他殷勤的款待。

"你们大概听说了上个月我在弗雷戈纳尔路上干的事了吧。你们真的一点儿都不知道吗？……我和我的小伙伴站在路上，因为我们要截住一辆公共马车，让它给一个富人捎个口信，这个人时时刻刻都在算计我，跟我作对。他特别爱管闲事，习惯了任意指挥村长和行为不端的人，甚至宪兵干坏事，这种人在报纸上被称为地方权贵或恶霸。我给他捎口信要一百杜罗解决手头拮据。可他非但不给钱，还写信给塞维利亚省长，甚至惊动了马德里，派了大批宪兵对我进行空前规模的追捕。由于他的罪过我跟宪兵交了火，结果一条腿中枪。这他还不满足，又要求把我妻子抓进监狱，好像那个可怜的女人知道在哪儿可以抓到她丈夫似的……这个犹太人由于害怕小羽毛不敢出村，可这时我却消失不见了。我去旅行了，就是我跟你们讲的那样的一次旅行。那个人不再警惕，放心了。一天他去塞维利亚做生意，也鼓动当局迫害我。我们在路上等着公共马车从塞维利亚回来，马车真的回来了。我的小伙伴可是在路上截住车马行人的一把好手，车子一到，他就命令车夫把它停下来，我立即把脑袋和卡宾枪一起从车门伸进去，吓得女人们尖叫，孩子们大哭，男人们没有一个敢吭声，脸色如同白蜡。我对旅客们说：'没有你们的事，安静点儿，夫人们，祝你们健康，先生们，一路平安……喂，那个大胖子下来。'那个人缩成一团，好像要藏到女人们的裙子下面去。他被迫无奈，只好下来，已是脸色煞白，酷似身上没有了血，迈步打着趔趄，如同喝醉了酒。马车走了，我们三个人单独留下来。'喂，我是小羽毛，我要送给你点儿什么，好让你记得我。'说罢我就对他动手了，但是我没有立刻把他一枪毙命，只在一个适当的地方给了他一枪，让他可以再活二十四小时，为的是在宪兵找到他的时候，他可以告诉他们是小羽毛干的事。这样就免得误传，有人说是他干的，来自我吹嘘。"

堂娜索尔听着小羽毛得意扬扬的讲述，心中感到恐怖脸色变得煞白煞白，同时紧紧地咬着双唇，随着她神秘的思维，眼睛中闪耀着离奇的光芒。

加利亚多皱起眉头，面色难看，他讨厌这种残暴的故事。

"每个人都懂得自己的职业，胡安先生，"小羽毛说，他似乎看透了胡安的想法，"我们俩都是靠杀伤生活，只不过你是杀公牛，我是杀人。唯一不同的是您有钱，能得到欢呼和掌声，身边有美女相伴，而我往往饥肠辘辘，挨饿受冻，终究要完蛋。一不小心，就会在旷野里被子弹打成筛子，暴尸荒山野岭，变成乌鸦的美食。但是，就职业而论，您并不比我强，胡安先生！您知道在什么火候对公牛下手，让它应声倒地。我懂得在什么地方结果一个人，或让他立即丧命，或让他拖一阵子再死，或让他在极度痛苦中再活上几个礼拜，好好记住小羽毛。小羽毛不想招惹任何人，但是谁要来招惹他，他就会让他罪有应得。"

"您杀过人吗？杀过多少人？"

"我对您说了，您会对我反感的，侯爵夫人。不过既然您坚持，那我就说吧！……请相信我，尽管我很想回忆起来，但是我还是记不清一共杀了多少，大约在三十到三十五个人之间吧。过这种四处漂泊朝不保夕的日子，谁还有心去记住这个数字呢？……但是，我是个命苦的人，侯爵夫人，一个非常不幸的人。错误的是那些害我的人。这杀人的事就像是摘樱桃，你摘一个，后面就连着带来一串。为了继续活下去，就逼着你必须杀人，如果你心生怜悯，就会被别人吃掉。"

良久的沉默。堂娜索尔一直注视着强盗短粗的双手和残损的指甲，可强盗并没有去注意那位"侯爵夫人"。他的注意力全部集中在了剑刺手身上，他想对招待他吃午饭表示感谢，并且消除他的讲话似乎产生的不良后果。

"我很尊敬您，胡安先生。"小羽毛又补充道，"自从我第一次看到您斗牛，我就在心里想：'这是个勇敢的年轻人。'您有很多崇拜者，他们都敬爱您，但是，像我这样……想想看，为了看到您，我很多次都是化装进城，冒着被抓获的危险，还能有这样的崇拜者吗？"

这样的恭维让加利亚多这个斗牛大师的自豪感得到了满足，他点了点头表示赞同，脸上随即也便泛起了笑意。

"再说，"强盗继续说道，"没有人会说我到拉林科纳达庄园来要过什么，哪怕是一片面包。许多次，我饿着肚子，或者身上缺少五个杜罗，即便是这样，我就在庄园附近，至今也没想过穿过铁丝网闯进庄园来。我总是这样想：'胡安先生于我是可敬的，他挣钱的方式跟我一样，是冒着性命得到的，要把他看成亲密的朋友……'因为，胡安先生，您不会否认，尽管您是个出名的人物，我是个负罪的倒霉鬼，我们却是一样的，都是跟死神做游戏活着。现在我们坐在这儿安安静静地吃饭，但是，说不定哪一天，上帝对我们撒手不管了，他厌倦了我们，我就会在路旁被人收走，样子就像被打死的遍体血肉模糊的疯狗；而您呢，尽管您金钱无数，同样是两脚朝前被从斗牛场抬出去，虽说四个礼拜中所有报纸都在谈论您的不幸，但是您已在另一个世界，才不会去感谢那些该死的评论呢。"

"没错……没错。"加利亚多说，强盗的话已使他的脸色刹那间变得苍白。

他的面庞上显示出迷信的恐惧，这种恐惧每逢危险临头的时候就会向他袭来。他相信他的命运跟这个四处流窜的强盗相似，总归有一天会面对敌手败下阵来倒地身亡。

"不过。您以为我想的是死亡吗？"小羽毛接下去说，"我一点儿也不后悔，我要继续走自己的路。我也有我的快乐和骄傲，就像您在报纸上看到说您在斗牛场上大显身手，干净利落地杀死了一头公牛，获得了一个牛耳朵的奖励时那样。您想想看，整个西班牙都在谈论小羽毛，所有报纸都在编造关于他的弥天大谎，甚至有人传言，关于我的故事要放到剧院里演出，还说在马德里，在议员们开会议事的大厦里，几乎每个星期都会谈论我。总之，我感到骄傲，一支军队追捕我，我只是单枪匹马，却把那上千拿着政府的俸禄、耍刀弄枪的宪兵玩得发疯。有一个礼拜天，我趁做弥撒的时间进了村，把马停在广场上几个唱歌和弹吉他的盲人旁边。我注意到人们在傻乎乎地看着唱歌的盲人架着的一块巨幅广告板，上面的画面是一个戴着尖顶帽、蓄着小胡子的英俊青年，他穿着考究，骑着一匹骏马，鞍架上挂着一支火枪，一个丰满的漂亮姑娘坐在那年轻人的身后。过了一会儿我才察觉那个英俊青年是小羽毛的画像……这真让我兴奋。即使一个人衣衫褴褛，甚至变得像一个赤身裸体的亚当，整日价忍饥挨饿，人们却把他想象成另一副样子，这不是太幸运了吗！我向那唱歌的盲人把画像买下来，现在就苫在这儿：这是小羽毛完整的生平事迹，它包含许多谎言，但是全都写成了诗。多好的事情呀！当我到山上闲下来的时候，我会一遍遍地阅读，把它全背下来。这诗应该是出自知识渊博的高手。"

可怕的小羽毛讲述着他的光辉事迹，脸上露出一种儿童般的骄傲神气，刚进庄园时的那种寡言少语的谦卑姿态已荡然无存，企图让人忘掉他的身世、只把他看成一个饥饿难耐的过路穷光蛋的想法也不见了。现在一想到自己的名声在整个半岛传扬，他的一举一动都会立刻被报纸报道，已是眉飞色舞，难以自持了。那都是多么荣耀的事呀！

"如果我继续待在村子里不出来，"他接着说道，"谁会认识我呀？这事我可是想了很久。我们下层人只有两条路：要么忍辱受屈给别人干活，要么干唯一的名利双收的一行：杀。我干不上杀公牛的事，因为我们的村子在山区，那儿没有凶残的公牛。再说，我行动迟缓，手脚不灵巧……所以，我杀人。穷人要让人尊重，自己走出一条路，这是最好的做法。"

国民一直神情严肃地听强盗讲述，一言未发，这时他觉得应该说几句了。

"穷人需要的是受教育，要学文化。"

国民的这句话引得所有了解他癖好的人都笑了起来。

"你的见解早发表过啦，伙计，"杂烩菜说，"还是让小羽毛说下去吧，他讲得很好呀。"

小羽毛对短扎枪手的插话不屑一顾，他看不上这个斗牛士在斗牛场上的胆怯劲儿。

"我懂得读书写字，这有什么用？我住在村子里的时候，这让我得到重视，可也正因如此，反而更倒霉……穷人需要的是公平正义，属于他的东西，就应该给他，他应该得到的东西得不到，那就要自己拿。要变成一只狼，让别人怕，这样别的狼都会尊重你；若是一头牛，自己直到让人家吃掉还会表示感谢呢。穷人，如果你让人看成胆小鬼，没有威慑力，就连绵羊都敢往你脸上撒尿。"

杂烩菜已经喝醉了，小羽毛讲的一切他都狂热地支持。他并不完全清楚他讲的那些话，但是透过朦胧的醉意，他以为看清了一种至高无上的智慧的光芒。

"这话说得对，伙计，对谁都是用大棒子讲理，说下去，说得太好了。"

"我看清了人是怎么回事。"强盗继续说下去，"世界上的人分成两个家族：一个家族的人是剪羊毛的，另一个家族的人是被剪羊毛的。我不想被剪毛，我天生就是剪毛的，因为我是顶天立地的男子汉，不怕任何人。您，胡安先生，您的情况跟我是一样的。我们凭着自己的胆识从底层爬上来了。不过，您走的道路比我要好。"

他凝视了剑刺手一会儿，然后以非常自信的语调补充道：

"我认为，胡安先生，我们生到世界上迟了点儿，像我们这样有胆识、要脸面的血性汉子，要是在往昔，那是要干出一番惊天动地的事业来的呀！您不会去杀公牛，我也不会像一只凶恶的野兽似的在田野里被追捕，被逼得四处逃窜。我们要么做了海外的总督，要么被加官晋爵，反正是成就一番大业。您没听说过有个十六世纪到美洲去殖民叫皮萨罗的西班牙人吗，胡安先生？"

胡安先生对他的问话不置可否，以掩饰他在强盗面前孤陋寡闻的尴尬，他还是第一次听到这个名字。

"侯爵夫人应该对他了解得比我还清楚。如果我做得有点儿失礼的话，请夫人原谅。我知道这个故事是在我任教堂执事的时候有机会读了牧师收藏的旧传奇文学……皮萨罗是个跟我们一样的穷人，他带着跟他一样身无分文的年轻人漂洋过海去了一个连他自己都叫不出名字的地方……那是一个波多西城所在的王国，其他就一无所知了。他们不知跟头上插着羽毛、腰间挎着弓箭的美洲人交手打了多少次仗，最后变成了那儿的主人，把那儿国王的金银财宝全部据为己有，得到最少的人财宝也会一直排到屋顶，所有钱币都是真金白银。不光这些人，还有许多别的人，想想看，胡安先生，如果我们活在那个时代……就凭您和我付出的代价，再带上几个这么能干的听我指挥的小伙子，我们会干得跟那个皮萨罗一样成功，甚至比他还棒……"

庄园里的人都静静地听着强盗讲述那个美妙的故事，由于心情激动眼睛里闪着亮光，并且不停地点头表示赞同他的那些想法。

"我再说一遍，胡安先生，我们生到这个世界上来迟了点儿，好的道路对穷人都堵死了。西班牙人不知道怎么办好，已经无路可走。世界上应该分享的东西全都叫英国人和其他外国人占有了。门已经关闭，我们这些慷慨豪爽的人只好在院子里慢慢腐烂下去，由于不安于自己的命运还要听那些侮辱性的恶言恶语。我想，如果我生在往昔的话，也许我会做了美洲或者其他地方的国王，可现在，整天在路上被追得东逃西窜，甚至都叫我强盗。您，胡安先生，是杀公牛的勇士，享受欢呼和掌声。但是，我明白，许多贵族老爷却是把斗牛看作下贱的职业。"

堂娜索尔开口给强盗出了个主意。他干吗不去当兵呢？那样的话他就能逃到遥远的国家去，那儿有战争，他就可以光明磊落地施展他的本领，大显身手了呀！

"我的确是个当兵的材料，侯爵夫人，这事我考虑过许多次。当我在某个庄园过夜或躲在家中藏几天的时候，我第一次跟任何人一样躺在床上，第一次感到就像现在坐在餐桌上一样温暖，身体感到很舒服，但是很快我就厌倦了，好像山上的日子虽然艰苦，但还是诱惑着我。我需要裹着一条毯子、拿块石头当枕头睡在野地里……没错，我本来可以当兵的，而且会成为一个好兵……但是，到哪儿去当兵呢？……真正的战争已经结束了，每个人带上一帮同伙，能干什么就干什么去了。在今天，人就是一群牲口，穿着同样的衣服，同样地迈着步子往前走，像小丑一样为别人效劳和死去。这个世界上的事不管哪儿都是同样的：被剪羊毛和剪羊毛。您做一件了不起的事情，功劳却被上校夺取了；您像只野兽似的奋不顾身去打仗，获得奖励的却是将军……不，就算是去当兵，我也生得晚了。"

说到这儿，小羽毛垂下眼睛，出神地待了好一会儿，似乎在内心里沉思着他的不幸，感觉在当代社会里已没有他的容身之地了。

突然，小羽毛抓起卡宾枪打算站起来。

"我走了……胡安先生，非常感谢您的招待。祝您健康，侯爵夫人。"

"可是，你去哪儿？"杂烩菜一把拉住他说，"坐下来，别不知趣！待在这儿比什么地方都好。"

杂烩菜想留强盗多待一会儿，因为他很喜欢跟他像一个毕生挚友那样聊天，以后他可以在城市里把这次有趣的奇遇讲给别人听。

"我在这儿已待了三个小时，得走了，我从来没有在一个像拉林科纳达这样易受攻击的大平原上待过那么长时间，也许现在我在这儿的消息已经走漏了。"

"你怕宪兵吗？"杂烩菜问，"他们不会来的，如果他们真的来了，我会跟你一块儿对付他们。"

他打了个鄙夷不屑的手势。宪兵嘛！他们跟别人没有什么两样，有些还是很勇敢的。但是他们家里都是有儿女的，都是尽量躲开他小羽毛的，得悉他在某一个地方时，都是故意迟到，唯有偶尔在路上面对面相遇实在躲不开了，才会对他有所动作。

"上个月，我正在一个叫'五烟囱'的庄园里吃午饭，就像今天在这儿一样，尽管不像在这儿那么多人热情相陪。这时，我看到走来六个宪兵。我断定他们不知道我在那儿，只是来喝点儿冷饮，凉快凉快。真倒霉，就这么巧。但是，不管是他们还是我，都无法当着全庄园人的面夹起尾巴逃走，免得以后讲起来，那些喜欢散布流言蜚语的家伙会鄙视我们，说我们是一帮胆小鬼。庄园主赶紧把大门关上，宪兵们就要用枪托把门撞开。我吩咐庄园主和一个农夫分别站在两扇门的后面听我的号令，'等我一说开门！你们就把门打开'。于是我骑上马，手握勃朗宁手枪，高喊一声：'开门！'门立即打开了。我催马风驰电掣般地蹿了出去，您不知道我那匹小可怜的马有多棒。宪兵不知道冲我开了多少枪，但是我毫发无损；跑出庄园我也回头冲他们开枪射击，据说击中了两个宪兵……还是长话短说吧：我死死地搂着马的脖子趴在它背上，避免成为宪兵子弹的靶子。那些家伙没有抓到我就拿庄园里的人出气，狠狠地把他们揍了一顿。所以我来这里的事一点儿风声都不要透露，胡安先生。否则过后那些戴三角帽的人来了，提出一大堆问题让您解释，弄得您晕头转向好不自在，仿佛这样就是去抓我似的。"

拉林科纳达庄园的人都一声不吭地同意了。这一点他们都懂得，他来访的事必须严守秘密，不能声张，就像所有庄园和牧人茅屋做的那样，以免惹来祸端。这种普遍的沉默、一言不发是对强盗最强有力的支持，何况所有这些乡下人都是小羽毛的崇拜者。他们既热情又直率，都把他看成复仇的英雄，对他完全没有什么可怕的，他的威胁只是针对那些富人。

"我不怕宪兵，"强盗继续说，"我怕的是穷人。穷人都是好人，但是穷困是多么丑恶的东西呀。我知道没有戴三角帽的会杀我，他们没有杀我的子弹，要杀我的人是有的，那将是某个穷人。一个人对穷人的靠近不会警惕，因为他们是我这类人的靠山，而他们却恰恰利用你的疏忽大意对你下手。我有不少仇人，他们发誓要向我报仇。有些是流氓无赖，他们为了得到几个比塞塔就告密出卖我；有的是些忘恩负义的家伙，吩咐他们去做的事他们不做。一个人要想得到所有人的尊重，必须利用铁腕。假若一个人伤害了什么人，后者全家人都会动手为他报仇。假若一个人是好人，高兴脱下裤子用荨麻和龙舌兰搔弄一下，人们一辈子都会记住这个笑话……我害怕的人就是穷人，就是那些本来是我的靠山的人。"

说到这儿，小羽毛停了一下，接着又注视着剑刺手补充道：

"此外，还有喜爱我这一行的人，也就是我的小门徒们，一些跟在我身后迫不及待要对我取而代之的年轻人。胡安先生，请您对我说真心话：谁让您更累心呢？是公牛还是所有那些斗小公牛的人，也就是那些见习斗牛士？这些人为饥饿所迫，他们可是要盖过斗牛大师，煞煞他们的威风呢！……我的情况同样如此。我说我们是一样的人，意思就在于此！……每个村子都有好青年梦想成为我的继承人，希望有一天发现我睡在大树下，便悄悄走到我身边，将我一枪爆头。杀死小羽毛的人可就一鸣惊人、名扬整个半岛，好生了得！"

说完他就去了马厩，杂烩菜跟在他的身后。过了一刻钟，他把他须臾不可分离的伙伴骏马牵到了庄园的院子里。在拉林科纳达庄园的马槽里吃了短短几小时丰盛的草料之后，那匹瘦骨嶙峋的畜生显得高大和鲜亮。

小羽毛抚摸过它的两侧，停下来把鞍架上的毛毯整理好。那畜生应该得意了，它难得享受到像在胡安·加利亚多先生庄园里这么好的待遇。现在需得好好表现了，下面的旅程还蛮长哩。

"那么，你去哪儿，伙计？"杂烩菜问他。

"这就别问了……满世界地逛游呗！连我自己都不知道……走到哪儿算哪儿吧！"

他把一只脚伸进锈迹斑斑、沾满泥土的马镫里，纵身一跃，就挺直胸脯跨在马鞍上了。

加利亚多离开了堂娜索尔，她正在以难以确定的目光注视着强盗启程的准备工作，由于心情激动，她紧闭的双唇已变得苍白。

斗牛士在外套里面的口袋里摸索着走向了马上的小羽毛，悄悄地伸过手去，把几张皱皱巴巴的纸币塞给他。

"这是什么？"小羽毛问，"钱吗？谢谢，胡安先生。可能有人对您说过，当我离开一个庄园的时候，一定要给我点儿什么。可是，这是对待别人的，对待那些有钱人的。富人挣钱很容易，您的钱可是冒生命危险得来的。我们是同伴，您的钱就自己留着吧，胡安先生。"

强盗拒绝收他的钱，坚持称他为同伴，胡安先生有点儿不悦地把手里的纸币又装回自己的口袋里。

"如果某一天我们在斗牛场上见到，您就送我一头公牛吧。"小羽毛补充说，"那可比世界上所有的金钱都贵重。"

堂娜索尔一直走到小羽毛的脚下停住，摘下胸部插着的一支秋玫瑰，用那双闪着金光的绿色眼睛注视着他，默默地献给了他。

"这是给我的？"强盗像是吃了一惊，以充满着恐慌的口气问道，"可是，这是给我的，侯爵夫人？"

看到夫人点头示意肯定，他才难为情地把花接过去，笨拙地拿在手中，好像难以支持的沉重，不知往哪儿放才好，最后终于把它插进了脖子上红围巾两端中间的罩衫扣眼里。

"这花太漂亮了。"他高声喊道，胖乎乎的脸上泛起舒展的微笑，"这是我人生第一次得到这样美好的礼物。"

这个粗鲁而坦率的强盗意外收到女性送的礼物似乎一时被感动了，同时又因为是女性送的礼物不知如何是好。啊，送他的是玫瑰花呀！……

他扯了扯马缰说道：

"愿诸位健康，先生们，再见了……祝你走运，好伙计，也许哪一天你用长扎枪刺公牛大显身手的话，我会扔给你一支雪茄。"

他用手狠狠地拍了一下杂烩菜跟他告别，后者则在他大腿上捶了一拳作为回报。由于那一拳毫不留情，小羽毛大腿健壮的肌肉不禁颤抖了一下。多么讨人喜欢的小羽毛呀！……醉酒中的杂烩菜动了感情，他真想跟他一块上山去呀。

"再见，再见！"

话音一落，小羽毛便把马刺一夹，催马一溜小跑出了庄园。

看到他渐渐远去，加利亚多顿时放下心来，然后他转身看了一下，堂娜索尔依旧木然地站在那儿一动不动，眼睛继续盯着那个骑马人，此时小羽毛已在远方变小了。

"什么样的女人呀！"剑刺手气馁地自言自语，"多么疯狂的女人呀！"

幸亏小羽毛长相丑陋，穿着破衣烂衫，脏兮兮的活像个流浪汉。

否则，她就会跟他走了。

# 第　　六　　章

"简直叫人不敢相信，塞瓦斯蒂安，像你这样一个人，有妻子，有孩子，竟然去干这种拉皮条的事……我原来可没想到你是这样的人，你跟胡安一块外出旅行，我是多相信你呀！我对胡安一百个放心，因为他是跟一个像你这样的堂堂的男子汉在一起呀！……可是，如今你的那些理想和宗教信仰都跑到哪儿去了呢？难道是在教士堂何塞家里犹太人召开的会议上指示你干现在这种事的吗？"

国民被加利亚多母亲的暴怒惊呆了。卡门又在一旁用手绢遮住脸静静地哭泣，眼泪哗哗地从面颊上流下来，这也让他心疼，他只能有气无力地做些辩解。但是当他听到安古斯蒂亚斯太太最后那几句话时，他却像神父一般郑重地直起了身板。

"安古斯蒂亚斯太太，请不要去触及我的理想；如果您愿意的话，请让胡安安静，这件事跟他半点儿关系都没有。我以蓝色鸽子的名义向您保证！[西班牙斗牛场上往往飞来一些鸽子，长时间注视着斗牛，有一只蓝色的鸽子是马德里拉斯本塔斯斗牛场的常客，国民是斗牛士，他用这个比喻来说明自己是忠实的见证人。——译者注] 我去拉林科纳达庄园，是大师加利亚多叫我去的。您了解斗牛队的规矩吗？斗牛队跟军队一样：遵守纪律和绝对服从。大师叫我去，我就得绝对服从。由于斗牛这种活动是从宗教裁判所时代传下来的，没有比这更反动的职业了。"

"小丑！"安古斯蒂亚斯太太喊叫起来，"别胡编乱造什么宗教裁判所和什么反动的来为自己说辩。你们正在杀害这个可怜的卡门，她整天就像痛苦的圣母一样伤心落泪。你想把我儿子见不得人的事掩盖起来，因为他给你饭吃。"

"您说得没错，安古斯蒂亚斯太太，胡安先生给我饭吃，事情就是这样，也就是因为他给我饭吃，我就得听他的……不过，您想想，太太，如果您处在我的位置，您又怎么办？我的斗牛大师一定叫我去拉林科纳达庄园……好！到了出发的时候，我发现车里有一位漂亮的夫人……我们能怎么办？得听大师安排呀！再说，也不是就我一个人陪着去，还有杂烩菜呀！他是个有些年纪的人，很受人尊敬，虽说有点儿愚笨。他从来都没笑过。"

斗牛士的母亲听了这些托辞愈发火冒三丈。

"杂烩菜！他是个坏人，如果胡安懂得点儿廉耻的话，斗牛队就不该要他。你不要跟我提这个醉鬼，他打老婆，几乎把孩子给饿死。"

"好吧，不说杂烩菜……我就说我看到的那个夫人吧，我能怎么办呢？她不是妓女，是侯爵的侄女，是胡安的崇拜者。您知道，斗牛士要得到尽可能多的人的支持，要靠公众活着，靠观众给饭吃。这件事有什么不妥呢？……也就是去庄园里，什么事也没有发生。我可以用我全家人的名义对您发誓，真的什么事都没有。是呀，就是我的屠牛手命令我，我也不能忍受那种不名誉的勾当呀。我是一个正派人，安古斯蒂亚斯太太，您刚才称我是拉皮条的人太难听了，是不对的。我以蓝色鸽子的名义向您保证！我还是个委员哪，选举的日子，不少人都会来找我咨询，就连那些市政会议员和众议员也就是您现在看到的这个人都跟我握过手呢。这一类的人会担当您说的那种角色吗？……我再说一遍，什么事都没有发生。他们之间都以'您'相称，就跟我和您之间一样。两个人都单独过夜，连一道不正经的目光或过头的话都没有过，时时刻刻都规规矩矩，彬彬有礼……如果您还想叫杂烩菜来问问，我马上去告诉他。"

但是，卡门叹了几口气以抱怨的声调打断了他：

"在我家里！"她带着惊讶的神色高叫道，"在庄园里！……而且还睡在我的床上！……这事我全知道，就是没说！……但是这样的事！耶稣啊！这样的事，在整个塞维利亚没有一个男人敢这么过分！……"

国民和善地劝慰她："平静点儿啊，卡门夫人。真的没什么事！别生气！一个崇拜大师的女人到庄园去一下，只是想就近体验一下乡村的生活，这些半洋化了的女人总是既任性又古怪。那么，如果斗牛队在尼梅斯和阿莱斯那些地方斗牛的时候您看到过那些法国女人，今天就不会这么伤心落泪了……

"一句话总结吧：一点儿事没有。全是胡说八道！啊，我以蓝色鸽子的名义保证！我倒很想知道是哪个下贱的家伙造谣生事来了。假如我是胡安，如果是庄园里的人，我一定把他赶走；假若是外面的人，我们就到法官那儿告他，把他以欺骗和报私仇的罪名关进监狱。"

卡门仍然在哭，不理睬短扎枪手那些充满火药味的话语。与此同时，安古斯蒂亚斯太太坐在扶手椅上，那一团肉似的臃肿身躯把椅子的空间挤得满满当当，不见一点儿空隙。她眉头紧锁，长满胡须的皱皱巴巴的嘴巴，也闭得严严实实。

"你闭嘴吧，塞瓦斯蒂安，别撒谎啦！"老太婆叫道，"我全都清楚。这种样子去庄园，是一种见不得人的寻欢作乐，是吉卜赛人的一场狂欢聚会，甚至有人说，连小羽毛那个强盗都跟你们聚在一起了。"

听到这话，国民又惊讶又不安，不禁跳了起来。他似乎看到一个衣衫褴褛、蓬头垢面、戴着一顶油乎乎帽子的骑马人进了院子，踏过大理石地面，翻身下马用卡宾枪对准了他，以为他是个告密的胆小鬼。接着他似乎又看到戴三角帽的人进了院子，许多戴着油光闪闪的三角帽的宪兵，他们个个嘴上蓄着大胡子，对他们不停地盘问，一边还一个劲儿地写着什么。全部穿着彩装的斗牛队的人都被胳膊连着胳膊绑在一起押往监狱。这时他想，小羽毛的事必须坚决否认。

"胡说八道！全是胡说八道！怎么，您说小羽毛？去庄园那儿的都是正派人！天哪！真是太过分了，像我这样的一个公民，让小区一百多人拿到选票，到头来竟落得被人说成是小羽毛的狐朋狗友！"

安古斯蒂亚斯太太本来对最后那条消息就没十分的把握，立即被国民的断然否定说服了，最后她表示不再相信那件事。好吧，小羽毛就不提了，但是，还有一件事作何解释呢！干吗带那个……不要脸的女人去庄园呢！这个母亲不分青红皂白一口咬定儿子在庄园的一切行为都应由陪同他的伙伴们负责，于是她继续指责国民。

"我一定告诉你的妻子你是怎样的人。可怜的女人一天到晚在你们的店里累死累活地操持，你却像一个年轻人似的去寻求快活。你应该感到羞耻……你都多大年纪了呀！孩子都一大堆了呀！……"

短扎枪手为了躲避安古斯蒂亚斯太太，最后只好离开了。老太婆由于怒气难消，又像当年在卷烟厂那样，随便开口骂人了。

国民打算再也不到他的大师家里来。

有时候他在街上会碰到加利亚多，好像他的情绪也比较消沉，但是一看到他的短扎枪手，便强装出笑嘻嘻的样子，精神也提起来了，仿佛家庭的失和并没有对他有什么影响。

"那件事很糟糕，胡安尼略……即使拖着我，我也不再到你家去了。你妈妈像特里亚纳区的吉卜赛人，你的妻子一边哭哭啼啼一边看我，好像那一切都是我的过错。请你再跟女人去旅行的时候，就找别的伙伴吧。"

加利亚多得意地笑了。那件事不算什么，很快就会过去，惊涛骇浪他都经历过了，这不过是小事一桩。

"你应该还是要到我家来，这样很多人在场，家里就不好意思吵架了。"

"我呀！"国民叫起来，"算了吧，我宁可去当牧师。"

听了这句话，剑刺手觉得再坚持也是徒劳，于是白天他大部分时间都待在外面，远远躲开家中的女人们，她们有时板着脸沉默不语，有时又擦眼抹泪。当他回家的时候，总是由他的代理人和其他朋友一队人马保护着。

皮匠也成了加利亚多的有力助手。他第一次觉得他的内弟是一个和蔼可亲的人，头脑非常理智，应该得到好运气。在这位屠牛手不在家的时候，他就主动承担起安抚女人们的任务，包括劝解他的妻子，让她们的怒火得以发泄，变成出气筒。

"我们来看看吧。"他说，"这到底是怎么回事？不就是一个没有什么了不起的女人吗？每个人有每个人的难处，胡安是个名人，需要跟尽可能多的人交往。也就是那个女人去了一趟庄园呀！有什么大不了的事？……胡安一定要交些好朋友，这样才能得到别人的帮助，然后去帮助家里的人。没有发生什么不好的事，全都是造谣诽谤。国民就跟他们在一起，他可是个有品格的人，我非常了解他。"

这是皮匠平生第一次夸奖短扎枪手。他时时刻刻都待在那个家里，他的帮助对胡安是非常可贵的。他单独一人就足以把女人们安抚下来，用不断的交谈向她们灌迷魂汤。斗牛士对他的感谢不惜代价。由于生意不好，皮匠早已把铺面停了，他在等待内弟给他找个事干。这期间，剑刺手承担家中的一切开销，最后终于恳求皮匠和他的姐姐搬到他家来。这样可怜的卡门就减少了烦恼，不感到那么孤独了。一天，卡门托国民的妻子带信来，说希望他到她家去看她。妻子这样对国民说："我今天早上看到了卡门，她从圣希尔教堂出来。可怜的女人眼里含着泪水，好像一直都在哭，你去看看她吧……唉，那些漂亮的男人啊，真应该受到惩罚！"

卡门在剑刺手的工作室里接待了国民。那儿就他们两个人，用不着担心安古斯蒂亚斯太太气急败坏地闯进来，也用不着担心借着他们一家不合趁火打劫，带着子女全家搬过来的姐姐夫妇。加利亚多待在拉斯谢尔佩斯大街俱乐部。他逃离家庭已经许多天了，为的是避开与妻子遇到一起。他在外面吃饭，跟朋友一起去埃里塔尼亚客栈。

国民坐在长沙发上，低着头，帽子拿在手里，不想看他大师的妻子。她的身体变得多么地糟糕呀！眼睛红肿，带着深深的黑眼圈，她那棕褐色的面颊和鼻尖呈现出光亮的玫瑰色，显然是手帕不断地擦抹造成的。

"塞瓦斯蒂安，您把真实的情况全都告诉我吧。您是个好心人，是胡安最好的朋友。妈妈那天做的事是因为她就是这么个脾气，这您了解得很清楚。她就是一时性急，过后就没事了，您别放在心上。"

短扎枪手点头表示同意，只等着卡门继续问下去。这位夫人到底想知道什么呢？

"希望您把庄园里发生的事情告诉我，您看到的，您想到的，全都给我说清楚。"

啊，善良的国民！夫人的话让他感到自己是一个高尚的人，于是骄傲地抬起头来。他能做件好事安慰这个不幸的女人……怎么能不高兴呢！不过，他在庄园里看到的事情？他没有看到任何不好的事情呀！

"我可以以我父亲的名义对您发誓，我可以对您发誓……以我理想的名义向您发誓。"

他毫不畏惧地拿他神圣的理想作证支持他的誓言，因为他真的没看到什么。既然没看到，从逻辑上他就自豪地相信他的敏锐的洞察力和学识，断定绝对没发生什么不雅之事。

"我想他们只不过是朋友……哦，我只说现在的事，如果以前发生过什么，我就不知道了。人多嘴杂，什么都可以说，编造了那么多谎言！您不要听那些东西，卡门夫人。高兴起来吧，去好好生活，这才是实际！"

她还是坚持。可是，庄园里到底发生了什么事呀？……庄园是她的家，这种事发生在她自己的家里她当然很窝火，她觉得这不仅是丈夫的不忠，还是一种亵渎行为，是对她人格的直接侮辱。

"您认为我是傻子吗，塞瓦斯蒂安？我一切都看到眼里了。从他开始盯上那个夫人……或者随便她是什么身份吧，从那时起我就知道胡安心里在想什么了。那天他把一头公牛献给她，他戴着一枚闪光耀眼的钻戒回家来，我就看出他们之间的关系了。当时我真想把那枚戒指抓过来扔到地下用脚踩踏……后来我就知道了一切，一切！这样的事总会有人告诉我们的，因为人家看不惯，讨厌。再说，他们不知自重，十分放肆，哪儿都去，当着众人的面，仿佛是一对夫妻似的，骑着马，跟吉卜赛人从这个集市到那个集市一样。我们在庄园的时候，胡安做的事我们全听说了，后来，他在圣卢卡尔的事我们也知道了。"

国民看着卡门回忆起这些事愈来愈激动，马上就要哭起来了，他觉得应该说话了。

"您真的相信这些谎言吗？卡门，您还年轻，看不出编造出这些骗人的话是不希望您好吗？……这是妒忌，就是妒忌。"

"不，我了解胡安。您以为他这是第一次吗？……他就是这样的人，一贯如此，改不了的。他这种该死的职业，似乎会把所有的男人都变成疯子！我们结婚的第二年，他就跟市场一个卖肉的漂亮女人好上啦。我知道了，心里多难受哟！但是我一句话也没说，他还以为我什么也不知道呢。后来，他又有过多少女人呀！咖啡店舞台上的舞女，从一个小酒馆到另一个小酒馆的流动卖淫女，直至沦落风尘的妓院的娼妓……我不知道到底有多少，几十个吧！为了保持家庭的和睦，我没有说话。可是，现在这个女人跟那些女人不一样。胡安被她迷住了，爱她爱得发疯，成了一个大傻瓜。我知道胡安干了多少卑鄙下贱的行径，好让她记得自己是一位阔太太，不能因为与一个斗牛士有情爱关系而感到羞耻，就把他甩掉……现在她走了，您不知道吗？她走了，因为她在塞维利亚待腻了。我有人告诉我一切。她对胡安不辞而别了。有一天胡安去看她，发现门已经上锁了。您现在应该知道了。他伤心得如一匹病马，跟朋友们在一起，脸色像送葬的人一样，天天借酒浇愁。回到家的时候，一脸的忧伤，沉思不语。不，他没有忘记这个女人，这位先生为有这种阶层的女人而感到自豪。他眼见自己被抛弃，那点儿自豪变成折磨了。唉，我真对他感到恶心！他已经不是我的丈夫，我却觉得他是另外的人。我们几乎不说话，就像是为了避免吵架；同样我们也好像两个陌路人。我一个人睡在楼上，他睡在楼下院子的一个房间里。我们再也不会在一起，我发誓！以前的事情都过去了，我没有计较，我想那是职业的恶习，是斗牛士的怪癖，他们自认为对女人有不可抵御的诱惑力……但是现在我不想看到他了，对他感到厌恶。"

她的语调铿锵有力，眼睛里闪烁着仇恨的火焰。

"哎哟，这个女人！她让他的变化有多大呀！……他完全变成了另一个人！现在他只想跟那些富贵人家的公子哥待在一起，那些在他开始进入斗牛行业时帮助过他的社区里的人，以及塞维利亚所有的穷人，都在抱怨他，对他不满。说不定哪一天他们会在斗牛场上闹起来，对他喝倒彩起哄，发泄对他忘恩负义的愤怒哩。钱流水一般地赚进来，数都数不清，连他自己都从来不清楚他手里到底有多少钱，可是我心中有数。为了让他的新朋友看得起他，他经常赌博，而且输得很惨，钱从这个门里进来，从那个门里流出去。我对他一句话不说，归根结底，钱是他挣的。不过，为了庄园的事，他已被逼无奈，只好张嘴向代理人堂何塞借债了。今年他买了几片橄榄林跟庄园连在一起，钱就是向别人借来的。几乎全部将他在下一个斗牛季节要挣的钱，都拿来还债了。那么，如果遭遇不幸、出事了怎么办？假如像有的斗牛士那样不得不退出斗牛场，那又该怎么办？他甚至连我都想改变，变得跟他一样。很显然，这位先生在拜访过他的堂娜索尔或堂娜女魔鬼之后回到家中时，看到他的母亲和我像所有土了吧唧的女人一样围着大披巾，穿着宽大的罩衫，就觉得我们很丑，给他丢面子了。就是他逼着我戴上这种从马德里买来的帽子。我戴上它很难看，也很不舒服，我心中很清楚，这样的帽子把我变得活像一只伴着手摇风琴的节奏跳舞的母猴子。他买来的大披肩是多么昂贵的东西呀！……也还是他，又买了那辆活见鬼的汽车，我坐在上面总是心惊胆战，那味道难闻极了。如果我们答应他的话，他甚至会把那种公鸡尾巴式的帽子戴在他可怜的妈妈头上。他是一个特别爱虚荣、喜欢自我炫耀的人，心中一直想着另一个女人，打算把我们变得跟她一样，避免我们让他没面子。"

国民打断了她那满腹抱怨的话。不，事情不是这样。胡安是个心地善良的人，他做的一切都是因为非常爱那个家，希望家人过上舒适排场的日子。

"胡安尼略也许像您说的那样，卡门夫人。但是您也得体谅他一点儿……看看吧，很多女人看到您都妒忌得要死！妒忌就妒忌吧！您是最勇敢的斗牛士的夫人，手里握着大把大把花不完的金钱，住着非常漂亮的房子，家中的一切都由您做主，我们的大师一切事情都交由您随意安排！这她们能跟您比吗？"

卡门的眼睛渐渐地湿润了，她赶紧拿手帕按住，以防眼泪流出来。

"我想最好还是做一个鞋匠的妻子。这事我想过多少次呀！如果胡安还是从事他从前的职业，没有入该死的斗牛这一行该多好呀！……我披着寒酸的披巾到他干活的市场门口给他送饭，也就是原来他父亲干活的那个地方，可能比现在幸福多了。那样就不会有漂亮的女孩把他给夺走了。他就完全属于我了。我们可能过穷日子，但是，每到礼拜天，我们就打扮得漂漂亮亮，去一家店里吃午餐。再说，那些公牛让我遭受多少惊吓呀！真不是人过的日子！钱是很多，没错，钱很多，但是，请您相信，塞瓦斯蒂安，对我来说那简直就像毒药，家里进钱越多，我就越遭罪，精神越崩溃。我干吗要那些帽子和所有的奢侈品呢？……人家认为我非常幸福，妒忌我，但是我的眼睛却盯着那些穷苦女人，羡慕她们，她们虽然没有钱，日子清贫，但是怀里却抱着自己的孩子，当感到痛苦的时候，看看自己的孩子，跟他一起笑一笑，就把痛苦忘记了……啊，孩子！我知道我的不幸在哪儿……如果我们有一个孩子该多好呀！……如果胡安看到家里有他自己的一个孩子，完全是属于他的小宝宝，跟外甥和外甥女们有所不同，那该是多高兴的事情呀……！"

说到这儿卡门再也忍耐不住，就呜咽起来，眼泪簌簌地透过手帕的褶皱涌出来，流满了她的两颊。那是无生育能力的女人痛苦的眼泪，她无时无刻不在羡慕那些有孩子的母亲的幸运。这是一个妻子的绝望，看到丈夫离开她，她佯装认为有各种各样的原因，但在内心深处，还是把这种不幸归咎于她的不能生育。有一个孩子就能把他们紧紧拴在一起了呀！……随着时间一年一年地过去，她坚信这种愿望已是徒劳无益，于是她对命运绝望了。她嫉妒地看着那个默默听她倾诉的男人，她所渴望的东西，大自然却是慷慨地给了他那么多。

短扎枪手垂头丧气地结束了这次见面，转身就去找他的斗牛大师，他在四十五人俱乐部门口看到了他。

"胡安，我看到你的夫人了，那件事越来越糟糕了，你得想办法安抚她，表现好点儿，跟她和好。"

"真该死！就来场大病一起送了她、你、我的命吧！……这哪是人过的日子。上帝呀，星期天就让公牛顶翻我踩踏我吧，这样我们一切都结束了，活着还有什么意义吗？"

他有点儿醉了。让他绝望的是他回到家时家里人都皱着眉头不理睬他，而更让他郁闷的是，尽管他没对任何人说过，堂娜索尔没有一句话、没有几行字的信，就不辞而别跑掉啦。他被冷冰冰地挡在了门外，还不如一个仆人体面。他连那个女人身在何方都不知晓。侯爵对他侄女去了哪儿不感兴趣，完全不当回事。她本就是一个疯疯癫癫的女人呀！走的时候也没有给他打招呼，但他并不因此就觉得她在世界上消失了。她终会从她的怪念头驱使去的那个离奇的国家发个信息来，表明她的存在。

加利亚多并不掩饰他在自己家中的绝望。妻子目光低垂，皱着眉头，为了避开交谈，拒绝回答他的任何问话。面对妻子这种冷漠的不理睬，剑刺手甚至一时产生了要去死的想法。

"真该死，我怎么这么命运不济呀！但愿礼拜天缪拉公牛把我挑起甩来甩去送了我的性命，尸体塞到一个草筐里送回家来！"

"别这么说，傻瓜！"安古斯蒂亚斯太太吼道，"你别招惹上帝，这会招来厄运的。"

但是，这时那位皮匠姐夫却抓住机会，在老夫人面前摆出一本正经的神气奉承剑刺手了。

"妈妈，您不必当真，没有哪头公牛会碰到他，没有哪只牛角冲过来他躲不开！……"

星期天是加利亚多本年度最后一场斗牛。上午，他没有从前感到的那种模模糊糊的恐惧，也没有那种迷信的忧心忡忡，反而是以神经质般的激动高高兴兴地穿好了衣服，而那种神经质的激动似乎更增加了他胳膊和腿部的活力。能不停地奔跑在黄沙地上，以他种种潇洒勇敢的动作让一万二千观众为之惊讶，这是多么高的享受、多么愉快的事情啊！……唯有他的技艺是货真价实的：它在让无数观众欢欣鼓舞、兴奋不已的同时，也让他把大量金钱挣到手里。其他的，什么家庭，什么风流韵事，只是把生活复杂化，带来无数的烦恼而已。啊，等着看他漂亮的剑法吧！……他感到身上的力量如同巨人，他变成了另一个人：从前的那种恐惧和忧心已荡然无存，甚至对去斗牛场的时间尚早他都有些不耐烦了。这跟从前可是完全相反，从前他总是把那可怕的时刻一拖再拖呀。他把对家事的烦恼和那个伤害他虚荣心的女人的逃走的愤怒，全想发泄在公牛身上，拿公牛来算账。

马车到了。加利亚多走出屋门穿过院子时，没有像从前那样去注意情绪激动的女人。卡门没有出现。啊，算了吧，女人就是女人！……她们只会给生活增添痛苦。只有在男人身上，才存在长久的感情和欢乐的伴随呀。啊，他姐夫在那儿，在出发去斗牛之前，他先把自己欣赏一番。他身穿三件套的西装，显得很是得意。那本是剑刺手外出的衣服，可主人还没有上身，他却捷足先登了。由于他是个可笑的喋喋不休的话篓子，家中的人数他最风光露脸，所以剑刺手从来不会疏忽他。

"你比那个罗杰·德弗洛尔都漂亮啊。"剑刺手高兴地对他说，"上车吧，我带你去斗牛场。"

皮匠坐在那位名人身边，马车穿过塞维利亚大街的时候，无比骄傲的心情令他浑身颤抖，他周围坐满了披着厚厚的金绣丝绸披风的斗牛士。

斗牛场看台上座无虚席。这是秋末最后一场颇有分量的斗牛，不仅吸引来大量的城市观众，乡下的观众也拥来很多，那些票价便宜的朝阳面看台上，坐满了从附近村镇赶来的民众。

加利亚多一开始就显示出充沛的活力和异常兴奋的精神状态。观众从围栏外远远地看到他迎着公牛走过去，不停地呼呼啦啦舞动着披风戏弄公牛，与此同时，马上的长扎枪手们则紧张地等待着公牛向他们那可怜的马匹扑过来进攻的时刻。

看台上观众中间显露出一点儿预谋给斗牛士作对的气氛。他们一如往常地鼓掌，但是背阴面观众的掌声比起朝阳面座位上的观众的掌声更密集、更热烈，表现出更高的热情。前者戴着一色的白帽子，坐在对称的一排排长凳上；后者戴着鲜艳的五颜六色的帽子，在热辣辣的阳光照射下，许多人只穿了衬衫。

加利亚多预感到了危险，如果他不走运，会有半场子的观众站起来高声呼喊着跟他作对，说他是忘恩负义的人，对那些帮助他红起来的人不知感恩。在准备刺杀第一头公牛时，他果真运气不佳。像惯常那样，他对着公牛两角之间勇敢地冲过去，但是剑却刺到了骨头上。狂热的观众鼓起掌来。那一剑在牛头上留下了明显的伤口，表明没有把牛杀死并不是他的过错。他转身又去刺第二剑，不想恰巧又扎到了同一个位置，那公牛随着他的红布斗牛棒将头一晃，剑就被甩出了一段距离。那时，他接着从仆人钩疤脸那儿拿过一把新剑，重新朝那头四蹄纹丝不动、稳稳地站在那儿等候他到来的公牛扑过去，此时那畜生脖颈上已是鲜血涌流，淌着口水的口鼻几乎触到沙地。

加利亚多把红布斗牛棒挡在公牛的眼前，不慌不忙地用剑锋把插进公牛脖子上的短扎枪拨开，准备在那儿刺上一剑把牛杀死。他把剑高举起，剑锋对准公牛的脑袋，在两只角中间寻找敏感部位。猛地一下，剑刺进了公牛的脖子，于是那畜生痛苦地颤抖起来。但是它依然站在那儿，猛烈地摇晃着脑袋，企图把短剑甩掉。

"第一剑！"朝阳看台上的观众嘲弄地喊叫起来。

"真该死！……这些人为什么攻击他呀？这不公平！"

剑刺手把手中的短剑用力抵住，又往深处狠狠地扎了一下，这一次准确地刺到了公牛的松软点，伤及它生命的要害部位，公牛立刻如同遭到闪电袭击似的扑通一声倒在地上，牛角扎进沙地，僵硬的四腿之间腹部朝天。

背阴面看台上的观众出于阶级的感情热烈地鼓掌欢呼起来，

而朝阳面看台上的观众却吹起口哨，一片谩骂声。

"装腔作势的家伙！……贵族！"

加利亚多背对嘲讽羞辱他的人，挥舞起斗牛棒和短剑向那些热情支持他的观众致意。那些乡下没文化的人本来一直是他的朋友，现在却让他痛苦，逼着他攥起拳头。

"可是，这些人想干什么？这样杀死这头公牛就足够了呀！真该死！这是仇人故意无事生非呀。"

他大部分时间待在斗牛场的围栏下，鄙夷不屑地注视着伙伴们干出的勾当，心中指责他们预谋了那些不愉快的场面出他的洋相。

他同样咒骂那头公牛和饲养他的牧人。他做了充分的准备要把那场斗牛表演得精彩，可是偏偏遇上了这么头畜生不能让他大显身手，应该把那些放出这种公牛的牧场主全都枪毙。

当他第二次拿起红布斗牛棒和短剑时，立即吩咐国民和另一位步行斗牛士用他们的披风把公牛引到乡下老百姓的看台前方去。

他了解那些观众。现在一定要去奉承一下阳光下的"公民"。骚乱恐怖的蛊惑把阶级仇恨带到斗牛场来了，但是，只要稍许对那些受到煽动的人表示一点儿尊重，让他们骄傲的心胸得到些安慰，口哨很容易就会变成掌声。

步行斗牛士一边向公牛抛着披风一边开始奔跑，把公牛引至了朝阳面暴晒的斗牛场那边。看台上的乡下民众既惊讶又高兴地欢迎这一举动。杀死公牛的那一关键时刻将在他们的眼前展现，而不是像每次一样距他们很远，只是坐在背阴面看台的有钱人能痛痛快快地大饱眼福一番。

公牛现在单独在斗牛场这一边了，于是它开始向一匹马的尸体攻击。那死马的肚皮已经被撕开，公牛把两角扎进去，像挑一块软绵绵的破布似的把死马挑到空中摇来晃去，可怜的死马散乱的内脏和粪便撒满了四周。尸体被甩到地上，已变成一个折叠得不成形的大肉团，公牛就摇摇晃晃地走开了。但是，转眼它又返来嗅闻那死马的尸体，还喷着响鼻把它的角插进尸体里，逗得观众笑它固执地在死马里反复寻找生命的痕迹。

"好厉害呀！你真够劲儿，喜欢你！……继续干，现在好戏来了。"

但是，所有人的注意力都离开了公牛凶残的举动，而转到了加利亚多身上。他迈着大步神气地晃着身子穿过广场，一手拿着红布折叠斗牛棒，一手甩动短剑，仿佛那是根手杖。

所有朝阳面看台上的观众都给他热烈鼓掌，感谢加利亚多向他们这边走来。

"你已经把他们控制住了。"国民对剑刺手说，他站在公牛身边，手里的披风已经准备好。

这边看台上的观众都打着手势高声呼喊加利亚多："到这儿来！到这儿来！"每个人都希望他在他们的看台前把公牛杀死，好把那过程看得详详细细。剑刺手面对数千张嘴巴争抢他的呼喊左右为难，显得踌躇不决。

于是他把一只脚登上围栏的踏板，高高地挺起身来估量了一下杀死公牛的最佳地点。应该再把它引过去一点儿，否则那匹马的尸体会对他造成干扰。那具可悲的开肠破肚的动物尸体的碎片，似乎布满了斗牛场那一边的全部空间。

他正要呼唤国民叫他把死马移开的时候，却听到背后响起了一个熟悉的声音。尽管他一时想不起那是谁的声音，但却使他马上转过身来。

"下午好，胡安先生……我们要为您的拿手好戏鼓掌了！"

他看到看台第一排固定围栏绳索的下面矮墙上放着一件叠好的外套，一个人两只穿着衬衫的胳膊交叉支撑在上边，他托着一张胡须刚刚刮得精光的宽厚的脸庞，头上的帽子则一直拉到耳根上。那形象酷似一个从乡镇来看斗牛的老实巴交的农民。

加利亚多一下子便认出了他。那是小羽毛。

他履行了自己的诺言，真的大胆来到了那个坐满一万二千观众的斗牛场。观众没有人能认出他来，他坦然地向斗牛大师打招呼，后者对他的这种一诺千金不禁心存感激。

加利亚多对他的莽撞感到惊讶。他居然敢到塞维利亚来，大摇大摆地走进斗牛场，远离很容易自卫的山地和沙漠，没有他两个忠实的伙伴马和卡宾枪相助，这一切都是为了看他杀公牛……两个人相比……那个人比他更勇敢，他自愧弗如。

另外，他想到他的庄园，那是掌控在小羽毛手中的，要想过好田园生活，就得跟那个特殊人物保持良好关系。对他来说，小羽毛应该就是公牛。

他朝那个强盗微微一笑，后者脸上挂着得意的表情继续凝望着他。这时，他摘掉斗牛帽，大喊一声，便向乱哄哄的观众走去，尽管眼睛还盯着小羽毛。

"就把公牛献给你吧！"

喊罢，他把斗牛帽抛向看台，不知有多少双手呼啦啦伸出来去争抢那件神圣的宝物。

加利亚多向国民打了个手势，让他以恰当的披风技巧把公牛吸引到他的身边来。

剑刺手伸出红布斗牛棒，那畜生就喷着响鼻凶猛地朝他扑过来，他只轻捷地一闪，公牛就从红布下冲过去。"妙啊！"观众吼叫起来，他们对自己的老偶像已经很熟悉了，再次希望他做的一切都得到他们的赞赏。

在距他咫尺之地的观众震耳欲聋的欢呼声中，他继续巧妙地挥舞红布斗牛棒引诱公牛贴着他的身子屡屡冲过去。为他担惊受怕的观众们不断地惊叫着提醒他：加利亚多，小心呀！加利亚多，小心呀！公牛尚未受到任何伤害，劲头十足，依旧连续不断地向斗牛士进攻。他不宜总是夹在公牛和围栏之间跟它周旋，最好把公牛引到一个开阔的空间。

那些特别兴奋的观众大胆地劝告他行动要更勇敢。

"放手干呀……杀呀！拿剑刺呀！制住它呀！"

那野兽块头太大，令人望而生畏，制住它谈何容易！旁边的死马又刺激起它的兴趣，它总想回到那儿去，仿佛死马肚子里散发出的恶臭让它感到陶醉似的。

反复地攻击了一阵之后，公牛被那红布斗牛棒折腾得疲惫不堪，停在那儿不动了。此时死马恰在加利亚多的身后，这种情况对他十分不利，不过，他曾在多次面临最糟糕的情况下取得胜利。

他想利用公牛站立不动的情势下手，观众也鼓励他这样做。围墙外面第一排的观众为了把那决定性的时刻看个仔细，都站起来从围栏上探过身子。从这些乡下斗牛迷中间，他认出了许多开始舍弃他的人，现在又回来为他鼓掌了，因为他们是普通老百姓，为受到他的尊重而感动了。

"抓住机会，勇士！……我们要看你的真本事呀！……别犹豫了，扑过去呀……"

加利亚多稍稍回了下头跟小羽毛打招呼，后者依然是笑吟吟的，支撑在外套上的两只胳膊托着那张月亮般圆圆的面庞。

"就献给您了，朋友！……"

他手持短剑走到公牛对面，准备给它致命的一击。不想就在这一刹那间，他突然觉得大地猛烈震动起来，将他甩出很远，整个斗牛场坍塌，周围变得一片漆黑，耳旁狂风呼啸。他的身体从头到脚都在痛苦地颤抖，脑袋几乎要爆炸开来。脑颅中嗡嗡作响，仿佛要崩裂，胸部感到撕心裂肺的疼痛……他跌进一个黑漆漆的无底的洞穴之中，对周围的一切都失去了意识。

原来公牛在剑刺手正准备杀它的那一瞬间，由于受到他身后死马的强烈诱惑，冷不防地朝他冲了过去。那冲撞是如此地凶狠，以致那个穿着丝织金绣服饰的身体在牛蹄下滚动起来当即消失。公牛的角并没有抵到他，但是那一撞是可怕的、毁灭性的，它的角、头，整个身躯正面的自卫部位冲击斗牛士的身体，就像一个骨质大球砸来似的。

那公牛只顾看死马，却感到蹄下有一种障碍物，于是便暂时放下死马，回头来重新朝那躺在地上一动不动、闪着光亮的丑陋人体攻击。它把他用角挑起来晃了几晃，就顺势把他甩出几步远，然后又赶过去准备第三次攻击。

观众看到瞬间发生的这一切，不禁茫然，心情紧张得让他们说不出话来，整个斗牛场一片寂静。它要杀死他了！或许已经把他杀了……突然，全体观众的一声号叫打破了这令人焦虑的寂静。一件披风展开在了公牛和它的牺牲品之间，两只强有力的胳膊几乎把披风贴在了前者脑上，尽力让那畜生什么也看不见。那是国民，他在绝望中向公牛扑过去，希望公牛转头攻击他而搭救他的大师脱离危险。公牛被这新的障碍迷糊住了，果然抛下躺在地上的攻击对象，调转头来朝国民冲过去。这短扎枪手背对公牛的两角挥舞着披风拼命奔跑，尽管不知道如何摆脱凶险的境况，但是看到公牛远离了重伤的大师，心中还是十分地满足。

观众几乎忘记了剑刺手，完全被这新的插曲吸引住了。国民也要倒下来了，他无法从公牛的两角之间逃开，公牛几乎就要抵到他了。男人们高声喊叫着，仿佛他们的喊叫可以帮助被追击的人似的。女人们焦急地叹着气转过脸去，两只手颤抖着紧紧握在一起，直至短扎枪手利用公牛低下头去准备把他挑起来的一刻机警地摆脱了它的威胁，跨到了一旁。与此同时，公牛继续盲目地往前冲，两角之间挂着已经撕碎的披风。

观众们激动的情绪转化成了震耳欲聋的掌声。他们的变化，主要是被短扎枪手遇险的那一刻惊呆了，现在他们开始为他欢呼喝彩了。这是他一生最光辉灿烂的时刻呀！观众只顾了为国民鼓掌喝彩，几乎不再关注那个不省人事的加利亚多，他被斗牛士和斗牛场员工倒挂着脑袋抬出了斗牛场。

傍晚时分，全城的人就都在谈论加利亚多被公牛严重抵伤的事情了：这是他一生最可怕的事故。也就在这时候，许多城市都印发了号外，全西班牙的报纸都刊登长篇评论详细地报道了这件事。电报也不甘落后，雪片似的飞向四面八方，那阵势不亚于一个政界大人物遭到了谋杀。

可怕的消息也在拉斯谢尔佩斯大街飞速传开，而且还被塞维利亚这个南方城市特有的善于渲染的本领夸大了。可怜的加利亚多刚才在斗牛场上死了。传布这个不幸消息的人亲眼看到他躺在斗牛场诊所的病床上，脸色跟白纸一样，手里拿着十字架。另一个传布消息的人说得没有那么悲惨，说是当时还没有死，但说不定哪会儿就会死了。

"公牛把他整个儿都撕烂了：心脏、腰子、全身都遭了殃。那个畜生把他抵成了一个筛子。"

斗牛场周围由宪兵拉起警戒线，防止那些急于想知道消息的人冲进诊所。斗牛场外面人群拥挤得水泄不通，他们不停地向进进出出的人打听着剑刺手的情况。

国民还穿着斗牛装，皱着眉头，一脸的沮丧，他几次从诊所探身出来，高叫着大发脾气，因为把大师送回家的准备还没有做好。

人们一看到短扎枪手，暂时忘掉了受伤者，转而向他表示祝贺。

"塞瓦斯蒂安先生，您干得太好了，如果没有您……"

但是他拒绝这些赞扬。他做的事情有什么了不起？全是……胡说八道！现在最要紧的是可怜的胡安，他躺在诊所里，还挣扎在生死之间。

"可是，他怎么样啊，塞瓦斯蒂安先生？"有人问道，他们又重新关心起加利亚多。

"很不好，刚刚恢复知觉。一条腿血肉模糊，都碎了。胳膊下方顶了个大洞，我说不清楚！……这位大师在我眼里就是一个圣徒……我们要把他送回家去。"

夜幕降临，加利亚多躺在担架上被抬出了斗牛场。人们不声不响地紧跟在担架后面。路很长。国民披风搭在胳膊上，身上还穿着斗牛的彩装，跟身穿平民衣装的人们混在一起，时不时地俯下身去趴到担架盖布上听听，吩咐抬担架的人停下来稍事休息。

斗牛场的医生走在后面，莫赖玛侯爵和堂何塞跟他们在一起。那位代理人几乎在四十五人俱乐部几个同伴的胳膊上晕过去。所有人焦虑的心情是共同的，所以他们此时也就跟走在担架后面衣服褴褛的平民百姓混在一起，不分彼此。

人们都十分沮丧。那是一队悲伤的行列，犹如刚刚发生了一场国难似的。它消除了阶级的差异，在共同的不幸中所有人一律平等了。

"太不幸了，侯爵先生……"一个脸胖乎乎的、头发金黄的乡下人对侯爵说，他肩上搭着一件外套。

他两次粗鲁地推开一个抬担架的人，想去代替他。侯爵并不喜欢他，那应该是一个在乡间路上碰到时常问候他的农人。

"是呀，年轻人，太不幸了。"

"您认为他会死吗，侯爵先生？"

"就怕是这样，除非奇迹挽救他。他伤得太重了。"

侯爵把右手放到那个陌生人肩膀上，像是感谢他为伤者表现出的伤心。

把加利亚多送到家中时的情形令人心碎。家中院子里传来绝望的哀号，朋友和邻居的女人们在街上一面喊叫一面揪头发，她们都以为加利亚多已经死了。

杂烩菜和其他伙伴不得不用他们的身体阻挡无关的人，他们又推又打，不让人群跟随担架拥进家中去。街上也早已挤满了人，他们激动地高声喧哗着议论那事件，每个人都朝家里张望着，迫不及待地想猜测出墙里面斗牛士的真实情况。

担架抬进靠近院子的一个房间里，剑刺手被小心翼翼地放到床上。他身上裹着血糊糊的碎布和绷带，散发出浓重的杀菌剂味。斗牛装只剩下了一只玫瑰色的袜子，内衣有些地方被撕破，有些地方在诊所被剪开来。

小辫子已经散开来，蓬乱地披散在脖子上，脸色苍白得如教堂里的圣饼。加利亚多感到有一只手抓住了他的手，就缓缓地睁开了眼睛，看到是卡门，就露出了淡淡的微笑。但是，卡门跟他的脸色同样苍白，眼睛干涩，双唇发紫，脸上挂着恐怖的神色，仿佛那就是他的最后时刻。

神情凝重的剑刺手的朋友们慎重地进行了干预。这种情景不能继续下去，卡门应该离开，伤者只是刚刚得到初步的治疗，医生还要做很多处理。

妻子在家中朋友们的一再催促下终于离开房间走了。伤者向国民使了个眼色，后者立即俯身下去，竭力听懂他那微弱的声音在说什么。

"胡安说，"他走到院子里自言自语道，"马上给鲁伊斯大夫发电报。"

代理人对自己的预见很得意。他告诉国民，他一看到剑刺手伤情的严重性，立即就发出了电报，他几乎可以肯定，这时鲁伊斯大夫已经在路上了，第二天上午就会赶到了。

这之后，堂何塞继续探问在斗牛场为胡安治疗过的医生们的看法。经过了开始的惊慌失措之后，现在他们都显得比较乐观了。大概他不会死。那个机体的活力是何等充沛呀！……可怕的是他的脑震荡，要是别人，这样猛烈的震荡马上会致死，但是，虚脱的情况已经过去了，现在已经恢复了知觉，尽管还十分虚弱……尽管他身上到处是伤口，但医生们不认为有致命的危险。胳膊伤得并不严重，只可能不如以前那么灵活。腿部的伤不敢抱这样的希望，因为骨折了，加利亚多有可能落成个瘸子。

当几个小时前人人都认为剑刺手必死无疑的时候，堂何塞竭力保持了冷静，似乎无动于衷，刚才听到医生这么说，他感到极为震惊。一个屠牛手变成瘸子！……就是说，他不能斗牛了？

面对医生们平静地谈到加利亚多可能再也不能斗牛，他感到极为愤怒。

"这不可能。你们认为胡安活下来不能斗牛，这合乎逻辑吗？谁能占据他的位置？我看这不可能！世界斗牛第一人……你们想要他退出？！"

他和斗牛队的人以及胡安的姐夫都整夜没睡。皮匠一会儿待在胡安的房间里，一会儿上楼去安慰女人们，劝阻她们不要下楼来看胡安。她们应该听医生的话，避免让伤者情绪激动；胡安现在身体很虚弱，这比他的伤口更需要医生的看护。

第二天一大早，代理人就跑去了车站，从马德里开来的快车到了，鲁伊斯大夫就乘坐了这趟车。他没带行李，穿得像平常那样随意，黄中透白的胡子下面嘴角上露出笑意，背心敞开着，肥厚的大肚皮在两条短腿上摇来晃去，活像一尊菩萨。他是在马德里得到消息的，当时他正从一场斗小公牛的地方出来，组织那场斗小公牛是为了让观众认识一个乡间客栈的孩子，那场滑稽表演让他很开心……他笑嘻嘻的，尽管一夜火车劳顿。可一想起那场引人发笑的斗小公牛，他仿佛连来塞维利亚的目的都忘记了。

鲁伊斯大夫一走进斗牛士的房间，极度虚弱的斗牛士睁开眼睛认出了他，立刻精神为之一振，露出了信任的微笑。鲁伊斯大夫在一个角落里听过为伤者进行了初步治疗的医生们的一阵叹息之后，坚定地走向了伤者身边。

"振作起来，男子汉，这点儿伤要不了你的命！你会走运的！……"

然后对他的同事们说：

"看看吧，胡安尼略是多棒的一只野兽呀，换了别人，到了这个时候，不会有人再给我们活干了。"

他非常细心地给他做了检查，诊断这种牛角伤需要小心，但是他见得太多了！……对于一些常见病，他总是犹豫不决，不敢坚持自己的意见。但是对于各种牛角伤，那可是他的专长，这类事故，他总是能取得良好的治疗效果，就仿佛牛角在抵伤一个人的时候，同时也给他提供了治愈的方法。

"假若斗牛士没有当即死在斗牛场上,"他说,"那就几乎可以说有救了,治愈只是时间问题。"

一连三天加利亚多都在遭受着残酷的手术折磨,痛苦地吼叫着,因为虚弱的身体不允许他接受麻醉。鲁伊斯大夫从他的一条腿上取出了几块碎骨,是胫骨骨折的碎片。

"谁说你以后不能斗牛了?"医生对他做的手术很满意,高声说道,"你还能斗牛,亲爱的,观众还会热烈为你鼓掌。"

代理人同意这样的看法。他本来也是这么认为的。那个年轻人是世界斗牛第一人,能这样就结束他的斗牛生涯吗?……

按照鲁伊斯大夫的吩咐,斗牛士的家人都搬到堂何塞家里去住了,因为女人们在家里碍事。动手术的时候,绝对不能容许她们靠近。斗牛士的一声喊叫就足以让亲人在家中各个角落里做出反应,比如姐姐和母亲痛苦的号叫。设若卡门听到丈夫痛苦的呻吟,那就必须阻止她发疯挣扎着要跑到丈夫身边去。

痛苦使得妻子改变了,她已忘记了对丈夫的怨恨,常常地哭泣,感到对丈夫很内疚,因为她觉得丈夫的不幸是她无意识造成的。

"这是我的过错,我知道。"她绝望地对国民说,"他说了许多次他但愿让公牛抵到,干脆一下子死去好了!我是个坏女人,让他活得痛苦。"

为了让她确信那次的事故出于偶然,短扎枪手详细地给她讲述了出事的整个过程,但是没有用。不,照她看来,如果不是短扎枪手从死亡状态下把他从斗牛场里救出来,加利亚多就想在那儿了却他的一生了。

全部手术结束之后，家里人就又搬回来了。

卡门蹑手蹑脚地走进伤者的房间，低垂着眼睛，仿佛是为以前对他的敌视态度感到惭愧。

"你好些了吗？"她双手拉起胡安的一只手问道。

就这样她当着鲁伊斯和其他朋友的面沉默不语地坐在那儿，一脸羞惭。鲁伊斯和那些朋友一直没有离开伤者的床边。

如果房间里只有她一个人的话，也许她早已跪到丈夫的面前请求他原谅。他多么可怜呀！她那么冷酷地对待他让他感到绝望，将他推向死亡。一定要把一切忘掉，她纯朴的心灵透过眼中那忘我而亲切的神情显露出来，那是母爱和爱情的融合。

由于痛苦的折磨，加利亚多的身体像是缩小了，也瘦了，脸色煞白，像一个孩子似的蜷曲着。那个以其勇敢博得观众疯狂鼓掌和欢呼的风流潇洒的男子的风姿半点儿也不见了。留下的只是他的自怨自艾，对自己碌碌无为的遗憾。他痛恨那条沉重得不能动弹的腿，此刻如同是铅做的。由于可怕的手术是在完全清醒的情况下实施的，他似乎变得胆怯了。往昔对待痛苦的那股刚强劲儿已经不见，如今稍有不适他便呻吟起来。

他的房间像一个会议室，白天城里最有名的斗牛迷们都来探望，雪茄的烟雾和三碘甲烷的臭味以及其他刺鼻的味道混在一起，弥漫在整个房间。桌子上，在药瓶、药棉和绷带中间放着的一瓶瓶葡萄酒，都是来访者的礼品。

"这没什么关系。"朋友们都高声这么说，那是为了以他们吵吵嚷嚷的乐观主义为他鼓劲儿。"两个月之内，你就可以上斗牛场了。你遇到能人了，鲁伊斯医生会创造奇迹的。"

鲁伊斯医生也显得很高兴。

"已经没什么危险了。你们瞧瞧，他都吸烟了，如果一个病人能吸烟了，那就得救了呀！"

医生、代理人以及几个斗牛队的人每天都陪伤者到深夜。每当杂烩菜来的时候，他总是坐到桌子旁边，那样葡萄酒他伸手可得。

鲁伊斯、代理人和国民三人之间的话题总是离不开斗牛。跟堂何塞在一起你就甭想谈别的事情。他评论每个剑刺手的不足之处，议论他们的优点和挣多少钱。与此同时，伤者在那儿只好一动不动地听着，或者在他们催眠曲似的低声交谈中，昏昏沉沉地进入梦乡。

大多都是鲁伊斯一个人在讲话，国民一直用崇敬而严肃的目光盯着他，专注地听他讲的每一句话。那个人委实见多识广，学问深厚！……短扎枪手出于信仰的关系，他已经不完全相信堂何塞和他的大师，因此他问那位医生革命将在何时发生。

"革命跟你有什么关系？你应该想的是研究斗牛，避免出现事故遭遇不幸；应该设法多多斗牛，给家里多赚钱。"堂何塞插嘴说。

国民对这种话可不爱听，不能因为他是斗牛士就看不起他。他跟别人是一样的公民，也是一个选民，在选举的日子里，那些政界大人物都还得求他呢。

"我认为我有发言权。我是说，我认为！……我是党委员会成员，这没错……我是斗牛士又怎么啦？我知道这个职业是下贱反动的，但这并不能剥夺我享有自己的信念和理想。"

他仍旧坚持斗牛是一种反动，并不理睬堂何塞的嘲笑，因为尽管他对他仍旧十分尊重，但他只想跟鲁伊斯医生讲话。所有的过错都是费尔南多二世造孽，没错，先生，就是如此。他是一个最大的暴君，关闭了大学，却开办了斗牛术学校，他让这种艺术令人憎恶，将斗牛士置于可笑的境地。

"这个暴君真该死，鲁伊斯医生！"

国民熟悉有关斗牛术的政治史，他在痛斥戴帽者和其他支持专治国王的斗牛士的同时，也记起傲慢的胡安·莱昂，此人在专制时期向观众挑战，穿着黑衣服上场斗牛，因为人们把自由派都叫作黑衣人，最后尽管他面对观众的愤怒毫无惧色，还是不得不在他们的威胁下离开了斗牛场。国民坚持他的信仰。斗牛士是往昔的艺术，是野蛮人的职业，但是在这个行业里有些人也跟其他人一样值得受到尊重。

"你这个反动是从何说起？"医生说，"你是个好人，国民，有着人间最美好的愿望，但你也是个愚昧无知的人。"

"没错，"堂何塞高声说道，"这是实在话。在委员会里，那些说教和蛊惑人心的话都把他变成半个傻瓜了。"

"斗牛是一种进步。"医生笑着说，"你懂吗，塞瓦斯蒂安？是我国风俗习惯的一种进步，是一种给人带来欢快的人民大众的娱乐形式，过去的西班牙人都非常地喜欢。关于那个时代的事情，你的堂何塞已经给你讲过多次了。"

鲁伊斯一只手端着酒杯，讲呀，讲呀，只有当呷口酒时才稍停一下。

"说斗牛是非常古老的艺术，这只不过是骗人的弥天大谎。

过去在西班牙存在杀牲畜让人取乐的活动，但是并不存在现在人们看到的斗牛。西班牙民族英雄熙德，他曾用长扎枪刺牛，这我无异议。摩尔人和基督徒们的骑士也曾在斗牛场娱乐，但他们并不把公牛体面地杀死，也没有什么规则可循。"

鲁伊斯医生回忆起了这几个世纪间全国性的娱乐活动。那种活动是屈指可数的，比如国王结婚呀，签订和平条约呀，或者为大教堂里的小教堂举行揭幕仪式呀，那时就举办斗牛来庆祝。这种活动的举办没有什么规律性，也不存在职业斗牛士。那些年轻英俊的绅士们穿着亮丽的衣衫，骑着骏马进入斗牛场，在贵妇们的眼前用长矛或扎枪刺公牛。如果公牛把他们从马上撅下来，他们就抽出短剑，在仆从的帮助下，毫无规矩地一阵乱刺，直至把公牛杀死。当斗牛大众化了以后，许多人就一起走进沙地向公牛攻击，直至把它撂倒，一阵乱剑猛刺将它杀死。

"那不叫斗牛，"医生继续说道，"只不过是对凶猛公牛的一种围猎……如果仔细地考虑一下，就知道当时人们有别的职业，他们有那个时代自己的娱乐，不需要健全斗牛这项娱乐。"

好斗的西班牙人把不停地在欧洲各地挑起战争当作安全措施，而为了航行到美洲，他们也总是需要英勇善战的人。此外，宗教经常会展示一些震撼人心的场景。在这些场景中，人们对外来的危险感到不寒而栗，同时也为自己的灵魂赢得了宽容。而宗教裁判法庭不断地公开将异端邪说者处以火刑，那场面更是对人们的精神影响至深，以致对一些拿凶猛无味的动物玩乐失去了兴趣，从而让宗教裁判成了民族最盛大的娱乐活动。

"不过，那一天终于到来了，"鲁伊斯诡秘地笑了笑继续往下说，"宗教裁判所开始衰败了，在这个世界上已是举步维艰，一天不如一天，在革命的法律消除它许久以前，它自己就终于老朽灭亡了。它对自己的存在已完全力不从心，因为世界已经变了，它的娱乐已有点儿像挪威在冰天雪地和阴沉沉的天空之间的斗牛，没有什么气氛了。它开始为实施火刑感到羞愧了，那场面：五花八门的说教训诫，穿着可笑的衣服，受刑者发誓与自己的信仰决裂……滑稽透顶。当它需要表明自己还存在的时候，就对关闭的门抽上几鞭子。与此同时，西班牙人也对跑遍世界征战历险厌倦了，一头扎进了家中。不管在佛兰德，还是在意大利都没有战争了；一批批冒险家乘船远航征服美洲也完成了。于是这时斗牛艺术便开始兴起，建造了永久斗牛场，职业斗牛队签订契约，斗牛有了规则可循，就比如我们今天所知道的那些扎枪手和杀牛的规矩。群众都很喜欢这种娱乐。斗牛一旦变成一种职业，也就民主化了。贵族绅士为平民所替代，因为这职业有生命危险，所以向观众收费。人们成群结队地进入斗牛场，犹如在那儿他们才是唯一的贵族老爷，是自己行为的主宰者，可以在看台上咒骂那些在大街上让他们见而生畏的官方人士。那些昔日带着宗教狂热专注地出席对异教徒和犹太教信徒实施火刑仪式者的孩子，现在却说说笑笑、高高兴兴地去看人跟公牛搏斗了。在这种活动中，只是偶尔会有斗牛的人丧命。比起从前，这难道不是一种进步吗？"

鲁伊斯坚持他的看法。当十八世纪中期西班牙缩在他的乌龟壳里，放弃了遥远的战争和开拓新殖民地，由于缺乏氛围宗教的冷酷与残忍也已不复存在了的时候，斗牛就兴盛起来。人民的英雄主义需要找到新的道路提高声望和获得财富。他们习惯了死亡娱乐的残暴性需要有一个出气阀来愉悦他们的心灵，那心灵在几个世纪期间一直凝视着酷刑和折磨已经腐朽了。宗教裁判被斗牛替代了。那一个世纪前在佛兰德当兵或者广漠的新大陆上的军事殖民者们，如今已变成斗牛士了。人民看到他们愉悦的源泉全都被封堵，于是便为那些雄心勃勃有胆有识的人在民族娱乐上开辟了一条光辉的出路。

"这是一种进步。"医生继续说下去，"我觉得这很清楚。我是个彻底的革命者，因此对说出我喜欢斗牛并不感到羞耻……人需要邪恶事物的刺激才能让自己的单调乏味变得愉悦。酒精也是坏东西，我们知道它对我们有害，但是几乎我们所有的人都喝酒。偶尔来点儿野性的东西，会给我们增添继续活下去的新精力。我们都喜欢偶尔回眸一下往事，感知一下我们遥远的祖先的生活。兽性会在我们的内心复活一种神秘的力量，我们不应让这种力量死去。斗牛是一种野蛮的行当？没错，我同意。但是它并不是世界上唯一的野蛮娱乐活动。重回暴力野蛮的娱乐活动是一种人类病态，但是这种病态是世界各民族共有的。因此，当我看到外国人只把眼睛盯住西班牙，好像只有在这儿存在暴力娱乐似的，我就忍不住大为恼火。"

可医生呼吁抵制毫无益处的赛马，赛马死的人比斗牛死的人多得多；他也呼吁抵制有教养的观众去看受过训练的狗捕老鼠的游戏；他还反对现代体育运动，这类体育运动得冠军的运动员往往会断了腿，脑骨裂，鼻子被压扁；决斗也在他的反对之列。他认为决斗的唯一企图就是出于一种肮脏的宣扬自己的欲望。

　　医生愈发激动了，不禁高喊起来："那些外国人，在他们自己的国家里，看到赛马场上一匹赛马活活累死，倒在地上，蹄子都断裂了，他们却不喊不叫；他们认为建立一个动物园会让整个城市更趋完美。可是，看到西班牙斗牛场上的公牛和马匹，他们却伤心落泪。"

　　鲁伊斯医生怒斥以文明的名义谴责斗牛是野蛮而血腥的娱乐活动，怒斥以同样文明的名义把地球上最有害而无益的动物关进动物园，喂养它们，为它们供暖，让它们生活得王子般的奢华。这是为什么呢？科学早已了解了它们，并且把它们分了类。如果有些人厌恶毁灭，那么，动物园笼子里天天都发生可怕的悲剧，他们为什么不发声抗议呢？浑身颤抖着咩咩哀叫的山羊被逼进豹子的巢穴里，它们的角毫无用处，没有任何自卫能力，只能任凭豹子攻击，豹子将其利爪戳进它们的五脏六腑，撕碎它的骨头发出令人毛骨悚然的吱吱咯咯的响声，它们的鲜血在豹子的嘴巴上流淌还冒着热气。可怜的兔子被从安静芳香的山间惊起，它们听到蟒蛇窸窸窣窣地爬行，吓得毛都竖起来，浑身瑟瑟发抖。那蟒蛇像是用它的眼睛对它们施催眠术，同时盘绕着它那布满一圈圈花环的巨大身躯阴森森地爬过来，要用它那冰冷身躯将它们缠绕到窒息而死。成百上千的值得尊重的动物由于它们的软弱成了凶残的野兽的口中美餐而死去，而那些凶猛的野兽是完全无益的，可在城市却把它们收养起来，并且受到良好的对待，城里人还自认为这是最高级的文明。也就是在这些城市里，却咒骂西班牙野蛮，因为西班牙那些勇敢而机敏的人，遵照无可争议的明智的规则，面对面杀死一种傲慢凶猛、令人见而生畏的动物。

这些勇士的作为是在艳阳之下、蓝天之下，面对五光十色高声喧哗的观众，把面对危险的激情和宛若画卷之美的魅力融合在一起……天啊，那些外国佬真是岂有此理！

"他们骂我们，是因为我们没有势力。"鲁伊斯说，对他认为的世界的不公正火气冲天。"我们的世界就像一个猴子，只会模仿那个被敬重为主子的人的姿态和欢乐。现在是英国说了算，在世界两个半球赛马都受宠，可人们看到马就是在一条跑道上跑已经厌倦，因为那场景再乏味不过了。真正的斗牛其实到来得很晚，那是当时我们大势已去、每况愈下了。如果在腓力二世时代像今天一样重视，很多欧洲国家就会保留下开放的斗牛场了……不要跟我讲什么外国人！我佩服他们，因为他们搞了革命，我们想的许多事情都归因于他们。但是说到斗牛这件事，哈，算了吧……他们除了胡说八道什么都不懂！"

鲁伊斯医生性子容易冲动，出于盲目的狂热，不分青红皂白，把这个星球上所有的人民都混在了一起，认为他们全都厌恶西班牙的斗牛，同时又在自己的国家里保留着别的血腥娱乐活动，而那些娱乐活动根本无法从美的角度来做出合理的阐释。

在塞维利亚待了十天，鲁伊斯医生就回马德里去了。

"好啦，勇敢的斗牛士。"他对伤者说，"你已经不需要我了，我还有很多事要做。你不可有任何疏忽，一定要小心，两个月之后你就会恢复健康，身体强壮起来。也可能暂时你还会为腿感到恼恨，但是你有钢铁般的秉性，一定会好起来的。"

加利亚多的伤情果然像鲁伊斯说的那样逐渐好转。过了一个月，他的腿就不必强制静养不动了，虽说由于身体虚弱走动有点儿瘸，但是已经可以走到院子里，坐到大扶手椅里接待来访的朋友了。

伤病期间，当他在高烧不退的时候，总是陷入阴森可怕的噩梦中间。那时虽然神志恍惚，梦呓不断，但对一个人的思念却始终在他的心中挥之不去，那就是令他魂牵梦萦的堂娜索尔。那个女人知道他遇到不幸了吗？

尽管他还躺在床上，有一天趁房间里只有他跟代理人两个人的时候，他还是鼓起勇气问起了她。

"是呀，没错。"堂何塞说，"她想起了你，在你出事的第三天，从法国尼萨给我拍来电报，询问你的身体情况。毫无疑问，她从报纸上看到了消息。各地的报纸都在谈论你，仿佛你是个国王。"

代理人给她回了电报，以后就再没有她的音信了。

几天之间加利亚多都为那个消息感到高兴，但是然后他便又以病人的心态固执地问起来，他觉得所有人都在天天挂念着他的健康状况哩。她没有写信来吗？她没有再问起他吗？……代理人尽量想找个理由来解释堂娜索尔的沉默安慰剑刺手。他应该想到那位夫人一直在旅行，顾不上再关心他的身体。天知道那会儿她到了哪里！……

但是，斗牛士想到被那个女人忘记的悲伤让代理人产生了恻隐之心，逼得他不得不对他撒谎，说几天前他收到了堂娜索尔从意大利寄来的一封短信问起他的情况。

"让我看看吧！"剑刺手急不可耐地说。

　　堂何塞借口把信放在家中了来敷衍他，加利亚多为了得到心灵的安慰，便向他恳求道："您给我拿来吧，我太喜欢看到她写的文字了，相信她还记着我……"

　　为了避免他的托辞带来更多的麻烦，堂何塞继续编造堂娜索尔写信来的情况。他说来信从来没有到过他的手，都是写给另一个人的。据他说，是为了处理财产事宜，堂娜索尔写给侯爵的，在每封信的末尾，都问起他的身体情况。有些信是写给她堂兄弟的，信中同样提到她一直记挂着斗牛士。

　　加利亚多高高兴兴地听着那些信息，同时又不断地摇头表示怀疑。他何时才能看到她！……他还能见到她吗？……唉，那个任性的女人就只是由于她那古怪的性格就逃走了，不讲任何道理！

　　"你应该做的是忘掉女人，想想生意上的事。"代理人对斗牛士说，"你已经不再卧床了，几乎痊愈了。你感到身上的力气怎么样？请告诉我：我们可以斗牛了吗？你还有整个冬天可以把身体调养得强壮起来。是接受合同还是今年就放弃斗牛了？……"

　　加利亚多高傲地抬起头来，仿佛是有人说了点儿侮辱他的话语。今年放弃斗牛？一年的时间观众看不到他在斗牛场上露面？……难道观众会对他在斗牛场上的消失听之任之，无可奈何吗？

　　"接受合同，堂何塞。从现在到春天还来得及把身体调理得强健起来。不管我面前出现的是怎样的公牛，我都可以斗，你可以把复活节斗牛的契约签下来。我的腿还是有不少麻烦，但是到了那时，但愿上帝保佑，我会强壮得像个铁打铜铸的人。"

拖了两个月斗牛士才感到身体健壮起来。腿还是有点儿瘸，胳膊也稍欠灵活，但是由于感到身体重新充满了活力，对这些小毛病他感到无所谓，并不看在眼里。

他一个人待在夫妻房间里——他已经离开病房回家来了——站在镜子前面，那姿势仿佛公牛就跟他面对面似的。他把两只胳膊互相交叉，摆出十字形，犹如一手拿剑一手拿斗牛棒。噗！短剑刺进了看不见的公牛，一直深入到只露出剑柄！……他满意地微笑起来，因为他想到那一招必然会让他的敌手感到懊丧。每当他受了伤的时候，那些人总是预言他立刻就要颓废没落下去。

他尚需些时日才能走进斗牛场。但是他已渴望着获得掌声的荣耀，听到观众的掌声，那种急切的心情犹如一个斗牛新手。好像这次的受伤让他迎来了一种崭新的生活，好像以前的加利亚多已经是另一个人了，而现在他必须重新开始他的事业。

为了让身体恢复健壮，冬天剩余的时间他决定跟家人住到拉林科纳达庄园去。狩猎和长途行走有利于他受伤的腿强健起来。再说。他要骑马去监工，去看看在草原上放牧的山羊群、猪群、牛群和那些马。庄园管理不善，一切都要他比别的庄园主更操心，而且产品也比较少。这是一个习惯了慷慨大方、来钱容易，不知道节约的斗牛士庄园。斗牛士一年中间只有部分时间到那儿来，加上这次的不幸又给家庭带来惶恐和混乱，结果庄园的经营就糟糕起来。

斗牛士的姐夫安东尼奥在庄园里住了一段时间，神气得像个独裁者，他本想把一切安排得井然有序，不想却只是将各项工作的运行搅得一团糟，惹得工人们都一肚子气。好在加利亚多有斗牛的稳定收入，金钱无数，可以拿出一部分弥补他的挥霍无度和愚蠢的操作导致的浪费和损失。

出发去庄园之前，安古斯蒂亚斯太太想叫儿子去跪拜埃斯佩兰萨圣母，因为在那个悲伤的黄昏，看到他的儿子躺在担架上、脸色苍白，一动不动像个死人似的被抬到家里来，她就向圣母许了愿。她在马卡雷纳区的圣母面前哭过多少次呀。那圣母是天国里美丽的女王，长长的睫毛，棕褐色的面庞。伤心欲绝的夫人祈求她不要把她可怜的胡安尼略忘掉！

举办这样的仪式是民众的一件大事，异常地隆重。

马卡雷纳区的园丁都被剑刺手的母亲唤来了，圣希尔教堂成了一个鲜花的世界，花束在祭坛上高高地垒起来，形状宛若金字塔，花环放在周围作为镶边。拱门中间的吊灯上，统统装饰着花束，景色光辉灿烂。

神圣的仪式举行的时候，上午的阳光一片明媚。尽管是工作日，来自周围街区的人仍把教堂挤满。黑眼睛脖子短粗的肥胖女人们，穿着黑丝绸衣衫，上身的紧身背心和下身的裙子被那大草包身段的曲线撑得高高地鼓起来，苍白的面孔上方包了丝织花边头巾。刚把胡子刮得精光的手工业者，穿着簇新的三件套，头戴圆帽，坎肩上挂着粗大的金链子。乞丐们自然成群结队地赶来了，如同那儿正在举行一场盛大的婚礼，他们在教堂门口站成两排。区里的打骂大嫂们，头发乱蓬蓬的，怀里抱着孩子，聚集在一起焦急地等待着加利亚多和他的家人们到来。

马上就要在管弦乐队和歌声的伴奏下唱弥撒了。多么隆重的场面呀，恰如复活节到来时圣费尔南多剧院的歌剧演出。接下来是神父们唱赞美诗表示感恩胡安·加利亚多先生的得救，就像国王来到塞维利亚的时候那样。

随从人员出现了，他们先在水泄不通的人群中间打开一条道路，随即斗牛士的母亲和妻子在亲友们的簇拥下走在前面，她们宽大的黑丝绸裙子随着步伐发出窸窣的响声，头披下的面庞上洋溢着甜蜜的笑容。接着出现的是加利亚多，他身后由斗牛士和朋友组成的长长的护卫队一眼看不到尾。那些人都穿着浅色的衣服，上面挂着的金链子和手上戴的钻戒闪光耀眼。他们头上戴的洁白的毡帽跟女人们身穿的黑色衣衫形成鲜明的对比。

加利亚多神情严肃。他是一个虔诚的信徒。在艰难的时刻，出于下意识的习惯他很少想起上帝，甚至会亵渎上帝。但是现在是另一回事了。他要感谢马卡雷纳区的圣母，带着愧疚的心情走进教堂。

所有人都进了教堂，唯有国民离开他的妻子和孩子，独自留在了小广场上。

"我是个自由思想者。"他觉得有必要对一伙朋友说明一下，"我尊重所有的宗教信仰。但是，现在教堂里的这种情况，对我来说……就是胡闹。我不亏欠马卡雷纳的圣母什么，也不想要她点儿什么。但是，朋友们，想想看，当胡安尼略躺在地上时，假设不是鄙人及时赶过去把斗牛引开，那会是什么结果……"

教堂的门是开着的，室内乐器低沉的演奏声、歌手们的合唱声，融成一种柔和悦耳的主旋律，伴随着一股股鲜花的芳香和蜡烛的气味飘溢到广场上来。

聚集在教堂外的斗牛士和斗牛迷们一支接一支地抽着雪茄，偶尔有几个人会离开，走进最近的小酒馆消磨等待时间。

当随从队伍有从教堂里走出来的时候，那些贫民便一拥而上向他们扑过去，互相推搡，一面争吵一面抢夺那一把把撒下的硬币。每个人都有一份儿。加利亚多大师是个慷慨的阔佬。

安古斯蒂亚斯太太把脑袋压在一位女朋友的肩头上动情地哭起来。

剑刺手神采奕奕地微笑着出现在了教堂门口，把胳膊伸给妻子。妻子激动得浑身颤抖，垂下了眼睛，大颗的泪珠从眉宇之下哗哗地滚下来。

卡门感到她刚刚第二次结婚了。

# 第 七 章

圣周到了，加利亚多让母亲好好高兴了一阵子。

前些年，剑刺手作为万能的我主耶稣的忠实信徒，都出门参加圣洛伦索教区的宗教游行。游行时他穿着带有高高尖顶风帽的黑长衫，那风帽又把整个脸遮盖得严严实实，只露出两只眼睛。

那是高贵人士的教友会。当加利亚多意识到自己已经走在财神向他招手的道路上的时候，他就加入了这个宗教社团。躲开了民众宗教团体。在那些团体里，虔诚总伴着醉酒和丑事。

加利亚多谈起他加入的这个宗教社团感到骄傲。一切事情都准时守信，纪律严肃，就跟军队一样。圣周四那天圣洛伦索的时钟凌晨两点第二次响起来的时候，教堂的门瞬间全部打开来，聚集在黑乎乎的广场上的人们看到教堂里面已是一片灯火辉煌，教友会的成员也排好了整齐的队形。

会员们穿着一色带遮脸尖顶风帽的黑长衫，默默不语，神情忧伤，除了从阴暗的尖顶风帽里露出的眼睛闪耀着光亮之外，没有其他生命的征象。他们两人一排两人一排地迈着缓慢的步子前进，前后保持着相当的距离。他们手里拿着紫色火焰的大蜡烛，长衫的尾部拖在地上。

那些很容易动情的南方人聚集在广场上，出神地看着那些黑衣人走过去。他们称他们为拿撒勒人，这些人的脸神秘地遮盖着，也许是些高贵人士，出于传统的对宗教的虔诚，出来参加了这种夜间宗教游行，这支列队前进的宗教队伍，一直持续到太阳升起方才散去。

那是一个静默的教友会。游行中拿撒勒人不能说话。城市的宪兵护卫着他们，谨慎地防御有令人讨厌的家伙来制造麻烦干扰他们。市内到处都是醉鬼。借着纪念耶稣受难的名义不知疲倦的虔诚信徒在大街小巷游荡。从圣周三开始就从一家酒馆串到另一家酒馆表示他们的虔诚，一直到圣周六才结束他们的漫游。直到那一天不知他们在大街小巷跌过多少跟斗以后，人们才最后把他们接回家去。那些大街小巷对他们来说是另外的一条条受难路。

当教友会会员在说话就要受到惩罚的压力下、没有宪兵的护卫默默前行的时候，那些由于醉酒完全不再顾及道德的不敬神者就凑到他们身旁来，贴着他们的耳根低声用最恶毒的语言咒骂这些身份不明者和他们的家人，其实他们根本不了解他们是何等身份。拿撒勒人保持沉默，忍受着把这些辱骂吞下去，就权当是对万能的主的献祭。但是，这些讨厌的家伙看到他们软弱可欺更加得寸进尺，咒骂加倍地凶狂起来，直至最后只露着两只眼睛的虔诚的教徒们想到尽管不准他们说话，但行动并不被压制，于是一声不吭就举起大蜡烛朝醉汉连连砸过去，让那些扰乱神圣宗教仪式的不三不四的家伙得到报应。

在游行过程中，当抬耶稣受难像的人需要休息，以及挂着灯笼的沉重圣像台座也要停下来的时候，只需轻轻地嘘一声，那些穿黑长衫的人也会停下，同排的两个人面对面站着，大烛台放在一只脚下。那一双双神秘的眼睛透过面罩注视着周围黑乎乎的人群。他们是些凄惨地逃离了宗教裁判所的人，古怪面饰上的黑色波浪往脑后散发出烧香的芳香和火堆的气味。细长的小号吹出铜质的幽怨，打破了深夜的寂静。尖顶帽的上方微风中飘动着教友会的小旗子。那长方形的黑天鹅绒小旗子上缀着金丝带，按照罗马换音造词法绣着S.P.O.R几个字母，为的是纪念那个犹太巡抚参与了基督受难事件。

稍事休息后，游行队伍继续抬着耶稣受难像往前走。圣像的底座由金属雕刻而成，十分地沉重，四周由黑天鹅绒垂帘围起来，一直拖到地面，把在底座下方抬圣像的二十条汉子遮挡得严严实实。他们个个汗流浃背，几乎一丝不挂。四组装饰着金色天使的灯笼分别挂在台座的角上闪耀着光芒，台座的中央就是缩着身子的耶稣雕像。那是一个悲惨的耶稣，痛苦的耶稣，流着血的耶稣，头戴荆冠，背着沉重的十字架，面容憔悴，眼睛流着泪，穿着宽大的天鹅绒长衫，上面绣满了金色的花朵，以致那华丽的布料几乎分辨不出来，只在错落有致的绣饰中显露出一丝丝阿拉伯式的花纹。

一看到万灵的耶稣，数百人都不禁发出了叹息。

"主啊，耶稣！"老太太们低声咕哝道，眼睛一动不动地盯着雕像。"万能的主啊！不要忘记我们！"

耶稣受难雕像在广场中央停下来，护卫队除了那些身穿带风帽黑长衫的人外，虔诚的安达卢西亚人也加入进来。后者用歌声向圣像表白他们的心态，用鸟儿啁啾似的颤音和连连的哀叹向圣像致意。

一个颤抖而甜蜜的声音打破了周围暂时的寂静。那是一个小姑娘，她拨开密集的人群一直走到第一排，向耶稣唱出了安达卢西亚复活节宗教仪式的第一支短曲。那支短曲只有三句歌词，她献给万能的主，那尊绝妙的雕像，也献给西班牙黄金世纪最伟大的艺术家之一，雕刻家蒙塔涅斯。

这支短曲就像是一场战斗打响的第一枪，随即就响起了连续不断的爆炸声。一支歌曲还没有唱完，另一支又在别的地方响起，接下来便是一支接一支地连续下去，仿佛广场成了一个盛满发疯的鸟儿的大笼子。一只鸟儿醒来开始歌唱，唤醒了所有的鸟儿都一起唱起来。那么多鸟儿的声音混在一起，乱成了一锅粥。雄鸟那低沉嘶哑的声音把它阴郁的语调跟雌鸟清脆悦耳的啼鸣融混在了一起。所有的人都在歌唱，每个人的眼睛都只专注地盯着雕像，仿佛雕像面前只有他们自己，完全忘掉了周围的人，也听不到别人的声音。嘈杂的宗教歌曲有时把别人的歌唱声打断，有时跟别人的歌声混在一起，身处这种如此不和谐的旋律之中，他们不被干扰，也不犹豫，照样做好自己。穿黑长衫的教友们一动不动地听着那些歌声，眼睛望着耶稣。耶稣听着那些歌声背着沉重的木十字架依然在流泪，荆冠下的脸上依然是扎心的痛苦，直至抬耶稣受难像的指挥者宣布停留结束，在圣像台前敲了银铃。抬起！万能的主摇晃了几下就被抬起来，那些隐形的抬圣像的汉子的脚开始贴着地面移动。

接着出现的是痛苦的圣母玛利亚。复活节的时候，每个教区都要抬出两尊雕像，一尊是耶稣，另一尊是圣母玛利亚。在天鹅绒大华盖下方，受苦受难的圣母玛利亚的金冠在周围明亮的灯光中颤动，披风几米宽的后摆拖在雕像后边，用一种木裙撑支撑出一个凸面，显示那昂贵、耀眼、厚重的刺绣华丽，也显示出整个一代人耗尽了多大的耐心，用尽了多少技艺。

穿黑长衫的教徒们，手中端着噼啪作响的大蜡烛护卫着圣母，烛光在圣母披风上摇曳，反射出艳丽的光彩。一群女人跟在后面随着鼓声的节奏前进。她们的身体在手中拿的大蜡烛的光亮中映出黑影，面孔则被那光亮照得通红。那是一些披着披肩打着赤脚的老女人。姑娘们都穿着已经指定的死后的白色寿衣。中年妇女走得十分吃力，仿佛她们拖着的那鼓鼓囊囊的大肚皮，是由平日不为人所知的痛苦而无规律的日子造成的。她们是一群受苦受难的人，多亏万能的主和圣母玛利亚的慈悲才逃离了死亡，她们跟在他们雕像的后面是来还愿的。

庄严的教友会游行队伍缓慢地走过一条条街道，经过多次长时间停留让人们唱赞美诗和感恩歌，最后走进了整夜所有的门都敞开着的大教堂。他们手持明亮的大蜡烛进入教堂高大宏伟得有点儿过分的前厅，从黑暗中分辨出那些裹着金色条纹胭脂红天鹅绒的壁柱，却看不清黑洞洞的拱顶。教友们在泛红的烛光中像尖顶的黑虫子似的贴地面鱼贯而行，此时夜晚的高空依然是黑沉沉的，他们从黑暗的地下室出来，再一次走到星光下。最后太阳终于照到了这支手持蜡烛的宗教游行队伍，让雕像神圣的衣衫、痛苦至极的眼泪和汗珠都闪出了金光。

加利亚多是万能的主和庄严沉默的教友团的热情信奉者。他们的游行非常威严呀！倘若看到别的宗教游行队伍抬的雕像，他可能会感到好笑，因为那些教友有失虔诚，行进的秩序乱哄哄的，没有一点儿规矩。可他参加的这支游行队伍……天哪，真是非同一般！……凝望着耶稣的雕像，他激动得浑身哆嗦，这是举世无双的雕像，堪称世界第一雕像啊！而且，看看吧，那些穿黑长衫的教友走得多么威严。另外，在这个教友会里，交往的都是非常善良的人。

可尽管如此，加利亚多今年的游行还是决定离开护卫万能的耶稣的队伍，去加入护卫万灵的埃斯佩兰萨圣母的马卡雷纳教友会的行列。

安古斯蒂亚斯太太得知他的这一决定非常高兴。最近一次斗牛他被公牛抵伤，圣母救了他的性命，他实在应该去跪拜圣母，表示感恩。再说，这也会彰显他平民百姓的淳朴情操。

"每个人都有自己的朋友，胡安尼略。你跟那些公子少爷交往，这没有什么不好。但是，你要想到穷人，他们一直在爱着你。可是现在他们对你不满意，产生了反感，认为你看不起他们了。"

加利亚多对此太清楚不过了。斗牛场上那些坐在朝阳面看台上的平民观众已经开始对他表示出敌意，认为自己被他忘记了。他们批评他跟富人交往，背弃了最初热情支持他的人。为了消除这种隔阂，加利亚多千方百计、奴颜婢膝地讨好平民观众，因为他毫不怀疑，斗牛士是靠观众的掌声活着的。他早已给马卡雷纳区教友团权威人士打过电话，告诉他们他将参加他们的圣诞节游行队伍，他还不希望把这个消息告诉任何人，他是作为虔诚的教徒参加游行的，希望为他的活动保密。

但是，没过几天，全区里的居民就都骄傲地无时无刻不在谈论这件事了。今年马卡雷纳教友团的游行队伍可真是漂亮神气呀！……他们并不把抬着万灵的耶稣雕像游行的富豪们看在眼里，说他们的队形是多么地死板和单调乏味呀。唯一让他们盯着的就是河对岸的对手，就是特里亚纳区那些爱吵吵闹闹的家伙。他们抬着庇护神圣母和受难耶稣的雕像是如此地得意扬扬，亲切地称他们是神圣的幼兽。

"一定要去看马卡雷纳区教友会的游行。"斗牛士周围的朋友们得知他的决定后这样说，"安古斯蒂亚斯太太要在圣像台上摆满鲜花，至少要花一百杜罗。胡安尼略要给圣母戴上全套的珠宝首饰，那可是一大笔钱呀！"……

说到做到，事情果然这样发生了。加利亚多搜集起他和妻子的所有珠宝首饰，一定要让马卡雷纳的圣母风光一下。在她的耳朵上戴上卡门的耳坠，那是剑刺手花了他几次斗牛的全部收入从马德里买来的。在她的胸部挂上斗牛士的双排金链子，金链子上再挂上所有的戒指和钻石扣，那都是斗牛士穿着典型的安达卢西亚服装出门时挂在胸襟上的。

"耶稣啊！我们棕褐色脸庞的马卡雷纳区的圣母会是多漂亮啊！"居民们谈到圣母时这样说，"一切的开销都是胡安先生支付的。这要轰动半个塞维利亚。"

当人们向胡安先生问起这件事时，剑刺手只是谦虚地笑一笑。他向来都虔诚地信仰马卡雷纳的圣母，她是他出生的区里的圣母，再说，他可怜的父亲每年都穿着"卫士"的服装去参加这个区的宗教游行。这对他们家是一种荣誉。如果他不是斗牛士，他会戴上头盔，拿起长矛，扮成古罗马士兵的样子出现在游行的行列里，就像如今早已在地下腐烂了的昔日的许多加利亚多那样。

他喜欢这种虔诚的名望，希望人人都知道他去参加区里的游行，可同时又担心这消息在全城传开，他信仰圣母，愿意跟圣母亲昵相处，这是为他将来会遇到危险考虑，是一种虔诚的利己主义。但是一想到当朋友们聚在咖啡馆里或拉斯谢尔佩斯大家的社交场合里嘲笑他的时候，他就不寒而栗了。

"如果他们认出我，一定会嘲笑我的。"他说，"必须跟所有人都把关系处好。"

圣周四晚上，他跟妻子一起去大教堂听《圣经》中的诗篇《米泽里厄里》。大教堂一道道椭圆形的拱门高得有点儿荒唐。里面只有壁柱上的蜡烛射出泛红的光亮，那是为拥挤的人群走过照点儿亮，不必摸索着前进。在侧旁小教堂的栅栏后面，聚集着一大群有社会地位的人。他们待在那儿，为的是不想跟拥挤在大殿里那些满身汗味的人群混在一起。

唱诗班也处在黑暗之中，只有为乐师和歌手照亮的蜡烛像红色星座似的放射出光亮。埃斯拉瓦的《米泽里厄里》在这黑暗而神秘的恐怖氛围中响起的似乎是它意大利欢快的旋律。但这会儿成了一种安达卢西亚式的《米泽里厄里》，有点儿好玩和滑稽，就像鸟儿拍击翅膀，带些类似爱情小夜曲的浪漫味道，又像是一群醉汉在姑娘们家门口夜间欢闹的合唱曲。在一个甜蜜的国家里，生活的愉快会让人忘记死亡，抗拒了耶稣受难的凄惨和阴郁。

当男高音的歌喉结束了最后一支抒情曲，连连哀叹地呼喊着那个杀死耶稣的城市"耶路撒冷！耶路撒冷！"的声音消失在教堂高高的拱顶处的时候，人们就呼啦啦散去了。他们都想尽早回到街上去，那儿就像剧场一样，灯火通明，人行道上摆着一排排的椅子，广场上还有许多包厢。

加利亚多回到家中穿上了拿撒勒人的服装。安古斯蒂亚斯太太怀着柔情为他准备好了这套服装，这种情感似乎又让她回到了青春时期。唉，她苦命的丈夫啊，每年的这一天晚上，他都是一身武装打扮，肩扛长矛，走出家门整夜待在外面，一直到第二天才会回来。那已是他跟军队的哥儿们串遍了塞维利亚的所有酒馆，喝了个尽兴，头盔撞瘪，衣服脏兮兮的，一副狼狈相了！……

剑刺手像女人那样，穿上衣服后细心地把它抻得平平整整。他穿拿撒勒人衣服时，跟斗牛的下午一件件穿上斗牛彩装同样一丝不苟。然后穿上丝袜和漆皮鞋，又套上母亲亲手缝制的白缎料长衫。在长衫的上方，一顶尖尖的绿天鹅绒风帽耷拉到双肩构成一个只露出两只眼睛的面具。风帽的飘带接着垂下去就一直到了小腿的下边，那样子酷似神父主持弥撒或授圣餐时穿的长袍配饰。胸襟的一边则装饰着用五彩丝线绣上的精美的教友会盾形纹章。斗牛士戴上白手套，拿了一柄高高的象征教友会尊严的手杖。那手杖是用绿色天鹅绒缠裹了的，银包头，椭圆形手柄同样是银质的。

当加利亚多戴着风帽神气地沿着人群在熙来攘往的大街朝圣希尔教堂走去的时候，已经过了半夜。街上的烛光和从酒馆门口射出的光亮在房舍的白墙印出如同大火反射出的阴影和光芒。

到达大教堂之前，加利亚多在一条狭窄的街道上遇到了一支宗教游行队伍，他们是犹太教友团的，一支"武装者"的队伍，都是穿长袍的兄弟会会员，这些人急不可耐地要表现他们的尚武纪律，正在随着连续不断震山响的大鼓声原地踏步。

他们中间有年轻人也有老年人，面部全被头盔的金属护面罩挤成方形。身披葡萄酒色的护身甲，腿上模仿女性穿肉色长筒棉线袜，脚蹬高底凉鞋。他们腰上挎着罗马剑，而为了模仿现代士兵，又按照步枪背带的方式用一个绳子把长矛挂在肩膀上。教友团游行队伍的前方罗马旗帜招展，上面印着元老院的标记。那些旗帜跟所有罗马军团士兵行列的一样，随着行进的鼓点飘动。

一个威风凛凛的大人物手持短剑大摇大摆地走在这支队伍的最前头。加利亚多走过他的身边时一眼就认出了他。

"该死的家伙！"加利亚多在面具下笑道，"今天晚上没有人会理睬我，掌声会被他给垄断了。"

那是担当这支宗教游行队伍指挥的小山羊上尉，是今天上午刚从巴黎赶来的一个吉卜赛歌手，他深谙军事纪律，所以走在士兵的最前头。

如果不响应召唤来尽这份义务，那就等于他放弃在巴黎所有音乐厅广告上宣扬的上尉头衔，他跟女儿们就是在这些音乐厅里唱歌跳舞赚钱谋生的。这些女儿个个出落得像迷人的小蜥蜴，动作优雅，眼睛大大的，苗条的魔鬼身条柔滑如脂，让男人们个个神魂颠倒。大女儿跟一个俄国王子私奔遇到好运，巴黎的报纸好几天都在评论这位"西班牙军队里勇敢军官"的绝望。他想杀死那两个私奔者来挽回自己的名誉，以致有人把他比作堂·吉诃德。不久就在林荫大道一家剧院上演了一场关于拐骗吉卜赛女人的轻型小歌剧，其中穿插了斗牛舞、教师合唱和其他具有典型地方色彩的场景。小山羊最后还是跟那个狡猾的女婿妥协，接受了他的补偿，并且继续带着女儿们在巴黎跳舞，期待着另一个俄国人的出现。他的上尉头衔让许多深谙世界形势的人陷入思考："啊，西班牙！……这个国家衰败了，它不给它高尚的士兵发饷，逼得那些贵族绅士都不得不把自己的女儿送上舞台表演……"

临近圣周，小山羊再也忍受不了他远离塞维利亚的烦躁心情，于是就以严厉而不妥协的父亲的姿态跟女儿们告别。

"女儿们，我走了。你们好好照顾自己。做事要守规矩，行为要正派严肃……教团游行的队伍在等我。如果他们的上尉缺席，他们会怎么说呢？……"

说罢他就从巴黎启程去塞维利亚了，一路上骄傲地想着他的父亲和前面的祖辈们都曾是马卡雷纳区犹太人的上尉，他自己也想为先辈们的遗产增添光彩。

有一次，国家彩票抽奖，他中了一万比塞塔。他就把这些钱如数用上买了一套与他头衔相称的军服。全区的大妈大嫂都跑去近前看这位上校。那军服上的金绣令人眼花缭乱，轻便的金属胸甲擦得锃亮，头盔上犹如瀑布似的倒挂着白羽毛，明净的钢盔上反射出宗教游行的各种光芒。那真是红皮肤的人梦寐以求的神奇服装，也就是醉酒的阿劳科人会梦想的王子穿的衣衫。女人们拉起天鹅绒衣服就近观赏那些绣饰：钉子、锤子、荆棘，无一不是耶稣受难的标志。他的靴子由于缀满了透明物和假宝石似乎每走一步都在颤动。头盔羽毛的下方，那非洲人的皮肤显得更为黝黑，吉卜赛人的灰胡须更为突显。这不是军人的特质，上尉本人都堂堂正正地承认。但是，他要回到巴黎去，一定要为艺术做出点儿贡献。他像军人一样威严地转过头去，一双鹰眼盯着军团的士兵。

"注意了！不要议论军团的事！……要严肃，守纪律！"

他从牙齿的裂缝里下达命令，声音还是那样地嘶哑，口气如一个流氓，就跟鼓动他的女儿们在舞台上跳舞是一样的。

军团的游行队伍和着小号声迈着缓慢而有节奏的步伐向前进。每一条街上都有几家酒馆，酒馆的门口，一些眉飞色舞的男人把帽子推到后脑勺上，坎肩敞开着，为了忘记耶稣遭受折磨和被钉死在十字架上，他们已不知喝了多少酒。

看到那威武的军官来了，他们把酒杯斟满散发着浓香的琥珀色葡萄酒，远远地高举起来向他致意。为了掩饰自己的慌乱，上尉故意把目光移开，并且把披着盔甲的身子挺得更直。如果不是正在指挥游行队伍，那该有多好呀！……

有的人更大胆一些，就穿过街道把酒端到他头盔羽毛的下方，想用酒香去诱惑他，但是，抗拒腐败的罗马兵团指挥官往后倒退一下躲开来，并且当即抽出利剑直指他们。责任就是责任。今年不同于别的年头。以前教团的游行队伍刚一出发就乱了套，行进姿势七扭八歪，脚下的步子错乱得不成体统。

那样的情况对小山羊上尉是灾难性的。很快游行的街道于他就变成了痛苦之路。他一身武装感到燥热难受，那就喝点儿酒吧，没关系的，纪律不会乱的。于是他就把沿街送上的酒一杯杯喝下去。可是，很快行进的队伍就开始减员，不少人离开行列溜进了沿街的酒馆，在那儿滞留下来。

此刻，游行队伍在小山羊上尉的严令指挥下，按照传统缓慢前进，在每个十字路口都成小时地停留下来。时间并不急促，现在刚刚夜里十二点，马卡雷纳的圣母不到第二天中午十二点不会回到教堂。她走遍全城的时间要比从塞维利亚到达马德里还要长。

走在前面的是耶稣受难雕像，雕像座上也摆满了其他雕像，罗马犹太人巡抚彼拉多坐在金色宝座上，周围站着身穿艳丽短裤、头盔上插着羽毛的士兵，他们监督着神情忧伤的耶稣，是些面目狰狞的行刑人。耶稣马上就要受难了。他身穿满是绣饰的紫天鹅绒长袍，荆冠上的金色羽饰象征着他的三道灵光。不过，尽管他的台座上摆满那么多雕像、衣装又是装饰华丽，但却没有引起人们的注意，仿佛被跟在后面的雕像贬抑了。后者是平民区的女王，马卡雷纳区的圣母埃斯佩兰萨。

当面色红润、睫毛很长的埃斯佩兰萨圣母罩在颤颤悠悠的天鹅绒华盖下，随着隐身不见的抬夫的脚步不停地晃动着脑袋离开圣希尔教堂的时候，聚集在广场上的人群中立刻爆发出一阵震耳欲聋的欢呼声……天哪，伟大的圣母是多漂亮啊！她永远是那么年轻，似乎时光对她永不流逝！

宽大华丽的披风模仿网状织品布满金绣，在圣母雕像后面铺展开来，宛如一只巨大孔雀垂下的尾巴。圣母像的玻璃眼睛光芒闪耀，仿佛在为信徒们的欢呼激动得流泪。眼睛的闪光和珠宝首饰的光亮叠加在一起，把圣母的整个身体照得雪亮，犹如在刺绣的天鹅绒披风上，又披上了一层黄金宝石的甲胄。那些珠宝首饰有成百上千，也或者有成千上万，宛若亮晶晶的雨点，放射出虹的各色光芒。圣母的脖颈上挂着一串串珍珠和穿着成打成打钻戒的金链子，它们一摇动，就散发出一片魔幻般的光辉。圣母的长衫和披风的前襟用饰针别满了金表、翡翠耳环、钻石和宝石戒指，那些宝石竟像发光的鹅卵石一般大小。所有的信徒都把自己的珠宝首饰贡献出来，为的是在游行中让马卡雷纳的圣母大放光彩。在这个悲惨的宗教活动夜晚，女人们伸出手让人看没戴一件首饰，她们的一些珠宝首饰戴在了圣母身上，那是她们的骄傲，她们感到心满意足。公众认识那些珠宝首饰，因为他们每年都看到，已是心中有数，知道每件装饰品的来历，还会指出发现的新首饰。圣母胸部挂在金链子上的那些首饰是斗牛士加利亚多的，但是别人跟他一起分享民众的艳羡。女人们都出神地凝视着两颗硕大的珍珠和一串戒指，那是属于区里两年前去了马德里的一个姑娘的，她是马卡雷纳的圣母虔诚的信徒，跟一位老绅士一起回来参加节日活动……多么幸运的姑娘呀！……

加利亚多用风帽遮住脸，手挂象征高贵身份的拐杖，跟教友会的要人显贵们一起走在圣母雕像的前面。其他戴风帽的人则显示他们手中装饰着金流苏的细长小号。他们不时地把这种乐器的吹口对准面罩上的一个小洞，于是那种撕心裂肺、折磨人的小号声便随之打破了寂静。但是这种令人毛骨悚然的小号声并不能唤起人们心灵的反响，让他们想到死亡。从一条条纵横交错的黑咕隆咚而寂静无声的街巷里，吹来一阵阵春风，飘来柑橘树的味道以及栅栏后面和阳台上一排排盆花的芳香。一轮皓月缓缓钻出绒毛般的云团，为蓝色的天空涂上了一层银白色，那圆盘似的面孔在街巷两旁的屋檐之间缓缓滑动。悲戚的游行队伍似乎与大自然的氛围格格不入，因此每走一步都在缓解他们深深忧伤的心理。小号吹出的对死亡的哀怨，歌手们唱圣歌时的哭泣，那些可怖的刽子手皱着眉头、迈着整齐的步伐前进的行刑人的狰狞，现在这一切均属徒劳了。春天的夜晚是欢快的，它把芳香飘洒向四面八方，没有人能把它跟死亡联系在一起。

马卡雷纳的圣母狂热的信奉者，像一支乱哄哄的军队，在雕像四周簇拥着她前进。城郊的菜农们，跟他们头发蓬乱的妻子一起，手上拖着一大串孩子，一直跟着游行队伍走到天亮。区里的年轻人，头戴新毡帽，梳得整整齐齐的卷发一直压到耳根，手里挥舞着好斗味道浓厚的大棒子，好像如果有谁敢对漂亮的圣母不敬，相助的必然是他们强健的双臂似的。所有人都在一起乱哄哄地走着，在狭窄的街道上免不了互相拥挤，因为雕像和墙壁之间剩余的空间太小了。但是他们的眼睛都盯着圣母的眼睛，在醉酒的蒙眬中用他们鸟儿一般浅薄的思维议论着她，赞美着她美丽的容颜和她显灵的神奇。

"妙啊，马卡雷纳的圣母！……您是人世间最灵验的圣母！……所有圣母在您面前都不值一提，自愧弗如！……"

神圣的雕像每五十步一停。不必着急，到黎明时间尚早。许多房舍前都要求圣母停下来，他们要仔细地看看圣母。所有的酒馆老板都提出同样的要求，希望圣母在他的门前稍事休息，说他们是这个区里的居民，应该享有这样的权利。

有个人穿过大街，径自走向手拄拐杖走在雕像前面戴风帽的那些人。

"喂！请停一下，这儿有世界第一歌手想为圣母献上一支复活节短曲。"

这世界第一歌手靠在一位朋友身上，两条腿颤颤巍巍，他把手里的酒杯交给别人，一直走到圣母雕像前，先是咳嗽了一下清了清嗓子，然后就放开了嘶哑的歌喉。他的歌声由于颤音过多歌词完全听不清楚，唯一听懂的就是"妈妈，上帝的妈妈"。他唱这句歌词的时候声音激动得颤抖，表现出他对大众诗歌的敏感，也可以听出母爱给了他多么深刻的启示和影响。

这位歌手舒缓的歌曲还没唱到一半，另一个人便唱了起来，然后是又一个接上来，仿佛一场赛歌会开始了。而街上到处栖息着看不见的小鸟儿，它们也开始歌唱了起来。有的声音嘶哑，仿佛是肺气不足发出的颤音；有的发出刺耳的尖叫，那种穿透性的哀鸣，使人想到它们那红色鼓胀起来的脖子几乎就要爆裂开来。最多的歌手是隐藏在人群之中，他们只是表达一种淳朴的虔诚，而不需要人们看到他们抒发自己的感情。也有些人为自己的嗓音和演唱风格而骄傲，他们渴望显示一下自己，便站到了街道中央马卡雷纳的圣母雕像前面。

一群穿着平直的裙子，头发抹得油光锃亮的姑娘，双手交叉放到塌陷的肚子上，眼睛直勾勾地盯着圣母的眼睛，小声地唱着圣母看到儿子身上流着血，背着沉重的十字架，踉踉跄跄地走在十字路上似的痛苦。

在她们的几步远之外，一个古铜色皮肤的吉卜赛年轻人，一脸的大麻子，脏衣服散发出臭气，似乎陷入心醉神迷的状态，帽子一直挂在手上，也开始唱起了母亲，"亲爱的母亲""上帝的母亲"。他身旁的一伙同伴都连连点头，称赞他唱歌的情调之美。

雕像后面的大鼓继续咚咚地敲得山响，小号继续吹出悲戚的旋律，大家同时都唱起来，各式各样不协调的声音混杂在了一起。没有人觉得难为情，每个人都毫无顾忌地开始或结束自己的歌曲，仿佛大家都变成了聋子，仿佛宗教的狂热使他们都成了绝缘体，崇敬的心情令他们浑身颤抖，像被施了催眠术，他们的眼睛始终不离开圣母的雕像。除此之外，他们再没有其他外部生命特征。

歌声结束之后，众人热情里带点儿放荡味道地高声欢呼起来。圣母再一次被颂扬，马卡雷纳的圣母是美丽的圣母，是人间无与伦比的圣母，是让所有的圣母……苦恼的圣母。一杯杯葡萄酒围绕圣母的脚下转，那些最兴奋的人竟然把帽子朝圣母掷去，仿佛她是个美丽的少女。他们已分辨不清到底怎么回事：是宗教社团成员在热情歌颂圣母呢，还是伴随她走遍大街小巷游行的异教徒的狂欢作乐？

在雕像的前边，走着一个身穿紫色长袍、头戴荆冠的魁梧的年轻人。他打着赤脚走在大街小巷的蓝色石子路上，在两倍大于他的十字架重压下他一直弯腰行走。在长时间的停留之后他重新起步时，那些好心人便帮他背起了十字架。

看到他那样子，女人们不禁心疼地啜泣起来，可怜的孩子！他怀着何等圣洁的热忱去履行对他的惩罚呀！……全区的人都记得他亵渎圣灵的罪过。该死的葡萄酒，它让男人们发疯！三年前的圣周五早上，当马卡雷纳的圣母整整一夜游遍了塞维利亚的所有大街小巷就要回到教堂的时候，这个原本的好小伙子却造孽了。他跟他的朋友们从前一天晚上就纵酒狂欢，现在已是酩酊大醉，在集市广场的一家酒馆前截住了游行归来的圣母。他先是为圣母唱歌，接着就凭借圣洁的激情开始奉承圣母，向她献殷勤。啊，马卡雷纳的圣母，您真漂亮啊！我爱您胜过爱我的未婚妻！为了更好地表示他对圣母信仰的虔诚，他想把手里拿着的东西抛到她的脚下，以为那是他的帽子，不想却是一个酒杯飞到了圣母漂亮的脸上撞了个粉碎。他当即哭哭啼啼地被抓进了监狱……如果他说爱圣母就像爱他的母亲该多好呀！葡萄酒真该死，就是它把男人搞糊涂，不知道自己在做什么呀！一听到他由于对宗教的不敬要坐牢多少年，他吓得浑身发抖，悔不该亵渎神明，于是大哭起来。终于，就连那些最愤怒的人都为他讲情，决定通过对他进行特殊的惩罚以儆效尤来了却此事。

他背着沉重的十字架，满头大汗气喘吁吁拖着沉重的步子往前走，那重量压得他十分痛苦，每当他感到一只胳膊被压得麻木了的时候，就换另一只胳膊。女人们痛哭流涕，那场面让人感动。他的伙伴们都为他摇头叹息，没有人去嘲笑他，而是出于怜悯为他送上一杯杯葡萄酒。他眼看要累得崩溃了，需要喝点儿冷饮凉快一下。那真的不是嘲笑，而是出于友情。

但是他根本不理睬送上的葡萄酒，而是把眼睛转向去看圣母的眼睛，为的是让她作证他是真心在履行惩罚。喝酒的事就留到第二天吧，那时候马卡雷纳的圣母已被安全地送回教堂，他什么也不必担心了。

圣母雕像在集市区的一条街上停下来。走在游行队伍最前边的宗教团体已到达塞维利亚市中心。戴绿风帽教友团和武装教友团以好战的计谋前进，仿佛是一支要去突袭的军队。他们要抢先走到拉坎帕纳咖啡馆，占据拉斯谢尔佩斯大街入口。以前都是别的教友会先占据这个地方。一旦作为先头教友团到达这个位置，就可以安心地等待圣母到来了。马卡雷纳区的人每年都主宰这条著名的大街，走过这条大街需要几个小时，他们在其他区教友团不耐烦的抗议声中享受着自己的乐趣。他们认为其他区的人都是下等人，他们的圣母雕像压根儿不能跟马卡雷纳的圣母雕像相提并论。正因为他们是些微不足道的人，所以活该就要老老实实地等在后面。

　　小山羊上尉的部队的鼓声在拉坎帕纳咖啡馆那个街口响起来了。与此同时，另一个教友会戴黑风帽的队伍从另一边出现了，他们同样也抢先占据了拉斯谢尔佩斯大街的入口。好奇的人群在两支游行队伍的人头中间骚动起来。要打架了！……戴黑风帽的教友，既不把犹太人放在眼里，也不尊重他们可怕的上尉。而这位小山羊上尉也不想放弃他冷血动物的傲慢。军队不要掺和进民众之间的吵架。是护卫圣母游行队伍的马卡雷纳区的人为了本区的光荣攻击了戴黑风帽的拿撒勒人。双方用棍棒和蜡烛交手打了起来。警察迅速赶来，逮捕了一方两个抱怨丢掉了帽子和手杖的年轻人，而把另一方几个被打掉了风帽的拿撒勒人带进了药房。他们用手捂住脑袋，一脸的痛苦相。

　　这当儿，像一个征服者似的狡猾的小山羊上尉，战略性地指挥他的军队占领了从拉坎帕纳咖啡馆到拉斯谢尔佩斯大街入口的地盘。欢快洪亮的军鼓声始终伴随着这一行动，区里勇敢的相助者兴高采烈地欢呼。这儿禁止通行！马卡雷纳区的圣母万岁！……

　　拉斯谢尔佩斯大街变成了一个大厅。家家户户的阳台上都挤满了人，扯在街道上方两旁建筑物之间的电线上挂上了一排排电灯，所有的咖啡馆和店铺里都是灯火通明，人头挤满了窗口，墙根下摆了一排排的椅子，每当小号声和鼓声报告一支游行队伍就要过来时，人们就拥来登上去挤在一起看一阵热闹场景。

　　那是一个人们的不眠之夜。就连平时在做念珠祈祷的时刻，总是关在自己家中畏惧神灵的老妇人，现在都坚持熬夜，等待在凌晨左右看无数支宗教游行队伍通过。

已是凌晨三点钟，但是一点儿也不觉得时间已晚。人们都在咖啡馆和酒店里吃饭喝酒，从炸鱼铺的门口飘出诱人的油香。街道中心，流动商贩们摆起摊子，叫卖甜食和饮料。那些只有在盛大节日才全家一起出门的人，从下午两点就等在那儿，现在终于看到了一支支宗教游行队伍络绎不绝地过去；看到了圣母那极度豪华的披风。披风天鹅绒的后摆是如此地宽大艳丽，以致人们都惊叫起来。他们也看到有些耶稣基督雕像头戴金冠、身穿锦缎衣服，那整个儿是一个荒唐雕像的世界了。这些雕像悲伤流泪的面孔，或者啜泣的面孔，跟他们身上那豪华戏装似的服饰形成了强烈的反差。

外国人也被这奇特的基督教仪式吸引来了。它跟异教徒的节日同样欢乐，除了圣像的面孔以外，没有一个人的脸是痛苦悲伤的。外国人坐在塞维利亚人身边，听他们讲出一尊尊圣像的名字。

鱼贯而过的宗教游行队伍抬着的雕像名字叫"神圣教谕""静默神圣基督""痛苦的圣母""背十字架的耶稣""山谷圣母""三次跌倒的我主耶稣""流泪的圣母""善终的主""三需圣母"。跟随这些雕像游行的拿撒勒人有的穿黑衣服，也有的分别穿白衣服、红衣服、绿衣服、蓝衣服和紫衣服。他们的面孔全被风帽遮盖着，那尖顶风帽赋予他们的人格一种神秘色彩，因为只能在风帽前面的小孔处看到他们的两只眼睛。

那些雕像十分沉重，抬起来相当吃力，在狭窄的街道上，游行队伍只能缓慢前行。当他们走出狭窄的街道，到达圣弗朗西斯科广场市政厅大厦对面搭起的包厢的时候，雕像便被转过身来，抬雕像的人随即下跪施礼，以这样的礼仪来向那些出席这个节日活动的外国贵宾和王室成员致意。

在雕像的旁边走着一些捧水罐的年轻人。一旦雕像停下，遮挡台座下面脚夫的天鹅绒围裙就从一边掀起来，二三十个汉子立即露出了他们的面目。他们累得汗流浃背，脸色酱紫，身体半裸，头上缠着毛巾，那神气酷似筋疲力尽的野蛮人。他们全是加利西亚人，一些膀大腰圆、身强力壮的脚夫，不管他们是什么地方的人，只要干上这一行，一概被称作加利西亚人。这种以地理概念命名，就像是这个地方出生的人自以为没有任何持久劳累的工作是他们力不能及的。他们拼命地喝水，如果碰上旁边有个酒馆，就会违抗游行指挥者的命令去讨酒喝。他们被迫隐身在雕像台座下面坚持许多小时，吃饭弯着腰和满足身体的其他需求。当雕像长时间地停留然后远远离开的时候，人们常常会看到干净的石铺路上留下的一些东西不禁笑起来。那是一些残留物，市政厅人员不得不赶快拿着簸箕跑来把它们清理掉。

这些极度奢华的游行队伍，抬着即将被行刑的面色如死尸般苍白、穿着艳丽耀眼的服装的人物雕像，轻浮、欢快、宛若演戏般浩浩荡荡地持续了整个夜晚。铜管乐器吹奏出的对死亡的悲叹，高亢地抒发出对世间不公的哀怨，控诉着一个圣神受难的恶行。这一切对他们毫无影响。大自然对这种惯例的悲痛同样无动于衷。河水潺潺从桥下流过，然后在寂静的田野上展开它光闪闪的水面。香炉般的柑橘树，夜间张开它们一片片白色的嘴巴，把带着肉质快感的芳香撒向空间。阿尔卡塞尔城的棕榈树，摇动着它们那羽毛般的叶子，从摩尔式的城垛看上去，犹如一座座喷泉。希拉尔达塔那个蓝色的魔鬼高高耸立，吞噬着星星，用它那优美庞大的身躯遮挡了一片天空。月亮陶醉在夜晚的芳香之中，似乎在向饱饱浸润着春天液汁的大地微笑。夜间的城市街道宛如一道道灿烂的壕沟，在泛红壕沟的底部密集的人群在骚动。这些人对生活无可抱怨，他吃呀，唱呀，找到个借口来加入这个为了一个时代久远的亡者没完没了的游行庆祝的节日。

耶稣死了。为此女人们穿了黑衣服，男人们穿了带尖顶风帽的长衫，打扮得像稀奇古怪的虫子。铜管乐器演奏出夸张的哀伤曲调宣布他的死亡。教堂里变得一片黑暗而静寂，门口挂上致哀的黑纱……然而河水照样潺潺而流，仿佛在用田园诗般的低语邀请孤独的情侣们坐到它的岸上来。从城垛上方探出来的棕榈树冠照样无动于衷地轻轻摇曳。柑橘树照样散发出诱人的芳香，好像它只认可爱情的庄严，因为它创造生命，并为人生带来快乐。月亮照样泰然自若地微笑。夜晚的蓝塔隐没在高空的神秘中，或许正在以它淳朴的心灵思考着那些无生命的东西：随着一个世纪一个世纪光阴的流失，人们的思想观念已经改变，当年那些凭空创立出这些思想观念的人们，如今的信念已经改变了。

人们怀着欢愉的好奇心在拉斯谢尔佩斯大街上轰动起来。形态各异的马卡雷纳区的圣像排成了密集的游行队伍，在一支乐队的陪伴下前进。鼓声变得疯狂，铜号像在咆哮，嘈杂的马卡雷纳区的人群在高声喊叫，人们为了把那支高声喧嚷缓缓前进的游行队伍看个清楚，都站到了椅子上。

街道中央挤满了年轻人，他们袒露着胸膛，挥舞着棍棒，向圣母雕像高呼万岁。头发蓬乱、破衣烂衫的女人们，一来到塞维利亚市中心，站到了拉斯谢尔佩斯大街上，就一个劲儿地挥舞胳膊。她们平时只是偶尔从这儿走过，那时城里的高贵人士总是用好奇的目光看着她们。

所有的这些男男女女都渴望在这个非同寻常的晚上让自己的贫困得到一点儿补偿。他们一起冲着挤满了富贵人士的咖啡馆喊叫，冲着公子哥儿云集的俱乐部喊叫。

"马卡雷纳区的人都在这儿了！来看看世界上最美好的事物吧！圣母万岁！"

有些女人拽住她们的丈夫，他们游行了三个小时已累得无精打采，腿发软了。跟我回家！……但是那身体已是摇晃不定的马卡雷纳人用满是酒气的声音拒绝说：

"放开我，老婆子，我还要为棕褐色皮肤的圣母献上一杯酒呢。"

他先咳嗽一声，又把手放到喉咙上，眼睛盯着圣像，就开始用一种只有他自己能听到的低沉的声音唱起来，因为他的歌声完全被嘈杂的音乐声、喊叫声、铜号声和欢呼声淹没了。此时，忽然一伙人疯狂地闯来震撼了这条狭窄的街道，就仿佛一帮喝醉的暴民刚刚对这条街道进行突然袭击。一百多个人同时开始歌唱，但是各有各的调，各吹各的号。年轻人脸色苍白，大汗淋漓，好像马上就要死了。他们一直走到圣像前面，头上的帽子已经丢了，身上的坎肩敞开着，软瘫瘫地靠在伙伴的肩膀上，用垂死的嗓音哼着一支宗教短曲。在拉斯谢尔佩斯大街入口的拉坎帕纳咖啡馆的人行道上，有几个马卡雷纳人趴在地上，好像他们已经死在了这次光荣的远征之中。

在一家咖啡馆的门口，国民跟全家人一起看教友会游行队伍通过。"纯粹是迷信落后！……"心里是这么想，可是每年他还是遵照习俗来看马卡雷纳区的人蜂拥而至来侵占拉斯谢尔佩斯大街，闹得沸反盈天。

他马上就认出了身材健美的加利亚多。斗牛士身穿宗教法庭的衣服，好不神气。

"胡安尼略，让雕像停一下，咖啡馆里有几位外国夫人想好好地看看马卡雷纳的圣母。"

圣像稳稳地停了下来，乐队开始奏起斗牛场里那种让观众陶醉的雄壮进行曲。随即，隐身在圣像下方的脚夫们不约而同地抬起一只脚，接着又抬起另一只脚，原来他们开始跳舞了。他们的动作弄得圣像座剧烈地摇晃起来，把旁边的人都挤到墙边上去。圣母像连同她所有珠宝首饰、鲜花、彩灯，直至沉重的华盖，都一起随着音乐的旋律舞蹈起来。这种场景是提前预演过的，马卡雷纳区的人为此而骄傲。区里健壮的年轻人都紧紧地抓住圣象台的两侧，让神像在剧烈的摇动中保持安全，他们兴奋得大喊大叫，炫耀他们的这种力量和技艺。

"全塞维利亚城的人都来看呀！……实在太美妙了！只有马卡雷纳区的人能做得到！……"

音乐不响了，圣像也不再摇晃，而是稳稳停在那儿了。此时一阵地动山摇般的欢呼爆发了，纯朴的激情让那欢呼声中不免夹杂着对神的不敬和淫秽的味道。人群朝马卡雷纳的圣母喊万岁，称她为至高无上者，所有其他的圣母，不管是已知的还是尚未知道的，都应该拜倒在她的脚下。

教友会的游行队伍继续他们的凯旋行程，让那些掉队的人留在各家酒馆里，倒下的人留在大街上。太阳出来时，他们刚走到塞维利亚城的另一端，到自己的教区尚有很远的距离。初升的太阳把圣母身上的珠宝首饰照耀得光芒四射，也照亮了已经脱掉风帽的护卫圣母的民众和拿撒勒人的脸庞。圣母雕像和她的陪伴者们在黎明的曙光中似乎成了一支纵酒狂欢归来的队伍。

在市场附近，两座雕像停在了街道中心。所有游行的人都到旁边的酒馆里喝酒去了。按照习惯，这清晨喝的不是本地葡萄酒，而是大杯的卡塞利亚和鲁特的茴香烧酒。带风帽的人长衫下摆已是污秽不堪，一些明显的污迹让人恶心。没有一只手套是完整而洁净的。有个拿撒勒人，一手拿着熄灭的蜡烛，一手按住风帽，面对街角咔哧咔哧地把胃里混杂的污物吐出来。

那支光辉耀眼的犹太部队此时只剩下可怜的残兵败将，仿佛是从战场上溃败归来。小山羊上尉走路已是踉踉跄跄，头盔上的羽毛毫无光彩地耷拉在他酱紫的脸膛上，他唯一关心的只是保护他引以为荣的制服不被抚摸弄脏，嘴里不停地喊着：注意，别碰我的制服！

加利亚多太阳一出来就离开了游行队伍。他整个晚上都在尽力地陪着圣母，圣母肯定已经看到了。

再说，到了这庆祝活动的最后，等把马卡雷纳区的圣母送回教堂，已差不多到了中午时分，那是最难忍受的一个时段。此时许多人已睡足觉起床了，他们精神抖擞，心态平静，便兴致勃勃地开始嘲笑那些戴风帽的人。在阳光下，他们一副滑稽可笑的样子，带着夜间的醉意，身上污迹斑斑。让人看到一个斗牛场上的剑刺手跟那支醉汉队伍在一起，站在酒馆的门口等候他们，那可就不雅观了。

安古斯蒂亚斯太太在家中院子里等他回来，帮那个"拿撒勒"儿子脱掉衣服。尽完对圣母的义务他应该休息。复活节那个周日他要去斗牛，这是他受伤后的第一场斗牛。该死的职业！干上这一行就甭想休息。家里可怜的女人们刚刚平静了一段时间，现在又要重新焦虑和恐惧起来。

星期六和星期天的上午，加利亚多一直在接待从塞维利亚以外来访的狂热的斗牛迷。他们是来参加圣周和集市活动的，见了斗牛士个个笑逐颜开，相信他未来会取得光辉业绩。

"说说看，你的情况怎么样啊！所有斗牛迷的眼睛可都在盯着你哩。体力顶得住吗？"

加利亚多对他的体力毫不怀疑。在乡下待的几个月养得他强健起来，现在已经恢复到跟受伤以前一样强壮了。他对那场事故的唯一记忆，就是在庄园打猎时感到受伤的那条腿有点软，但是这种情况只是在走路太久时才会出现。

"我就尽力而为吧。"加利亚多用一种假谦虚自言自语道，"我觉得我不会做得太差。"

他的代理人抱着对他的过分盲目自信插嘴道：

"你会做得非常称心如意……你就像个天使！凭你的本事，对付每头公牛都是游刃有余。"

接着，加利亚多的崇拜者们，暂时忘记了斗牛，开始评论起刚刚在城里迅速传开的一条消息。

在科尔多瓦省的一座山上，宪兵队发现了一具已经腐烂的尸体，脑袋已经变形，几乎是近距离被子弹打烂了，不可能再辨认出他的身份，但是据他的衣服和卡宾枪，可以相信是小羽毛。

加利亚多默默地听他们议论。自从斗牛受伤之后，他再也没看到过那个强盗，但是心目中一直保留着对他的好印象。他庄园里的职工们告诉他，他处于危险之中的时候，小羽毛曾两次来到拉林科纳达庄园询问他的健康状况。后来，当他和他的家人住在庄园的时候，牧人和工人们几次神秘地跟他谈起小羽毛。说那强盗在路上遇到他们时，知道他们是拉林科纳达庄园的人，都跟他们提起胡安先生。

多可怜的人呀！想起他的预言加利亚多对他深表同情。宪兵队没有杀死他，他是在睡梦中被杀害的，也许他是死在了自己人手里。这个人是他的崇拜者，一直在追随他，渴望自己成为一个有名的强盗。

星期天，他去斗牛场的时候比任何一次都更痛苦。卡门尽量保持平静，甚至亲自去看钩疤脸给加利亚多穿衣服的过程。她微笑着，但那微笑是苦涩的，同时装出一副高兴的样子。他觉得丈夫跟她的心情是一样的，同样是装出一副高兴的样子掩饰他的不安。安古斯蒂亚斯太太在房间附近不安地走来走去，她想再好好地看看她的胡安尼略，好像她就要失掉他似的。

当加利亚多头戴斗牛帽，肩上搭着披风走到院子里的时候，母亲伸出双臂搂住他的脖子，眼泪簌簌地流出来。她没说一句话，但那有声的叹息似乎表明了她的所有想法。这是自从加利亚多受伤后的第一场斗牛，上一次也就是在这个斗牛场受的伤呀！……她那平民妇女特有的迷信，一遇到这种莽撞事就会反映出来。唉，何时他才能从这种该死的职业中退出来呀！难道是因为他手里还没有足够的钱吗？

但是，斗牛士的姐夫以郑重的家庭顾问身份，带着权威的口吻插嘴了。好啦。妈妈，事情没有那么严重，就是一场跟平常一样的斗牛呀。现在应该做的是让胡安心情平静，你不要在他去斗牛场的时候这样哭哭啼啼，让他感到不安。

卡门比婆婆勇敢，她没有哭，而是把丈夫送到门口，为他鼓劲。再说，胡安的受伤，重新唤起了她对他的爱，夫妻两个过上了平静的日子，互相爱得很深，她不相信会再有不幸来搅乱他们的幸福。那一次胡安受伤是上帝的旨意，然而往往也是因祸得福，上帝是想用一场痛苦的事故让他们重新和睦相亲相爱。胡安这次斗牛，跟以往的斗牛一样，他会安然无恙地回家来。

"祝你好运！"

她用温柔亲切的眼睛看着马车离开，马车后面跟着一群野孩子，他们羡慕地看着斗牛士们华丽的彩装，简直入迷了。当可怜的卡门只剩下孤零零一个人的时候，她便上楼走进自己的房间，在埃斯佩兰萨圣母像前点起了蜡烛。

马车上，国民皱着眉头，阴沉着脸坐在他的大师身边。那个星期天是选举日，但是他斗牛队的伙伴们不知道这件事。他们只是谈论小羽毛的死和斗牛的事。

短扎枪手直到中午一直在跟他委员会的同事一起"在为理想工作"，该死的斗牛把他优秀公民的工作打断了，使他无法带一些朋友去投票。这些朋友没有他为他们说话，是无法投票的。只有那些有理想的人才能去投票的那个地方，城市的一般居民似乎并不知道投票这回事。街道上一群群的人在激烈地争论，但是他们的争论只涉及斗牛。这是些什么样的人呀！……国民愤怒地想起了正是这种不问时事的愚昧无知，保护了敌人的阴谋和暴力。堂何塞正是因为他那演说家雄辩的抗议，跟其他朋友一起蹲了监狱。短扎枪手本想分担他们的灾祸，但是他却不得不离开他们，穿上斗牛装跟随在他的大师身边。那种对公民的践踏，能够逍遥法外吗？人民不会起来造反吗？

马车经过拉坎帕纳咖啡馆附近的时候，斗牛士们看到一大片民众高高举着棍棒，像是造反似的高声喊叫。警察手拿马刀向他们冲击，挨了棍棒就用马刀劈过去还击。

国民从座位上站起来，想着跳下车去。啊，终于发生了！时机到了！……

"革命了！发生大事了！"

但是，加利亚多微笑着震怒地一下子把他推到座位上。

"你不要干蠢事，塞瓦斯蒂安。你到处只看到革命和离奇古怪的事。"

斗牛队的人都笑起来，他们猜出了那是怎么回事。原来是那些高贵人士发怒了，因为他们没能在咖啡馆售票处买到斗牛票。他们想袭击咖啡馆，把它烧掉，当时被警察击退了。了解了实情，国民伤心地低下头来。

"反动，落后！缺乏教养！没有文化！"

他们到达了斗牛场，观众用高声的欢呼和没完没了的鼓掌来迎接斗牛队的乘车到来。所有的鼓掌欢呼都是为了加利亚多。他严重地受伤之后整个半岛都在议论他的事情，现在观众为他伤愈后第一次出现在斗牛场上向他致意。

　　当到了加利亚多要杀第一头公牛的时候，观众们的热情又重新爆发了。披着白披巾的女人们从包厢里用望远镜盯着他。朝阳面看台上的观众跟背阴面看台上的观众同样地鼓掌与欢呼，就连他的对手都对观众的这种热烈的冲动感到满意。可怜的年轻人！受伤可真是把他折磨苦了！……整个斗牛场都属于他了，加利亚多从来没看到过全体观众那么投入地欢迎他。

　　他在主席台前摘掉斗牛帽，向主持人鞠躬施礼，表示他就要准备动手杀牛了。没有人听懂他说了什么，但是所有人都兴奋起来。他应该说了些非常吉利的话。当他向公牛走去的时候，观众一直在为他鼓掌加油。但是一看到他接近了公牛，大家突然不约而同地停了下来，这是他们共同期待的。

　　加利亚多把折叠斗牛棒打开，站到了公牛对面，但是保持一定的距离，不像从前那样为刺激观众更加兴奋，一直把斗牛棒顶部的红布几乎伸到公牛的鼻子。在斗牛场的一片寂静中，出现了一阵惊异的骚动，但是谁也没说什么。加利亚多几次在地上跺脚刺激公牛，公牛终于无精打采地朝他进攻，然而只是贴着他的斗牛棒红布冲过去，因为斗牛士明显地急忙闪到了一边。看台上的观众你看看我，我看看你，这是怎么回事？……

　　剑刺手看到国民站到他身边，几步之外站着另一位斗牛队的徒步斗牛士，但是他没有像往昔那样大喊一声："所有的人都闪开！"

　　看台上立即响起一阵杂乱的低语声，那是观众在激烈地议论。剑刺手的朋友们觉得应该站出来以他的名义做个解释。

　　"他的身体还没有完全恢复呀，不应该出来斗牛。看他那条腿！你们没看出来吗？"

两个徒步斗牛士用披风协助加利亚多，使得后者能更安全地挥动红布引诱公牛进攻灵巧躲闪。公牛在前者的红披风之间被弄得晕头转向，只是骚动不安而几乎没有进攻的冲动。此时它感觉到了另一位斗牛士的红披风，那是剑刺手在远远地引诱它进攻。

加利亚多打算尽快摆脱这种场面，于是就高举起短剑毫不犹豫地朝公牛冲过去。

斗牛士对公牛的冲击引起了观众席上一阵惊愕的低语声。剑刺进公牛的脖颈不到三分之一，摇晃着几乎要掉下来。加利亚多没有面对公牛两角之间下手，而是躲到公牛身边操作，结果没像从前那样把剑直刺到剑柄。

"但是部位刺得很准呀！"狂热的支持者们指着剑高喊道，接着便尽量把掌声鼓得响些，以弥补鼓掌人数的不足。

不过对斗牛内行的人脸上露出怜悯的微笑。这小伙子要失去他唯一闻名的特质了：胆量和勇敢。他们看到加利亚多在拿着剑接近公牛的一刻下意识地缩起了胳膊，还看到他把脸侧到一边不让自己直面危险、令人大惑不解的恐惧动作。

剑在公牛身上摇晃了几下掉落在地上。加利亚多拿出另一把剑由徒步斗牛士陪着又向公牛冲过去。国民立刻在他身边展开披风分散公牛的注意力，另外，短扎枪手还学着小牛的叫声扰乱公牛，使它在非常接近加利亚多的时候懵懵懂懂地转来转去没有主意。

第二剑刺得同样不理想，大半部剑身没有刺进去。

"他不敢接近。"看台上的观众开始抗议了，"他对牛角害怕了。"

加利亚多站在公牛前面张开双臂摆出十字形的姿势，像是告诉他身后的观众剑插到这样的深度已经足够，公牛马上就要倒下了。但是公牛依然站在那儿，左右地回着头张望。

国民用披风刺激它，企图让它跑起来，以便寻找机会挥舞起起披风下死劲儿抽击它的脖子。观众看穿了他的用意，不禁表示抗议。他是想让公牛跑起来，借着它颠簸的劲儿让剑插得越来越深。他狠命地抽击公牛的脖子也是同样的用心。观众骂他为强盗，用隐喻的方式羞辱他的母亲，怀疑他是一个野种。朝阳面看台上的观众骚动起来，挥舞着大棒相威胁，柑橘和酒瓶纷纷落到沙地上，想砸破他的脑袋。但是他像聋子和瞎子似的忍受着雨点般飞来的辱骂和投射物，继续刺激公牛奔跑。他对自己的行为感到满意，那是他尽义务救了一个朋友。

突然，公牛的嘴里喷出一股鲜血，慢慢地弯下腿，趴在那儿不动了。但是它仍然高扬脑袋，几近要站起来攻击。一个短剑手走近，准备给它致命一击，尽早结果了它的性命，让大师摆脱困境。国民走过来帮助他，偷偷地把身子压在剑上，一直压到只露手柄。

朝阳面看台上的观众识破了这种伎俩，立刻站起来愤怒地高声斥责。

"强盗！凶手！……"

那些观众为公牛愤愤不平，好像无论如何它不应该那样死去。他们挥舞着拳头威胁国民，好像他们刚才看到的是他犯罪似的。短扎枪手垂头丧气，最后只好躲到围栏后面去。

与此同时，加利亚多走到主席台前向坐在那儿的人致意，无条件支持他的热情观众用少有的密集掌声向他祝贺。

"他运气不好。"那些观众还是对他坚信不疑，惋惜地这样说，证明他们对加利亚多的表现也颇为失望。"不过那两剑都刺得非常准呀！……这是无可争议的。"

剑刺手走到最热情支持他的观众看台前站了一会儿，趴在围栏上给他们做些解释。那头公牛不中用，他的才能无法施展，没办法跟它玩得精彩。

以堂何塞为首的一批热情观众认同他的解释，这跟他们的猜想是一致的。

这场斗牛的大部分时间加利亚多都待在围栏的踏脚板旁边。他的解释对支持者是奏效的，但是他在内心中却感到一种强烈的怀疑，一种对自己的不信任，这种不信任是从来没有出现过的。

他觉得公牛似乎更强大了，似乎它们有了两条命，这大大地提高了它们的抵抗力，杀死它们变得更困难了。过去的公牛在他的剑下很容易就奇迹般地倒下了。毫无疑问，他们把牧场里最凶险的公牛放出来了，为的是让他难以对付当场出洋相。这是敌手们耍的阴谋。

还有一种怀疑，在他思想的最深处模模糊糊地活动着，他难以做出解释。但是他并不急切地想去思考它，也没有兴趣从神秘的暗影里把它抓出来弄个明白。他的胳膊在把剑伸向前方的那一刻似乎变短了。从前他把剑刺中公牛颈部的速度疾如闪电，现在却仿佛是漫长的旅行，一种恐怖的空间，他不知道如何跨越。他的双腿也变得不听使唤，仿佛自由自在地有了自己的生命，从身体的其他部分独立出来。他的意愿是让它们像从前那样稳稳地站立不动，但是它们却不服从了，仿佛它们有了眼睛，看到了危险，感觉到公牛冲过来激起的气浪，就敏捷地跳开来，而不是沉着地等待。

加利亚多为自己的失败面对观众感到羞愧，也为自己突然的体力不济感到气愤。那些观众想干什么？想为了他们的乐呵让公牛把他抵死吗？……那种发疯似的勇敢印记在他身上是相当多的，但是他不需要证明他的勇敢。他奇迹般地活了下来是由于苍天的保佑，是上帝的慈悲，是多亏他母亲和他可怜的妻子为他祷告。他已经看到过很少人看到的死神那干瘦的脸，比任何人更懂得生命的可贵。他一边看着观众一边在心中暗自思忖："你们认为我是可以被你们嘲笑的吗？……"

今后他还会跟许多伙伴一样继续斗牛，有时候会斗得很成功，有时候会不理想。斗牛只不过是一种职业，一旦获得初步的成功，重要的就是要活下去，尽量克服困难履行承诺就是了，不要被人们的喜好所左右，他们只知道夸赞他勇敢，不顾他的死活。

当他杀第二头公牛的时刻到来的时候，这些想法倒是让他的心态平静下来。他不会杀死任何一头公牛了！他要尽量站到不让牛角捕捉到的地方。

在向公牛走去的时候，他又摆出了在他那些伟大的下午同样的傲慢神态："所有的人都走开！"

观众低声议论着满意地骚动起来。他说了让"所有的人都走开"，看来他要再次如愿以偿了。

但是观众期待的并没有出现。就连国民都依旧胳膊上搭着披风跟在他的后面，那是一个斗牛老手了，对屠牛手的那种狡黠已见怪不怪，知道这种命令只不过是做戏的谎言。

加利亚多保持一段距离向公牛甩出披风，开始带着明显的恐惧引诱它进攻，公牛每次冲过来他都躲开很远，旁边还始终有塞瓦斯蒂安挥舞披风助他一臂之力。

当加利亚多把斗牛棒放下一会儿的时候，公牛像是做了一个要进攻的动作，但是它没有进攻。加利亚多由于过度地警惕，公牛的这个动作骗了他，吓得连忙后退了几步。与其说那是退了几步不如说是往后跳了几步。他企图躲开公牛，而其实公牛并没有进攻。

这种大可不必的后退弄得他十分滑稽可笑，一部分观众又是惊奇地呼喊又是哈哈大笑。还有人吹起了口哨。

"喂，小心呀！公牛要攻击你了。"一个人讥讽地喊道。

"像个女人！"另一个人模仿女人的声调叹息道。

这种话把斗牛大师气得脸马上涨红起来。拿这种话来讽刺他！而且是在塞维利亚的斗牛场上！……他感到一阵斗牛初期那种大胆的冲动又涌上了心头，那就是发疯似的不顾一切后果，莽撞地向公牛扑过去。然而，可惜他现在是心有余而力不足了。他的胳膊似乎要考虑考虑，他的双腿看到了危险，它们一起用违背他的意愿来嘲弄他。

再说，公众并不赞成侮辱他，而是帮助他让整个斗牛场安静下来。就这样来对待一个重伤初愈、还没完全恢复健康的人呀！……这在塞维利亚的斗牛场是不体面的！哎呀，还是要正派点儿吧！

　　加利亚多借助这种友善的同情摆脱了尴尬处境。他从侧面向公牛走去，很不光彩地刺了公牛穿透性的一剑，公牛立即像屠宰场被宰的肉牛一样倒下，鲜血从嘴里流出来。有些人稀里糊涂地鼓了几下掌，有些人吹起了口哨，大多数人则保持沉默。

　　"会不会放给他的是些恶狗呀！"代理人从他的位子上高喊，尽管斗牛场上都是侯爵牧场里的公牛。"会不会这不是公牛呀！……等下一次是正大光明的公牛时，咱们再看吧。"

　　走出斗牛场时，加利亚多看到人群一片沉默。有些人从他身边走过去，招呼都不打，更没有过去那些成功的下午人们迎接他的欢呼了。就连那些穷苦的野孩子也不再跟着马车奔跑。过去的时候，由于贫穷他们买不起票，只能待在斗牛场外面等消息，还在斗牛结束之前，他们就知道了大师是遭遇了事故还是取得了辉煌的成功。然而不管结果如何，他们都会跟随他回家的马车奔跑。

　　加利亚多第一次尝到了失败的苦涩，就连他的短扎枪手们都眉头紧锁一言不发，恰如打了败仗的士兵。可是一回到家中，他的母亲、卡门，直至他的姐姐都过来搂住着他的脖子亲他，而他那些小外甥和外甥女则搂着他的双腿同样是如此地亲近，那时他感到心中的悲哀瞬间便烟消云散了。"真该死！……"最要紧的是活着，一家人平安，跟别的斗牛士一样赚观众的钱，不要放肆，不要蛮干，那样不知哪天就会丧命的。

　　在以后的几天里，他觉得有必要出门露露面，跟朋友们在民众咖啡馆和拉斯谢尔佩斯大街的俱乐部里聊聊天。他认为他的出现会让那些诽谤他的人礼貌性地沉默不语，避免到处都在议论他的失败。几个下午他都完全参加平民百姓斗牛爱好者的茶叙，许久以前他把那些人抛开去找富人名流交朋友了。后来他又去了几次四十五人俱乐部，在那儿他的代理人拍着桌子高叫着发表他的看法，坚定不移地继续维护加利亚多的荣誉。

他堂何塞是何许人也？没错，名声在外，他对他的斗牛士的热情是不可动摇的，哪怕炸弹也不能让他改变。他从来不会想到他的屠牛手可能不再像他所想的那样了。他对他的失败没有批评，没有指责，反而还要亲自为他辩护。不仅如此，还要作为好友去安慰他。

"你受伤还没有完全恢复。我对那些人说过：'等他完全恢复了你们再看看他吧，并且要把消息告诉我。'你要做得跟从前一样好，直接以上帝赐给你的勇敢向公牛扑过去，扑哧！短剑一直刺到只露出把儿……干净利落地结果了公牛的性命。"

加利亚多神秘地微笑着表示同意他的看法……干净利落地结果了它的性命！这又何尝不是他的愿望呢。但是，天哪！公牛竟变得那么庞大而难以控制了……在他没踏上斗牛场沙地的这段时间，它长得有多快呀！……

赌博安慰了加利亚多，让他忘掉所有的忧愁。他带着新的狂热回到赌场，在绿色的赌桌上输钱，一伙青年朋友围在他的身边，对他的失败毫不在意，他终究是一个高尚的斗牛士。

一天晚上，年轻朋友带他去埃里塔尼亚乡间饭店吃饭。那是跟这些朋友在巴黎认识的几个风尘女子一起欢宴。那些女人来塞维利亚是为了参观圣周游行和集市活动，并且渴望见识一下当地独特的风情。她们已经显得有点儿人老珠黄，只是靠了人为的技艺仍旧保持着点儿高雅的姿色。年轻人追随她们是为她们的异国情调所吸引，要求她们慷慨奉献自己很少遇到拒绝。她们希望认识一位著名的斗牛士，一位最英俊的剑刺手。那位加利亚多的照片她们不知在大众图片和火柴盒上欣赏过多少次了。在斗牛场上看到他以后，她们要求朋友介绍认识一下。

聚餐选在埃里塔尼亚大饭堂，那是花园中央一个大厅。装饰采用了庸俗的阿拉伯风格，可怜巴巴地模仿格拉纳达城阿尔罕布拉宫的宏伟和华丽。这地方也举行政务性宴会和狂欢聚会，人们在这儿发表慷慨的演说为祖国复兴干杯，女人们则随着咚隆咚隆的吉他声摇摆着她们曲线优美的腰肢疯狂地跳探戈舞。与此同时，角落里则传来接吻和尖叫声以及摔碎酒瓶的声音。

三个女人像接待半个仙人似的迎接了加利亚多，而把他的朋友们忘到了一边。她们的眼睛只盯着加利亚多，并且以争到坐在他身边为荣，温情脉脉地频送秋波，犹如三只发情的母狼……这些女人让加利亚多想起了另一个女人，那个女人已经离他而去，他也几乎把她忘记了。身边的三个女人都有着一头飘逸的金发，着装高雅，散发着从她们身体里溢散出来的诱人的肉香。加利亚多似乎沉浸在了愈来愈浓的阵阵醉意之中。

在场的朋友也都是堂娜索尔的朋友，有几位甚至是她的家人，这就让加利亚多对那位夫人的记忆更加深刻鲜明。

在这种夜宴中，大家不拘礼节，全都狼吞虎咽地大吃大喝，为的是彻底放松自己，尽快地喝个酩酊大醉，在精神恍惚中寻求欢乐。

在大厅的一角，一些吉卜赛人在弹奏吉他唱情调伤感的歌曲。其中有个女人兴奋难抑，跳上桌子笨拙地扭动起她美丽的臀部，想着模仿本地人跳舞，炫耀一下她在一位塞维利亚老师的指导下，短短几天中学到的跳舞成果。

"恶心！……没趣！……乏味！……"朋友们讥讽地高声喊叫，同时又用有节奏的掌声为她鼓劲。

他们嘲笑她笨拙的舞姿，却是用充满情欲的双目欣赏她那娇柔的身体。她为自己的舞姿感到骄傲，把那些听不懂的喊叫当成了热情的喝彩。她继续扭动臀部，并且弯起双臂两手叉腰形若古罗马细脖酒坛的双环，眼睛望着高处。

半夜过后，所有人都醉了。女人们已是不知廉耻，敬慕地围在剑刺手身边。而剑刺手却是一副无动于衷的神气，任凭她们争相用手抚摸和把她们的热吻盖满他的面颊和脖颈。他已经处于大醉状态，他的醉态是悲哀的。唉，另一个女人……另一个真正一头金发的女人！在他身边的这些女人头发的金色是人为的，是用化学方法涂上去的，所以她们的头发又粗又硬，现在那些金粉已经开始在他身边脱落下来。她们的嘴唇带着一种加了香料的奶油味。她们那圆滚滚的身体给人一种被接触摩擦得僵硬的感觉，就像人行道上撞来撞去的女人一样。凭着她们的香水，他还嗅闻到了她们身上散发出的原始的俗气。啊，另一个女人……另一个女人！……

加利亚多不知怎的就走进了花园里，那儿笼罩在一片庄严的静穆之中，仿佛他是从天空的繁星中降临。在爬满茂密的攀缘植物的凉亭之间有一条弯弯曲曲的小径。他沿着这条小径前行，透过植物的枝叶，看到灯光明亮的餐厅的窗户。那些窗户酷似地狱之门，一些黑影在它前面经过或停留，仿佛是些黑色的幽灵。

一个女人抓住他的胳膊拖他走，他毫无反抗地依从了她，他甚至没看到那个女人，因为他的思想仍在远方，在非常遥远的地方。

一个小时之后他回到了大饭堂。那个把他拉回来的女人头发蓬乱，瞪着明亮而带有敌意的眼睛对她的女友们说话。这些女人笑了起来，并且以轻蔑的神情指着其他也在发笑的男人……唉，西班牙！一个令人失望的国家，这儿的一切都是神话，就连英雄的勇敢也是如此！……

加利亚多又一杯一杯地接着喝酒。先前那些争着坐在他身边、对他脉脉含情的女人，现在已抛开他，投入了别的男人的怀抱。吉他手们几乎不再弹奏，他们已喝足了葡萄酒，睡眼蒙眬地趴在他们的乐器上舒舒服服地休息一会儿了。

当加利亚多也想躺在一条长凳上睡觉的时候，其中的一个朋友请他上他的马车把他送回家。这位朋友必须早点儿离开，因为他要在母亲伯爵夫人像每天那样起早去参加晨弥撒之前赶回到家中。

夜晚的风并没有吹散斗牛士的醉意。当朋友在街角把他放下来的时候，他还是只能趔趔趄趄地往家中走去。走到家门口的时候，他停下来，两手扶墙，脑袋压在胳膊上，仿佛他已经不能支持思虑的重负了。

他已经把他的朋友、埃里塔尼亚乡间饭店的晚餐，以及那三个先是在他面前争宠、最后骂他的浓妆艳抹的外国女人全都忘记了。只是还有点儿记得另一个女人。这是永久不变的！……但也只是模模糊糊，最后也从他的脑海里消失了……现在由于醉酒中的一种奇异的跳跃性的思维，他满脑子都是斗牛的事了。

他是世界第一屠牛手，啊，太棒啦！他的代理人和朋友们都这么说，所以这是真的。等他回到斗牛场的时候，就让那些对手看看他有多厉害吧。那天的事只不过是一时粗心大意，厄运跟他开了个大玩笑罢了。

在那一刻，醉意中他感到自己具有无所不能的力量，为此他感到骄傲。他看到了所有的安达卢西亚公牛和卡斯蒂利亚公牛，在他的眼中它们就像是弱小的山羊，他一掌拍下去就要了它们的性命。

那一天的事不值一提。正如国民说的那样："各种指责全是胡说八道！……""最好的歌手也有跑调的时候。"

这句格言是在遭遇不幸的那天下午，他从可敬的斗牛长者们那儿学来的，此刻唤起了他一种难以抑制的放声歌唱的欲望。他要用他的歌声打破这荒僻大街上的一片沉寂。

他的脑袋一直压在胳膊上，这会儿开始哼起他随口编的抒情小调了。那小调这样荒唐地歌颂他的功绩："我是胡安尼略·加利亚多……我的胆量比上帝还高。"下边再也编不出歌颂自己的歌词，就翻来覆去重复前两句。那声音虽然单调而沙哑，却还是真的打破了周围的沉寂，惹得街道尽头看不见的狗狂吠起来。

那是父亲的癖好在他身上复活了。唱歌的癖好一直伴随着老胡安先生，那个鞋匠每周喝醉了的时候就会放声歌唱。

家中的大门打开了。钩疤脸半睡半醒地探出头来看看是谁喝醉了。他觉得那声音是他熟悉的。

"啊！是你呀？"剑刺手说，"等一会儿，我马上就唱最后一段了。"

他又把那残缺不全的颂扬自己勇敢的抒情小调重复唱了几遍，最后终于决定走进家门。

他不想上床就寝。考虑到自己的状态，他想晚一会儿再上楼到卧室去，或许卡门为了等他还没有睡。

"你去睡吧，钩疤脸，我还有许多事情要处理呢。"

他不知道有什么事情要处理，但是他的工作室吸引了他。那儿装饰着他英姿勃勃的大照片，从公牛身上取下的丝带和羽饰，还有那些为他扬名的拓贴画和海报。

等电灯亮起来的时候，仆人钩疤脸就走开了。加利亚多站在工作室的中央，两腿支撑的身体还有点儿晃晃荡荡。他以欣赏的目光扫视着墙上的一切，仿佛是第一次仔细观看这座展示他辉煌成就的博物馆。

"哦，非常好……真的，太好了！"他自言自语道，"这个英武的年轻人就是我……这另一个，也是我……所有这些照片都是我！……还有人能说我的坏话贬低我吗？真该死！……我是世界斗牛第一人。这是堂何塞说的，他说的是真话。"

他把帽子扔到长沙发上，好像摘下沉重压在他额头的荣耀王冠，然后歪歪搭搭走过去双手按着写字台，眼睛盯着装饰在房间尽头墙上的大公牛头。

"喂！……晚上好！勇敢的家伙！你在这儿干什么呀？哞——哞！哞——哞！"

他像孩童一样模仿着庄园里和斗牛场上公牛的吼叫向那公

牛头问候。他不认识那头公牛，他不记得为什么那个毛茸茸的牛头连同它那威胁性的大角挂了那儿。他慢慢地想来想去才记了起来。

"我认识你了，你这个混蛋！……我记得那天下午你可是让我发火了。观众吹口哨嘘我，向我投空酒瓶，……甚至辱骂我可怜的母亲。而你，可是得意忘形了！……你是多么地开心呀！是不是呀？你这个卑鄙无耻的家伙！……"

醉意蒙眬中他的眼睛似乎看到那牛头笑得发抖，上釉的口鼻光芒闪耀，玻璃眼球格外明亮，他甚至想象公牛摆动着前额、连连垂下挂在墙上的脖颈，表示认同他提出的问题言之有理。

直到那时，这个醉汉一直是笑眯眯的，心境平和。但是此刻一旦想起那个倒霉的下午，他又重新怒火中烧了。那个祸害还敢笑？这些邪恶的公牛老谋深算，善于欺骗，似乎在戏弄斗牛士，一个正直的斗牛士被羞辱，被挖苦，处于滑稽可笑的境地，它们就是罪魁祸首。啊，加利亚多对它们真是恨得咬牙切齿！当他的眼睛盯着那个带角牛头的玻璃眼睛的时候，目光里真的是充满了深仇大恨呀！

"你还敢笑，狗娘养的？你这个该死的无赖！生下你的母牛和在牧场上放牧你的强盗都是心术不正的东西，也都该死！但愿你被关进监狱！你还在笑？还在向我做鬼脸？"

加利亚多怒火难抑，他往桌子上探过身去，伸出胳膊打开抽屉，然后直起身来，举起一支手枪对准带角的牛头。

砰！砰！……连着响了两枪。

公牛头的一个眼眶里的玻璃球被打成碎片飞溅出来，正面被打出一个黑乎乎的圆窟窿，周围的毛都烧焦了。

# 第　　　　八　　　　章

马德里天气阴晴无常，时有骤变，现在已时至仲春，气温却突然降下来了。

天气非常寒冷。灰色的天空下起了瓢泼大雨，有时还夹杂着一些雪花。人们本来已经穿上了单薄的衣服，现在又只好打开箱柜取出斗篷和外套。大雨把人们春天头上的白帽子淋得都发黑变形了。

已经两周的时间斗牛场没有营业了。周日的斗牛推迟到某一个天气晴好的日子。斗牛场的老板和职工，以及无数的斗牛迷，对斗牛被迫中断感到非常沮丧，他们不断地观察着天空，仿佛是一些担心天气不好他们的收成会受到损失的农夫。当他们半夜从咖啡馆里走出来的时候，如果看到大雨暂停，天气放晴或者天上出现几颗星星，他们立刻就会非常高兴。

"天气就要转好……后天可以斗牛了。"

但是转瞬天空又是云团密布，大雨再度从灰色的天空长时间地倾泻不止。斗牛迷们对这种天气火冒三丈，这是在向国家娱乐宣战呀！……多么晦气的国家！……连斗牛都不可能了。

加利亚多两个礼拜都要被迫休息。他的队员们抱怨无事可做。在西班牙任何一个别的地方，斗牛士们对这种推迟都感到无所谓，因为住饭店的费用是剑刺手支付的，唯有马德里别具一格，住宿费由斗牛士自己承担。这是许久以前住在马德里的斗牛大师们规定的，尽管有失公允，但已约定俗成了。可想而知，那些斗牛士应该在马德里都有自己的住所，而可怜的徒步斗牛士和马上扎枪手们却只能住在一个扎枪手的寡妇开的小客栈里。他们尽量压缩生活开支，抽烟已经很少，站到咖啡馆门口都不敢进去。他们想到家人，但男人也只好吝啬，因为他们付出的大量血汗，挣到的只是几个少得可怜的杜罗。等到再有两场斗牛到来的时候，他们已经把原来挣的钱花得精光了。

剑刺手孤独地待在宾馆里，同样心情不好。但那不是因为天气，而是因为运气不好。

他在马德里的第一场斗牛，结局实在可悲。观众已不像从前那样对待他了。尽管还有一些铁杆支持者，死命地保护他，但是这些一年前又喊又叫、气势汹汹的支持者，现在却表现得有点儿悲伤，当发现有鼓掌的机会的时候，也只是怯生生地拍上几下。相反，那些敌手和大批观众，他们只希望见到危险和死亡，评价他时骂得有多凶啊！每辱他时有多么地傲慢无礼和无耻之尤呀！……对别的剑刺手可以容忍的事情，对他绝对禁止。

他们曾看到他胆量过人，不顾一切地往危险的公牛猛扑过去，希望他永远这样表现，直至死神终止了他的事业。在他事业的初期需要尽快出名的时候，他就是冒着自杀的危险去蛮干，好在命运挽救了他。想到他往昔的表现，现在观众不能容忍他的谨慎，每当他想保护自己的时候，总是被观众辱骂。他刚刚保持适当的距离向公牛伸出斗牛棒，抗议声立即便从观众中间爆发出来。他不敢靠近！他怕啦！胆小鬼！只要他往后退一步，那些缺乏教养的粗野观众就会对他的提防骂出一大堆脏话。

复活节斗牛在塞维利亚发生的事情似乎传遍了整个西班牙。他的对手出于妒忌由此对他报复了多年。那些由于职业竞争的需要多次被他推到危险境地的同行，如今以虚伪的怜悯表情到处传播加利亚多的没落。他的勇气完蛋了！最近的受伤使他变得过分小心谨慎了。观众受到这些传言的影响，只要他一出场，眼睛就死死地盯着他，带着预先的偏见把他做的看得一无是处，就像从前即便看到他的缺点也为他鼓掌一样。

观众变化无常的特点助长了这种看法的改变。人们对欣赏加利亚多的勇敢已经厌倦了，现在想用针对他的胆怯和谨慎评头论足得到愉悦了，好像这样做会显得他们自己比斗牛士更勇敢。

观众认为加利亚多从来没有跟公牛离得足够近。"他应该更靠前点儿！"而且，即便他靠着自己的意志力，克服了总想把身体躲开危险的倾向，跟从前一样熟练地杀死一头公牛的时候，观众的欢呼声照样稀稀落落，以前他跟观众的那种激情交流现在似乎已经中断了。他的少有的几次成功也成了观众七嘴八舌教训和开导他的由头。"对了，就应该这样杀牛！你每次都应该这么干，大骗子！"

铁杆支持者们承认加利亚多的失败，但是他们也摆出他在走好运的那些下午取得的英雄业绩为他辩护。

"他有点儿大意了。"他们说，"他太累了。但是，如果他认真起来，那你们就瞧瞧吧！……"

唉！加利亚多始终都想认真把杀牛做得漂亮呀。他干吗不想把事情做好，让观众为他热烈鼓掌呢？……但是，对他的成功，斗牛迷们认为只不过是一种任性蛮干使然，是运气使然，是多种机遇巧合的结果。而现在当年那种勇敢无畏中的运气已经只能偶尔见到了。

在一些外省的斗牛场，观众已经开始吹口哨嘘他了。当他迟迟不能把公牛杀死，短剑只刺进牛颈一半，不能让公牛屈腿倒下的时候，观众就吹起牛角号和敲起小铃铛嘲笑他。

在马德里，正如他自己说的，观众是"心怀敌意等着他"。第一场斗牛的观众刚看到他伸出斗牛棒走向公牛想把它杀死的时候，就起哄吵闹起来。塞维利亚的"孩子"变了！他不是加利亚多，而是另一个人。他蜷起胳膊，把脸侧向一边，像松鼠那样轻捷地跑开来，站到了公牛触及不到的地方，而不是冷静地站定不动等待公牛冲过来。显然他的胆量和气力都可悲地大不如前了。

这一场斗牛加利亚多的确是失败了。斗牛爱好者们聚在一起喝茶聊天，说来说去离不开这件事。那些把现在的一切事情都看得悲观的老人，认为现代的斗牛士都是些懒散的无能之辈。刚一出场时还有点儿勇敢无畏的气势，但是一旦感到公牛角触及他们的肉体，他们就变成包，彻底崩溃了！

天气恶劣，加利亚多只好休息，焦急难耐地等待第二场斗牛，一心想在这场斗牛创出丰功伟绩。敌手用嘲弄公开伤害他的自尊心，这让他非常难过。如果带着在马德里失败的坏名声回到外省里去，他就不可救药了。他将控制自己的紧张情绪，克服担心被公牛抵到就逃跑和把公牛看得高大可怖的心理。他觉得自己有力量创造出跟过去同样的业绩。虽然觉得胳膊和腿都有点儿软，但是这很快就会过去。他的代理人为他谈好了一个在美洲几处斗牛场赚大钱的合同。不，他现在不想漂洋过海到美洲去，他需要在西班牙证明他还是从前的剑刺手，然后再考虑去美洲的旅行是否适宜。

本来是个受大众普遍欢迎的斗牛士，现在却感到自己名誉扫地，加利亚多不禁十分焦虑。于是他便三天两头到斗牛迷们聚会的地方去，而且在那儿表现得非常慷慨义气。他走进英国咖啡馆，那儿聚会的都是安达卢西亚斗牛士的支持者，他的到场就避免了那些对他的严苛的评论依旧继续下去。他自己则面带微笑，一脸的谦虚，开始毕恭毕敬地跟他们交谈，这使那些最苛刻的人都哑然无语。

"不错，我的确斗得不好，这我得承认……但是你们等着看下一场斗牛吧，一旦天气放晴……我就尽可能让诸位满意了。"

在太阳门的几家咖啡馆里，聚会的都是另外一些社会更底层的斗牛爱好者。加利亚多不敢进去，因为那些人仇视安达卢西亚斗牛士。他们是纯粹的马德里人，看到所有的屠牛手都是科尔多瓦人或塞维利亚人，首都连一个光荣的代表都没有，他们觉得这不公平，为此而感到痛苦。他们认为弗拉斯奎罗是马德里之子，回忆他是这些聚会永恒的主题，把他崇拜得如同神奇的圣徒。自从那个"黑衣人"退出之后，他们有许多年没进斗牛场了。何必去那儿呢？读读报纸上的简讯和短评就全都了解了。他们相信自弗拉斯奎罗去世后，就再也没有了公牛，也再也没有了斗牛士。那些安达卢西亚的孩子，只不过是些舞蹈演员，只能用身体和披风摆些花架子，没有真功夫，不懂得迎战公牛的真谛。

时不时地有条小道消息在这些马德里斗牛爱好者中间传播开来，给他们带来了希望。马德里就要有一个伟大的屠牛手了。他们刚刚发现了一个斗小牛的人，是郊区的一个孩子，他在巴列加斯和特图安斗牛场取得了骄人的荣光，现在每个周日都要在廉价大斗牛场现身了。

他成了大众喜爱的红人。在平民区理发店里人们都兴奋地谈论他，预言他将取得更大的成功。这位英雄从这家酒馆走到另一家酒馆，一杯一杯不停地喝酒来壮大支持者的核心队伍。那些穷斗牛迷，一向由于票价昂贵进不了大斗牛场，现在每到傍晚就等着"侏儒报"出版来评论他们并没看到的某些斗牛的精彩场面，并围绕在这个未来斗牛大师的周围，用他们丰富的经验积累的智慧来保护他。

"我们比有钱人更了解斗牛明星。"他们骄傲地说。

但是，时间一天天过去，那样的预言并没有实现，英雄却受了致命的牛角伤。除了报纸上几行字的短消息外，没有任何为之惋惜的词语。或者说他在受伤之后变成了一个渺小的人，成了在太阳门露着小辫子游荡、渴望得到一份想象中的合同的斗牛士之一。那时，斗牛迷们的目光又转到了别的斗牛新手身上，用他们坚定不移的信心期待着马德里光荣的屠牛手的到来。

加利亚多不敢接近这些斗牛行业的煽惑家，这些人向来都在憎恨他，为他的衰败欢欣雀跃。他们多数人不去斗牛场看他表演，也不欣赏任何一个当代的斗牛士。他们等待着他们的救世主出现再回到斗牛场去。

当傍晚时分加利亚多在马德里市中心溜达的时候，他愿意跟太阳门和塞维利亚大街人行道上的斗牛士流浪汉们攀谈。那些人在这些地方围成圈儿，跟没有拿到合同的喜剧演员一起夸耀自己光辉的事迹，以一种一无所有的穷光蛋的憎恶，抱怨斗牛大师们。

那是些年轻人，他们向他问候，称呼他大师或胡安先生。不少人一副饥饿相，拐弯抹角地想向他掏几个比塞塔。但是他们注意穿着，衣服干干净净、簇新，风度翩翩，好像日子过得十分快活，还戴着刺眼的黄铜戒指和假项链。

有几个是忠厚老实的小伙子，他们打算在斗牛行业开辟一条道路，除了打短工之外，再多些收入让家人的日子过得更宽裕些。另一些人顾及较少，他们有忠实的女朋友在见不得人的行业工作，她们甘心情愿地出卖自己的肉体来供养一个帅哥，让他们过着体面的日子。这些男孩子说他们总有一天会成为名人，而她们对这种空话信以为真。

这些年轻人除了身上的衣服其他一无所有，从早到晚在马德里市中心大摇大摆地晃来晃去，大谈他们不想接受合同。他们左看看，右望望，寻找谁有钱能请大伙吃饭。当某个人受到命运之神的恩赐，在外省的某个地方得到斗小公牛的机会时，首先得到当铺把斗牛彩装赎回来。这些值得珍视的衣服原来是属于几位斗牛英雄的，上面有一层古铜色不透明的涂金，内行人称其为烛台涂金。衣服为丝绸面料，上面缀满补丁，那是受牛角伤的光荣纪念，也说明斗牛士曾被公牛顶到空中出丑。衣服的下摆上还可以看到一块块淡黄色污迹，那是斗牛士已吓得不能自持留下的可耻印记。

这些群氓斗牛士因失败而痛苦，也因为笨拙和胆怯而始终没有出头之日。不过在他们中间也出现了几个普遍受人尊敬的名人，其中的一个令人望而生畏。他虽然面对公牛胆怯地逃跑，但跟别人争吵时动辄就动刀子说事。另一个一拳头打死了一个人，结果蹲了监狱。还有一个就是大名鼎鼎的"吞帽英雄"，此人一天下午在巴列加斯一家酒馆，就着葡萄酒随意地就把一顶油煎科尔多瓦毡帽撕成碎片吃进肚子里。

也有些人在加利亚多面前表现得彬彬有礼，对他客客气气。他们穿着考究，胡子刮得精光，跟加利亚多形影不离，时时陪他散步，希望他请他们吃饭。

"我的日子不错，大师。"一个面貌不错的年轻人说，"斗牛少了，天气太糟糕，不过我有一个教父……他是侯爵，我会让你认识他的。"

加利亚多只是诡秘地微微一笑，小斗牛士开始在他的口袋里摸索着寻找什么。

"他很器重我，对我很好……您瞧，这香烟盒多漂亮，是他从巴黎给我带来的。

他骄傲地让加利亚多看一个金属香烟盒，盒盖上有几个上釉的小天使，下面还有表示爱意的题词。

其他的小帅哥也显得气度不凡，似乎眼睛里充溢着一种男子汉的傲慢和勇气，他们以讲述自己的惊险故事来取悦自己心目中的斗牛大师。

在天气晴好的早晨，他们就一起去卡斯蒂利亚纳打猎。在这个时间，家庭女教师就带着孩子走出大房子到外面散步。女教师是法国姑娘或德国姑娘。她们刚刚来到马德里，对这个神话般的国家的一切都感到新颖奇丽。每当看到一个胡子刮得光光、容貌俊秀、戴一顶宽大呢绒帽的小伙子，她们就立刻认为他是斗牛士……啊，如果有一个斗牛士情人！

"她们是些跟面包一样淡而无味的女孩子，知道吗，大师？大脚掌，亚麻色头发。但是她们有自己的特点，大大咧咧不拘小节，蛮有意思！由于听不懂我们说的话，就一个劲儿地咧着嘴笑，露出满嘴洁白的牙齿，睁着一双大眼睛……她们不懂西班牙语，但是我们靠着手势可以跟她们交流。由于我们的绅士风度和托上帝的福，我们一直跟她们相处得很好。她们给我们钱买烟抽，也可做些别的事情。我们就这样生活，现在有三个这样的女孩子跟我交往。"

说这些话的人为自己一贯的自吹自擂感到骄傲。他一直靠挥霍家庭女教师的积蓄过着自在的日子。

其他人就把心思放到音乐厅的外国女人身上了。她们都是舞女和歌女，从来到西班牙的第一天开始，就渴望品尝做斗牛士情人的温柔甜蜜。她们是生性活泼的法国人，高鼻梁，平胸，衣服上洒满香水，走路时窸窣作响的长裙，皱巴巴的皮肤，在精神世界里，这样的女人几乎不能奉献任何有实际意义的东西。再就是德国女人，她们肌肉结实，身体笨重，一副威严的神气，与北欧的高个儿金发女郎酷似。还有意大利女人，她们乌黑的头发油光锃亮，深棕色的皮肤，目光里流露出悲愁。

小斗牛士嘻嘻哈哈地回忆跟这些忠诚的崇拜者最初单独会面的故事。外国女人总是担心受骗，第一眼看到传说中的英雄却跟其他人没有什么两样，她立即感到惶惑不解。他真的是斗牛士吗？……为了得到证实，她寻找他的小辫子。当把那条足以证实他真实身份的毛发编成的小尾巴抓到手里时，她马上就会笑起来，对自己的机警感到满意。

"您不知道这些女人是怎样的，大师。她们整个一晚上都在吻啊，吻啊，一直把小辫子含在嘴里，好像我们身上没有更好的东西似的……真是一些怪癖！……为了让她们满意，我们只好从床上跳到屋子中央，将一把椅子倒下来，给她们讲解斗牛是怎么回事。我们用床单当披风抽打那椅子，用手指做短扎枪刺向椅子，啊，反反复复，终于让她们满意！然后就来了好戏。她们是走遍世界对近身的东西无所不取的女子，对我们自然也不客气。她们开始用含糊不清、连上帝都听不懂的语言提出请求：'斗牛士未婚夫，把你的金绣饰披风送我一件吧，我去跳舞时披上有多美丽！'您已经看到了，大师，这些女孩子是多么不顾廉耻呀。好像买件披风就如买份报纸似的！好像我们有几十件披风似的！……"

小斗牛士豪爽地答应了她要的披风。小事一桩，所有的斗牛士都是富翁。女子拿到那光彩夺目的礼物，两个人的关系就更加亲密。那时，轮到未婚夫向他的女朋友借钱了。如果没有钱，就拿件首饰去典当。出于信任，他把她手中能拿到手的钱物全部拿走了。待她想从那爱情的梦幻中走出来，对那种随意攫取表示抗议的时候，英俊的小伙子就表示出了强烈的激情，用狠狠地打她一顿棍子恢复了他传说中的英雄本色。

加利亚多听着这个故事乐了。他尤其喜欢那最后的结局。

"就应该这么做！……你做得对！"加利亚多高兴得什么似的。"对这些女人就要厉害点儿！……你了解她们，你越是对她们厉害她们就越是爱你。一个男人最叫人看不起的就是在某些人面前低三下四。男人就是要人尊重。"

加利亚多真诚地羡慕那些年轻人的无所忌惮。他们就是靠那些过路外国女人的梦幻生活，想到自己在一个女人面前的懦弱，他不禁可怜起自己。

除了一些小斗牛士陪他消遣解闷之外，还有一个热情支持者对他死缠硬泡向他提出请求。那是一个乡间客栈的酒馆老板，加利西亚人，身体结实，脖子短粗，金红色头发。他开店发了点儿小财。每逢周日，他酒馆里就有女仆陪士兵跳舞。

这个酒馆老板只有一个儿子。这孩子身材矮小，体质不佳。他的父亲一定要他成为一个了不起的斗牛士。酒店老板是加利亚多和所有著名剑刺手的热情支持者，所以做了这样的决定。

"这孩子能行。"他说，"您知道，胡安先生，对斗牛我懂一点儿。您可以相信我，为了让他有个职业，我是愿意花些钱的。如果他要有所长进，那就必须有个保护人。这个保护人您是最合适的。如果您愿意组织一场斗小公牛，让这个孩子把小公牛杀死，那可就太棒啦！……一定会有很多人去观看，我把话说下，不管去多少人，费用全部由我承担。"

酒馆老板为了儿子事业有成出手大方，包付了所有斗小公牛的费用，这给他造成不小的损失。但是商业情怀鼓舞着他，他并不后悔，而是继续前进。那种失败是带来希望的，等他儿子成为著名的屠牛手时，不就可以财源滚滚了吗？

这个可怜的孩子跟他同样社会阶层的大多数孩子一样，童年时代表现出了对斗牛的浓厚兴趣，现在却成了父亲志趣的奴隶。父亲对他斗牛的天赋深信不疑，每天都在他身上发现新的才智。他认为孩子缺乏勇气只是一种惰性，贵在坚持。一伙寄生虫似的无业斗牛爱好者，也曾是无名之辈的斗牛士，他们对于自己的过去，除了那条小辫子，再没有别的值得记忆。这时他们趁机拥到酒馆老板身边，不仅免费喝酒，还伸手借些小钱，报偿就是对他儿子的斗牛提些建议。这些食客跟孩子的父亲组成了一个顾问委员会，唯一的企图就是向公众宣布在乡间客栈的酒馆里埋没了一个斗牛明星。

酒店老板没有跟儿子商量就自费在特图安和巴列加斯斗牛场组织了几场斗牛。这些市郊的斗牛场对所有人开放，谁要想在几百个观众面前让公牛角抵到和牛蹄踩踏，就可以作为斗牛士入选。但是这种玩法可不是免费的。那些短裤被撕破、浑身沾满血迹和牛粪在沙地上打滚的人，必须预先支付全部入场券的费用，然后由斗牛士本人或者他的代表拿票去分发。

这位热心的父亲给行业的伙伴和贫穷斗牛爱好者分发入场券，把自己的朋友塞满斗牛场。另外，他还从留着小辫子游荡在太阳门的那些人中招来徒步斗牛士和扎枪手为儿子组成斗牛队。那些人只穿了日常的衣服便上场斗牛，而剑刺手却身穿正规的斗牛装光彩照人，令观众眼花缭乱。一切都是为了儿子的事业！

"他有一套新斗牛彩装，是委托最好的裁缝做的。这个裁缝给加利亚多与另外的剑刺手都做过衣服，手艺非同寻常！孩子这套服装花了我一千里亚尔，我觉得谁穿上都会大放光芒！……你们可以相信我，为了儿子的事业，我可以花到最后一个比塞塔。如果所有的小斗牛士都有一个像我这样的父亲该多好呀！……"

斗牛的时候，酒店老板站在围墙后面，用他的现身和挥舞那根永不离手的大棒为儿子加油鼓劲。当那孩子走近围栏休息一会儿的时候，他便看到父亲像可怕的幽灵似的出现，那张胖乎乎的脸涨得绯红，手里的大棒被围栏遮挡得只露出一个尖儿。

"我就是为你这样的表现花钱的吗？你那副样子怎么像个小姐？你不为这样斗牛感到羞耻吗，混蛋！到斗牛场中央去，拿出点儿风度来！唉，如果我是你这个年纪，岂能让人这么讨厌！……"

当那孩子手握斗牛棒和短剑站在小公牛前面的时候，他脸色吓得煞白，双腿打抖，父亲就在围栏后面盯着他的每一个动作，就如一个可怕的老师时刻出现在孩子眼前，对他在那堂课上即使最细微的疏忽都要立即纠正。

这个身穿红绸缀满金色刺绣衣服的可怜斗牛士，最害怕傍晚时分回到家中看见皱着眉头、一脸不自在的父亲。

他走进酒馆，用美丽炫目的披风遮住从短裤撕破处露出的衬衫碎片。由于小公牛的顶撞，至今他的骨头还在剧烈疼痛。他的母亲是个五大三粗面孔丑陋的女人，整个下午都在惴惴不安的等待中，看到儿子归来兴奋不已，赶忙跑去张开双臂迎接他。

"真是个草包！"酒馆老板暴跳如雷地吼叫道，"没想到你这么笨！我花钱就是为了让你玩成这个样子吗？……"

他怒不可遏地举起大棒，那个穿着一身彩装的男孩子不久前刚刚杀死了两头小公牛，现在见势不妙，企图用一条胳膊捂着脸逃跑，母亲立刻站到了两人中间。

"你没看到他已经受伤了吗？"

"受伤！"孩子父亲痛苦地高声喊叫，他为儿子没有真正受伤感到惋惜，"真正的斗牛士才会受伤。把他的斗牛裤好好补补洗洗干净吧！……看看他把它糟蹋成什么样子呀！这个不争气的混账东西！"

但是，过了几天他就平静下来，重新对儿子恢复了信心。谁都有发挥失常的时候，即使出名的斗牛士，他都看到过他们跟他儿子一样在观众面前出丑。儿子的事业还是继续推进吧！于是他又在托伦多和瓜达拉哈拉斗牛场组织了斗小牛。出面的都是他企业界的朋友，当然所需费用照旧全部由他承担。

据这位酒馆老板说，他在马德里大斗牛场组织的斗小公牛是历来看到的最著名的斗牛之一。出于偶然，剑刺手居然平平淡淡地杀死了两头小公牛，不过观众大多数是免费进场的，他们为酒店老板的孩子鼓了掌表示祝贺。

小斗牛士的父亲率领着一支咋咋呼呼的流浪汉队伍出现在斗牛场出口。他刚刚把所有在斗牛场附近游荡和趁看门人疏忽溜进斗牛场的这些人全部召集来。酒馆老板与人交往还是个正派人，他答应每人都给一些硬币，但是他们要尽一份义务，等光荣的小斗牛士一出来，就一齐高喊"小斗牛手万岁"，直到把嗓子喊哑，然后还要把他抬起来。

小斗牛士还在对刚才斗牛场上的危险心有余悸，浑身发抖，就立即被那群小混混围起来，推呀，挤呀，在一片喧闹中被高高地举起来，凯旋似的一直把他从斗牛场抬到乡间客栈广场。在穿过阿尔卡拉大街尽头的时候，电车毫不客气地把那支光荣的游行队伍切断了，电车上的人都用惊奇的目光盯着他们。孩子的父亲胳膊下夹着大棒得意扬扬地走着，装着这个火爆的场面跟他毫无关系似的。但是当呼喊声变得不那么高昂的时候，他就忘掉了全部的矜持，跑到队伍的最前面，就像一个商人买主对他的货物没有支付足够的钱惹怒了他似的，亲自指挥叫喊："小斗牛士万岁！”于是欢呼的热情混杂着吼叫又重新高涨起来。

"他们一直给我把他抬回家中，胡安先生，就跟许多次把您抬回家中一样，尽管这个比喻不太恰当。这您看清楚了，这孩子是有出息的，他能行。他只是需要帮助，希望您能不吝赐教，助他一臂之力。"

胡安为了摆脱酒馆老板的纠缠，便给了他一个模棱两可的答复。也许他可以指导他斗小公牛，稍后再决定吧，到冬天还有很长的时间哪。

一天下午的傍晚，加利亚多从太阳门走进了阿尔卡拉大街，猛然间一件意外的事情让他倒退了一步，他看到一位金发夫人在巴黎饭店门口从马车上下来……堂娜索尔！一位貌似外国人的男子伸手帮助她下了车，跟她说了几句话就离开了，堂娜索尔自己走进了饭店。

那就是堂娜索尔，斗牛士肯定他不会认错。他也不怀疑她跟那个男人之间的关系，这从他们告别时交换的目光和微笑可以看得出来。在那个幸福的时期，当他们一块儿骑着马，沐浴在黄昏夕阳那胭脂红色的光芒中，一起奔驰在寂寥的原野上的时候，她就是这样看着他，这样地向他微笑。"该死的！"

晚上他跟朋友聚在一起情绪低落，后来又睡得很差，梦境中许多往日的场景又重新映现在他的眼前。起床时，昏暗阴郁的光线透过阳台照射进来。天在下雨，雨滴中还夹杂着雪花。一切都是阴暗的：天空，对面的墙壁，滴水的屋檐，泥泞的街道，像镜子一样闪闪发光的马车的顶棚，晃动的雨伞。他看到的这一切似乎是如此地苍凉。

十一点钟。他要去看堂娜索尔吗？为什么不去呢？前一天夜里他由于生气放弃了这个想法。这不是贬低自己的人格吗？她一句话没说就逃走了，后来知道他面临死亡的危险，几乎没有关心他的身体状况，只是在开始时拍了一封电报，以后便杳无音信，连封几行字的信都没有，可她给朋友们写信却是那么勤快。不，他不去看她，他是男子汉呀……

但是，第二天清早，他的心肠还是在睡梦中软了下来。"干吗不去看她呢？"他又这样暗自想道。他需要再见她一次。她是他认识的女人中的第一个，她对他的吸引力跟在别的女人身上感受的截然不同。"我真心地爱她。"斗牛士自言自语，承认了自己的软弱……那突然的离别给他的打击有多大呀！

塞维利亚斗牛场上惨烈的牛角伤给他的身体造成了剧烈的疼痛，使得他一时忘记了爱情上的恩怨。然后在他伤愈恢复期间又恢复了跟卡门的恩爱和柔情，他也就对那件不幸的事听之任之，不再看得那么重。伹是，要忘记她？……这，绝无可能。他也曾竭力想把过去的事情忘记，但是，稍微遇到点儿什么情况，比如说，在路上看到一个漂亮的女人骑马从他身旁经过，在街上遇到一个金发英国女郎，跟塞维利亚她亲戚的那些公子哥儿打交道，这一切都会唤起堂娜索尔的身影出现在他的脑海里，让他心动。唉，这个女人！……他再也遇不到像她这样的女人了。失掉她，加利亚多感到自己失去了太多的人生趣味。他已经不是原来的加利亚多，觉得自己的社会地位降低了好几个等级，人们不再对他崇敬。他甚至把自己在斗牛场的失败都归因于被堂娜索尔的抛弃。当有她在身边的时候，他可比现在勇敢多了。那个金发女人一走开，他的厄运也就开始降临了。如果她回到他身边，他那光芒绽放的时代也就随之归来了。想到这些的时候，他有时精神振奋，有时又觉得那是迷信中的海市蜃楼，但最后他还是坚信有一天她会归来。

或许要去看她的想法是一种幸福的预感，就像那么多次在斗牛场上让他得救的预感一样。为什么不是呢？……他对自己有充分的信心。事业上的成就令女人对他痴迷，多少光彩照人的女子都轻易地投入他的怀抱，因此他深信自己身上有一种不可抵御的魅力。也可能在长久的离别之后，堂娜索尔一见到他就……谁知道呢！……他们初次单独见面的时候不就是这样吗？

加利亚多相信自己会遇上好运气，认为自己本来就是一个有福气的男人，一定要把那个魂牵梦萦的女人唤醒。于是他带着一副潇洒而镇静的神气朝近在咫尺的巴黎饭店走去。

他不得不在饭店职员和客人们好奇的目光下坐在长沙发上一直等了半个小时。那些人一听到他的名字，就转过脸去看他。

终于一个仆人请他进了电梯，带他到了二楼的一个小客厅。透过客厅的阳台可以看到黑乎乎的太阳门和旁边一些黑色的屋顶，被人流的雨伞遮蔽了的人行道，以及淋着雨飞驰在广场光闪闪沥青地面上的一排排马车。那些铃声丁丁零零响个不停的电车，在广场上纵横交错地驰过，除了催促马车赶快躲开之外，也在提醒那些穿着带尖顶风帽的外套、听不到声音的行人赶快躲开被撞倒的危险。

隐藏在壁纸里的一扇小门打开来，堂娜索尔穿着窸窣作响的丝绸衣衫出现了。她身上散发出清新而浓烈的肉香，披着一头金发，显示出她生命夏日间的高贵和光鲜体面。

加利亚多用贪婪的目光注视着她。他对那位夫人是如此地熟悉，将她上下整个儿仔细地审视了一遍，连一个细节都没有忘记。她还是塞维利亚的那个堂娜索尔呀！……不，长期的离别使她变得更具诱惑力，也许她比以前更漂亮了。

她穿着随意却不失风度高雅，一件异国的长衫配以奇特的首饰，这跟他最后一次在她塞维利亚家中看到她时并无变化。脚穿一双缀满厚厚金绣的拖鞋，坐下来时两腿交叉，那拖鞋就仿佛要从柔润的脚掌上脱落下来。她向加利亚多伸过手去，微笑既亲切又冷淡。

"您好，加利亚多？……我已知道您在马德里。我看到过您。"

您！……他不敢再对那位贵夫人称呼"你"了，那种称呼只适合于他用于对低等级层情人的尊称了。这个"您"似乎把他们变得地位平等，但也使他失望了。他本想通过情爱关系让那位贵夫人把他提升为她身边的奴仆，但是他得到的却是一种既礼貌而又冷淡的接待，他只是一个普通朋友了。

她告诉加利亚多她是如何看到他的，那是她去看了他在马德里的唯一一场斗牛。当时她是跟一个渴望了解西班牙事物的外国人一起去看的，是一个陪她旅行的朋友，他下榻在另一家饭店。

加利亚多点头表示理解她的话。他认识那个外国人，看到过他跟她在一起。

两个人陷入长时间的沉默不语，不知道再互相说些什么。最后还是堂娜索尔先打破了沉闷。

他看到剑刺手现在气色不错。她曾影影绰绰地记得他受了严重的牛角伤，几乎可以肯定她当时往塞维利亚发了电报打听消息。她不停地从一个国家旅行到另一个国家，交了那么多朋友，事情繁多，对那件事的记忆已经模糊了！……但是她现在看到他还是一如往常，在斗牛场上似乎勇敢潇洒，十分地健壮，尽管有点儿运气不佳。她自称对斗牛不甚了了。

"那次受伤没什么大影响吧？……"

加利亚多对这个女人问他时的语调是如此地无动于衷感到十分恼火。而他呢，当他游离在生死之间的时候，唯一思念的就是她呀！……他窝着一团怒火以阴沉的语调谈起了他的受伤和拖了整个一冬天才恢复的情况……

她装出一副关心的样子听他讲述，而眼中的神情却是冷若冰霜。那个斗牛士的不幸与她没有任何关系……那是职业的事故，是只有他自己该关心之事。

加利亚多讲到他在庄园里养伤的情况时，出于一种联想，一个人的身影出现在他的脑海了，那个人他曾和堂娜索尔一起看到过。

"啊，小羽毛？您还记得那个可怜的小羽毛吗？……他被人杀害了。不知道您是否知道这件事。"

堂娜索尔同样是模模糊糊地记得这件事。大概她是在巴黎的报纸上看到的。报纸上对这个强盗讲了许多，觉得他是风景如画的西班牙的一个很有趣的人。

"一个很可怜的人。"堂娜索尔说，语调仍是冷冰冰的，"我只记得他是个粗野乏味的农夫。时间久了才能看清事物的真正价值。我现在还记得那天在庄园里他跟我们一起吃午饭。"

加利亚多也记得那天吃午饭的事。可怜的小羽毛！他是多么激动地收下堂娜索尔送给他的玫瑰花呀！因为她是在跟他告别的时候把花送给了……她不记得吗？

堂娜索尔的眼睛里显示出坦率的惊异。

"您肯定吗？"她问道，"这是真的吗？我向您发誓我什么也不记得了……啊，那个阳光明媚的地方！诗意如画，令人陶醉！一个女人竟做这样的傻事！……"她的感慨说明她是有点儿后悔了。接着便笑了起来。

"那个可怜的农夫很可能会把那朵花保留到他的最后时刻。对吗，加利亚多？您不要对我否认。他的一生都不会有人给他送花……也可能在他的尸体上会发现那朵干枯的花，那是一件神秘的纪念物，没有人能够说清楚……这件事您一点儿也不了解吗，加利亚多？报纸上也没有说点儿什么吗？……您不要说没有，不要让我的幻想破灭。可怜的小羽毛！真有意思！我现在已把送花的事忘记了！我要把这件事讲给我的朋友听，他正想写一本有关西班牙主题的书。"

在短短几分钟的交谈中，两次回忆起了这位朋友，使得斗牛士非常伤感。他用他那饱含热泪的忧郁的眼睛死死地盯着美丽的夫人，仿佛是向她祈求怜悯。

"堂娜索尔！堂娜索尔！"他以绝望的语调自言自语道，像是在斥责她的冷酷。

"怎么啦，我的朋友？"她笑盈盈地问道，"您有什么事呀？"

加利亚多没有回答，只是低下了头，他被她那双明澈的大眼睛里的讥讽的光芒吓住了。接着他直起身来，像是要做一个决定。

"这么长时间，您去哪儿了，堂娜索尔？"

"周游世界。"她简单地回答。"我是一只过路鸟，去过无数的城市，你连这些城市的名字都不知道。"

"那个陪您的外国人现在是……是……？"

"是一个朋友。"她冷冷地说，"是一个好心的朋友，也想利用这个机会了解西班牙。他是一个重要人物，社会名流。等他参观完博物馆后，我们从这儿去安达卢西亚。您还想知道什么？"

从这个傲慢的问题里，清楚地表明她毅然决然地要跟斗牛士保持一定的距离，要把两者中间的社会阶层区别开来。加利亚多一时感到茫然无措。

"堂娜索尔！"他幼稚地低声咕哝道，"您对我做的事情绝对不可原谅。您辜负了我，对我太不好了……为什么一句话不说就逃走了？"

他的眼睛湿润了，绝望地握起了拳头。

"您不要这样，加利亚多，我做的完全是为了您好，您对我了解得还不够吗？如果我是个男人，就会躲开像我这样的女人。爱上我的倒霉鬼就像是自我毁灭。"

"可是，您为什么走了？"

"因为我厌倦了，我就走了。我把话说清楚了吗？当一个人厌倦了的时候，我认为她有权利逃走去寻求新的欢乐。我这个人到什么地方都会厌倦得要死，您就对我发点儿慈悲吧。"

"可是，我是诚心诚意地爱您呀！"加里亚多充满激情、幼稚得像个孩子似的叫起来。换了别的男人这样叫，他会感到好笑的。

"我是诚心诚意地爱您呀！"堂娜索尔重复他的这句话，还模仿着他的声调和姿势。"这又能怎么样？……啊，这些自私的男人，观众向他们鼓掌欢呼，他们认为人间的一切都是为他们创造的！……'我诚心诚意地爱您呀！'他以为只要他说出这句话，就足以让你必须也得爱他。可是，算了吧，先生，我不爱您。加利亚多。您是一个朋友，如此而已。另外的事情，就是塞维利亚的事情，那是一场梦，是一种疯狂的任性，我几乎记不起来了，您也应该把它忘记了。"

斗牛士站起来，伸出手向那位高贵的夫人走去。他是一个粗鲁的人，不知道该怎么说。他猜想他的笨嘴拙舌已不可能说服那个女人，于是他要寄托于行动了。他突然强烈地冲动起来，欲火中烧，怀着热烈的希望企图占有她，将她拉到怀里，用肉体接触消除分离他们的冷漠。

"堂娜索尔！"他伸出双手哀求道。

但是，她用灵活的右手直接一挡，把斗牛士的胳膊推开了。她的眼中闪出傲慢而愤怒的光焰，气冲冲地向前探过身去，仿佛刚才受到了侮辱。

"您冷静点儿，加利亚多！……您再这样，就不是我的朋友了，我就把您赶出去。"

斗牛士安静下来沉默了，样子又卑微又羞愧。这样过了好一会儿，直到最后堂娜索尔怜悯起加利亚多。

"您不要孩子气。"她说，"您干吗要想那种不可能的事情呢？

何必要想我呢？……您有自己的妻子，我听说她又漂亮又朴实，是个好伴侣。如果不是她，而是别的女人，情况会怎么样呢！想想看，在塞维利亚那儿有不少漂亮的女孩，她们披上大披巾，头上插着花，从前我非常喜欢她们。这些姑娘觉得如果被加利亚多爱上那是莫大的幸福。我们的事情就算结束了。您是那种名人，习惯了成功，您的傲气受到伤害会让您感到痛苦。但是咱们的事情就是这样，到此为止了。是朋友，如此而已。我成了另一个女人，不再是堂娜索尔了。我厌倦了，绝不走回头路。幻想只在我身上持续很短一个时期，然后它就消失得无影无踪了。我是一个可怜的女人，相信我吧。"

她用同情的目光看着斗牛士，似乎那目光里流露出一种奇怪的忧伤，让人突然看清了她所有的缺点和粗野无情。

"我想的事情您是不会懂的。"她继续说下去，"我感觉您是另一个人了。塞维利亚的加利亚多跟这儿的加利亚多是不一样的了。您仍是同一个人吗？……这我不怀疑，但是对我来说，您是另一个人了……这怎么说呢？……在伦敦我认识了一个酋长……您知道什么是酋长吗？"

加利亚多摇摇头，为自己的孤陋寡闻羞红了脸。

"就是印度的一种郡王。"

这位前大使夫人记起了那位印度斯坦的权贵：他的面庞笼罩在黑胡须间呈古铜色，头包一块白色大头巾，在额角装饰一块闪光耀眼的钻石，他那华丽的衣服上飘着多种薄纱，看上去宛若飘逸的花瓣。

"他英俊，年轻，用他那森林间野兽般的神秘目光表示对我的爱慕。可尽管如此，每当他咕咕哝哝用英语谈起他某种东方非凡的成就时，我都觉得他滑稽可笑，对他进行讥讽……他冷得发抖，大雾把他憋闷得咳嗽，大雨下他的行动如同一只鸟儿，衣服上的薄纱抖动着犹如被雨水打湿的翅膀……每当他跟我谈起爱情时，就用他那羚羊般的湿润的眼睛望着我，我真想为他买一件大衣和一顶帽子让他不再打抖。不过。我还是承认他人很帅气，也可能会让一个渴望奇异事物的女人幸福几个月。这是环境的问题，是舞台问题……这您加利亚多就不明白是怎么回事了。"

堂娜索尔回忆起那位可怜的酋长陷入了沉思。他总是冷得发抖，在伦敦雾蒙蒙的阳光中穿着那套可笑的服装。她想象着如果他在自己的国家里，由于权力的威严和阳光，他就完全不会是这么一副模样。他那古铜色的皮肤就会呈现出热带绿色植物的反光，转变成青铜的色调。她似乎看到他骑在受阅的大象上，长长的金色象衣拖在地面上，后面是一支威风凛凛的骑士卫队和托着香炉的奴仆。厚厚的包头巾顶端插着洁白的羽毛，装饰的宝石发射光芒。胸部挂满闪闪发光的勋章，腰带上不仅镶嵌着晶莹剔透的绿宝石，还挂着一柄金质弯刀。而在他的周围是涂着红眼圈胸部坚挺的歌舞演员、驯养的老虎和林立的长矛。最后面是各种多层尖塔，稍有风吹塔上的小铃铛就发出神秘的响声。塔的后面是清爽神秘的宫殿和茂密的绿色植物。在它的阴影中五彩斑斓的野兽有的跳跃有的爬行……啊，那种氛围！她看到可怜的酋长就像上帝一样威严，在碧蓝碧蓝的晴空下和烈火般灼热的阳光中，她不会想到送他一件大衣。几乎可以肯定，她自己就会主动走去投入他的怀抱，犹如一个爱情奴仆似的向他奉献一切。

"您让我记起了那个酋长，加利亚多朋友。在塞维利亚那儿，您穿着乡下人的衣服，肩上扛着长扎枪，非常神气，也是一种风光。但是，在这儿！……马德里已经非常地欧洲化了，它跟别的城市没有什么区别了。大众的服装已经不存在了，舞台之外几乎再也见不到马尼拉大披肩。您不要糟蹋自己，加利亚多。但是我不知为什么您让我想起了那个印度人。"

她透过窗户看着雨蒙蒙的阴郁的天空、湿漉漉的广场、飘散着的雪花，以及打着滴水的雨伞急匆匆熙来攘往的路人。然后她回过头来盯着剑刺手，惊奇地注意到他头上耷拉下来的那条小辫子、他的发型和帽子，总之，所有显示他职业的细节。这一切都跟他高雅的现代服装形成鲜明的对照。

在堂娜索尔的心目中，斗牛士已经是本色不再的斗牛士了。唉，马德里这种阴雨连绵苍凉的鬼天气。他的那个朋友本来到马德里是幻想看看永久晴空万里的西班牙的，没想到却大为扫兴了。她自己一看到饭店附近人行道一群群举止潇洒的小斗牛士，就不可避免地想到了那些从阳光明媚的国度里被带到天空昏暗、落雨不断的动物园来的异国情调的动物。在安达卢西亚那地方，加利亚多是英雄，他是那个畜牧业发达地区土生土长的产物。在这个地方，他就像是一个喜剧演员，胡子刮得精光，习惯了观众喝彩的得意忘形的动作和表情，一个不再跟同等阶层的人交谈、只靠跟野兽搏斗惊讶得观众浑身颤抖的喜剧演员。

哦，那些阳光普照大地的国度里诱人的幻境呀！那光和色彩欺骗性的令人陶醉呀！……她居然爱了那个粗野笨拙的男子好几个月，甚至把他的无知和笨拙赞美成聪明的特色；甚至要求他不要丢弃那散发着公牛和马匹味道的习惯，不要用小香水遮盖掉他满身的野兽气息！……啊，那种氛围，它让人做出何等疯狂的行动呀！……她记起了一个斗牛士遭遇了几乎被牛角毁灭的危险。然后是跟一个强盗一起用午餐，她敬慕地听那个强盗讲述他的故事，最后还送了他鲜花。多么愚蠢的举动呀。现在回想起来，她已觉得那是非常遥远的事情了！

对那些过去她感到懊悔，认为它滑稽可笑。不过过去的就让它过去吧，现在就只剩她面前那个一动不动的魁梧年轻人了。他带着恳求的目光，固执得像个孩童似的渴望重温他们过去的那段日子……可怜的人啊！仿佛在遭到冷落、幻想破灭的时候，那些疯狂的事儿还会复活似的。生命中盲目的诱惑力是多么强大呀！

"一切都结束了。"夫人说，"一定要把过去忘掉，因为在我们第二次看到它时，色彩已经不同了。我是多么希望有一双过去的眼睛啊……可是，我回到西班牙，发现一切都变了。您也跟我认识您的时候不同了。甚至那天我在斗牛场上看到您，觉得您不像从前那么勇敢了……观众也不那么热情了。"

她说得很直爽，不带任何恶意，但是加利亚多却觉得她的声音里含点儿嘲弄的味道，不禁涨红着脸低下了头。

"真该死！职业上的忧虑又在他的心中复活了。他一切倒霉的事情都是源于他现在不敢靠近公牛了。这她说得清清楚楚，在她的眼中，他似乎是另一个人了。如果他重新成为当年的加利亚多，也许她会很好地接待他。女人只爱勇敢的男人。"

斗牛士就用这样的幻想自我欺骗。他把永远死去的怪念头当作了一时的反感和厌恶，认为这样的反感和厌恶他能够用英勇功绩来化解。

堂娜索尔站起身来。拜访的时间已经拖得很长了，但是斗牛士似乎还没有离开的意思。在她的身旁他感到很高兴，茫然地期待着一种偶然的巧合使得他们重归旧好。

最后加利亚多也只好站起来。堂娜索尔说她要出门了，她在等一位朋友，两个人要一起去参观普拉多博物馆。

随后，她说改天邀请他吃午饭。用餐就在她的房间，不拘礼节。她的朋友也会来参加，亲眼看到一个斗牛士肯定是他的心愿。他几乎不懂西班牙语，但是认识加利亚多他会很高兴。

加利亚多握了她的手，磕磕巴巴地作了回答，然后就走出了房间。愤怒模糊了他的眼睛，同时他的耳朵在嗡嗡作响。

她就这样冷若冰霜地送走了他，仿佛送走一个不速之客！她还是塞维利亚那个女人吗！……邀请他吃饭还带上她的朋友，是让那个男人在眼前审视他，看他像个稀有动物感到开心吧！……

该死的！他是一个顶天立地的男子汉……一切都结束了，他不会再见她了。

# 第　　　九　　　章

　　在那些日子里，加利亚多收到了堂何塞和卡门写来的几封信。代理人力图为他的屠牛手加油打气，劝他还是要像从前一样勇敢地径直走向公牛，不要胆怯……"扑哧，一下子就干脆利落地结果了它的性命。"但是，在他的热情中，也不难看出含有点儿气馁了，似乎他开始对他不再那么信心十足，而是怀疑他是不是世界斗牛第一人了。

　　他已经得到一些消息，知道了观众对加利亚多不满和抱有敌视情绪的情况。对在马德里的最近一场斗牛，堂何塞很灰心。不，加利亚多不像别的屠牛手，对观众口哨的嘘声毫不在乎，只要挣到钱就感到满足。他的屠牛手是一个有着羞耻感的斗牛士，只能在斗牛场上以自己的表现让观众群情激奋，欢呼鼓掌。表现得不好不等于就是失败。人们习惯了赞赏他的大胆无畏，如果他不能保持这种精神，那就意味着失败。

　　堂何塞很想弄明白他的剑刺手到底发生了什么。失去了胆量？这绝不会。他宁可让人杀死也不会承认他斗牛场上的英雄有这样的缺点。是不是他感到疲惫，身体还没有从牛角伤中彻底恢复过来。于是他在每一封信中都劝告他："如果是这个原因的话，你最好退下来休息一个季节，然后再跟从前一样重返斗牛场……"他自告奋勇去处理一切。让医生开一张证明就足以让观众相信他的身体暂时还不能适应。代理人可以跟斗牛场老板达成协议妥善解决未完成的契约问题。他可派一个新手去顶替加利亚多，他们要的报酬要少得多，这样处理他们仍可以挣到钱。

　　卡门的要求更为强烈直接，不像代理人那样说话拐弯抹角。她要加利亚多马上退出斗牛，就像他的同行们说的那样，要把小辫子剪掉，去到拉林科纳达庄园或塞维利亚的家中跟家人过平静的日子，只有家人才是真正爱他的人。她的心一刻也难以平静，现在她比刚结婚的那些年里感到更害怕。那时斗牛仿佛是她生活的一部分，她白天黑夜都感到心烦意乱，遭受着可怕的等待残酷的折磨。她的心以女性的那种特有本能告诉她，她的担心很少会有错，他马上就要出严重的事故了。她几乎难以入眠，恐惧地思考着夜间那些噩梦中血淋淋的场景将她惊醒的时刻。

然后，加利亚多的妻子在她的信中对观众大动肝火。她斥责那些观众是些忘恩负义，不该忘记她丈夫在身体健壮时那些勇敢无畏的表现。说他们都是些黑心肠的人，为了取乐希望看到他被公牛抵死，好像她这个妻子不存在，他也没有母亲似的。"胡安，我和母亲都请求你，别再斗牛了。干吗还要继续斗牛呢？我们生活什么都不缺，看到那帮流氓无赖侮辱你，我感到非常痛苦。跟你相比，他们只不过是一些贱民……如果你再出意外怎么办？耶稣啊！我想我会发疯的。"

读过这些信加利亚多深感不安。从斗牛退出！……完全是胡说八道！女人的见识！这是出于亲情的关怀很可理解，但却绝对办不到！三十岁就剪掉小辫子！这岂不让对手笑掉大牙！只要他的四肢还完整无缺，他就没有权利退出斗牛这一行。从来没见过这么荒唐的事。金钱不是一切，荣誉难道可以随意丢弃吗？难道自己能羞辱这个事业吗？如果退出，那些成千上万的热情支持他、赞扬他的人会说什么呢？当他的敌手们当面斥责他的支持者，说加利亚多是由于胆怯放弃斗牛时，他们何言以对呢？……

另外，屠牛手静下来想一想他的财富是否允许他做出那样的决定。他是个富人，但又不是富人。他的社会地位还没有巩固。
他的财富是他结婚头几年积攒下来的，当时他最大的愉快就是积
攒一笔钱让卡门和他的母亲听到他又置买了田产感到惊喜。然
后他又去继续挣钱，也许挣到了更多，但是全都挥霍了，在他新
生活无数敞开的漏洞中漏了个一干二净。他迷上了赌博，生活奢
侈。为了让他的拉林科纳达庄园变得完整，他购买了几片田产并
进来，那些钱都是堂何塞和其他朋友们垫付的。赌博逼使他向省
里的一些斗牛爱好者借了债。他是个富人，但是如果他退出来，
失掉了斗牛这笔丰厚的收入——有些年是二十万比塞塔，有些年
是三十万比塞塔——在偿还债务之后，他就不得不跟乡下地主一
样靠庄稼收成生活，处处精打细算，还要亲自去监工，因为直到
那时，庄园都交给雇工们管理，几乎荒废得没有收成了。

　　想到这种耕田种地的卑微生活不得不处处节俭，没完没了地
挣扎在贫困中间，加利亚多这个勇敢而爱体面的男子汉不禁害
怕起来，因为他已习惯了观众的鼓掌喝彩和大量的金钱。金钱是
一种具有弹性的东西，随着他事业的增长而增加，但是从来也没
有满足过他的全部需要。以前的时候，如果他拥有现在财产的一
小部分，也就自认为是富人了……而现在，如果他放弃斗牛，那
就几乎变成个穷人，他就必须戒掉哈瓦那雪茄，以前他不仅自己
吸，还毫不吝啬地在朋友们中间分发。昂贵的安达卢西亚葡萄酒
也不能喝了。他也不得不约束自己绅士风度的慷慨，不能再一进
酒馆和咖啡馆就高喊"所有的账我全包了"。那是习惯了向死神
挑战的男子汉慷慨的冲动，死神把他的生活变得发疯的挥霍。他
必须遣散那支围在他身边的寄生虫和溜须拍马的队伍，他们只是

哼哼唧唧地哭着向他提出请求逗他发笑。如果有某个平民阶层的漂亮女人看到他已放弃斗牛来找他的时候，他再也不能在她的耳朵上挂上耳环和珍珠让她激动得脸色苍白，也不能为了取乐故意用葡萄酒把她美丽的中式大披巾弄脏，然后送她一条更好的让她惊喜不已了。他就是这样生活过来的，因此他要继续斗牛。他是一个老式斗牛士，就像人们心中想象出的那种屠牛手一样：慷慨、豪迈，每逢不幸者能打动他那粗鲁的感情的时候，他会马上像王子一样掏出钱来施舍救济他们。

加利亚多常常嘲笑他的许多斗牛伙伴，那是些新派斗牛士，他们粗俗地在斗牛行业中组成行会。这些人从一个斗牛场转到另一个斗牛场，仿佛是些商业经纪人。他们对花费精打细算，绝不多花一分钱。其中有些人几乎还是孩子，口袋里装着个记录收支的小本本，就连在车站上买杯水喝的五分都会记上。他们只跟有钱人交往，为的是蹭吃蹭喝，可从来不会请任何人吃饭。另外一些人，当旅行季节开始的时候，就在家中煮好大壶的咖啡，把这些黑色液体装瓶带在身边，到了饭店后重新加热饮用，省下这份钱。有些斗牛队的人吃不上饭，就公开抱怨大师们吝啬。

加利亚多不懊悔自己的奢华生活……可他们竟想让他放弃它？……

另外他也考虑到自己家庭的需要。一家人都过惯了舒舒服服无忧无虑的日子，从来不算计钱，也不关心他的收入，只看到金钱源源不绝地流到家中来。除了母亲和妻子外，他又背上了一个新家庭：他的姐姐和饶舌的姐夫。后者现在根本就不干活，仿佛跟一个名人结了亲戚就有权游手好闲似的。小外甥和外甥女们一天天长大，他们衣服的开销也是很可观了。如果他放弃斗牛，那就必须让所有那些躺在他身上习惯了过衣食无忧、花钱大手大脚的人收缩开支，过节俭的日子了……所有人，甚至可怜的钩疤脸，都得到庄园去，在烈日灼烤下，变得粗鲁而没有教养。已是耄耋之年的可怜的母亲再也不能慷慨地在区里的穷苦妇女们之间大气地发钱让她们高兴了。当儿子看到两个礼拜前交给她的一百个杜罗全都分光，装出生气的样子时，她像一个害羞的孩子似的局促地缩起了身子……而卡门是一个懂得勤俭持家的女人，她会首先做出牺牲，限制自己的开支，把许多虚浮的美容化妆品从她的生活中剔除掉……

"真该死！所有这一切都意味着家庭地位降低，家人的悲哀。如果那样的事情发生，加利亚多会羞愧得难以自容。本来让他们过惯了幸福的日子，然后却又剥夺了他们已经享有的东西，这是一种罪过。为了避免这种情况的发生，他应该怎么做呢？……非常简单，直接向公牛扑过去，继续像昔日辉煌的时代那样斗牛……决心已定，他就是要向公牛直接扑过去。"

他吃力地写了短信回答他的代理人和妻子卡门，表明了他坚定不移的决心。退出斗牛？绝没那回事！……

他向堂何塞发誓，表示决心一如既往地把斗牛坚持下去。他会听从他的劝告。"扑哧，利剑深深地刺进公牛的脖子里，让它一命呜呼。"他的精神振作起来，感到有一种能制服所有公牛的气力，不管它的身躯多么地硕大无比。

他写信给妻子，表示很乐观，尽管自尊心有点儿受到伤害，因为她似乎对他的力量信心不足。等着吧，她不久就会收到他下一场斗牛的消息，他会让观众眼睛一亮，感到惊讶，对自己的不公正觉得不好意思。如果遇到的是些好公牛的话，他将表现得跟罗杰·德弗洛尔一样棒……那个名扬四海的斗牛士，他滑稽可笑的姐夫整天都挂在口头上。

出场的得要一些好公牛！这是加利亚多最关心的事。以前他有一种虚荣心，不关心公牛是什么样子，在斗牛之前，从不去斗牛场畜栏里看看它们的品级。

"什么样的公牛扑到我的面前，我都会把它们杀死。"他傲慢地说。

就是说，当公牛出现在斗牛场上的时候，那也是他第一次见到它们。

现在他改变了。他要预先到它们身边考察一下，挑选一番，对它们的情况进行仔细地研究，为取得成功做好准备。

天气晴朗起来，阳光明媚，明天第二场斗牛就要到来了。

加利亚多这一天一个人去了斗牛场。红砖结构的大斗牛场镶嵌着阿拉伯式的窗户，独自屹立在绿色小山的背景上。在这一广阔单调的风光尽头的斜坡上，可见一种类似远方羊群的景色。那是一片坟场。

在斗牛场附近一发现斗牛士，一些破衣烂衫的人便呼啦啦向他围了过来。他们是一些斗牛场的寄生虫、流浪汉，免费睡在马厩里，靠斗牛迷们的施舍和周围酒馆里的残羹剩饭维持生活。其中有些人是从安达卢西亚领公牛过来的，然后就永远留在了斗牛场周围游荡。

加利亚多给那些手里托着帽子紧紧追着他的乞丐分发了一

些硬币，然后就从马厩门进了斗牛场。

在斗牛场院子里，他看到一伙斗牛迷在观看一些长扎枪手进行演习。杂烩菜脚上挂着硕大的牛仔马刺，手里握着长扎枪准备上马。马厩的管理人员跟随马匹签约人走过来。后者是一个大胖子，戴一顶宽大的安达卢西亚毡帽，说话慢慢吞吞，不急不躁地回答长扎枪手们提出的各种乱七八糟、侮辱性的问题。

长扎枪手助手们把胳膊上的袖子高高挽起，牵出那些可怜的马让长扎枪手试骑。他们已经把那些可悲的马试骑训练过好几天了，马的两肋还留着马刺踢破的红色痕迹。他们让马在斗牛场附近平地上不停地小跑，用他们脚后跟上的铁器刺激它们，使它们显示出一种虚假的气力。他们还逼使它们学会转弯，以便应对斗牛场上各种奔跑动作之需。当那些马回斗牛场的时候，两侧已是布满了紫红色的血迹，进入马厩之前，要用几桶水为它们清洗。在靠近马厩的大水槽旁边，积蓄在鹅卵石缝间的水呈暗红色，酷似流淌出来的葡萄酒。

那些指定第二天用于斗牛的马几乎是被从马厩里拖出来的。长扎枪手要把它们检验一番，确认它们是中用的。

这些瘦骨嶙峋、面容愁苦的马从马厩里走出来，迈着打抖的步子，露着惨遭折磨的两肋，一副忧郁的老态病容，这些都是人类忘恩负义的标志，他们已忘记了这些生灵曾经对他们的价值。有的马可说瘦得皮包骨头，完全成了骨架子，骨节清晰地凸显出来，似乎要刺破包裹在软塌塌长毛中的肉皮。有几匹马倒是显得颇有气力，眼睛活泼有神，皮毛油光锃亮，前蹄不停地刨地。这样外貌漂亮的马匹出现在那些注定必死无疑被废弃的马匹中间，实在令人不可思议。它们是些出色的骏马，仿佛是刚从豪华的四轮马车上卸下来的。其实这些马是最可怕的。它们是不可治愈的眩晕病和其他病症患者，突然间就会栽倒在地上，把骑手从它们头上甩出去跌下来。在这些可怜的瘦马和病马之后，再就是失去劳动能力的残疾马：它们有的来自磨坊和工厂，有的来自乡下田间地头，有的来自拉出租的四轮马车。所有这些马由于多年习惯了拖拉犁耙或车子，总是一副懒洋洋昏昏欲睡的样子。它们是一些不幸被遗弃的动物，就要被榨取到最后一刻，当感到牛角刺进它们的腹部时，便又蹦又跳地挣扎着痛苦地停止呼吸。

这些马的一双双慈善、模糊、泛着黄色的眼睛鱼贯而过。一丛绿头苍蝇死死地叮着那些马松弛的脖颈吸血，霎时肚子就变得胀鼓鼓的。马的脸全都瘦削不堪，脸皮上爬满虫子。马的两肋干瘦得凸显出棱角，一绺绺的卷毛跟羊毛相似。低沉的嘶鸣使它们的前胸紧缩得十分狭窄，马腿已显得如此软弱无力，每走一步都似乎要折断似的。整条马腿上覆盖着长毛，仿佛是穿了裤子。它们的胃很不习惯消化精饲料，但是为了让它们长些力气，这种饲料是不可或缺的，结果由于消化不良，弄得满地都是没有消化冒着热气的排泄物。这些马十分可怜，疯狂地发抖，脆弱得似乎马上要倒下来，要骑上这样的马，那就需要跟斗牛一样的勇气。马背上放上摩尔人的大马鞍，高高的鞍架，黄色的座椅，牧牛人的脚蹬板，有的马在脊背放上这样沉重的马鞍时，被压得腿一打软几乎要倒下去。

杂烩菜在跟马的签约人争论时态度非常高傲，并自称他的意见既代表自己也代表他的伙伴，这让人感到好笑，甚至让那些长扎枪手的助手用吉卜赛人的诅咒来嘲笑他。叫这个杂烩菜和其他长扎枪手们到马厩里去跟那儿的马夫了解这些诅咒的意思吧。没有人比那些马夫更懂得怎样让这些大言不惭的长扎枪手滚开。

一个仆人牵着一匹劣马朝杂烩菜走过来。那马低垂着脑袋，一身长毛，肋骨令人怜悯地凸显出来。

"你牵它来干什么？"杂烩菜转脸面对签约人喊道，"这马我肯定不要。这是一匹害马，谁都不会骑它。送给你妈妈去骑吧!……"

签约人慢慢腾腾、既严肃又平静地回答，如果长扎枪手杂烩菜没胆量骑上它，那就说明当下的长扎枪手什么都怕。他的马是这样地优秀和温顺，卡尔德隆先生、特里格或另外当年的老辈骑手，骑上它可以连续斗牛两个下午，一次也不会跌下来，而且这马还不会受到一丝伤害。可是现在!……现在只是处处害怕，不懂得何为羞耻事。

杂烩菜和签约人平静中带着敌意对骂起来，仿佛在他们之间，由于习惯的力量最恶劣的辱骂都不会计较了。

"你是最无耻的家伙。"杂烩菜回答，"比有名的江洋大盗何塞·玛利亚还强盗。滚吧，让你的祖母去骑这匹瘦马吧，别让她再在每周六夜晚十二点骑扫帚啦。"

在场的人都笑起来，签约人只是耸了耸肩。

"可是，这匹马怎么啦？"他平静地说，"仔细瞧瞧吧，你这个坏蛋。它比别的马都好。别的马患有鼻疽或眩晕病，上了斗牛场，还没等你靠近公牛就让你一头栽倒在地上啦。这匹马非常健壮，它在一家汽水厂干了二十八年活，从来都不偷懒，没有一个人说它的坏话。可现在你却喋喋不休地跟它过不去，挑它一大堆毛病，好像它是个不中用的家伙！……"

"我不要它，牵走！……留给你自己骑吧！"

签约人慢慢地走到杂烩菜身边，拿出了他在这类交易中老手的本领，缓缓地贴着他的耳朵说了点儿什么。于是杂烩菜就装出一副很不满意的样子，最后向那匹瘦马走过去，假惺惺地表示说，按照他的本意，他是不想要这匹马的，但是他也不想让人家把他看成一个不好打交道的人，去伤害一个同行。

他把一只脚踩到马镫上，纵身一跳，整个沉重的身体便压在那可怜的瘦马身上。然后他把长扎枪挎在臂下，对着镶嵌在墙壁里的大柱子用足力气猛刺了几下，仿佛那长扎枪的尖端真的有一头高大的公牛似的。在这样的遭遇战中，那可怜的瘦马浑身颤抖，四条腿始终不停地弯曲着。

"还不错……"杂烩菜用和解的语气说，"这匹马比我原来想的要好，牙口不错，腿也健壮……你得逞了，把它牵到旁边吧。"

杂烩菜从马上跳下来，在听了耳边神秘的悄悄话之后，他已经准备接受签约人提出的一切了。

加利亚多离开那伙笑眯眯地看着签约人和杂烩菜在试马上机智周旋的斗牛迷，一个斗牛场的门房陪他到了关公牛的地方。他穿过一扇小门走向牛栏。牛栏由近人高的毛石墙从三面围成。这围墙固定在上方架着小阳台的粗大的柱子上，每隔一段距离就打开一个狭窄的出入口，一个人需侧着身子方能通过。在宽敞的牛栏里有八头公牛，它们站在那儿低下头嗅闻前面的一堆草料。

斗牛士顺着墙外长廊往前走，一边观察那些公牛。他时不时地从狭窄的出入口挤进牛栏，把身子探向小窗口，朝公牛挥舞手臂，发出粗野的挑战吼叫声，将它们惊动。有的公牛紧张起来，低着头朝那个来打乱它们平静的人进行攻击。另外一些公牛则坚定地站立不动，昂着头，面容阴森，等待那个冒险的家伙敢于向它们走近来。

加利亚多马上又躲到围墙外面去了。他观察了一番公牛的貌相和性情，最终也未能决定要选择哪两头公牛。

斗牛场的领班出现在了他的身旁。那是个健壮如牛的魁梧大汉，打着裹腿，带着踢马刺，穿一身厚呢料服装，戴一顶系带子的乡下宽檐帽。外号人称狼崽子，是一个粗野的骑士，一年的大部分时光都在乡间度过，进到马德里也像个野蛮人，就死待在斗牛场周围，连逛街都没有兴趣。

对他而言，西班牙的首都就是一个斗牛场和它周围的平地以及荒野；再远一点儿，就是一个神秘的小村落，他也从未想过去看一眼。照他看来，马德里最重要的店铺就是斗牛场附近的"母鸡"酒馆。那是一个非常惬意而美丽的地方，一座迷人的大厦，他在那儿一日三餐都是老板出钱，直到他骑上他的小矮马神气十足地回庄园，马垫枕上压着暗色的方形毛毯，马臀两侧挂着褡裢，他肩上则扛着一条长扎枪。他走进酒馆时，那种友好的问候方式让仆人们感到恐惧，他却感到很开心：可怕的握手把对方的骨头都攥得嘎巴嘎巴直响，让他们忍不住痛苦地喊叫起来。他对自己的力量很得意，别人叫他畜生他也毫不介意，而且总是笑嘻嘻的。他坐在一份施舍穷人的饭菜前：一个有脸盆大的大盘子，里面盛满肉和马铃薯，外加一罐葡萄酒。

他为老板照管购买的公牛，有时在穆尼奥萨庄园，有时天气太热，就在瓜达拉马山草原。在斗牛的前两天，他把公牛从外地带到马德里关起来。进马德里之前，半夜的时候，他在骑手和牧牛人的陪同下，在马德里郊外穿过阿布罗尼萨尔小溪。遇到天气恶劣，斗牛不能进行，公牛只能关在斗牛场里，他不能立即回到放牧其他公牛的安静的荒原上去，就感到绝望，也感到憋气。

他说话慢慢吞吞，思维迟钝，这个半人半马的怪物在谈起他牧牛的田园生活时，散发出一种强烈的皮革和甘草味。马德里的天空他觉得太狭小了，星辰也很稀少。他用一种简洁而带有诗情画意的语言，描述他和他的公牛一起睡在广漠的星光下的夜晚。夜晚的万籁俱寂只是被丛林间的神秘声响打破。在这种寂静中，山上的蛇用一种奇特的声音歌唱。是的，没错，是蛇在歌唱，没有人会跟狼崽子争论，因为他听过千百次，如果怀疑，就等于说他是骗子，那你就面临吃他大拳头的危险了。他还说跟爬虫动物会歌唱一样，公牛是会说话的，只是他还没能深透了解它们语言的全部奥秘。公牛跟人是一样的，虽然它们是四条腿行走并且有角。应该看到，一到黎明它们就醒来了，跟孩子们一样高兴得蹦蹦跳跳。它们在一起玩耍开玩笑，把角交叉在一起，试图骑到对方身上，快活的声音十分响亮，仿佛是问候东方初升的太阳，那是上帝的荣光。接着他讲起他在瓜达拉马山沿着溪流慢慢地旅行。那条溪流清澈见底，跟多条河流汇聚；他讲到碧草如茵、鲜花盛开的草原；讲到鸟儿振翅高飞后落在昏昏欲睡的公牛角尖上的情景；讲到狼在夜间的嗥叫，那叫声总是来自非常非常遥远的地方，仿佛是野狼被跟随领头公牛的铃声走来的一队公牛吓坏了，以为那些公牛是来争夺它们寂寥的荒野……请不要跟他讲马德里，他觉得那地方让人憋闷得透不过气！在这个广阔无际的房舍丛林中，他只觉得"母鸡"酒馆的葡萄酒和它的美味饭菜是可以接受的。

狼崽子和剑刺手搭上了话茬，按照他的想法帮他挑选了两头公牛。面对这种大名鼎鼎、万众敬仰的斗牛士，牧人的领班既没有表示惊讶也没有表示恭敬。相反，他几乎看不起斗牛士。他们不过是利用各种欺骗动作杀死那么高尚的动物的人呀！真正的勇敢者是他，他跟公牛生活在一起，形影不离，在寂静的荒野中他在牛角前走来晃去，除了胳膊没有任何防卫的武器，也听不到任何欢呼和掌声。

加利亚多走出畜栏之后，另一个人走近来，非常尊敬地向大师问候。那是一位在斗牛场上保洁的老人。这项工作他已干了许多年，认识他那个时代所有出名的斗牛士。他衣衫褴褛，但是多次让人看到他手上戴的女性戒针。为了擤鼻涕，他一次次从他宽大的罩衫里掏出一方细亚麻手帕。那手帕不大，镶着漂亮的丝织花边，还散发出淡淡的芳香。

他一周独自一人清扫广大的斗牛场、看台和包厢，对这么沉重的工作毫无怨言。当老板对他不满意，想惩罚他的时候，他就打开门，让那些在斗牛场周围游荡的小无赖拥进来，那时可怜的老板就变得一筹莫展，只好让步，立即答应"收回成命"，以防那些闯进来的陌生人取代他的工作。

当工作过于繁忙的时候，老人至多接受五六个流浪汉做助手，那些孩子都是斗牛士的学徒，对他很忠实，交换条件是让他们从狗包厢里看斗牛。那是一个靠近牛栏的铁栅栏门，受伤的斗牛士都从那儿抬出去。清扫夫的助手们扒着铁栅栏门看斗牛，像是关在笼子里的一些猴子拼命地争夺着，都想占据第一排的位子。

老头儿精明地给他们分配一个星期的工作，让那些孩子去清扫朝阳面看台。坐在那儿的都是穷苦肮脏的观众，他们离开之后，留下来一片垃圾：橘子皮、烂纸片和烟蒂。

"要特别注意烟草！"他叮嘱他的队伍道，"谁要是给我留下一个雪茄烟屁股，礼拜天你就甭想看斗牛。"

他自己耐心地清扫背阴面的看台，仔细得像一个寻宝者，不时地在包厢的神秘之处弯下身去将发现的东西装进自己口袋里，其中有夫人的扇、戒针、手帕、掉落的硬币、女性服装的饰品，即所有一万四千观众走后遗弃的东西。他积攒了一大堆香烟蒂，把它们切碎晒干，当作烟丝卖掉。比较贵重的物品就送进旧货店，那儿收购这些健忘的观众或者激动得昏了头脑的观众遗失的东西。

加利亚多送给老头儿一支香烟，回答了他和蔼的问候，随即也跟狼崽子告别了。他跟这位牧人领班约定，由他把选好的两头公牛专门关闭，别的斗牛士不会提出抗议，那是些运气极佳的小伙子，又年轻，又勇敢，他们能把面前的任何一头公牛杀死。

加利亚多再一次走进院子时，长扎枪手们仍在试骑马匹。他见一个人从看热闹的人群走开来，他是个大高个儿，身材干瘦，古铜色皮肤，衣装像个斗牛士。他黑色的毡帽下面，露出一些花白的卷发，嘴巴的周围已经出现了明显的皱纹。

"鱼贩子！你好吗？"加利亚多喊道，诚挚热情地握着他的手。

"鱼贩子"是一位早年剑刺手，年轻时代曾有过辉煌的时刻，但是他的名字已经很少有人记得，后继的屠牛手将他可怜的名声淹没了。当年他在美洲斗牛受了几次伤，手里又有了点儿积蓄，就隐退不干了。加利亚多知道他在斗牛场附近经营一家酒馆混日子，已经远离了跟斗牛迷和斗牛士的交往。他没想到会在斗牛场看到他，但是鱼贩子神情忧郁地对他说：

"哦，怎么说呢？旧习难改呀。我很少来看斗牛，但是，这个职业仍然对我有吸引力。作为斗牛场的邻居，偶尔过来看看这儿的情况。现在我就是一个酒馆老板。"

加利亚多看着他那满面的愁容，记起了他在童年时代认识的鱼贩子，那是他最崇拜的英雄之一。他风流倜傥，女人宠爱，每当来塞维利亚的时候，必到拉坎帕纳咖啡馆露面。他戴一顶天鹅绒卷檐帽，穿一件紫红色短上衣，腰间扎着五颜六色的宽丝带，挂着一根金包头的象牙手杖。这样的回忆不禁使加利亚多立刻想道："如果我从斗牛场隐退，岂不也像他一样，沦落得这般平庸粗俗而让人忘记！……"

他们就斗牛这门艺术聊了很久。鱼贩子跟所有运气不佳遭受痛苦的老斗牛士一样，对斗牛感到悲观。优秀的斗士一个也没有了，现在已经看不到有胆量的斗牛士了，货真价实地杀死公牛的斗牛士就只有加利亚多和其他个别人了。就连公牛似乎也没有那么凶猛了。一阵抱怨哀叹之后，鱼贩子坚持要他的朋友跟他一起到他家去。既然碰上了，加利亚多又无事可做，那就应该到他的酒馆里去看看。

加利亚多答应了。在斗牛场附近一眼望不到头的一条街道上，他走进一家酒馆。那酒馆跟所有的酒馆一样，门面刷成红色，玻璃窗上挂着同样颜色的透明窗帘，橱窗里有一个布满尘土的大盘子，里面摆着裹上面粉的排骨和肉条、油炸小鸟和瓶装醋渍蔬菜。酒馆里面有一个锌板柜台，许多小桶和瓶子，一些圆桌配着木凳子。墙上挂着无数的彩色图片，都是关乎著名的斗牛士和一些最精彩的斗牛场面。

"我们喝蒙蒂利亚葡萄酒。"鱼贩子说，他向柜台后面的一个年轻人打招呼，后者看到加利亚多，立刻眉开眼笑。

加利亚多盯住了他的面孔，也看到了他贴在身子右侧的一只空空的上衣袖筒。

"我想我认识你。"加利亚多说。

"你当然认识他。"鱼贩子插嘴说，"他是皮皮。"

这个外号让加利亚多马上想起了他的经历。他是一个勇敢的孩子，用长扎枪刺公牛做得极好，一伙斗牛迷曾把他称作未来的斗牛之星。一天，在马德里斗牛场，他的一只胳膊被公牛严重抵伤，最后只好截肢，从此也就不能再斗牛了。

"我收留了他。"鱼贩子继续说道，"我没有家人，妻子过世了。我把他当作自己的儿子……悲惨啊！但是，一个人如果老想着自己的不幸，他就不会有善心。想那些不幸的事有什么用呢？你不要以为我和皮皮的日子过得很富足，我们有吃有穿也就可以了，但是我有的他同样会有。我们非常感谢那些老朋友，他们有时会到这儿来吃午后点心，玩玩牌。特别感谢一所学校。"

加利亚多笑了。他早已听说鱼贩子在酒馆附近办了一所斗牛艺术学校。

"有什么办法呢，朋友？"后者说，似乎是想为自己解释几句。"需要互相帮助呀。学校的消费超过酒馆的全部顾客。到学校来的人都很好，有的是些公子哥儿，他们想学点儿本事斗小公牛出出风头；有的是外国人，他们热衷于看斗牛，一心想到老年时成为斗牛士。现在我正给一个人上课，他每天下午都来，你会看到他的。"

于是，他们穿过街道向一块栅栏围起的空地走去。在一扇厚木板拼成的门上方，醒目地挂着一块用沥青写成的牌子：斗牛艺术学校。

他们走进学校，首先引起加利亚多注意的是一头公牛。那是一头用木材和芦苇做成安在轮子上的公牛模型。尾巴是粗麻布的，脑袋由稻草编织，软木做成的脖子，两只巨大的牛角却是真货，学生看了无不恐惧。

一个袒胸的年轻人戴着毡帽，耳朵上搭着两条小辫子，正把他的智能传递给公牛。当学生们手持披风站到公牛对面的时候，他就把公牛朝他们猛推过去。

在空地的中央，有一位矮胖的老先生，他身躯肥大，红皮肤，胡须又白又硬，只穿着衬衣手握短扎枪站在那儿。靠近围墙的椅子上，躺着一位太太，她双手扶在另一把椅子上，年龄跟这位老先生相仿，身躯也是同样地肥胖，头上戴着一顶插满鲜花的帽子。她有一张金红色的面孔，上面布满了一块块黄斑，每当她的先生做出一个绝妙的动作，她就兴奋得难以自持，放纵的笑声晃动起了帽子上的玫瑰花和头上金黄得令人惊讶的假卷发。她一边鼓掌一边叉开双腿，同时把裙子往上拉，暴露出她一部分人老色衰的肥大肌体。

鱼贩子一进门就给加利亚多讲了这对夫妇的来历。他们大概是法国人，或者其他什么国家的人。他说不准他们的身份，对此他也并不关心，就知道是走遍世界的一对夫妇，似乎到处都留下了他们的足迹。从那男人讲的看来，他从事过无数的职业：在非洲当过矿工，在遥远的岛屿做过移民，也曾在美洲偏远的地方骑马用圈套狩猎。现在他又想跟西班牙人一样斗牛挣钱，每天下午都像一个固执的孩子一样雷打不动来学校上课，出手大方。

"你想想，像他这样子学斗牛！……而且已经足足五十岁了呀！"

看到他们两个人进来，那学生就把拿着短扎枪的胳膊放了下来，那夫人也赶紧整理了一下裙子和插花的帽子。啊，大师来了！

"下午好，先生！祝您幸福，夫人！"大师把手举到帽子边向老夫妇问候。"说说看，先生，这一课学得怎样了。您已经懂了我给您讲的内容，镇定地站好位置，刺激公牛向您攻击，当它扑到您身边时，您就敏捷地弯曲身体，把两条短扎枪刺进它的脖子里。您一点儿都不要担心，公牛会按照您的指令做出一切。注意……准备好了吗？"

说罢，大师站到了一边，面对着公牛，或者说得更确切点儿，是那个顽皮的野孩子站到了公牛的后面，两手抓住公牛的后腿，准备好往前推。

"嗨嗨嗨！……往前冲，进攻，小缪拉公牛！"

一声可怕的公牛怒吼，那是鱼贩子的吼声。他们就是用叫喊和猛烈的脚踏地声刺激空气和芦苇构成的公牛的五脏六腑和稻草脑袋，让公牛兴奋起来进攻。小缪拉公牛真的像一头野兽似的开始进攻了。它身下的轮子吱吱嘎嘎作响，由于地面不平脑袋左摇右晃，那孩子推着它的粗麻布尾巴让它的前冲省去不少力气。从没有牧场的公牛像小缪拉公牛有这么高的智商，即便被短扎枪和短剑刺伤几千次也不会死亡，而且它不会受重伤，至多也就是遭到无足轻重的微创，而这种微创，木匠动动手也就把它恢复了原样。它似乎跟人一样聪明。一到了那个学生的跟前它马上改变了方向，避免它的角把他刺伤，而是带着软木脖颈上插满的短扎枪跑到一旁。

这样的英雄业绩博得了一阵欢呼声，短扎枪手依然稳稳地站在原地整理他的长裤吊带和衬衫袖口。他的妻子喜形于色，仰起身子一边大笑一边鼓掌，又一次拉拉裙子露出她那魅力不再的粗壮的大腿。

"大师水平了，先生。"鱼贩子喊道，"枪刺也属一流。"

那外国人听到老师的赞扬非常激动，拍拍胸膛用蹩脚的西班牙语谦虚地回答说：

"我最重要的东西——勇敢，很多很多的勇敢。"

接着，为了庆祝自己的成功，他走向了那个推小缪拉公牛的小男孩。这孩子似乎已在舔嘴唇，因为他早已猜出了那外国人的意思：拿瓶酒来吧！在那个脸色越来越紫、衣服飘动得越来越厉害的女人旁边，地上已有了三个空酒瓶。看到丈夫斗牛已是身手不凡，她开心地仰面大笑不止。

当知道跟老师一块儿进来的是著名的斗牛士加利亚多，并且认出了他在报纸和火柴盒上不知欣赏过多少次的面孔时，那外国女人脸上的紫红色立刻变淡，两只眼睛也充满了柔情。啊，大师！……她走近去笑嘻嘻地在他身上蹭磨，多么希望把自己整个肥硕沉重而松弛的肉体投入他的怀抱呀。

他们为新斗牛士的成功碰了杯，就连小缪拉公牛都参加了庆祝，那个为它服务的男孩子以它的名义喝了一杯。

"不到两个月，先生，"鱼贩子以他安达卢西亚人的严肃表情说道，"您就可以在马德里骑马持长扎枪上斗牛场了。那本领不输最出色的斗牛士，获得的掌声震耳欲聋，挣得的金钱如同水淌，还有女人……对不起，请您夫人原谅。"

那夫人不停地看着加利亚多，眼神里充盈着柔情，激动得满面春色，由于放纵地哈哈大笑，整个儿那身肥肉都起伏不定地剧烈颤抖起来。

那个精力充沛的外国人坚持继续上课。他不能浪费时间。他渴望尽早出现在马德里的斗牛场上，实现老师许诺他的一切。他的金红色头发的妻子看到两个斗牛士离开，便又拿着委托保护人买来的葡萄酒回到原来的座位上。

鱼贩子一直把加利亚多送到大街的尽头。

"再见，胡安。"他神情沉重地说，"也许明天我们能在斗牛场相见。你已经看到我沦落到怎样的地步，不得不靠欺骗和滑稽表演吃饭了。"

加利亚多心事重重地离开了。唉！那个人在他的光辉时代像王子一样潇洒地挥金如土，对他的未来充满信心……这是他亲眼看到的。但是由于考虑不慎，经营失策，失去了全部的积蓄。斗牛士的生活可不是去学会经营钱财，但还是有人劝他退出斗牛行业！算了吧，没门儿！他的生活就是一定要向公牛勇敢地走去。

整整一夜这个想法都在他梦境中黑乎乎的小湖里飘荡。一定要勇敢地向公牛走去！第二天清早，这个坚定的决心依然留在他的脑海里。向公牛勇敢地走去，让观众为他的勇敢无畏感到惊讶。

他的精神完全振作起来，去斗牛场的事后，再没有了往昔那种迷信的忐忑不安。他感到胜利在握，预感到那是一个取得荣光的下午。

那场斗牛一开始就出了岔子。第一头公牛一出场就勇猛地攻击马上扎枪手，瞬间把三个手持长枪摆好架势等待它的斗牛士掀下马来。三匹马有两匹伤得奄奄一息，被刺穿的胸部泉涌似的喷出一股股黑血。另一匹马惊恐万状，忍着疼痛发疯地在斗牛场上狂奔。它的肚子也被开了膛，马鞍脱落，蓝红色的肠子吊挂在马镫上，活像一根根大肉肠。拖在地上的肠子被那匹马自己的后蹄踩踏扯走，越拖越长，好像是正在被梳理的乱线团。公牛为逃跑的马所吸引，紧紧追在它的后面，将那力大无比的脑袋伸进它的腹下，把它用角高高挑起，然后狠狠摔在地上，在它的骨架里残忍地伤害它，撕破它的肌肉，并刺出一个个窟窿。当公牛放弃它的时候，那匹马已濒临死亡，只是蹄子还在蹬打。那时一位长扎枪手的助手走来，对着它的头顶猛刺一刀，最后要结果它的性命。那匹可怜的劣马感到了一种羔羊的愤怒，一下子咬住了那个人的手。后者惨叫一声，挥舞了一下血淋淋的右手，用力地把那尖刀插得更深，直到那马的蹄子停止了蹬打，四条腿僵硬下来一动不动。其他斗牛场职工慌忙用大耳筐装着沙子从这边跑到那边，厚厚地撒在一洼洼的鲜血和那些马的尸体上。

观众呼啦啦一起站了起来，又是喊叫又是打手势。他们为那头公牛的凶残感到异常兴奋，看到斗牛场上没有了一个长扎枪手，就同时高喊起来表示抗议："马！马！马！"

他们确信马上长扎枪手会立即出来，但是让他们恼火的是几分钟过去了，再也没有出现新的血腥场面。公牛孤零零地停在斗牛场中央，一副高傲的神气，挑衅地哞哞叫着，高扬起它那沾满鲜血的脏兮兮的角，在它被撕得青一块红一块、伤痕累累的脖颈上，飘动着它产地的缎带标记。几位新的骑手出现了，但只是重复了刚才那令人恶心的场景。一位骑手端着他的长扎枪，把马拉到公牛一侧不让它蒙着的眼睛看到对手，但几乎刚一接触，就被公牛挑下马来。长扎枪如干柴一般咔嚓一声折断，马被挑在凶暴的牛角上疯狂挣扎，血流如注，内脏和粪便也被猛烈的撞击挤压出来撒满一地。长扎枪手跌倒在沙地上打滚，活像一个黄腿木偶，徒步斗牛士立刻赶过来保护他，用披风遮住他将公牛引开。

一匹马的腹部被公牛角撕破，五脏六腑一起滑落下来，散落在它的周围。它的恶心的绿色粪便如雨点一般洒落下来，弄脏了周围斗牛士的衣服。

看到长扎枪手一个个扑通扑通地跌下马来栽到地上，观众们笑啊，叫啊，乐成了什么似的。那些笨重的身体和裹着保护铁皮的双腿撞击在沙地上，发出了沉闷的声音。有的长扎枪手像装满东西的口袋一样仰面摔在地上，脑袋撞上围墙的木板，就忍不住高声惨叫起来。

"这个长扎枪手爬不起来了。"观众席上高喊着，"他的脑袋可能开瓢了。"

但是，出乎他们的预料，他站起来了。接着便伸出胳膊搔了搔头皮，捡起了掉落在沙地上的硬邦邦的河狸皮帽，重新骑上了他的助手们手推棍打、强迫它站起来的同一匹马。那位衣装鲜艳夺目的长扎枪手催着它小跑起来，沙地上拖着它的脏腑，跑动中它们变得越来越长、越来越沉重。长扎枪手骑着那匹乏力到濒临死亡的马，还是向公牛迎了过去。

"看在你们的分上！"他高喊着，并且把帽子抛向一伙朋友。

然而，他刚刚冲到公牛前面，在它的脖颈上插了一柄扎枪，人和马就被高高地抬起来分成两半，重重地摔在地上，各自滚向一个方向。有时候，在公牛进攻之前，长扎枪手的助手和一部分观众会通知扎枪手："快从马上下来！"但是由于那两条僵硬笨重的双腿，他还没来得及这样做，身下的马已经突然倒下死亡了。长扎枪手就贴着马的两只耳朵往前甩出去，脑袋闷声闷气地撞击在沙地上。

公牛的角从不会直接挂住长扎枪手，但是有些长扎枪手摔到地上时，已处于昏厥状态，那时斗牛场一伙仆人就得把他扛起来送到诊所去，为他治疗骨折，或者为他恢复体力，让他从死亡的状态中苏醒过来。

加利亚多非常渴望吸引观众对他的注意，赢得他们的同情心。他从这边走到那边，终于拽住一头公牛尾巴救出了一个躺在地上就要遭到公牛袭击的长扎枪手，博得了观众的一片掌声。

在短扎枪手们跟公牛生死搏斗的时候，加利亚多倚靠在围墙上，目光扫视着所有的包厢。堂娜索尔应该在那些人中间。最后，他终于发现了她。但是，这次她头上没有白披巾，身上也没有任何装饰，让他想起与戈雅笔下穿着俗艳的美女酷肖的那个塞维利亚女人。她一头金发，戴一顶奇特而高雅的帽子，活像第一次来看斗牛的外国女人。她身边坐着她的朋友，就是她曾以某种赞赏的口吻跟他谈起过的那个男人，她在带领他见识西班牙一些有趣的事情。啊，堂娜索尔！马上您就会看到您抛弃的那个勇敢的美男子是个怎样的人。您肯定会在那个讨厌的外国人面前为他鼓掌。在观众热情的感染下，即使那个男人不高兴，您也会兴奋得神采飞扬。

加利亚多杀公牛的时刻到了。这是第二头公牛，观众以善意的心态等待他的行动，似乎已忘记了在他刺死第一头公牛时候对他表现不佳的愤恨。由于天不作美，连天下雨，斗牛停了两个星期，似乎让观众变得非常宽容了。他们希望在一场等待已久的斗牛中看到一切顺利。此外，公牛的凶残，那么多马的死亡，已经让他们心情十分舒畅了。在向包厢里的客人致意以后，加利亚多便光着脑袋，一手伸出斗牛棒，一手像甩动手杖似的舞动着短剑朝公牛走去。在他的身后，尽管保持着一定的距离，还是跟着国民和另一位斗牛士。有些观众从看台上提出了抗议。跟了那么多助手呀！……好像是教区神父去参加葬礼呀。

"都走开！"加利亚多喊道。

那两位斗牛士马上停住了，他们从加利亚多的声音里听出他的命令是认真的，不容他们有一丝怀疑。

加利亚多继续往前走，一直走到离公牛不远的地方，在那儿他打开折叠斗牛棒，又往前走了几步，像当年他最红火的时期一样，把斗牛棒顶端的红布伸到公牛流口水的嘴边。太棒了！好啊！……看台上立刻爆发出一阵满意的议论声。塞维利亚的孩子要重新为名誉而战了；他是个有尊严的斗牛士呀，马上要露几手当年的真本事了。他舞动斗牛棒，戏弄得公牛团团转，引起观众的极大轰动。与此同时，看台上的支持者们重新活跃起来，对敌手们进行严厉的指责。你们觉得他怎么样？加利亚多有疏忽大意的时候，这他们承认……但是，在他用心的下午，那就看吧！……

那是一个光辉灿烂的下午，鸿运高照，加利亚多看到公牛四蹄稳稳地站在那儿纹丝不动。观众向他提出建议，高声鼓励他："就现在，动手呀，刺死它！"

于是加利亚多向公牛猛扑过去，手起剑落，顷刻就摆脱了那大公牛角的威胁。

响起了一阵掌声，但只是一瞬间，跟着便传出了嗡嗡的反对声，接着又爆发出一片口哨声。热情支持他的观众情绪激动起来，他们停止了看公牛，转过身来怒气冲冲地对着其他观众。这样对待斗牛士太不公平了！缺乏起码的斗牛知识！完全是外行！他杀公牛的那一剑无可挑剔呀……

但是反对者们指着公牛不停地抗议。整个斗牛场的人都站在他们一边，爆发出的口哨声震耳欲聋。

剑刺手的剑穿透公牛的脖子，剑锋从靠近公牛前腿的一侧露出来。由于用力过猛，那短剑已经弯曲了。

所有的观众都挥舞着手臂、打着手势发泄他们难以遏制的怒火。太丢人了！谁能想到啊！连一个低级的斗小公牛的人都不会干得如此拙劣！……

那头公牛带着穿透脖颈的短剑，开始拖着它那一步一摇的巨大身躯瘸着腿歪歪斜斜地往前走。这情景似乎震撼了所有情绪激动的观众。可怜的公牛！它多么地勇敢，多么地高贵呀……有些观众探出身去愤怒地吼叫起来，好像是要一头冲进斗牛场去。强盗！狗娘养的！……就这样来折磨一头比他还高贵的公牛呀！……每一个观众都为那头公牛的痛苦心疼地高喊着，仿佛他们没有花钱买票就来看它的死亡似的。

加利亚多为自己的动作感到惊讶，在一片雨点般的咒骂和威胁声中低下头来。"何以这样倒霉！真该死！……"他刚才刺杀那头公牛的动作，跟他最美好的时代一模一样啊：竭力正视扑过来的公牛的目光，控制了紧张的情绪，克服掉一切恐惧心理。但是，他想避开危险、争取尽快摆脱牛角威胁的欲望，导致他使用的那种卑劣而令人气愤的剑法，这就葬送了他的运气。

看台上的人群骚动起来，开始了激烈的争论。"他根本不懂怎样杀公牛，把脸转向了一边，整个儿是个大笨蛋。"加利亚多坚定的支持者用同样激烈的言辞为自己的偶像辩解。"这样的情况谁都会发生，就认倒霉好了。重要的是他向公牛冲去准备杀牛时的动作是无可指责的。"

公牛一边瘸着腿跟跟跄跄地跑着，一边痛苦地向愤怒的观众咆哮。在跑出一段距离之后，为了不再延长遭受折磨的痛苦，它停下不动了。

加利亚多拿过另一把短剑，走过去站在了公牛的面前。

观众们猜测到了他的企图。那就是把短剑从公牛的后颈刺进去，最终结果了它的性命。这也是在他刚才的行动之后，唯一可以采取的措施。

加利亚多把剑尖对准公牛的两角之间，另一只手摇晃斗牛棒上的红布引诱公牛把头低下来，随即飞速地把剑刺进公牛的后颈。公牛感到了剧烈的疼痛，猛地摇晃起脑袋把剑甩掉了。

"一剑！"人群同时以嘲弄的声调喊起来。

屠牛手重复了他的动作，又把剑刺进公牛的脖颈里，这一次使得公牛全身颤抖起来。

"两剑！"这一次看台上不是吼叫，而是嘲弄地唱了起来。

屠牛手再次把剑刺向公牛的后颈，结果只是听到公牛受到折磨的一声痛苦的吼叫。

"三剑！"

然而，这一次在观众的齐声讥讽中，又加进了抗议的口哨和吼叫。天哪，这个笨蛋何时才能把公牛杀了呀？

终于，屠牛手把他的剑锋刺中了公牛脊髓的要害，那是它的生命中枢。公牛立刻倒了下来歪到一边，四肢变得僵直起来。

屠牛手擦了擦汗，气喘吁吁地迈着缓慢的步子回到主席台前。他终于摆脱了那只野兽，本来想永远也不会把它收拾掉的。观众在他走过的时候对他说些讽刺的话，或者用沉默不语表示他们的不屑。没有任何人鼓掌。加利亚多在一片冷漠的气氛中向主席台致意，然后便躲藏到了围墙后面，仿佛是一个犯了错误感到丢人的小学生。在钩疤脸递给他一杯水的时候，屠牛手往包厢里瞅了一眼，他的目光恰巧和堂娜索尔的目光遇到一起，那目光一直盯着他，直至他从包厢前退走。那个女人对他怎样想呢？看到他被观众辱骂，她跟她的朋友会笑得多开心呀！……她到斗牛场来是多么地居心不良啊！……

加利亚多站在栏杆中间积蓄着每一份体力，直至又一头要他必须杀死的公牛放出来。由于过度跑动，他的腿部受了伤，一阵阵地疼痛。他已经不是当年的加利亚多了，这一点他心中明白。他的傲慢、勇敢以及冲向公牛的动作都不是那么奏效了。他的两腿已不像过去那么灵活稳健，右臂也不能毫无顾忌地伸出去，随心所欲地刹那间刺到公牛的脖子了。现在，这只右臂已不再服从他的意志，面对凶猛的公牛，他会像某些野兽一样愚蠢，本能地把它缩回来，蜷曲起身子，遮挡起面孔，以为这样就可以把危险避开了。

他以前的迷信心理又突然复活了，而且挥之不去，十分可怕。"我的运气不好。"加利亚多心中嘀咕，"我预感到第五头公牛就会把我撂倒……它把我撂倒，我无能为力，一点儿办法都没有！"

但是，当第五头公牛出场的时候，它首先遇到的就是加利亚多的披风。那是一头怎样的公牛呀！好像跟他前一天下午在牛栏里挑选的完全不同。他们肯定是改变了放出公牛的顺序，把公牛放错了。那恐惧的声音继续响在他的耳际："我的运气不好！……公牛会把我撂倒。今天我要被脚朝前抬出斗牛场了。"

　　尽管如此，他依然继续跟公牛搏斗，把它从处于危险中的马上长扎枪手身边引开。起初，他跟公牛周旋，看台上一片寂静。后来，观众终于被感动了，心软下来，稀稀落落地鼓起掌来。

　　到了杀公牛的最后时刻，加利亚多一站到了公牛前面，所有观众似乎都猜测到他的思想已乱成一团麻，动作中显示出他的惶恐不安。只需公牛摇晃一下脑袋，他就以为那是要进攻了，便忙不迭地连连大步往后退。这时候，观众便齐声嘲笑他是个逃跑的胆小鬼。

　　"注意，注意！……公牛向你进攻了！"

　　突然，他似乎想不管用什么方式，只要结束就好，于是就握着剑对着公牛冲过去，但是他只顾尽早脱离危险，没想到那剑是斜插过去的。观众席上立刻爆发出一阵口哨声和喊叫声。剑只刺进公牛几厘米，在公牛脖子上摇晃了几下，就被远远地甩了出去。

　　加利亚多把剑从地上捡起来，重新靠近公牛。正在他站好要去杀公牛的那一刻，公牛却向他猛冲过来。他想逃跑，但是腿已经不像当年那般灵敏，结果被公牛抵到，而且是从正面猛烈地把他整个人撞倒。别的斗牛士迅速赶来救他，加利亚多满身尘土从地上爬起来，男短裤背面被撕破一道大口子，里面的白衬衫下摆都暴露出来；一只鞋子不知去向，装饰小辫上的彩结也飞走了。

　　那个勇敢的年轻斗牛士，曾经以他潇洒的风度被观众无限敬慕崇拜，如今却变得如此凄惨和滑稽可笑：撕破的衣襟飘在空中，头发散乱得犹如杂草，头顶的辫子垂落下来已不成形，活像一个不伦不类、可悲的尾巴。

几件披风同情地在他的周围展开来帮助他，保护他。就连另外的剑刺手都出于慷慨的同行友情，愿替他先斗一阵那公牛，好让他快一点儿将它杀死。但是加利亚多似乎有点儿聋了，他只是两眼盯住公牛，只要它稍有进攻的表示，他就赶忙往后退，好像刚才被撞倒地把他吓疯了。他不明白同行们给他说了什么，脸色煞白，眉头紧皱，眼睛始终不离公牛，嘴里嘟嘟哝哝，不知道自己在说些什么：

"都走开！让我自己来！"

与此同时，他的脑海里依然响着恐惧的声音："今天你要死了！今天是你最后一次被公牛抵伤了！"

观众们从他毫无章法的动作中，就知道他在想些什么了。

"公牛对他厌烦了！他对公牛害怕了！"

就连加利亚多最狂热的支持者，都羞愧得一言不发了。他们无法解释这种从未出现过的境况。

加利亚多一直站在安全的地方，昔日的胆量已不再了。有些人看到他那副战战兢兢的样子，倒也感到很享受。但另一些人可不这么想了。他们想到自己买票的那笔钱，于是就对着那个只被自我保护的本能拖着行动的人高声吼叫。他自己享乐，却把他们欺骗了。简直是偷盗！

那些卑鄙下流的小人用怀疑他性别的话语辱骂加利亚多。在对他崇拜那么多年之后，如今憎恨又让人重新记起了他最初斗牛生涯的那些童年时代的某些事情。那些事情甚至连他自己都已经忘记了。同时也提起了他跟埃库莱斯林荫道上的野孩子们夜间一起游荡的日子。他们嘲笑他被撕破的短裤和在撕破的大口子里露出的白色衬衫衣襟。

"看看他呀!"他们扯着嗓子以女人的声调高喊道。

加利亚多由同行们的披风保护着,利用公牛注意力被分散的一切机会去刺伤它,对观众的嘲弄起哄全然装聋作哑。他一剑剑地刺去,公牛却好像几乎没有感觉。他害怕胳膊伸得太长会让公牛捕捉到,所以总是离公牛太远,以致他仅仅能把剑尖刺在公牛身上。

剑几次被甩掉,几乎没有刺进公牛的肌肉;另外的几次短剑牢牢扎进公牛的骨缝间,但大部分剑身露在外边,随着公牛的活动又晃又摇。公牛低着头继续在围栏旁跑动,并且不停地咆哮,似乎是对那些无效的伤害已经厌烦了。加利亚多手持斗牛棒,对那畜生紧追不舍,既想结果了它的性命,又害怕被它伤及。他身后的一群助手各自舞动着披风,似乎是想利用那些红布的飘动说服公牛弯腿趴下来。公牛脖子上插着短剑流着口水在围栏附近跑过,激起看台上一片嘲弄和辱骂声。

"它是苦难的圣母!"一些人喊道。

另一些人则把那头公牛比作插满大头针的针插。

"强盗!拙劣的斗牛士!卑鄙!"

一些更肮脏下流的人更是坚持在性别上对加利亚多进行侮辱,给他改成女性的名字。

"胡安尼塔!您不要堕落呀!"

时间拖得太长了,一部分观众不禁要向斗牛士发泄愤怒,还想针对另外的人,于是他们把身体转向了主席台上的包厢……主席先生!您想把这场令人冒火的表演拖到何时结束?

主席打了个手势让他们不要再说，接着就下达了命令。于是就看到一个戴着瓦形羽毛帽、披着短披风的小法警沿围墙后面一直跑到公牛所在的地方，对着加利亚多伸出一只攥起的手，只把食指高高伸着。观众立刻鼓起掌来。那是第一次警告。如果到第三次警告公牛还没有杀死，它将被送回牛栏，剑刺手也就完全名誉扫地了。

加利亚多仿佛刚被这威胁吓得从梦游症中醒来，立即端平短剑向公牛扑去。又是一剑，但是同样没有在公牛身上刺深。

剑刺手泄气地放下胳膊。哦，看来这畜生是刺不死的！……短剑无法对它造成伤害，似乎它永远不会倒下。

最后的一剑没有奏效惹恼了观众，他们呼啦啦全都站起身来。口哨声震得地动山摇，逼得女士们不得不捂住耳朵。很多人挥舞着胳膊向前探出身去，犹如要冲进斗牛场。柑橘、面包片、坐垫，像飞速的炮弹一样纷纷对着屠牛手落在沙地上。向阳面的看台上爆发出山呼海啸般的喊叫声，那种吼叫酷似轮船上拉响的汽笛，似乎不可能是人类咽喉的功能。时不时地也可以听到警报似的响亮的牛铃声。斗牛场附近传来浩大的送葬队伍一起为亡者唱的挽歌声。

许多观众转身对着主席台。何时提出第二次警告？加利亚多用手帕擦了擦汗，环顾四周，好像对观众的不公感到诧异，也要让公牛对发生的一切负责。这时候他的眼睛盯住了堂娜索尔的包厢，她却背转身去不看斗牛场：也许是觉得他可怜，也许是为她过去的宽容迁就感到羞惭。

加利亚多再次冲过去杀公牛。很少有人看清他是怎样做的，因为在他周围不停舞动的披风遮挡了他……公牛突然倒下了，随即嘴里喷出一股股的鲜血。

终于结束了！……观众安静下来，停止了挥舞手臂，但是仍然还在喊叫和吹口哨。公牛最终被一位剑刺手杀死了，他们把刺进它脖颈的短剑拔掉，将牛头拴在几匹小骡子上把它拖出了斗牛场，经过的坚实地面上留下一条带状痕迹和一道道血迹，仆人们立刻用耙子将它们平整好盖上了沙子。

加利亚多躲在斗牛场围墙的过道里，避开因他的出现引起的观众辱骂和抗议。但在那儿他已是筋疲力尽，气喘吁吁，一条腿在剧烈地疼痛。虽然灰心丧气，但是摆脱了危险还是感到一阵轻松，心满意足。他没有死在公牛角中间……这是因为他精明的克制，谨慎从事。那些杀人凶手巴望一个人死去，仿佛只有他们珍爱生命和有一个家庭似的！

当加利亚多穿过斗牛场周围的人山人海、马车汽车，以及长排的有轨电车离开斗牛场时，那情形是凄惨的。

为了避免撞倒从斗牛场出来的一伙伙观众，加利亚多的马车行进得很慢。那些人也都为拉车的骡子让路，但是当认出乘车者是加利亚多时，他们似乎就对自己的谦让后悔了。

从他们的口形上，加利亚多猜到他们是在恶狠狠地咒骂他。一些坐着头披白披巾漂亮女人的豪华马车从他的车旁驰过。那些女人有的故意转过脸去不看斗牛士，有的看着他眼里流露出既难过又怜悯的神情。

加利亚多像是希望不被别人注意，缩起身子躲到了国民魁梧身躯的后面，皱着眉头，不声不响。

一群男孩子跟在马车后面吹起了口哨。许多站在人行道上的人也跟着模仿他们，觉得这样很解气，他们由于囊中羞涩，整个下午都不得不一直待在斗牛场外面，盼望着看到点儿什么。加利亚多失败的消息在他们中间传开来，他们对他破口大骂，非常高兴侮辱那个挣足了大笔财富的阔佬。

这种抗议让加利亚多从无可奈何的沉默中清醒过来。

"真该死！……他们为什么吹口哨？难道他们进场看斗牛了吗？……他们花钱买票了吗？……"

一块石头飞来砸到车轮上。野孩子们贴着马车踏脚板大喊大叫。终于来了两个骑警，把那些发泄不满胡闹的人驱散，随后护送那位非凡的斗牛士胡安·加利亚多走过整条阿尔卡拉大街……那是世界第一斗牛士。

# 第　　　十　　　章

斗牛队刚走进斗牛场，就听到有人在咚咚地在敲马厩的门。

一个斗牛场的职员走过去没好气地喊道，不能从这个门进，要去找别的门。但是，门外的人坚持不走，那职员就把门打开了。

进来的是一男一女：男人戴着科尔多瓦帽，女人穿着一身黑衣，头上披着头巾。

男人握了一下职员的手，在他手里放了点儿什么，职员那张难看的脸立刻温和下来。

"您认识我，对吗？"刚来的那男人说，"您真的不认识我吗？……我是加利亚多的姐夫，这位夫人是他的妻子。"

卡门朝一片狼藉的院子四周观望着。远处，从宽厚的砖墙后面传来音乐声，还可察觉到时不时被兴奋的喊叫声打破的人群呼吸声以及稀奇的混杂声，那是斗牛队在主席台前面列队而过。

"他在哪儿？"卡门迫不及待地问。

"还能在哪儿，卡门？"姐夫粗鲁地回答，"在斗牛场履行他的义务呗……您来这儿真是发疯了，简直是胡闹，我的心太软了！"

卡门继续观望院子的周围，但是她有点儿犹豫了，像是为到这儿来感到后悔，她来这儿干什么呢？……

那位职员被安东尼奥跟他握手和那两个人跟著名斗牛士的亲属关系所打动，对他们表现得特别殷勤。如果夫人想等到斗牛结束，她可以在管理人房间里休息。如果想看斗牛，他可以为他们安排很好的座位，尽管他们没有票。

卡门听到这个建议不禁紧张得颤抖起来。看斗牛？……不！

她到斗牛场来是下了狠心咬着牙关来的，这会儿已经后悔了。她受不了看到丈夫出现在斗牛场上。她也从来未看过斗牛。她在那儿等待吧，一旦忍受不住了就离开。

"天啊，看在上帝分上！"皮匠很不情愿地说，"我们就待在这儿吧，尽管不知道面对马厩我们在这儿干什么。"

自从前一天起，恩卡纳西翁的丈夫就跟她弟弟的妻子形影不离。丈夫要去斗牛，不消说，担心使那个女人变得非常神经质，她整日价惊恐不安泪流满面，皮匠自然也就跟着一块儿被折磨得心烦意乱了。

星期六中午，卡门跟他在大师的工作室谈了话，告诉他她要去马德里，而且决心已定。她不能再住在塞维利亚，近一个星期她一直失眠，脑海里出现的全是些恐怖的情景。她的女性的本能似乎在告诉她，他就要大祸临头。她需要赶快到胡安身边去。她没有明确的目标，也不知道这次旅行能做点儿什么，但是她渴望和加利亚多在一起。她认为带着这份亲情的愿望待在自己所爱的人身边，会减少危险。

那不是人过的日子。她从报纸上知道了胡安上星期天在马德里的斗牛场上遭遇了惨痛的失败。她了解斗牛士在职业上的自负，猜想到他决不会甘心容忍这种不幸。为了重新获得观众喝彩的掌声，他会做出疯狂的举动。在他写给她的最后一封信中，已经模模糊糊地告诉了她这个意思。

"不，不能让他这样做。"她果断地对姐夫说，"我今天下午就去马德里。如果你愿意，就陪我一起去；如果不愿意，我就一个人去。关于这件事，你要特别注意，一句话都不能告诉堂何塞,他知道了会来阻止我的……这件事只有妈妈知道。"

皮匠答应了。虽说陪伴她会心情很压抑,但那可是一次免费旅行啊!……在路上卡门把一切都想好了,她要坚决把利害跟丈夫说清楚。何必还要继续斗牛呢?难道生活还不富足吗?……他要退出斗牛,而且是马上。否则的话,她就死给他看。那场斗牛一定是最后一场……即便这样,她也觉得太过分了。她要及时赶到马德里,阻止丈夫下午的斗牛。她的心声告诉她,由于她的到来,丈夫将避免一场灾难。

但是,姐夫听完她的话,很是惊愕慌张,表示坚决反对。

"这太荒唐啦!只有你们女人才会这样想!这种头脑发热、一时心血来潮的事肯定行不通。难道你以为没有当局,没有法律,没有斗牛场的规矩吗?你以为甚至只要一个女人想拥抱她的丈夫,心中害怕就可以中止一场斗牛,让观众碰一鼻子灰,大失所望吗?……你对胡安爱怎么讲就怎么样讲,但是接下来斗牛的事还是会照常。跟当局打交道可不能开玩笑,闹不好,我们会一块儿去坐牢房。"

皮匠想,如果卡门坚持她荒唐的想法去找她的丈夫,阻止他斗牛,那就会带来最危险的结果。他们都将被逮捕。此时,他觉得自己似乎已经被作为这一事件的同谋关在监狱里了。在他愚蠢的头脑里,他认为这是一种犯罪。

他们到达马德里时,皮匠还不得不继续想办法阻止卡门跑到她丈夫下榻的饭店去。她这样做能达到什么目的呢?……

"你的出现会让他惶恐不安,他去斗牛场时心情就会很坏,不能冷静下来。如果发生点儿什么不测,那将是你的过错。"

这种考虑让卡门平静下来，听从了姐夫的建议，跟随他去了一家他选择的饭店。在那儿的整个上午，她都躺在自己房间的沙发上哭哭啼啼，好像确信她的不幸就要降临了。皮匠很高兴来到马德里，饭店也住得很惬意，只是对卡门的伤心绝望感到恼火，那种表现他觉得滑稽可笑。

"算了吧，何必如此呀！……你们女人真是奇怪！随便什么人看到你这个样子都会以为你是个寡妇呢，可你丈夫这个时候正得意扬扬地准备去斗牛场，神气得活像罗杰·德弗洛尔。你真傻！"

卡门几乎没有用午餐，姐夫对饭店厨师的手艺赞不绝口，她好像什么也没听见。下午，她再也不安于听天由命了。

饭店离太阳门很近，去斗牛场的车水马龙和人流的喧闹声都听得清清楚楚。不，当她的丈夫冒着生命危险的时候，她不能只是待在那个陌生的房间里。她需要去见他。她缺乏勇气亲自去目睹那个惊心动魄的场面，但是她希望感到是在他的身边。他要去斗牛场，但是斗牛场在哪儿？……她从来没见过斗牛场。如果她不能进去，那就在周围游逛。重要的是她感到距离丈夫很近，觉得这种近距离可以对加利亚多的运气产生影响。

皮匠不同意她去斗牛场。为了加利亚多的生命！他本来计划去看斗牛的，也已经外出买好了票，可是现在卡门坚持要去斗牛场，他的计划只好泡汤。

"可是，你去那儿干什么呢，卡门？你去了于事有效吗？想想看，如果胡安尼略看到你，那事情就……"

他们争论了许久，但是斗牛士的妻子反对他的一切理由，固执地给他同一个回答：

"你不必陪我……我自己去。"

最后姐夫只好妥协，他们租了一辆马车去了斗牛场，从马厩的门进去了。皮匠曾陪加利亚多去过一次马德里参加春季斗牛，所以对斗牛场和它的附属设施都了如指掌。

看到面前那个哭得两眼通红、面颊塌陷、继续站在院子里不知如何是好的女人，皮匠和那位职员显得踌躇不决，有点儿烦躁……两个男人为斗牛场的人声鼎沸和音乐所吸引，已对那个女人心存不悦。她就整个下午待在那儿不去看斗牛吗？

"如果夫人想去小教堂的话……"

斗牛队列队走过主席台的仪式一结束，几个人就骑马从进入斗牛场的那扇门跑回来。那是尚不当班的长扎枪手，他们先从沙地退出，待轮到他们上场的时候，他们就去接替自己的伙伴。墙上钉着一排铁环，六匹鞴好鞍的马拴在那儿，那是第一批去顶替死在公牛角下的马的。在它们的身后，长扎枪手在演练他们的马消磨等待的时间。一个马厩管理员骑上一匹易受惊的性子暴躁的母马，让它在院子里弃跑，一直跑得精疲力竭，才把它交给长扎枪手。

这些马遭受着苍蝇的折磨，不停地刨蹶子拖扯着铁环，似乎已经意识到危险离它们不远。还有一些马在骑士马刺的刺激下，在院子里绕着圈儿小跑。

卡门和他的姐夫不得不躲到拱廊下面去，斗牛士的妻子终于接受了去小教堂的邀请。那是一个安全而平静的地方，在那儿她可以做点儿对她的丈夫有益的事。

卡门走进了那个神圣的房间。由于挤满过来看斗牛士祈祷的观众，里面的气氛十分压抑，空气也不新鲜。她的眼睛盯住了可怜的祭坛，发现在白鸽圣母像前只燃着四支蜡烛，她觉得那贡品委实有点儿寒酸。

她打开手提包，给了职员一个杜罗。不能再多买些蜡烛来吗？那职员搔了搔眉头。蜡烛？蜡烛？……在斗牛场这儿，是找不到蜡烛的。但是她突然记起了一个斗牛士的姊妹，每次斗牛士来斗牛，她都带些蜡烛来。最后带来的几乎还没有用，应该是存在小教堂的某个角落里。她找了许久，终于找到了，但是没有烛台。可那职员是个会动脑筋想办法的人，他拿来两个空瓶子，将蜡烛插上，把它们点着，放到其他蜡烛旁边。

当卡门跪下来待在那儿专心祈祷的时候，两个男人就趁机跑去了斗牛场，他们急着要去看开头的那些精彩表演。

卡门好奇地凝望着那个被烛光映红了的模糊不清的圣母像。她不知道这个圣母，但是她觉得她应该跟她那么多次请求帮助过的塞维利亚的圣母同样温柔慈祥，何况她还是斗牛士的圣母。当危险临近，那些粗鲁的汉子需要真诚的仁慈和怜悯的时候，她就听他们最后时刻的祈祷。她的丈夫曾经在那个地方跪拜过许多次。这么一想，她就为那尊圣像所吸引，以对宗教虔诚的信仰凝望着她，仿佛从儿时就认识她了。

她的双唇不停地翕动，下意识地重复着祈祷词，但是她的思想已经逃开，被从斗牛场传来、飘荡在耳际的观众的嘈杂声吸引走了。

啊，那火山爆发似的咆哮声，那远方巨浪似的轰鸣声，时不时地被那不祥的寂静打断，戛然而止！……卡门想象着她正在看一场隐形的斗牛。凭着斗牛场喧哗的各种各样的声调，她判断着那片沙地上悲剧性的搏斗跌宕起伏的进程。忽而爆发出伴着口哨声的愤怒的喊叫声，忽而成千上万种声音杂乱地混在一起不知道在嚷嚷什么。突然间又会传来一种长长的哀叫声，那声音恐怖刺耳，令人毛骨悚然，似乎直飞云霄。一种恐惧的气喘吁吁的惊叫声，让她看到数千观众伸出脑袋，激动得脸色苍白，紧盯着一头飞速奔跑的公牛，它就要追赶上一个人……直至惊叫声瞬间停下来，重新恢复了平静。危险过去了。

有时静下来的时间很长很长。那是一种绝对的寂静，死一般的寂静，真空的寂静。在那种寂静中，从马厩里飞出来的苍蝇的嗡嗡声都提高了，宛如广大的斗牛场是一片荒凉的沙漠，宛如看台上的一万四千观众没有了呼吸，纹丝不动，唯有卡门是存在于斗牛场内的生灵。

突然，从那片死寂中爆发出一阵异乎寻常的响亮的撞击声，仿佛斗牛场上所有的砖块散裂开来猛烈地互相撞击。那是一片密集的暴风雨般的掌声，使得整个斗牛场都震动起来。教堂旁边的院子里响起了皮鞭抽打马匹的响声、咒骂声和马蹄铁敲击地面的响声。接着就听到有人喊道："该谁上场了？"那是在召唤新一批长扎枪手去斗牛了。

随着这些响声，又听到了更近的一些响声。附近的房间里响起了脚步声，门吱吱呀呀地打开来。有些人在大呼小叫，他们都气喘喘的，仿佛在身负重物走路。

"没什么了不起……只是头被撞了一下，你不会流血。在斗牛结束之前，你一直用长扎枪刺牛。"

一个由于痛苦而变得微弱的沙哑的声音，仿佛是从肺部的最深处发出来的，在连连的叹息中不停地呻吟，那种语调使卡门想起了她的故乡。

"孤独圣母！……我觉得我身上有点儿什么碎了，有点儿坚持不住了。您仔细看看，大夫，……唉，我的孩子们！"

卡门恐惧得颤抖起来。她抬起眼睛看圣母，由于恐惧眼睛已变得迷惘。塌陷而苍白的两颊之间的鼻子由于情绪激动而变得尖削。她感到自己病了，担心自己会恐惧地晕厥在地上。她企图再祈祷一次，让自己沉浸在祈祷之中，不再听从墙外传来的那些响亮得令人烦心的嘈杂声。但是，尽管她这样想着，外边哗啦哗啦的水响声和一些人的喊叫还是传进了她的耳朵里，那些人应该是医生和护士，他们在为一位长扎枪手加油鼓劲。

那长扎枪手用野蛮骑士的粗鲁语言抱怨着，同时又为了不失男子汉的尊严，力图掩饰他骨折的剧烈疼痛。

"孤独圣母！我的孩子们！……如果他们的爸爸杀公牛不成功，这些可怜的幼儿吃什么呢？……"

卡门站起来。唉，再也坚持不下去了。如果她继续跪在那个黑漆漆的被痛苦震撼的地方，她就要晕倒了。她需要空气，需要太阳。她以为自己的骨头已经感觉到了让那位陌生长扎枪手呻吟不止的同样的折磨和疼痛。

他走到院子里。到处都是血，地上是血，几只水桶边是血，桶里的水都被血染红了。

长枪手从斗牛场退下来，他们已招呼短枪手出场。那些长枪手骑在马上，马身上可见一片片的血迹，腹部被公牛角撕破，内脏垂落下来悬挂在空中，令人恶心。

长扎枪手们下了马，兴奋地讲述着斗牛场上出的事故。卡门看到杂烩菜拖着他魁梧的身躯吃力地下马，一连串地咒骂着那个笨拙地帮他下马的助手。他好像由于隐藏着的铁裤腿和几次栽跟斗导致的伤痛动作不那么灵便了。他把一只手伸进背后，痛苦地伸着懒腰挠了几下，但还是微笑着露出了一嘴的黄马牙。

"你们都看到胡安表演得多精彩吗？"他对周围的人说，"今天他真的是太棒了。"

当他注意到院子里那个唯一的女人时，他马上认出了她，但是他并没感到惊讶。

"您到这儿来啦……卡门太太！太好啦！……"

他侃侃而谈，仿佛由于他的嗜酒和本身的野性，他永远处于半睡眠状态，世界上没有任何事情会让他惊诧。

"您看到胡安了吗？他继续说道，"他在公牛前面卧倒在地上，就在公牛鼻子尖下。这样的动作没有一个斗牛士做过……您去看看他吧，今天他的胆量真大。"

门口有人叫他，是诊所的人。他的一个长扎枪手伙伴在被送去医院之前想跟他谈谈。

"再见，卡门太太。我去看看那个可怜的家伙想干什么。据说他跌骨折了，整个斗牛季都不能上场了。"

卡门躲到拱廊下，她想闭上眼睛不去看院子里令人厌恶的场景。但是同时她又为那一摊摊鲜红的血所吸引，难以平静下来。

长扎枪手助手把受伤的马从斗牛场牵回了来。它们的内脏拖在地上，由于受到惊吓，同时排泄物也从尾巴下面接连地倾泻下来。一看到它们，马厩管理员又是摆手又是顿足，那些粗野的动作，像是高烧把他烦躁得难以忍受似的。

"下手要厉害，勇士们！"他向马厩的仆人们喊道，"就是要厉害！别留情！"

一个马厩的仆人小心翼翼地靠近疼得不断尥蹶子的马身边，卸下马鞍，用绳子套住马腿，然后用力猛地一拉，那畜生四条腿被拢在了一起，咕咚一声跌倒在地上了。

"好啦，勇敢点儿！……狠下心！别心软！"马厩管理员继续高喊着，还不停地挥手顿足。

马厩的一些仆人挽起袖子，向马被撕开的肚子俯身下去，尽管那畜生的鲜血和尿一股股地向四处喷射，他们却不顾一切把它流露在外面的沉重内脏一把把抓起来，使劲儿塞回撕裂得惨不忍睹的肚子里。

另有一个仆人一边紧紧地扯住马缰，一边用一只脚紧紧地把马头压在地上。马的口鼻疼得不停地抽搐，长长的黄牙齿因残酷的折磨和恐惧磕碰得嘎嘣嘎嘣直响，它的嘶鸣由于脚压着脑袋被闷在了尘土里。仆人们血淋淋的手竭力要把滑溜溜的内脏塞回腹腔，但是那牺牲者呼哧呼哧的喘息让它们膨胀起来，又把它们挤压出肚皮，像包装的筋头巴脑似的流落满地。那个硕大的膀胱圆鼓鼓的，尤其难以收拾。

"这尿脬要考验你们了，勇士们！"指挥者喊道，"使点儿劲，把小球塞回去！"

膀胱和所有的内脏终于全都塞回腹腔深处去了。与此同时，两个仆人照例熟练地将肚皮缝合。

当那匹马全都被神速地修复好之后，仆人们先是往它的头上浇了一桶水，把它腿上的绳子解开，随后便用鞭子狠狠地抽了它几下，逼迫它站立起来。有的马站起来刚走了两步，就扑通一声又倒在地上，鲜血也从那细麻绳缝合的伤口处涌流出来。那是一种收复内脏之后的暴死。其他一些马凭着动物神秘而旺盛的生命力坚强地支撑下来。仆人们在把它们"收拾"好之后，就要给它们"上釉"了。这就是对准它们的肚皮和四条腿狠狠地泼上几桶水，不管它们是白马还是棕色马，它们的毛皮就会干净得闪光发亮了，只是血和水混合而成的玫瑰色液体还是顺着它们的毛唰唰地流下来。

他们像修补旧鞋一样把伤残的马修补一番，将它们的软弱可欺利用到最后一刻，来延长它们垂死挣扎的痛苦，推迟它们死亡。一段一段的肠子留在了地上，那是为了便于修复操作剪下来的；其他一块块的内脏留在了斗牛场上，用沙子埋了起来，直到公牛死去，仆人才能把这些残留物收进它们的耳筐拿走。有许多次，那些野蛮的医师只是将一把把的麻屑塞进马的肚子里，填充那失去器官的可怕的空隙。

重要的是要让这些马多站几分钟，直到长枪手骑上它们重进斗牛场，让公牛担负起最后杀死它们的使命……那些垂死的马毫无反抗地忍受着这种凄惨的变形。斗牛士助手用棍棒让那些走路一瘸一拐的马振作起来，它们又惊又疼，从四肢到耳朵全身都在颤抖。一匹性情温顺的马，在遭受不幸的绝望中，企图咬住靠近来的斗牛士助手。它的牙齿间还挂着几片咬下来的牛皮和带血的牛毛。在它感到牛角撕破它的肚皮时，这可怜的畜生也曾以发疯的羊羔的暴怒咬住了公牛的脖子。

受伤的马扬起尾巴噗噗噗地放着响屁凄惨地嘶叫不止，满院子散发着血和素食排泄物混合成的臭气。血在地面的石缝间缓缓流淌把石头染红，干时就变成黑色。

斗牛场上看不见的人群的喧闹声一阵阵传来。那是山呼海啸般紧张不安的惊叫声，那"哎呀！哎呀！"的惊叫声出自数千人之口，可想而知定然是徒步的短扎枪手遭到公牛近身追逼在拼命逃走。然后是一阵绝对的寂静。那是短扎枪手转身又向公牛走去，接着就爆发出了热烈的掌声祝贺他把两根短扎枪精准地刺进了公牛的脖颈。接着就响起了小号声，宣布杀死公牛的时刻到了。于是又响起了暴风雨般的掌声。

卡门想走掉了。埃斯佩兰萨圣母啊！他在那儿干什么呀？……她不知道屠牛手杀牛的程序是怎样的，心想也许那小号声就表明她丈夫站到公牛前的时刻到了。她在那儿，离她的丈夫只有几步之遥，但是却看不到他！……她想逃掉，那种折磨实在让人受不了。

此外，院子里流淌的血使她感到痛苦，那些可怜的牲畜遭受的折磨她也难以忍受。她那女性的文雅和敏感与这些残忍的行为格格不入，令她深恶痛绝，同时她用手帕捂住鼻子避免闻到血腥的恶臭。

卡门从来没去看过斗牛。她的一生大部分时间都只是听别人讲述斗牛。但是在那些斗牛活动的讲述中，看到的只是表象，也就是所有人都看到的一般场景，阳光下斗牛场上斗牛士和公牛的周旋：光鲜亮丽的丝绸刺绣衣服，令人眼花缭乱的精彩表演，却不了解幕后那些繁琐得令人厌烦、神神秘秘完成的准备工作。他们一家就是靠这种斗牛营生，靠那些软弱可欺的动物遭受折磨活着。没错，他们的财富就是以斗牛表演为代价获得！……

斗牛场上又响起火爆的掌声，院子就下达了急迫的口令。第一头公牛刚刚被杀死。马厩门那条过道尽头通向斗牛场的栅栏门打开了，人群的喧嚷和音乐的回响更高了起来。

两匹小骡子就在斗牛场上。一匹被拉着去拖运死马，另一匹被拉着去拖运公牛的死尸。

卡门看到她姐夫从拱廊下走过来，看过了斗牛这会儿还在兴奋得发抖。

"胡安……真了不起！他从来都没像今天下午斗得这么好。你不要怕。他好像能把公牛活活地吃掉！"

然后他神色不安地看了一眼卡门，担心让她错失了一个那么有趣的下午……她会怎么说呢？会不会鼓起勇气考虑去斗牛场看看？

"带我走吧！"她以痛苦的语调说，"马上带我离开这儿。我觉得我病了……见到第一座教堂就把我放到那儿。"

皮匠的脸色马上沉了下来，他不高兴了。天哪，这是怎么回事呀！居然把这么好的看斗牛机会放弃！……在他们向门口走去的时候，他暗自考虑着可以在哪儿把卡门放下，以便他尽早回到斗牛场。

第二头公牛放出来的时候，加利亚多还在倚着围墙接受崇拜者们庆贺。他的胆量多大呀……一切都得心应手！……刺杀第一头公牛的时候，全场的观众都为他鼓了掌，以前对他在斗牛场上拙劣表现的怒气一扫而光。一个长扎枪手从马上跌下来，由于撞击得太重失去了知觉。加利亚多急速赶过去，用披风把公牛引到了斗牛场中央。他用了一套双手甩动披风优雅地飞舞戏弄公牛反复猛冲的技巧，终于用那块红布耍得公牛筋疲力尽，安静地站在那儿不再跑动了。就在这个时候，斗牛士利用公牛发愣，勇敢地站到了它前面几步远的地方，并且把腹部挺出去，摆出向它挑战的姿势。他觉得自己在热血沸腾，幸福地预感到大胆创造伟大事业的时刻到了。他想到一定要用奇特的勇敢来征服观众，于是就小心谨慎地对着公牛角跪下，并做好了只要公牛稍有进攻的企图他就马上站起来的准备。

公牛稳稳地站在那儿不动。他把一只手伸到几乎碰到它流口水的嘴巴，那畜生依然没有反应。这时他大胆地做出了一种举动，让观众紧张得心跳但却一片寂静。他两手拖起披风做枕头慢慢地卧在沙地上，几乎就在公牛鼻子尖下停了几秒钟。公牛有些恐惧地嗅闻着他，像是在怀疑大胆躺在它角下的那个身体隐含着险情。

当公牛终于清醒过来恢复了它进攻野性的时候，它脚下的斗牛士却一个翻身滚向了它的四肢间，躲开了受到攻击的危险。公牛从斗牛士的上方冲过去，凶狂地盲目寻找它要攻击的对象。

加利亚多站起来，掸去身上的尘土，那些喜欢莽撞动作的观众，像往日一样热烈地为他鼓掌喝彩。他们不仅仅是鼓掌庆贺斗牛士的勇敢大胆，而且也为自己鼓掌，欣赏自己的威严，心中想着斗牛士的勇敢行为是为了同他们重新和好，重新得到他们的爱戴。加利亚多这次登上斗牛场，就是准备要拿出最英勇的行动博得观众的掌声。

"他往往漫不经心，"看台上的观众说，"不卖力气，让人丧气。不过，斗牛士毕竟有自己的廉耻，现在他又为自己的荣誉而战了。"

想起斗牛大师将第一头公牛精准地一剑致命、表演得无懈可击，观众个个兴奋不已，激动得眉飞色舞。但是，当看到第二头公牛出来的时候，他们的情绪却顿时变得低落下来，并且开始抗议。那是一头庞然大物，样子也很漂亮。但是它一直在斗牛场中央奔跑，用惊异的目光盯着看台上喧哗的人群，显然，它对观众企图刺激它的高声喊叫和密集的口哨感到恐惧。它甚至对自己的影子都觉得可怕，连连地逃开它，似乎它猜测那儿设有种种陷阱。徒步斗牛士在奔跑中伺机向它抛开披风，公牛便调头紧紧追随他们疯狂向红布进攻。但是，顷刻间，它似乎感觉到了什么，奇怪地怒吼一声，又掉转身来，凶暴得又蹦又跳，向四方奔逃猛冲。它那机敏逃跑的行动让观众怒火中烧。

"这哪儿像头公牛……倒像一只母猴！"

徒步斗牛士的披风终于把公牛吸引到了围墙边，长扎枪手稳稳地骑在他们的马上、臂下夹着长枪在那儿等待着。公牛低下头，可怕地怒吼着跑近一个长扎枪手，好像要对他攻击。但是在长扎枪还没刺到它的脖颈之前，它一跃而起，穿过徒步斗牛士抛来的披风逃掉了。逃跑中它撞上了另一个长扎枪手，同样是一跃怒吼着逃掉了。接着它又遇到了第三个长扎枪手，后者把手中的武器一挺刺到了它的脖颈，这更增加了它的恐惧，它跑得更快了。

全体观众轰轰隆隆一起站起来，又是挥舞手臂又是喊叫：包公牛！叫人恶心！……所有观众都转身对着主席台怒吼抗议："主席先生，这是不能容忍的！"

接着，几处看台上的人开始一起单调地一遍又一遍地重复喊着同一句话：

"点火烧它！……点火烧它！……"

主席似乎犹豫不决，一时不知如何是好。公牛在场上到处乱跑，斗牛士们披风搭在胳膊上跟在后面紧追。当一个斗牛士终于赶在它前面截住了它的时候，那畜生依旧是喘着粗气嗅闻了一下披风，前跳后踢地朝另一个方向逃开了。

公牛一次次的逃跑让观众的高声抗议更加高涨。"主席先生，您这位大老爷眼睛瞎了吗？……"于是空酒瓶、柑橘和坐垫开始雨点般地向逃跑的公牛周围砸去。观众恨透了这头胆怯的公牛。一只酒瓶砸在了它的角上，人们为这位砸得那么准的人鼓起掌来，但不知道他是谁。一部分观众向前方探出身去，仿佛要冲进斗牛场，亲手把那头卑劣的公牛撕碎。真丢人！在马德里的斗牛场上居然看到这种只能送到屠宰场去宰肉的牛！烧死它！……烧死它！

主席终于挥舞起红布，一阵热烈的掌声对他的决定表示欢迎。

放火烧短扎枪斗牛是一种异常壮观的场面，突然之间它就让斗牛火爆起来，大大提高了斗牛的意趣。许多声嘶力竭的抗议者，都对这样的插曲感到满意。他们马上就会看到公牛在火中被活活烤烧着，带着脖子里一股股的火苗惊恐万状地疯狂奔跑。

国民手拿两条倒悬的粗短扎枪向公牛走去，短扎枪似乎包裹了一层黑纸。他接近公牛从容不迫，显得无所顾忌，仿佛公牛的胆怯不值得他动用任何技艺。在观众报复性的掌声中，他毫不留情地把短扎枪牢牢插进了公牛的脖颈里。

噼啪响了一声，像是有什么爆裂开来，接着就见两股白烟从公牛的脖子升起来。阳光下不见火苗，但两条短扎枪却是烧焦不见了，同时牛脖子上的一个黑色斑块也在逐渐扩大。

公牛遭到攻击大吃一惊，更加速了它的奔逃，仿佛这样就可以摆脱那种折磨，直到它脖子里突然响起如同枪响的清脆爆炸声，它眼睛周围腾飞起燃烧的纸片。公牛在恐惧中灵活地跳跃，同时四蹄腾空，徒劳地扭动着那长着大角的头颅，企图用嘴巴清除掉紧紧贴在脖子上的妖魔鬼怪。看着公牛那些滑稽的蹦跳和种种怪相，人们笑呀，鼓掌呀，乐不可支，就像一群受过训练的动物拖着它们肥硕笨重的身躯跳舞，他们在为其伴奏似的。


"烧得它多狼狈呀！"观众恶狠狠地喊道，狰狞地笑着，仿佛总算解了心头之恨。

短扎枪停止了燃烧和爆炸，烧焦的公牛脖子上布满了油脂泡泡。公牛已经感觉不到火烧的疼痛，木然地站在那儿一动不动……只是呼哧呼哧地喘着粗气，低着头，伸出干巴巴的深红色的舌头。

另一位短扎枪手走近公牛，又往它的脖子上插了两条短扎枪。公牛烧焦的肌肉上重新升腾起烟雾，爆炸声也响了起来，于是公牛又开始奔跑，并且企图弯过它结实的身躯把嘴伸向脖颈。但此时它的活动已是力不从心，犹如它的旺盛野性开始适应了那种折磨。

公牛已经炭化的脖颈上第三次又插了两条短扎枪，融化了的脂肪、烧焦的皮肤和牛毛散发出令人恶心的恶臭，传布到整个斗牛场。

公众怀着报复性的疯狂心理仍在鼓掌，好像那头胆怯的公牛是他们信仰的对手，或者说他们烧焦这头公牛是在创立一桩神圣的事业似的。他们看着公牛在笑，而公牛站在那儿浑身打抖，身体两侧如风箱一般鼓动着，痛苦让它发出尖利的悲嚎，它两眼通红，舌头拖在沙地上，渴望着一点儿清凉的感觉。

加利亚多倚在主持台附近的围墙上，等待杀公牛的信号。钩疤脸已经在围墙边给他把短剑和斗牛棒准备妥当。

真该死！……这场斗牛开始得那么顺利，谁想到运气不佳使他遇上了这么头公牛，好晦气！可这头公牛是他自己挑选的，当时只顾了它的外表俊气。现在一登上斗牛场沙地，竟像只猴子！……

加利亚多与靠近围墙的前排观众搭话，预先为自己的表演可能会出现差错找好托辞。

"我会尽力而为，如此而已。"他耸耸肩说。

然后他扫视了一遍所有的包厢，终于找到了堂娜索尔。当他躺卧在公牛前面做出那绝妙的奇迹时，她曾为他鼓掌。他回到围墙前向观众致意时，尽管戴着手套，她同样为他热情鼓掌。发现斗牛士在看她，堂娜索尔用一个亲切的手势跟他打招呼。就连那个陪伴她的令人讨厌的家伙，也随着索尔夫人笨拙地躬身向他致意，仿佛腰部就要折断似的。而后他又几次发现在他退向围墙边时她用望远镜搜寻他，一直盯着他。啊，那个女人！……也许她重新又被那个对她诚心诚意的年轻人迷住了。加利亚多打算第二天就去拜访她，万一她回心转意了呢。

杀公牛的信号响了。在简短地向主持台致意以后，加利亚多朝公牛走去。

狂热的观众高喊着向他劝告：

"马上把它杀掉，这是一头黄牛，跟公牛不沾边儿，不值一斗。"

斗牛士向公牛射出逗牛棒，公牛开始进攻，但是它接受了受到惩罚的教训，步子逗得很慢，明显企图扑倒对方，伤害对方，仿佛遭受的折磨激起了它的兽性，让它变得凶恶残忍。那个男人是在它遭受肉刑之后第一个迎着它的尖角站立之人。

这时，观众感到他们对公牛报复性的敌意和责怪在渐渐消失。它转身攻击表现得并不坏呀，并且是不停地攻击，好棒哟！于是为那精彩的搏斗场景全体观众一起热烈地鼓起掌来，他们既祝贺斗牛士，也向公牛表示祝贺。

公牛又垂下头，伸着舌头，呆立不动了。在短剑结束它生命的前一刻，斗牛场一片寂静。由于观众都屏着呼吸，那寂静超出了绝对的安静。那是死一般的寂静，就连斗牛场上最微小的声音，看台最后的观众都能听到。所有人都听到了一种轻微的木头撞击的声音。那是加利亚多在用剑尖透过公牛脖颈上方把探在公牛角间烧焦的短扎枪杆拨开。这样做是为了方便他下一步的操作。观众更把头探向前方，他们猜测他们的意愿跟斗牛士的心愿之间刚刚又重新建立神秘的连接。"现在看吧！"他们心中暗自想道。他就要用精湛的一剑把公牛刺翻。人人都猜透了剑刺手的决心。

加利亚多向公牛扑去，在激动的等待之后，观众同时长长地出了一口气。但是正当人和公牛相撞的时刻，公牛却又狂怒地吼叫着逃跑，看台上立刻爆发出一阵口哨和抗议声。一如往常，就在剑刺公牛的那一瞬间，加利亚多却把脸转向一侧，弯起了胳膊。那畜生脖子上插的短剑颤颤悠悠，没跑几步就从肌肉中被甩掉，滚动在了沙地上。

一部分观众责骂加利亚多。斗牛开始时把他们跟短剑手联系在一起的魅力顷刻消失不见，他们再次对他失去信心，愤怒地向他发泄自己的敌意和不满了。

加利亚多把剑从地上捡起来，低下头，没有勇气抗议那伙人的愤懑。那些人对别人可以宽宏大量，唯独对他苛责无情。他再次向公牛走去。

就在他思绪起伏、惶恐不安之际，似乎看到一个斗牛士站到了他的身边。那应该是国民。

"沉着点儿，胡安！不要慌张！"

真该死！……难道总是要出现这样的情况吗？难道他再也不能像往昔那样把胳膊伸到公牛角中间，一直把剑刺到只露剑柄了吗？他的余生就要在让观众嘲笑中度过了吗？……观众说这只是一头应该进屠宰场的黄牛，可还不得不用火刑去折磨它！……

他站到了公牛前面，似乎公牛也正在那儿稳稳地站定等着他，像是希望对它长时间的折磨尽早结束。加利亚多不想再用斗牛棒红布去戏弄它，而是侧过身子，一手把红布撇在地面上方，一手把剑平举到齐眼高的地方……伸出个猛刺！……

观众立刻冲动地站起身来。短短几秒钟内人和公牛扭成一团，撕扯出几步远。那些斗牛行家已经挥舞起双手焦急地准备鼓掌喝彩。加利亚多又如他最辉煌的时代一样扑过去杀公牛了，那可称得上是"货真价实"的一剑啊！

可是，突然间，那公牛摧毁性地把头往前一冲，加利亚多就像炮弹似的从牛角中间弹出去，重重地栽倒在沙地上，滚出好远。接着公牛低下头，用角把那个失去生命力的身体挂住，从地上高高地挑起来，又把他狠狠地往下一摔，然后带着深深插到脖颈上的短剑继续奔跑起来。

加利亚多笨拙地慢慢从地上爬起来，整个斗牛场爆发出震耳欲聋的掌声，那是为了补偿曾经对他的不公平。男子汉呀，妙极了！塞维利亚的斗牛二，好棒哟！表演得太精彩了。

但是，斗牛士没有回应那些喊叫，而是双手按着肚子痛苦地弯下腰，开始低着头踉踉跄跄地往前走。他两次抬起头来看向斗牛场的出口，仿佛担心就那样一步三晃、像个醉汉似的走着，会找不到那儿的门似的。

突然，他倒在了沙地上，身体蜷曲，活像一条金色的大蚕。四个斗牛场的仆人吃力地把他拖起来抬在肩上，国民也赶快加入进来托着他的脑袋。剑刺手的脸色淡黄里透着苍白，呆滞无神的眼睛从杂乱的睫毛下露出来。

观众之间引起了一阵骚动，再也听不到掌声。所有人都面面相觑，不知道事故有多么严重……但是，谁也不知道来自何方，乐观的消息很快就传开了。这个不知来源的消息大家都接受，或者说它让所有观众都放心下来……伤情一点儿也不严重，只是公牛角顶到了肚子让他失去了知觉，没有人看到他身上有血。

这消息让观众突然安静下来，又回到他们的座位上，不再关心受伤的斗牛士，而是转头又去看那头公牛。那畜生仍然站立不动，坚强地抗拒着死亡给它带来的痛苦。

国民帮着把他的大师放在诊所的床上。大师像一条细长口袋似的倒下来，没有了生命迹象，两只胳膊耷拉在床外。

塞瓦斯蒂安多次看到剑刺手流血受伤，从来都不紧张，现在看到他一动不动，脸色白里透青，仿佛已经死去，他感到了恐惧的痛苦。

"发发慈悲吧！我发誓，他可是个英雄好汉呀！"他呜咽起来，"难道这儿没有医生吗？什么人都没有吗？"

诊所的人在忙完为骨折的长扎枪手治疗后，就跑到斗牛场的包厢里去了。

国民处在绝望之中，他觉得每分钟都是一个小时，不停地对着钩疤脸和杂烩菜大喊大叫，他们跟随他一起赶来，不清楚他在给他们说什么。

医生终于来了。他们把门关上，以防有人干扰。站到剑刺手无生命迹象的身体前面的时候，他们显得踌躇不决，一时拿不定主意。必须要把伤者的衣服脱光。

借着从屋顶天窗射进来的光亮，钩疤脸动手解斗牛士衣服的扣子，把他的衣服拆开撕破。

国民几乎看不到斗牛士的身体。医生们站在伤者的周围，用眼神交流着对伤情的判断。他们认为那应该是一种深度昏厥，表面上看似乎失去了生命。因为他身上并没有流血，衣服撕破无疑是公牛将他顶翻造成的后果。

鲁伊斯大夫急急忙忙地走进来，同行们都敬重他的高超医术，让开位置让他站到最前面。他一边帮助钩疤脸撕开斗牛士的衣服，一边急躁地神经质地咒骂。

床边出现了令人痛苦的意外，医生们惊异地骚动起来。国民不敢问。他从医生们的头中间看过去，看到了加利亚多的身体，衬衫撒到胸部，短裤褪下来露出了男性黑乎乎的私密处。完全暴露的肚子上被撕开一道弯弯曲曲的大裂口，边缘上鲜血淋淋。透过那道裂缝可以看到淡蓝色的内脏受到了伤害。

鲁伊斯大夫悲哀地摇了摇头。除了受伤严重得不可治愈之外，他还被公牛头猛烈撞击。已经停止呼吸了。

"大……夫，大夫！"国民呻吟着恳求大夫告诉他真相。

鲁伊斯大夫沉默良久，又摇了摇头。

"完了，塞瓦斯蒂安！……你可以给自己再找一个屠牛手了。"

塞瓦斯蒂安把眼睛高高地扬起。一个人就这样完结了吗？没有跟朋友握握手，没有说一句话，突然就如一只兔子被人猛击后颈，立刻就失去了生命！……

他在绝望中走出诊所。唉，他忍受不了那个场面。他不像杂烩菜，他站在床边皱着眉头一动不动地凝视着尸体，仿佛什么也没有看见，一边手指间还转动着他的河狸皮帽。

他哭得像一个孩子，胸部痛苦地抽搐着，艰难地喘着气，充满泪水的眼睛变得肿胀起来。

在院子里，他不得不站到一边为那些重返斗牛场的骑马长枪手让开路。

可怕的消息在这个斗牛场传开来。加利亚多死了！……有些人怀疑消息的真实性，有些人信以为真，但是没有一个人离开自己的座位。下面要放出第三头公牛了，斗牛还在上半场，说什么也不能放弃哟。

从斗牛场的门口传来人群的喧嚷和音乐声。

国民突然间感到在他的心中产生了一种对周围一切的刻骨仇恨，对他的职业和维持这个职业存在的观众的深恶痛绝。那些让人发笑的响亮的话语清晰地闪现在了他的脑海里，现在他发现了它们公正的新含义。

他想到了公牛。那一刻它正在沙地上被拖走，脖子被烧焦，满身流着血，四腿僵直，像玻璃似的呆滞无光的眼睛望着蓝色的天空，如同死人的眼睛望着天空。

接着，他想象着他的朋友的模样，那朋友就躺在近在咫尺的砖墙的另一边。同样是一动不动，四肢僵直，衬衣撤到胸部，肚子上一道口子，杂乱的眉毛之间露出那神秘的浑浊无光的眼睛。

可怜的公牛！可怜的剑刺手！……突然，喧闹的斗牛场传来一阵吼叫声，那是在欢呼斗牛继续进行。国民闭上眼睛，握紧了拳头。

那是野兽在吼叫，真正的野兽，唯一的野兽。

1908年2—3月于马德里

新编新译
世界文学
经典文库

作者
小传

*Vicente Blanco Ibáñez*

1867 — 1928

# 布拉斯科小传

尹承东

维森特·布拉斯科·伊巴涅斯 (1867—1928) 生于西班牙巴伦西亚的一个商人家庭，父亲加斯帕尔·布拉斯科和母亲拉莫娜·伊巴涅斯都是阿拉贡人。他天资聪颖，从小就显示出超人的文学天才，因在六岁时目睹了西班牙第一共和国 (1873—1874) 初期地方分裂主义叛乱在巴伦西亚街道上筑起街垒的激烈战斗场景，十四岁时就以此为素材创作出第一部小说。此时他已离家出走逃到马德里，过着苦不堪言的生活，幸好遇上了著名老作家曼努埃尔·费尔南德斯·贡萨雷斯 (1821—1888)，做了他的秘书，协助他创作，即在这位作家构思好一部作品的基础上，帮他写几个章节。他认真阅读的第一本书是法国作家、诗人、政治家拉马丁的《古伦特派历史》，之后就开始读维克多·雨果的作品，特别是他的《悲惨世界》。据他的传记作家拉米罗·雷因说："从这时起，他就明确了自己的人

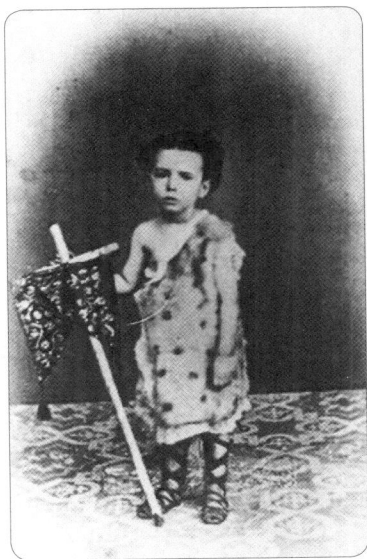

童年的布拉斯科

生目标，做一个革命作家和从口头到实干的鼓动家。"在他的政治追求和文学成长中，十九世纪后半叶倾向语言和传统运动的加泰罗尼亚激进主义作家康斯坦蒂·利翁巴特给了他很大的影响。他常常会突然闯进这位作家组织的共和主义人士的聚谈会，后者也就慢慢把他培养成了自己的文学继承人。

此后，布拉斯科·伊巴涅斯就开始积极参加政治活动，为政治报刊撰稿，反对当时的君主制度，成为一个激进的共和主义者。他因发表反对君主制度的诗歌被捕入狱，出狱后1889年被迫流亡法国巴黎，住在拉丁区，在那儿他开始研究左拉和巴尔扎克，以及其他自然主义作家，同时广泛地接触了法国的激进派。与此同时，为了生存，他开始分集出版小说，也写了十九世纪西班牙革命史，分成厚厚的三卷在巴塞罗那出版。他也做翻译工作，另外还创作出一部通俗长篇小说《黑蜘蛛》。

1890年回国后他继续从事政治活动，这一年卡洛斯王朝的王位继承人塞拉尔博侯爵到了巴伦西亚，布拉斯科·伊巴涅斯号召共和主义者通过刚刚创办的《联邦旗帜报》抵制这次访问，而且他本人亲自出马指挥，抵制取得了成功。这是对王权的侮辱，结果他不得不扮成渔夫，躲藏了几个地方，最后再次逃亡法国。1890年的冬天他是在巴黎度过的，在那儿他为几家报纸写新闻报道，从此也就开始了他做新闻记者的时期。1891年回国后创办《人民报》。

最早他本想参加海军，但由于母亲坚持要他过一种平静的生活，才不得不进大学学习，由于数学不佳，只好选学了法律。在进大学之前，他最初是在一个教士学校读书，接受了严格的宗教教育，然而尽管阅读了很多宗教书籍，他却形成了与这种氛围完全相悖的思想和精神面貌，对宗教持批判态度。他酷爱读书，凡落入手中的书无不痴迷，其中包括勒南（1823—1892，法国哲学家、历史学家和宗教学家）的《耶稣的一生》和他未来的领袖皮·伊·马格尔（1824—1901，西班牙作家和政治家，1873年的共和国总统）的一些作品。他出类拔萃的学

习才智使他仅仅在考试前的十五天就完成了他人整整一年的应试准备，进入了巴伦西亚大学。入学后他很少去上课，而是参加了一个大学生乐队，过着一种散漫不羁的生活，大多数的上午他都是沿着巴伦西亚河滩肥沃平原上纵横交错的小径溜达，要么就躺在一条破船的阴影下，一边欣赏大海上那四处飞溅的浪花，一边幻想着德国传说中天鹅骑士洛亨格林骑着天鹅去搭救一位贵妇的故事。偶尔他会出现在学校的回廊里，那时校工们立刻就会警惕起来，纷纷议论：不吉利的家伙来了，不祥之兆，暴风雨要降临了。尽管实际上布拉斯科并没有好好学习法律专业课程，但还是在1888年通过了律师考试，获得了硕士学位。

西班牙赦免政治犯，布拉斯科回到西班牙后，跟一个孤儿姑娘结了婚，是他家的一个亲戚，她七年前去世的父亲是一个浪漫诗人。从此布拉斯科就以创办的《人民报》开始了真正的文学生涯。从1891年起，他不断地进行有时非常危险的冒险活动，进行反叛和宣传旅行，举办群众集会，屡遭诉讼。在他这些反对君主专制和为共和主义理想而斗争的政治活动中，他亲手创办的《人民报》起到了关键性的作用。他以不署名的方式为这份报纸写了近千篇文章和无数的简讯以及长篇新闻报道。这份报纸的新颖和独创之处在于，除了定价只是巴伦西亚其他报纸的一半之外，文章的标题特别引人注目，而布拉斯科·伊巴涅斯亲自写的长篇连载小说更是深受民众阶层读者的欢迎。这些长篇小说每天都以一种非常巧妙而恰当的方式讲述一些带音乐性和戏剧性的故事，而教育性寓于其中，使人民大众在不知不觉中便融入了政治，融入了社会，团结起来跟随布拉斯科·伊巴涅斯一起进行斗争，直至

形成了一种被称为布拉斯科主义的政治运动。这一由布拉斯科亲自组织和领导的群众运动已具有了欧洲群众运动最初的模式，即以新工业无产阶级和老手工业者为基础，他们开始被称作劳动者阶级。因此，《人民报》不知被封了多少次。从他被关进监狱的天数和多少个星期以及几个月的时间估算，那段冒险时期，他三分之一的时间是在监禁和逃亡中度过的。他一生总共被捕了大约三十次。

从1892年到1895年，他全身心投入政治活动，很快就变成了巴伦西亚最受欢迎的政治家，其发动群众的号召力令人惊讶。一位卡洛斯派的众议员暴跳如雷地说："在巴伦西亚，没有布拉斯科·伊巴涅斯和他朋友们的允许，人们连门都不能出。"不错，布拉斯科·伊巴涅斯此时完全变成了一个政治人物，他的足迹踏遍了城市的居民区和全省的村镇，他忙不迭地举行群众集会，每天都为报纸写新闻稿。

1893年秋天，一万八千个西班牙天主教徒在十个主教率领下赴罗马朝圣，来到巴伦西亚登船的时候，布拉斯科·伊巴涅斯已经写出了《巴伦西亚的故事》。他举办了一个盛大的群众集会，抗议这次宗教远征，结果在距巴塞罗那二十一公里的萨巴德尔被捕，那本是皮·伊·马格尔作为议员候选人派他去那儿的。他在四个宪兵的押解下穿过巴塞罗那，看着他穿着蓝色外套，头发乱蓬

VICENTE BLASCO IBAÑEZ

The Spanish novelist, whose " Four Horsemen of the Apocalypse " and other novels have excited wide-spread interest in the United States, and who has planned to cover this country in an extended tour

Afectuosos saludos

V. BLASCO IBAÑEZ

VILLA FONTANA ROSA

MENTON
·ALPES MARITIMES·

Vicente Blasco Ibañez

蓬的，人们都怒不可遏地向他扔石头，把他当成了法国无政府主义者。他被押解到巴伦西亚，选举结束后才被释放。之后，他继续进行宣传鼓动工作，同时为《人民报》撰写长篇连载小说，在极端困难的环境中，写出了《大米和双轮篷车》和《五月花》。布拉斯科由于他杰出的政治才能和巨大的号召力曾七次被选为众议员，直至他本人厌倦了这一职务。

1895年，借在古巴爆发西班牙和美国之间战争之机，布拉斯科在巴伦西亚发动了大规模的反政府游行示威活动，结果民众和宪警之间发生了流血冲突，到处子弹横飞，一个军官受了重伤，地区宣布戒严，他只好匆忙逃走，否则会被逮捕。在偷渡意大利之前，他躲藏了几个地方，其中之一就在埃尔格拉奥附近的一家红酒商铺的内室里。迫不得已，他在那儿忍受着煎熬一连待了四天，为了消磨腻烦的空闲时间，他写了一篇题为《摩尔人复仇记》的短篇小说。离开这家商铺时，他把文稿留在了那儿，在他竞选成功做了古列拉的众议员之后，书稿又完璧归赵。他把那个故事扩展延长，1898年在《人民报》上连载刊出，后由出版商结集出版，每本售价一比塞塔，共售出七百册。他的名著《茅屋》卖得并不好，他认为若不是埃雷列为他把它翻译成法文出版的话，出版的这本书就不会全部售出。然而第一版售罄后，接着马德里自由出版社又将其再版，从此《茅屋》受到普遍欢迎，畅销不衰。

Nueva York 17
Noviembre 1919

Vicente Blasco Ibáñez

Saludo á mis amigos
e "Cine Mundial"

1896年，由于鼓动群众反对古巴战争，布拉斯科·伊巴涅斯遭到政府通缉，被迫伪装成海员乘一条帆船逃到意大利。在那儿，在异乡对故土的怀念逼使他忘我地进行文学创作，写出了被称为最好的意大利导游指南之一的《在艺术的国度里》和《在意大利的四个月》，刊登在《人民报》上，另外还为这份报纸写了许多长篇新闻报道文章，这使他名声已远播于巴伦西亚之外。他回到巴伦西亚时情绪已安定下来，但是出乎他的意料，一些满腔热情的人却拉起一伙一伙的队伍，为了发泄对封建专制的不满，跟宪警发生冲突开枪对射。结果就像一位检察官所说，在巴伦西亚，如果没有布拉斯科的操纵，连一片树叶都不会摇动。于是他又一次被捕，被关到一个军营里受到军事法庭的审判。检察官要求判罚他十四年的苦役，最后经过法官之间长时间的辩论，服苦役减少到四年。他四年苦役中的十三个月是关在一座老修道院改成的监狱里，这座可关三百个刑事犯的监狱里面关了一千多人。狱方给他刮掉胡子，剪成光头，穿上粗呢料带黄扣的囚服，戴上灰帽，再也不叫他的名字，而是叫号。在一部分被囚禁的日子里，靠着看管人员偷偷的特殊关照，他待在医务室肺结核患者和尸体中间，写出了一个题为《菩萨的觉醒》的短篇故事。关在那儿的都是重刑犯，他们对他都十分尊重，他也曾帮助一个死刑犯越狱逃走。

古巴战争以马塞奥将军的被杀而结束，布拉斯科也被王朝视为普通罪犯而获得减刑，把他交给了老安东尼奥·卡诺瓦斯·德卡斯蒂略（1828—1897，西班牙保守派政治家和作家），在军方的严密监视之下，他可以跟家人相聚，作为特殊的照顾，还被允许到奥利维拉附近

的托雷别哈海边去度过几个星期。那一时期他写了一些短篇小说发表在几家报纸上，后来以《被判处死刑的女人》为名结集出版。1898年他重新回到巴伦西亚，共和主义者为此而欢呼，为了把"我"从人间地狱中搭救出来，当年4月28日，他第一次在巴伦西亚被选为众议员。仅仅三天之后，美国借口它的缅因号战舰在哈瓦那港被炸毁事件向西班牙宣战。从1898年到1907年，布拉斯科·伊巴涅斯一直在众议院占有席位，以统一共和主义者和联邦主义者联盟的名义代表共和党 直至他连续七次被选为众议员后厌倦了政治自动离开这一职位。这以后，1909年他在巴伦西亚独立建党，名叫自治共和团结党。

1898年布拉斯科·伊巴涅斯服刑期满回到巴伦西亚之后，一直到1906年，他在参加政治活动和致力于文学创作的同时，还跟他的朋友弗拉西斯科·森佩雷合作，创办了一家名叫普罗梅德奥的出版社，仅仅在六七年的时间里，不仅以合理的价格出版他自己的作品，而且还出版其他经典作家和现当代作家的作品，比如阿里斯托芬、莎士比亚、克韦多、莫泊桑、左拉、高尔基、托尔斯泰、陀思妥耶夫斯基、大仲马、小仲马、维克多·雨果、爱伦·坡、杰克·伦敦、柯南道尔、伏尔泰、克鲁泡特金、尼采、达尔文、马克思等。

1909年，布拉斯科·伊巴涅斯签约去了阿根廷共和国作巡回学术讲座，在布宜诺斯艾利斯的首场讲座就大获成功，挣了许多钱，也受到了高度赞扬。他在整个阿根廷的讲座名义上是讲西班牙文学艺术，但涉及的题目却非常广泛，讲拿破仑、瓦格纳、文艺复兴画家、法国大革命、塞万提斯、哲学、烹调艺术，等等。

当时不少要人也去了布宜诺斯艾利斯发表公开演讲，其中如饶勒斯（1859—1914，1914年之前法国社会主义运动主要领导人，在文学、历史和哲学上学识甚丰，又长于辩论）、克里孟梭（1841—1929，法国政治家、新闻记者、第三共和国总理）、费雷罗（1871—1943，意大利社会学家和历史学家）等，但是反响平平，听众都被布拉斯科的人格魅力和火热的讲座吸引走了。

不多时，这位伟大的西班牙人在阿根廷就成了拉普拉塔城的偶像，成功鼓舞他变身成为大规模的殖民者，在阿根廷政府的鼓励和支持下，从1911年开始，他在内格罗河左岸定居下来，斥巨资尽全力创建了村镇，将自己的垦殖地命名为"塞万提斯"，继而又把他的垦殖地扩展到科连特省，将其命名为"新巴伦西亚"，但同时他继续讲授西班牙文学艺术，创作小说，献身文学事业。直到1913年，阿根廷发生财政混乱，他也终因财力不足，雄心勃勃企图建设一个公平正义的理想社会的幻梦也就随之破灭了。

接下来他又去了智利，在圣地亚哥、塔尔卡和康塞普西翁城作了几场文学讲座，然后便在深深的痛苦中回到了西班牙，决定全身心投入文学事业，首先写出了《阿根廷及其伟大》。1914年世界大战爆发时他侨居巴黎，坚定地站在同盟国一方，写出了《启示录的四骑士》，使他的声誉毫无争议地扩展到全世界，被公认为当代欧洲读者最多、作品被翻译成外国文字最多的小说家，1916年接受法国政府授予的"荣誉军团骑士勋章"。1924年，纽约《图书国际评论杂志》在英语读者中举办了一次评选活动，让他们投票选出头十名最喜欢的作家及他们最优秀的作品，结果英国作家H.G.韦尔斯（1866—1946）拔得头筹，不过不是因为他的某部小说，而是因为他的《历史随笔》。获得第二名的就是布拉斯科·伊巴涅斯，其作品正是《启示录的四骑士》。

由于这次评选的精彩结局，布拉斯科·伊巴涅斯的生活也曾一度辉煌，众多出版商和电影制片人登门拜访，他不仅名声大振，而且顿时变成了百万富翁，住上了豪华宅邸，乘坐华丽游艇旅行，处处表现出他无可争议的西班牙特色。他几次走遍了欧洲和美洲，甚至曾和一些国家的元首成为亲密的朋友，认识了土耳其的老苏丹。在苏联国内战争和反对外国武装干涉的年代里 (1918—1921)，他在报刊上对苏联革命表示了深刻的同情。1920年他曾访问美国，接受乔治·华盛顿大学名誉博士学位；1923年他重游美国，并去了墨西哥，回国后又遭到放逐，被迫侨居法国。1924年他写出了抨击王室的作品《阿方索十三世的真实面目》，用飞机运了几万本到西班牙边境，通过他的合作者传送到西班牙的每一个角落，对西班牙人民起到了极大的鼓舞作用，使人民对西班牙的君主制政治的憎恨更加强烈。1928年1月28日，维森特·布拉斯科·伊巴涅斯这位作家（他是西班牙著名的九八年代的代表作家之一）、政治家（西班牙共和运动的鼓动家和带头人）过完了他坎坷艰险的一生，在法国芒东逝世。由于西班牙国内的政治形势，他的遗体一直不能运回安葬，直至1936年4月，革命力量高涨，西班牙共和政府成立，才有了把他的遗体运回西班牙的提议。但是就在这年10月，佛朗哥发动军事政变，内战三年之后，佛朗哥开始法西斯统治，连他的作品都被禁止发行。

布拉斯科·伊巴涅斯是一位多产作家，一生创作了四十多部作品。他的创作分三个时期，第一个时期 (1894—1902) 的主要作品有《巴伦西亚的故事》(1893)、《大米和双轮篷车》(1894)、《五月花》

（1895）、《茅屋》（1898）、《芦苇和泥塘》（1902）。这一时期的作品主要描写了巴伦西亚边远地区的渔夫、农民、小城市居民的生活和风情。第二个创作时期（1903—1909）布拉斯科·伊巴涅斯跳出了乡土小说的范围，写出了一些社会小说（亦曰反叛小说），主要作品有《大教堂》（1903）、《不速之客》（1904）、《游民》（1905）、《血与沙》（1908）、《死者的嘱托》（1909）。在这些作品中，作者站在资产阶级革命的立场上，尖锐地提出了严重损害公平正义的社会问题，揭露了大资本家的权势，宣教师、神父等教职人员的欺诈和假仁假义以及伦理道德传统成见的压力，真实地描写了西班牙封建专制制度下人民痛苦悲惨的境遇，表达了对底层人民的深切同情。他的第三个创作时期（1910—1928）主要作品有《启示录的四骑士》（1916）、《我们的海》（1918）、《女人的仇敌》（1919）。这些作品中最值得一提的是发表于第一次世界大战期间的《启示录的四骑士》，它是一部站在人道主义立场上的反战小说，全面暴露了德国帝国主义的狰狞面目，受到世界各国人民的普遍欢迎，出版后各国争相翻译，与《血与沙》一样震撼了世界文坛。

研究布拉斯科·伊巴涅斯的权威专家将他的作品分为九类：巴伦西亚地域小说；社会小说，或曰反叛小说；心理小说；美洲小说；战争小说；西班牙历史颂扬小说；历险小说；短篇小说集；游记。有一些作品作家本人颇不以为然，自动放弃，就没有列入这些范畴，比如：《黑蜘蛛》（十卷）、《共和国万岁》（四卷）、《为了祖国！游击队员罗姆》、《加尔西—费尔南德斯伯爵》和《无端的疑惧》（神话传说）、《欧洲大战史》、《墨西哥的军国主义》等。但是，尽管作家在世时一再拒绝出版这些作品，可在他逝世后的1931—

1932年期间，还是被全部重印，而且被翻译成各种语言。

布拉斯科·伊巴涅斯的大量作品被搬上银幕和舞台，并无数次地被翻译成众多文种。在那个时代，他是唯一能以每篇作品在美国拿到千字一千美元高稿酬的作家。无须说，那是从文学的观点看，是指他的最优秀的作品：《巴伦西亚的故事》系列。那些作品不管是在技巧上、色调上，还是从它们的现实主义和激情上，都称得上小说创作的典范。布拉斯科·伊巴涅斯和皮奥·巴罗哈（1872—1956）被称为是闪耀出十九世纪西班牙最宏伟的现实主义小说最后光芒的作家。布拉斯科作品中表现出的对西班牙的激情和热爱，既是最深厚的，也是最有趣的。

在布拉斯科·伊巴涅斯的创作生涯中，司汤达和左拉是他非常崇拜的两位作家。他在1918年写给伟大的西班牙牧师作家塞哈尔谈他的创作观的信中这样说："……我认可小说是'通过一种艺术才能对现实的观察'这一著名定义。我也跟司汤达一样，认为小说是照出漫漫长途的镜子。但是，当然了，创作的艺术才能要加工现实，镜子也不能把那些粗糙具体的现实原样照搬映现出来，而是要赋予现实一种蓝色的轻快而流畅的形式，仿佛是在巴伦西亚的大海深处游泳。小说家要按自己的艺术才能去再现现实，选择现实中的精粹，不屑于那些无意义的平庸单调的东西。画家同样如此，哪怕贝拉斯克斯是最伟大的现实主义画家，他的作品比任何画家都更贴近生活，画出的人物活灵活现。但是，如果这些人物是用相机直接拍摄出来，他们会更像本人，'但已不那么栩栩如生了'。在作品和现实中产生的那种现实，有一种发光的棱镜，它会让事物变形，凝聚起它们的本质、精华和灵魂，并且发扬

光大，这就是作家的艺术才能所在。一个小说家最重要的是他的艺术才能、他的人格、他的特殊行为举止及其独特的对生活的观察。这是一个小说家真正的创作风格，尽管实际写起来会有些疏忽纰漏……因此，所有小说家就是他本人，就是他自己，他只是跟其他小说家有远亲关系，但不是他们亲密的一家人……"

说到布拉斯科·伊巴涅斯对左拉和自然主义流派的崇拜，事情就有点儿复杂了。我们还是听听他自己怎么说吧："开始我们在青年时代无一不受到自己发现的当时享誉世界的文学大师的影响。我们的现在是由我们的过去塑造的，而我们现在又去编织打造我们的未来……我本人在创作初期，就深深地受到当时正处于鼎盛时期的左拉和自然主义流派的影响，但是，然后我就逐渐形成了自己真正的特色，我的就是我的；而过了二十年之后，我就认为'昨天的自己已变成今天的自己'。我并不懊悔和否认自己的文学创作根源。在青年时代，所有人都受到模仿的影响，哪怕像巴尔扎克和维克多·雨果这样的文学大师。创作初期，我很满意我选择了模仿左拉这位杰出的作家……左拉由于想成为自然主义流派的领袖而被过分夸张了，他经常不合时宜地跟公众对着干。此外，所有流派的领袖都会犯错误，而这些错误会构成他们以后麻烦的见证，损害他们的声誉……在许多人看来，我写的东西永远就是我写的东西，风格是一成不变的，尽管我在自己的文学生涯中经历了最激进思想的演变，但我永远被看成'西班牙的左拉'。出于无意识的惰性这样说和这样鹦鹉学舌的人，说明他们既不了解左拉也不了解我。或者至少可以说，如果他们知道我们两个人的作品，并且流畅地阅读过，也只能说明他们没有看懂。我崇拜左拉，羡慕他的许多作品。他的大部分作品构成一片广袤无涯的、单调的沙漠，而在这片沙漠中，却是呈现出一方我所赞赏的他那些优秀作品构成的壮丽耀眼的绿洲，我是多么想成为这片绿洲的主人啊！可是，尽管我对左拉非常崇拜，但我得承认，现在我已完全成熟，自己的品格和特性已经形成，与我昔日偶像的契合点已经很少了。左拉在一种科学理论上过分地支持他的所有作品，这就是生理继承理论，而这种理论在部分崩塌之时，那些作品中最具威严的断言，亦即其作品的内部构架，随即也就失去了魅力。当下，即使我尽力寻找，也很少发现我与这位曾被认为是我的文学之父的作家的关联了。不管是在工作方式上，还是在创作风格上，都没有半点儿相似之处。左拉在文学上善于思考，三思而后行；而我却是冲动型的，激越而轰动。他十分耐心地一年写一本书，不慌不忙地工作，犹如农夫耕田；而我是对一部小说先在脑子里构思很长时间（有时同时构思两三部小说），但是一旦构思成熟开始动笔，就立即发疯般地工作，过着一种可说是潜意识的生活……"

# 布拉斯科年表

HÁLLASE ACTUALMENTE EN LOS ESTADOS UNIDOS EL INSIGNE NOVELISTA BLASCO IBÁÑEZ. FUÉ ALLÁ EL AUTOR DE TANTAS O MÁS MAESTRAS PARA DAR UNA SERIE DE CONFERENCIAS SOBRE TEMAS LITERARIOS, ANTE LOS PRINCIPALES CENTROS INTELECTUALES NORTEAMERICANOS. EL ÉXITO LOGRADO POR ESTA GLORIOSA FIGURA DE LAS LETRAS HISPANAS HA SIDO EL QUE PODÍA ESPERARSE. LA ADJUNTA FOTOGRAFÍA DEL SR. BLASCO IBÁÑEZ FUÉ OBTENIDA Á POCO DE DESEMBARCAR EN NUEVA YORK EL ILUSTRE VIAJERO.

Fot Trampus

**1867年** 　1月29日，诞生在巴伦西亚省一个商人家庭。

**1881年** 　十四岁的他逃离父母的家，来到马德里，创作了一部有关战事见闻的小说，幸运地遇到了著名老作家曼努埃尔·费尔南德斯·贡萨雷斯 (1821—1888)，并做了他的祕书。

**1885年** 　在马德里学习法律，作为一个激进的共和主义者，为政治报刊撰稿，积极参加民众集会。后因发表反对君主制的诗被捕入狱。

**1894年** 　巴伦西亚地域小说《大米和双轮篷车》。

**1895年** 　巴伦西亚地域小说《五月花》。

**1896年** 　游记《在艺术的国度里》。
　　　　　巴伦西亚地域小说《巴伦西亚的故事》。

**1898年** 　巴伦西亚地域小说《茅屋》。

**1900年** 　巴伦西亚地域小说《在柑橘园里》。
　　　　　巴伦西亚地域小说《被判处死刑的女人》。

**1901年** 　当选为巴伦西亚省议会议员。
　　　　　巴伦西亚地域小说《妓女索尼卡》。

**1902年**　　巴伦西亚地域小说《芦苇和泥塘》。

**1903年**　　社会小说《大教堂》。

**1904年**　　社会小说《不速之客》。

**1905年**　　社会小说《酒坊》。
　　　　　　社会小说《游民》。

**1906年**　　心理小说《裸体美女玛哈》。

**1907年**　　游记《东方》。

**1908年**　　心理小说《血与沙》。

**1909年**　　放弃议员职位，在阿根廷办了两个农庄，同时讲授
　　　　　　艺术和文学。
　　　　　　心理小说《死者的嘱托》。

**1910年**　　游记《阿根廷及其伟大》。

**1914年**　　美洲小说《船蛸》。

**1916年**　　战争小说《启示录的四骑士》。

**1918年**　　战争小说《我们的海》。

**1919年**　　战争小说《女人的仇敌》。

**1921年**　　短篇小说集《女亡灵的借贷》。

**1922年**　　历险小说《女人的天堂》。

**1923年**　　游历美国、墨西哥，回到祖国后又被放逐，侨居
　　　　　　　法国。
　　　　　　　历险小说《卡拉菲娅女王》。

**1924年**　　写作抨击文章《阿方索十三世的真实面目》，用飞机
　　　　　　　运了几万本到西班牙边境，对西班牙人民起到了很
　　　　　　　大的鼓舞作用，使人民对西班牙的君主制政治的憎
　　　　　　　恨更加强烈。
　　　　　　　短篇小说集《蓝色海岸小说》。

**1925年**　　颂扬西班牙历史小说《大海上的教皇》。

**1926年**　　颂扬西班牙历史小说《维纳斯脚下》。

**1927年**　　短篇小说集《爱情与死亡小说》。

**1928年**　　1月28日，在法国芒东逝世。

**1929年**　　颂扬西班牙历史小说《圣母的高尚者》。
　　　　　　　颂扬西班牙历史小说《寻觅大可汗》。

**1930年**　　颂扬西班牙历史小说《金翅幽灵》。

**1936年**　　遗体被运回西班牙。

# 布拉斯科作品中西文名称对照表

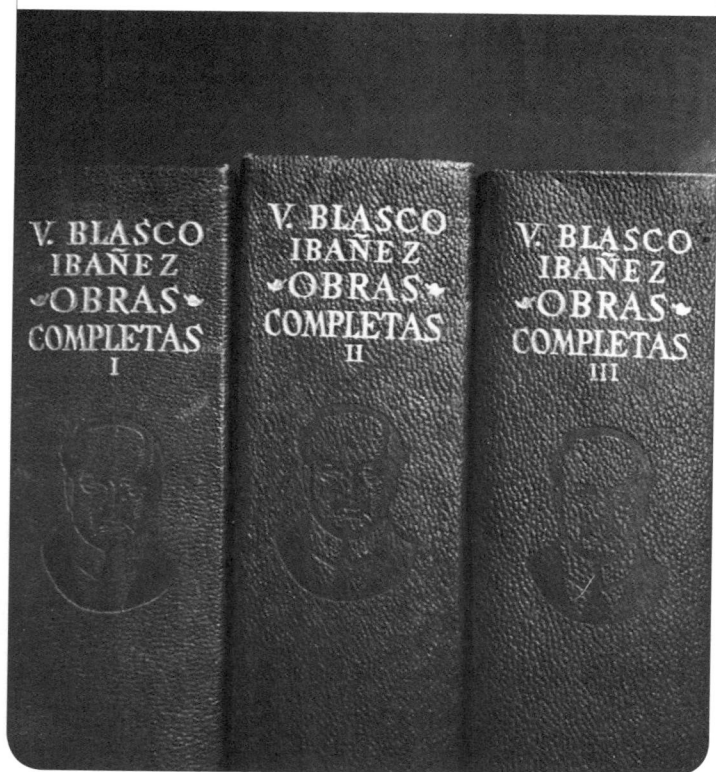

| 中文名称 | 西文名称 | 出版年份 |
|---|---|---|
| 《幻境》<br>（神话与传说） | Fantasías<br>( Leyendas y tradiciones) | 1887 |
| 《为了祖国!<br>游击队员罗姆》 | ¡Por la patria! Romeu<br>el Guerrillero | 1888 |
| 《西班牙革命史》 | Historia de la<br>Revolución Española | 1890—<br>1892 |
| 《黑蜘蛛》 | La araña negra | 1890—<br>1892 |
| 《杰出联邦<br>共和主义者成长要义》 | El catecismo del buen<br>republicano federal | 1892 |
| 《共和国万岁！》 | ¡ Viva la República! | 1893 |
| 《巴黎,<br>一个流亡者的观感》 | Paris, impresiones de<br>un emigrado | 1893 |
| 《大米和双轮篷车》 | Arroz y tartana | 1894 |
| 《五月花》 | Flor de mayo | 1895 |
| 《在艺术的国度里》 | En el país del arte | 1896 |
| 《巴伦西亚的故事》 | Cuentos valencianos | 1896 |
| 《茅屋》 | La barraca | 1898 |
| 《在柑橘园里》 | Entre naranjos | 1900 |
| 《被判处死刑的女人》 | La condenada · | 1900 |
| 《妓女索尼卡》 | Sónnica la cortesana | 1901 |
| 《芦苇和泥塘》 | Cañas y barro | 1902 |

| | | |
|---|---|---|
| 《大教堂》 | La catedral | 1903 |
| 《不速之客》 | El intruso | 1904 |
| 《酒坊》 | La bodega | 1905 |
| 《游民》 | La horda | 1905 |
| 《裸体美女玛哈》 | La maja desnuda | 1906 |
| 《东方》 | Oriente | 1907 |
| 《生活的意愿》 | La voluntad de vivir | 1907 |
| 《血与沙》 | Sangre y arena | 1908 |
| 《死者的嘱托》 | Los muertos mandan | 1909 |
| 《卢娜·贝纳莫尔》 | Luna benamor | 1909 |
| 《阿根廷及其伟大》 | Argentina y sus grandezas | 1910 |
| 《船蛸》 | Los argonautas | 1914 |
| 《欧洲大战史》 | Historia de la guerra europea | 1914—1921 |
| 《启示录的四骑士》 | Los cuatro jinetes de Apocalipsis | 1916 |
| 《我们的海》 | Mare Nostrum | 1918 |
| 《女人的仇敌》 | Los enemigos de la mujer | 1919 |
| 《墨西哥的军国主义》 | El militarismo mojicano | 1920 |
| 《女亡灵的借贷》 | El préstamo de la difunta | 1921 |

| | | |
|---|---|---|
| 《女人的天堂》 | El paraíso de las mujeres | 1922 |
| 《大家的土地》 | La Tierra de Todos | 1922 |
| 《卡拉菲娅女王》 | La Reina Calafía | 1923 |
| 《蓝色海岸小说》 | Novelas de la Costa Azul | 1924 |
| 《一个小说家环游世界》 | La vuelta al mundo de un novelista | 1924—1925 |
| 《一个被绑架的民族》 | Una nación secuestrada | 1924 |
| 《西班牙共和国将是怎样的》 | Lo que será la República española | 1925 |
| 《为西班牙而反对国王》 | Por España y contra el rey | 1925 |
| 《大海上的教皇》 | El Papa del mar | 1925 |
| 《维纳斯脚下》 | A los pies de Venus | 1926 |
| 《爱情与死亡小说》 | Novelas de amor y muerte | 1927 |
| 《圣母的高尚者》(遗著) | El caballero de la Virgen | 1929 |
| 《寻觅大可汗》(遗著) | En Busca del Gran Khan | 1929 |
| 《金翅幽灵》(遗著) | El fantasma de las alas de oro | 1930 |
| 《被判处死刑的女人和其他故事》(遗著) | La condenada y otros cuentos | 1979 |

## 尹承东

1939年出生，山东荏平人，毕业于北京外国语学院（今北京外国语大学）。资深翻译家，在中央编译局从事国家领导人著作和中央文献翻译工作数十年。历任中央编译局副局长、中国翻译协会副会长，中国、西班牙、葡萄牙、拉丁美洲文学研究会副会长，现为大连外国语大学教授。

业余从事西班牙语言文学研究和翻译工作，译著颇丰，代表译著有小说《三角帽》、《特里斯塔娜》、《看不见的城市》、《霍乱时期的爱情》（合译）、《坏女孩的恶作剧》（合译）、《曾是天堂的地方》；诗歌《贝克尔抒情诗选》、《熙德之歌》、《太阳石》；戏剧《羊泉村》等，并发表外国文学评论多篇，获中国翻译协会"翻译事业特殊贡献奖"。

## 图书在版编目（CIP）数据

血与沙 /（西）维森特·布拉斯科·伊巴涅斯著；尹承东译. -- 北京：作家出版社，2021.10

（新编新译世界文学经典文库）

ISBN 978-7-5212-1490-1

Ⅰ.①血… Ⅱ.①维… ②尹… Ⅲ.①长篇小说-西班牙-现代 Ⅳ.①I551.45

中国版本图书馆 CIP 数据核字（2021）第 135862 号

## 血与沙

| | |
|---|---|
| 作　　者： | [西] 维森特·布拉斯科·伊巴涅斯 |
| 译　　者： | 尹承东 |
| 责任编辑： | 袁艺方　王　桦　田一秀 |
| 特约编辑： | 赵文文 |
| 装帧设计： | 潘振宇 774038217@qq.com |
| 封面绘画： | 潘若霓 |
| 出版发行： | 作家出版社有限公司 |
| 社　　址： | 北京农展馆南里 10 号　　邮　编：100125 |
| 电话传真： | 86-10-65067186（发行中心及邮购部） |
| | 86-10-65004079（总编室） |

E-mail: zuojia@zuojia.net.cn

http://www.zuojiachubanshe.com

| | |
|---|---|
| 印　　刷： | 北京盛通印刷股份有限公司 |
| 成品尺寸： | 138×205 |
| 字　　数： | 312 千 |
| 印　　张： | 13.375 |
| 版　　次： | 2021 年 10 月第 1 版 |
| 印　　次： | 2021 年 10 月第 1 次印刷 |
| ISBN | 978-7-5212-1490-1 |
| 定　　价： | 63.00 元 |